LA PISCINE DE ROSEMARY

Quand elle n'écrit pas, Libby Page parcourt Londres à la recherche de nouvelles piscines en plein air afin d'y assouvir sa passion pour la natation. *La Piscine de Rosemary*, son premier roman, a été vendu dans plus de vingt pays.

LIBBY PAGE

La Piscine de Rosemary

TRADUIT DE L'ANGLAIS (GRANDE-BRETAGNE)
PAR SÉVERINE QUELET

CALMANN-LÉVY

Titre original :

THE LIDO

Publié par Orion Books, The Orion Publishing Group Ltd, Londres.

ISBN : 978-2-253-07396-3 – 1re publication LGF

À Alex Page, ma sœur de natation

1

Au sortir de la station de métro de Brixton, c'est un festival de sons : percussions, rumeur continue de la circulation, et cet homme au coin de la rue qui hurle « Dieu vous aime ! » – même aux passants peu aimables.

« Billets pour la Brixton Academy ce soir ! scande un revendeur à la sauvette juste devant l'entrée. Achat et vente de billets pour la Brixton Academy ! » Les voyageurs pressés font « non » de la tête aux démarcheurs et aux prédicateurs qui tentent de glisser de force leurs prospectus dans leurs poings serrés. En se frayant un chemin à travers la foule, on croise le Rasta qui vend de l'encens et des disques devant le Starbucks. De l'autre côté de la rue, il y a Morley, le grand magasin indépendant implanté là depuis des années. *J'aime Brixton* brille en lettres lumineuses dans la vitrine voisine de TK Maxx.

Aujourd'hui, les boutons printaniers – jonquilles, tulipes et pivoines – s'épanouissent dans les seaux du kiosque du fleuriste. C'est un vieil homme, qui porte un tablier vert foncé, a de la terre sous les ongles et une chaîne en or autour du cou. Quelle que soit la météo, il propose des fleurs pour demander pardon ou déclarer son amour à des prix raisonnables. Il les enveloppe de papier kraft et ficelle le tout avec un ruban.

À côté de la bouche de métro, il y a Electric Avenue ; la rue est saturée de badauds et de stands qui vendent de tout : des légumes aux chargeurs de téléphone. Un parfum de melon piqué d'une pointe de poisson embaume l'air. Poissons qui sont présentés sur un lit de glace blanche qu'ils colorent en rose au fil de la journée, rappel utile qu'il vaut mieux aussi éviter de manger de la neige rose.

De part et d'autre de la rue, les marchands lancent leurs prix, se renvoient les offres promotionnelles comme des frisbees. Les saisissent à la volée et les retournent aussi sec.

« Trois pour dix livres ! Trois-pour-dix-livres !

— À ne pas rater ! Trois pour cinq livres ! Trois-pour-cinq-livres !

— Trois pour cinq livres ? Je fais les cinq pour cinq livres ! »

Une jeune maman avec son bébé tire un Caddie de courses derrière elle à travers le marché, zigzaguant entre les cartons et les feuilles de bananier tombées par terre. Elle avance lentement, s'arrête à l'occasion pour palper des légumes, les prendre en main, les tourner dans tous les sens comme un éleveur de bêtes de concours examinerait un chiot. Ceux qui remportent son suffrage sont échangés contre une poignée de pièces pêchées dans son porte-monnaie. Un homme prend un étal en photo, les yeux rivés sur les couleurs éclatantes des légumes à travers l'objectif de son téléphone. Puis il tourne les talons et part acheter des surgelés chez Iceland.

Sur le trottoir d'en face, Kate marche d'un pas rapide dans la direction opposée. Elle rentre chez elle après sa journée de travail comme journaliste au *Brixton Chronicle*. Elle n'a pas le temps de regarder les légumes. Ou alors, elle ne saurait pas quoi chercher. Le printemps a beau être là, Kate vit avec un nuage au-dessus de la tête. Il la suit partout où elle va et, malgré tous ses efforts, elle n'arrive pas à le semer. Elle se faufile dans la foule, pressée de rentrer chez elle, de fermer la porte et de se mettre au lit. Lorsqu'elle ne travaille pas, c'est là qu'elle passe la majeure partie de son temps. Dans la rue, elle tente de faire abstraction des sons qui l'entourent, de les empêcher de pénétrer son esprit et de la submerger. Elle garde la tête baissée et se concentre sur le trottoir.

« Pardon, dit-elle sans lever les yeux en doublant une femme âgée bien en chair.

— Désolée », répond Rosemary en laissant passer Kate. Elle suit du regard le dos de la jeune femme qui s'éloigne à la hâte – elle est menue, avec une queue-de-cheval châtain clair qui oscille au rythme de sa démarche. Rosemary sourit, elle se souvient de ce que c'était, d'être pressée. À quatre-vingt-six ans, elle ne va plus nulle part à la hâte. Non, elle porte ses commissions et s'éloigne plutôt d'un pas tranquille du marché en direction de son appartement situé en bordure du parc de Brockwell. Sa tenue est simple mais soignée : un pantalon, des chaussures confortables et un imperméable léger. Ses cheveux gris, fins et ondulés sont ramenés en arrière et maintenus avec une barrette. Au fil du temps, elle a vu son corps changer au point qu'elle le reconnaît à peine désormais, mais son regard n'a pas bougé : d'un bleu vif et avenant, même lorsque ses lèvres ne sourient pas.

Aujourd'hui, c'est le jour des courses pour Rosemary. Elle a fait le tour de ses échoppes et stands préférés, a salué Ellis, le marchand de fruits et légumes, et a récupéré son sac en papier brun rempli de victuailles pour la semaine. Elle a fait un saut à la librairie d'occasion tenue par Frank et son ami Jermaine. Ils ont bavardé un moment tous les trois, Rosemary assise sur la banquette sous la fenêtre, partagée avec Sprout, leur golden retriever, puis elle a fureté le long des étagères en quête d'une nouveauté ou d'un ouvrage qu'elle aurait raté la semaine dernière. Elle adore s'attarder ici et humer l'odeur poussiéreuse des vieux livres.

Après la librairie, elle aime partager avec son amie Hope une part de gâteau dans leur café de prédilection de Brixton Village, le marché couvert derrière Electric Avenue. Pour Hope et Rosemary, c'est encore Granville Arcade, le vieux marché et le seul endroit où Hope trouvait les produits antillais qui lui manquaient tant lorsqu'elle a immigré à Brixton à l'âge de douze ans. Il ne regorge plus aujourd'hui que de petits restaurants, de boutiques et de stands. Ce changement les perturbe encore, mais elles aiment bien ce café où le jeune serveur sait ce qu'elles prennent et commence à tout préparer dès qu'il les voit approcher à travers la vitre. Et leur gâteau est délicieux.

Lorsqu'elle pénètre dans le Village, Rosemary est assaillie par les odeurs d'épices et les bavardages des clients installés aux tables dans les allées – ce sont les mêmes bruits et les mêmes odeurs chaque semaine et elle s'y est habituée au fil de ses visites hebdomadaires. Le marché est ouvert au vent et certains restaurants proposent des couvertures à leurs clients, qui en drapent leurs épaules ou en recouvrent leurs genoux pendant qu'ils mangent. Des guirlandes lumineuses suspendues aux hauts plafonds confèrent au lieu une atmosphère de marché de Noël, même au printemps.

Hope et Rosemary dégustent leur café et discutent. Hope évoque avec fierté sa petite-fille Aiesha et sa fille Jamila, très prise, comme toujours, par son travail. Rosemary pense avec affection à Jamila, sa filleule. Quand celle-ci passait ses derniers examens de médecine, Rosemary lui avait envoyé des fleurs avec une carte commençant par : *Cher Docteur…*

Comme chaque semaine, Hope et Rosemary se remémorent les anecdotes de l'époque où elles travaillaient ensemble à la bibliothèque.

« Tu te rappelles le jour où Robert a trouvé le courage de t'inviter à sortir ? » demande Rosemary avec un sourire.

Robert, le mari de Hope, était chauffeur de bus avant de prendre sa retraite il y a quelques années et, lorsqu'elles étaient jeunes, il venait à la bibliothèque presque tous les jours après son service pour reluquer la silhouette en sablier de Hope.

« Il aura mis le temps, répond celle-ci. Et toi qui te débrouillais chaque fois pour grimper à l'échelle et ranger des livres quand il venait pour qu'il soit obligé de s'adresser à moi. »

Les deux femmes rient de bon cœur, chacune goûtant avec joie ce moment de complicité. Mais voilà que Rosemary a mal aux pieds, il est temps de rentrer.

« Même heure la semaine prochaine ? » dit-elle au moment de se quitter. Elle prend son amie dans ses bras et songe tout à coup qu'à soixante-huit ans Hope est désormais une vieille dame elle aussi. Elle la serre un peu plus fort contre elle. Aux yeux de Rosemary, elle restera toujours la pétillante jeune fille de dix-huit ans qu'elle a prise sous son aile quand elle est venue travailler à la bibliothèque.

« Même heure la semaine prochaine ! » lance Hope avec un ultime signe de la main en tournant au coin de la rue avant d'aller chercher Aiesha à l'école (le moment de la journée qu'elle préfère).

Rosemary longe les files d'attente aux arrêts de bus et traverse le carrefour où le vieux cinéma se dresse à l'angle, les titres des films du moment écrits en lettres blanches sur le tableau noir. En face, sur une vaste place, de vieux messieurs fument assis sur des chaises pendant que des adolescents glissent sur leur skateboard autour d'eux.

À mesure qu'elle s'éloigne de la station, les boutiques cèdent le pas aux maisons mitoyennes et aux tours d'appartements. Après quelques centaines de mètres, elle atteint enfin Hootananny, le vieux pub délabré célèbre pour ses concerts. L'odeur de la marijuana flotte depuis les bancs à l'extérieur, où des bandes s'installent pour boire leurs pintes et fumer. Ici, elle tourne à gauche et rejoint la rue qui longe l'angle du parc et mène à l'immeuble dans lequel elle vit.

L'ascenseur, souvent en panne, fonctionne aujourd'hui. Quel soulagement !

Rosemary a vécu presque toute sa vie dans cet appartement. Elle y a emménagé avec George après leur mariage, alors que l'immeuble venait d'être construit. La porte d'entrée ouvre directement sur le salon, où l'élément de mobilier le plus notable est la bibliothèque qui court sur tout le mur de droite.

La cuisine contiguë abrite une table, deux chaises et un poste de télévision posé sur la machine à laver. Une fois que Rosemary a déballé ses commissions, elle traverse le salon, ouvre la porte-fenêtre et sort sur le balcon. Son maillot de bain bleu marine flotte sur la corde à linge comme un drapeau. Quelques plantes égaient la terrasse, de la lavande en pot, rien d'extravagant, ça ne lui ressemblerait pas. De son poste d'observation, elle voit le parc de Brockwell qui s'étend au loin, un panorama qui l'éloigne du bruit et de la foule d'Electric Avenue.

Le printemps s'installe et le parc revêt son nouveau manteau vert. Elle distingue les arbres, les courts de tennis, un jardin et une petite colline où est juchée une vieille maison, un ancien manoir où l'on accueille aujourd'hui des événements et où l'on vend des crèmes glacées à des enfants aux doigts poisseux. Deux voies ferrées contournent le parc : l'officielle qui traverse le sud de Londres, et une miniature qui n'est ouverte que l'été et est destinée aux tout-petits. Le soleil commence à se coucher et Rosemary observe les gens qui se promènent après le travail, profitant des jours qui rallongent. Les joggeurs montent la colline puis la redescendent. Et, près de la limite du parc la plus proche de son balcon, un bâtiment bas en brique rouge enserre un rectangle parfait d'eau bleue. Le bassin est rayé par les cordes qui séparent les couloirs et Rosemary aperçoit ici et là des serviettes éparpillées sur les abords en dalle de ciment. Les nageurs flottent à la surface comme des pétales. C'est un endroit qu'elle connaît bien. C'est la piscine en plein air de Brockwell. Sa piscine.

2

Chaque matin sur le chemin du travail, Kate croise des inconnus qui attendent le bus, sortent en trombe de chez eux, grimpent dans les voitures garées le long du trottoir. Mais il y a aussi les visages familiers. Elle les rencontre tous les jours, leurs tenues et leurs coiffures variant au gré de la météo, marquant le temps qui passe.

Sur la rue principale, c'est un homme blond très grand et au front très large, qui porte un blouson en cuir noir quelle que soit la température. Selon qu'elle est à l'heure ou en retard, elle le retrouve à différents points sur son parcours : à une extrémité de la rue principale, elle sait qu'elle a le temps de s'arrêter prendre un café, à l'autre, elle allonge le pas, adoptant un petit trot.

Ensuite, il y a la brune au visage expressif qui hoche la tête au rythme de sa musique et qui chantonne aussi parfois. Souvent, elle est accompagnée d'un jeune homme en Dr. Martens. Lorsqu'il est là, elle a les écouteurs autour du cou et discute avec lui, le bras accroché au sien. Aujourd'hui, elle est seule.

Au moment où elles se croisent, Kate manque la

saluer d'un signe de tête, mais elle se rappelle à temps qu'elle ne connaît pas cette femme. Elle ignore son nom, où elle se rend tous les matins, dans la direction opposée à la sienne. Elles ne se sont jamais parlé, mais son visage lui est aussi familier que le H&M de la rue, le cinéma ou le marché. Elle fait partie de Brixton autant que les briques des bâtiments du quartier.

Le ciel de printemps se couvre soudain et il se met à pleuvoir. Kate se maudit intérieurement : elle a laissé son parapluie à la maison. L'averse s'intensifie et elle arrive au bureau du *Brixton Chronicle* toute trempée. Dans l'escalier, elle tombe sur Jay, le photographe du journal. Il lui sourit ; sa bouche est soulignée d'une barbe blond vénitien, sa chevelure bouclée forme une couronne folle sur sa tête. Il est grand et large d'épaules, mais tout en douceur ; dans la cage d'escalier, il prend presque toute la place. Ils n'ont pas souvent travaillé ensemble, mais ils se saluent le matin et lorsqu'ils se rencontrent dans Brixton. Jay donne l'impression d'être tout le temps d'humeur joyeuse, et sa gaieté est contagieuse : lorsqu'elle est au plus mal, le voir lui donne le sourire, même si elle peine à l'afficher.

« Bonjour ! » lance-t-il tandis que chacun se serre pour laisser passer l'autre dans la cage d'escalier. Sa voix est teintée d'un fort accent du sud de Londres.

« Bonjour. Tu t'en vas ?

— Oui, je pars en mission, répond-il avec un geste vers la sacoche contenant son appareil photo à son épaule. Pour la critique d'un nouveau restaurant qui a ouvert à la place d'un ancien pub. Mon père se rappelle avoir bu des verres là-bas à mon âge.

— D'accord, à plus tard, alors, réplique Kate. Et n'oublie pas ton… »

Avant qu'elle ait pu terminer sa phrase, il lui montre le parapluie accroché à l'arrière de son sac à dos.

Elle acquiesce, et se dirige vers le bureau.

« Tu es allée à la piscine ou quoi ? » demande son rédacteur en chef lorsqu'elle pose son manteau détrempé sur le dossier de sa chaise.

Phil Harris est un homme qui n'a jamais pris grand soin de son corps. Ses joues se parent constamment d'une nuance pourpre, de la même couleur que le bordeaux qu'il siffle tous les soirs au pub du coin avec son épouse, ou parfois, à en croire la rumeur, une autre femme qui n'est pas la sienne. On devine les nombreux steaks-frites qu'il a engloutis : ils lui font comme une bouée autour du ventre et finiront par le conduire à la mort. Il ne roule pas sur l'or, il n'a jamais réussi à gravir les échelons de la presse nationale, mais il ne manque pas de ressources en matière de bonne chère.

Elle secoue la tête. « Non, je me suis fait surprendre par la pluie. Je ne sais pas vraiment nager. »

C'est faux. Elle sait nager. Si elle tombait par accident dans l'eau, elle parviendrait à regagner le bord. Elle comprend les principes fondamentaux de la nage, les mouvements que doivent exécuter les bras et les jambes pour maintenir le corps à la surface. Mais elle ne s'est pas baignée depuis l'adolescence. Il y avait des cours de natation au lycée, mais, dès qu'elle a été en âge de décider d'arrêter, elle ne s'en est pas privée. C'est arrivé à la puberté, quand le corps des filles devient ce vêtement mal ajusté qu'elles aimeraient ôter. Elle se rappelle l'avant et l'après : l'attroupement qui ricanait et gloussait s'est soudain transformé en un groupe morose au bord du bassin, chacune les bras serrés autour d'elle pour dissimuler la honte que lui inspiraient leurs corps aussi parfaits que hideux.

« Ça risque de poser problème, répond Phil. J'ai un travail pour toi, à la piscine. Bien sûr, que tu saches nager n'est pas essentiel. Mais ça pourrait t'aider à approfondir l'article, tu vois, à comprendre de quoi il s'agit vraiment… »

Kate a un goût de chlore dans la bouche et frémit au souvenir d'avoir été à moitié nue devant ses camarades de classe. Sans plus d'explications, Phil jette une brochure par-dessus la pile de livres qui sépare leurs deux bureaux. Brochure qui atterrit sur son clavier. Sur la première page, une photo en noir et blanc d'un bassin en plein air. Avec un plongeoir très haut et un homme saisi en plein vol, bras écartés comme les ailes d'une hirondelle. À l'intérieur, une photo couleur de ce que Kate suppose être la piscine aujourd'hui : eau d'un bleu vif et enfants les bras le long du corps qui battent des jambes.

SAUVONS NOTRE PISCINE est écrit en grosses lettres manuscrites sur le dépliant. Elle lit le texte à l'intérieur : *Notre piscine, ouverte depuis 1937, est menacée. Le conseil municipal évoque des difficultés financières et annonce l'offre de rachat d'une société immobilière, Paradise Living, qui souhaite transformer notre précieux bassin en une salle de sport privée. Allons-nous accepter cela ? Si vous pensez pouvoir apporter votre aide, merci de vous adresser au personnel de la piscine de Brockwell.*

Les nageurs de Brockwell, indique la signature soignée tout en bas. Kate a le sentiment que le tract a été fabriqué avec une paire de ciseaux et une photocopieuse. C'est le cas.

« Tu veux que je fasse un article là-dessus ? » demande-t-elle.

En ce moment, Kate traite la rubrique des chiens égarés, des projets de travaux publics et des avis de construction. Les brèves qui se trouvent à la fin des informations, mais pas non plus dans les toutes dernières pages, réservées au sport. Non, dans celles que personne ne lit. Elle ne montrerait aucun de ses articles aux enseignants de son master de journalisme. Sa mère, elle, les conserve tous dans un album. Ce qui est encore pire.

« Quand tu seras célèbre, tu seras contente que je les aie gardés », affirme-t-elle, et Kate se pelotonne encore davantage dans son embarras qu'elle revêt comme un manteau.

« Oui, reprend Phil. Je crois qu'il y a matière à, là-dedans. Tu savais que Paradise Living avait déjà construit quatre immeubles à Brixton ? Ils vendent les appartements à des prix exorbitants. Selon eux, une salle de sport privée à Brockwell leur permettra de vendre les logements encore plus cher. »

Il se tourne vers Kate.

« Tu as dit que tu voulais une histoire. Voilà ton sujet. »

Les histoires. Les meilleures amies de Kate avant qu'elle ne sache s'y prendre avec les gens. Elle partait à leur recherche, se cachait parmi elles à la bibliothèque et plongeait dans leurs pages. Elle devenait Hermione Granger, Claude du *Club des Cinq* ou encore Catherine Morland dans le roman éponyme de Jane Austen, et elle tentait de tenir leur rôle toute une journée. À son entrée au collège, ses amis étaient les personnages de ses romans. Ils s'asseyaient avec elle dans la salle de lecture pendant qu'elle mangeait en douce son sandwich cachée derrière les livres pour que la documentaliste ne la voie pas (elle la voyait, mais fermait les yeux).

Aujourd'hui, elle raconte les histoires des autres. Même s'il ne s'agit que d'interviewer quelqu'un sur son chat qui a disparu, Kate y trouve toujours un intérêt. Les gens sont souvent surpris par les questions qu'elle leur pose. « Quel est votre premier souvenir avec Smudge ? », « En quoi votre vie aurait été différente si vous n'aviez pas adopté Milo ? », « Si Bailey pouvait parler, mais ne pouvait dire qu'une seule phrase, quelle serait-elle selon vous ? ».

En général, ses interviews sont revues et corrigées pour n'en garder que les informations essentielles – *Smudge, un chat tigré de 3 ans, a disparu le 3 septembre. Ses propriétaires, les Oliver, offrent une récompense* –, mais elle conserve les récits en entier dans un coin de sa tête, les feuilletant comme les pages d'un vieux livre adoré.

Alors cette histoire-ci est comme une balle que lui lance son rédacteur en chef, et elle n'a pas l'intention de la lâcher.

3

Sans ses baigneurs, une piscine paraît perdue. Il est tôt et le maître nageur, à moitié endormi et silencieux, tire sur le plastique qui recouvre le bassin. De son poste d'observation sur son balcon, Rosemary aperçoit la brume qui s'élève de la surface comme si l'eau était un être vivant en train de respirer. Malgré le bleu du ciel, le fond de l'air est frais comme un glaçon. Les mains autour de son bol de porridge, elle regarde l'homme s'emmitoufler dans sa polaire puis rentrer, sa tâche accomplie et l'eau libérée.

Le silence règne jusqu'à l'arrivée d'un couple de colverts qui effleure la surface de l'eau avant de s'y poser. Ils ont l'endroit pour eux seuls. Rosemary aime les observer le matin, ces deux volatiles qui profitent de la piscine déserte dont la surface scintille de mille feux.

Finalement, les premiers nageurs arrivent. Ils ne font pas de bruit ; d'une part parce que le sommeil les enveloppe encore et d'autre part pour ne perturber ni la tranquillité du lieu ni les colverts. Ils connaissent bien ces canards et nagent autour d'eux jusqu'à ce que le couple décide que le moment est venu de partir : il prend son élan puis s'envole par-dessus les murs de l'enceinte.

Le maître nageur surveille le bassin depuis sa chaise comme l'arbitre d'un match de tennis sur son trône. Contempler ceux qui vont et viennent dans l'eau est son rituel méditatif du matin ; c'est aussi celui de Rosemary. Elle termine ses flocons d'avoine, rentre et attrape son sac de natation posé à sa place habituelle près de la porte.

Rosemary arrive à la piscine à 7 heures tous les matins. Une fois changée, elle pousse la porte du vestiaire et sort dans le froid. Elle filerait comme une flèche si elle le pouvait. Au lieu de quoi, elle avance d'un pas lent jusqu'au bord, ses pieds arrivant presque trois minutes après son esprit. Son corps n'est pas aussi solide que sa volonté : vieillir lui a enseigné la patience.

Tandis qu'elle se dirige vers l'échelle, elle observe les autres baigneurs : le bassin grouille de bras qui fendent la surface. Ceux qui nagent la brasse sont les seuls dont on distingue le visage.

En descendant les barreaux, Rosemary a l'impression d'être un arbre sous le vent. Ses membres craquent. Elle lâche la rampe et se retrouve aspirée par l'eau ; elle laisse sa fraîcheur l'envelopper et s'accoutume à la température avant de s'éloigner en douceur du bord d'une poussée de la jambe. Elle commence à nager à mouvements réguliers dans la brume. Elle ne voit pas le mur du fond, mais sait qu'en continuant à battre des jambes elle finira par l'atteindre. Rosemary a quatre-vingt-six ans mais, dans l'eau, elle est toute jeune.

Elle a vécu toute sa vie à Brixton. Même pendant la

guerre : elle est l'un des rares enfants à être restés. En dehors des fois où les pompiers siphonnaient la piscine pour éteindre un incendie à proximité, elle n'a jamais fermé et Rosemary s'y est baignée chaque jour ou presque. Au début, elle se sentait coupable de barboter pendant que son père et ses amis étaient au combat. Elle aussi l'avait échappé belle à plusieurs reprises, comme lorsque les bombes étaient tombées une nuit dans le parc juste derrière l'enceinte de la piscine et sur Dulwich Road qui la longe. Elle s'était rendue au parc le lendemain du bombardement et avait vu des familles aux yeux bouffis errer d'un pas chancelant dans les décombres, tandis que les voisins intervenaient pour aider à sauver ce qui pouvait l'être des foyers détruits.

Mais, malgré le chaos, la piscine était toujours là. Et à mesure que les mois passaient, il devenait impossible de rester d'humeur sombre tout le temps – c'était comme d'être assise trop longtemps dans ses habits du dimanche. Au bout d'un moment, elle était obligée de remuer et de déboutonner sa blouse, de retirer ses souliers et de redevenir une adolescente. Ces années-là, la piscine était paisible. Presque tous les enfants de Brixton avaient été évacués loin de la capitale et mis en sécurité à la campagne et, puisque les hommes étaient au front et les femmes à l'usine, les surveillants de baignade étaient rares. Très souvent, elle avait l'eau bleue et fraîche pour elle toute seule.

Par-dessus le mur, elle entend un bus repartir de l'arrêt. Elle perçoit le grondement d'un train aussi, une pause à Herne Hill avant de prendre le virage en haletant jusqu'à Loughborough Junction. La vie de Rosemary s'est bâtie à l'intérieur de ces noms. Ceux des collines : Tulse Hill, Brixton Hill, Streatham Hill, Herne Hill. Et ceux des « villages » : Dulwich, West Norwood, Tooting. Les noms ont dans sa bouche le même goût familier que son dentifrice. Elle reconnaît les numéros des lignes à la forme des bus et les noms des rues à leur sonorité – App-ach, Strad-ella, Dalkeith, Holling-bourne, Tal-ma.

Avant, elle connaissait aussi toutes les devantures des magasins, mais elle a de plus en plus de peine à se les rappeler toutes. Il lui arrive de penser qu'on s'amuse à lui jouer des tours. Chaque fois qu'un lieu qu'elle connaissait est remplacé par un autre qu'elle ne connaît pas, elle doit en effacer le nom sur la carte qu'elle tient dans sa tête et le remplacer par celui d'une nouvelle agence immobilière ou d'un café. Garder le fil n'est pas facile, mais elle essaie quand même. Si elle ne se familiarise pas avec ces nouveaux endroits, elle sera perdue dans une ville qui ne sera plus la sienne. Elle aimerait qu'il existe une sorte de reconnaissance pour toutes ces informations qu'elle a amassées au cours de sa vie. Si elle vidait son esprit de tous ces numéros, noms et rues emmagasinés, alors peut-être pourrait-elle apprendre quelque chose d'utile, comme une langue étrangère ou le tricot. Savoir tricoter pourrait avoir son intérêt en hiver.

Rosemary nage la brasse, ses mouvements sont réguliers, elle plonge la tête et la ressort, laisse l'eau lui remplir les oreilles. Elle voit ses doigts devant elle, ils sont tout fripés, mais elle ne sait pas dans quelle mesure ils le sont à cause de l'humidité ou de son âge. Elle s'étonne toujours de ses rides. Les jeunes filles n'en ont pas. Elle est une jeune fille qui pratique la natation de bon matin sous l'œil attentif de la grosse horloge et du maître nageur qui tripote son sifflet. Elle nage avant d'aller travailler à la bibliothèque – elle devra se dépêcher de se changer si elle ne veut pas être en retard. Ses cheveux goutteront dans son dos tandis qu'elle rangera les livres sur les étagères.

« Ça y est, tu as traversé la Manche, Rosy ? lui demandera George le soir quand elle rentrera à la maison.

— Je m'entraîne encore », répondra-t-elle.

Désormais, la bibliothèque est fermée et George n'est plus là. Elle s'arrête du côté où elle a pied et s'appuie contre la paroi avant de marcher jusqu'à l'échelle. Elle imagine cette piscine en club de sport privé réservé aux résidents et, bien qu'elle soit habituée à la fraîcheur de l'eau, un frisson remonte le long de son échine. Lorsqu'elle sort, elle n'est plus jeune, mais douloureusement consciente de l'existence de ses genoux. Elle ne pensait jamais à ses genoux avant ; à l'instar de sa carte de bus gratuite, c'est un élément de sa vie actuelle qu'elle n'apprécie guère. Elle continue de payer pour ses trajets. Par principe.

4

Pour rentrer du travail, Kate traverse à pied les lotissements qui enlacent l'artère principale. De temps à autre, le long des rues résidentielles, elle détache son regard du sol et jette un coup d'œil vers les fenêtres des appartements, imaginant les histoires qui s'y déroulent.

Une famille dîne dans le salon ; les visages sont illuminés par l'éclat de l'écran de télévision qui révèle les expressions de surprise, de tristesse ou d'ennui. Une jeune fille s'exerce sur un violon d'occasion, une mélodie de Bach insolite s'échappe du cinquième étage d'un immeuble.

Sur le balcon d'en dessous, un couple partage un joint qu'ils fument à tour de rôle. Ils sont habillés, mais leurs pieds nus sont si près l'un de l'autre qu'ils se touchent presque, comme le reste de leurs corps. L'odeur sucrée est la première chose que remarque la voisine lorsqu'elle rentre du travail. Elle ouvre la porte-fenêtre de son balcon, jette son manteau sur le canapé et s'allonge dessus ; les mains croisées sur le ventre, elle prend de profondes inspirations.

Dans la cuisine d'un appartement en rez-de-chaussée, un couple de personnes âgées est en train de souper. Assis côte à côte, tous deux regardent par la fenêtre un renard qui traverse le jardin collectif. Leur repas terminé, ils se tiennent la main sous la table.

Dans une vaste maison de ville, les membres d'une famille sont dispersés dans les pièces, chacun occupant son propre domaine, mais sous une même bannière. À côté, deux filles se déguisent, l'une en princesse, l'autre en Spiderman. La princesse et Spiderman sautent sur le lit en se tenant la main.

Derrière certaines fenêtres, les histoires sont tristes ; derrière d'autres, les rires et l'amour, ni trop bruyants ni trop voyants, habillent avec discrétion l'endroit, comme un beau tapis.

En marchant, Kate imagine que quelqu'un, quelque part dans la ville, est comme elle, seul dans sa chambre à manger du beurre de cacahuètes directement dans le pot. Elle se demande si l'un de ces inconnus la comprendrait si elle lui racontait ce qu'elle ne dit pas à sa famille : que certains jours, elle n'a pas du tout envie de se lever et qu'elle a oublié ce que c'était, d'être heureuse.

Bien sûr, elle n'avouera jamais à personne qu'elle se sent seule. On n'est pas censé souffrir de solitude quand on a la vingtaine. La vingtaine, c'est l'âge où on lie des amitiés pour la vie, où l'on fréquente de mauvais garçons et s'offre des vacances de folie à boire des shooters à même le ventre d'inconnus, à vivre la plus belle période de sa vie. Elle voit sur Facebook les gens fêter leur anniversaire et sortir, et tous donnent l'impression de vraiment profiter de la vie. Sur son écran de téléphone, ils semblent rayonner. C'est comme si toute la joie de vivre avait été servie aux autres sans qu'il en reste une miette pour elle. C'est en tout cas ce qu'elle éprouve. Elle ne dit à personne qu'elle a souvent le sentiment d'être un vieil ours en peluche oublié et abandonné sous le banc de l'aire de jeux. Elle voudrait juste que quelqu'un la ramasse et la ramène à la maison.

Kate partage un logement avec quatre autres personnes : deux sont étudiants et deux ont un emploi, mais elle ne sait pas très bien lequel. Tous vont et viennent à des heures différentes et se terrent derrière leur porte close, en sortant de temps à autre pour se rendre dans l'unique salle de bains. Ses colocataires, elle les a entendus grogner comme des bêtes quand ils faisaient l'amour (merci, les murs épais comme du papier à cigarette), et elle a retiré leurs poils pubiens de la bonde de la douche, mais elle ignore où ils étaient ou ce qu'ils faisaient avant d'intégrer cette maison ; elle ne connaît pas non plus leur film préféré. Elle ne sait rien d'eux, en fait.

Et eux non plus ne la connaissent pas. Mais qu'y a-t-il à savoir de toute façon ? Des frères et sœurs ? Oui. Une sœur aînée, Erin. Des parents ? Une mère et un beau-père, et un père qui vit à Antigua avec sa copine et qui ne téléphone que pour les occasions spéciales (anniversaires, Noël, diplômes).

« Joyeux anniversaire, K.

— Merci, papa. Il fait toujours beau chez toi ?

— Et comment. Il pleut toujours chez toi ?

— Et comment.

— Tu me manques.

— OK. Au revoir, papa.

— Au revoir, Kate. »

Kate et Erin ont grandi dans la banlieue de Bristol avec leur mère et Brian, leur beau-père. Leur mère travaillait dans une agence de publicité ; elle s'habillait d'une profusion de couleurs et aimait raconter des blagues. Brian était plus discret. Universitaire spécialiste d'une période particulière du Moyen Âge que Kate n'arrivait pas à retenir, il portait de gros pulls en laine et des lunettes rondes, un modèle qui, d'après Erin, était très populaire auprès des jeunes de son lycée. Cette anecdote amusait beaucoup Brian. Il avait emménagé quand Kate avait sept ans et elle était trop jeune pour s'interroger sur quoi que ce soit : sa vie alors était ce qui lui arrivait, pas une série d'événements sur lesquels elle avait conscience de pouvoir influer. Erin, de six ans plus âgée, s'était montrée plus méfiante, pareille à un chat qui évite un visiteur et file sous le canapé au moindre mouvement brusque. Pourtant, au fil du temps, tous les quatre s'étaient établis dans une confortable routine familiale. Chacun avait défini son rôle et le jouait à la perfection : leur mère les emmenait visiter de nouvelles galeries d'art et les questionnait sur ce qu'elles pensaient des tableaux, ce qu'elles éprouvaient en les voyant ; Brian lisait le journal à voix haute, proposait son aide pour les devoirs et donnait de temps en temps un peu d'argent de poche à Erin pour qu'elle puisse sortir avec ses amies. Kate et Erin aussi avaient leur rôle à jouer : Kate, la cadette timide toujours le nez dans un bouquin ; Erin, plus distante, qui menait sa sœur à la baguette et lui témoignait à l'occasion un peu d'affection, comme on récompense d'un sucre un chien obéissant. Le jour de la rentrée de

Kate au collège, son aînée lui avait montré comment ajuster son uniforme de manière à ne passer ni pour une «intello» ni pour une «racaille» d'après la longueur de sa jupe ou le nombre de rayures à sa cravate.

Kate était restée à Bristol pour ses études universitaires, en partie parce que vivre à la maison était plus économique, mais aussi parce qu'elle ne se sentait pas prête à quitter le nid. Son diplôme en poche, elle était partie à Londres pour un master de journalisme puis avait trouvé un emploi dans un journal local à Brixton.

En s'installant à Londres, Kate s'était imaginé qu'elle rencontrerait des tas de gens. Mais voilà deux ans qu'elle habite la capitale et elle ne connaît toujours personne. Tout ce qu'elle a, ce sont des colocataires qui laissent la vaisselle sale s'empiler comme une tour de Jenga dans la cuisine et trouvent que la moisissure est une décoration tendance pour la salle de bains.

Ses amis de Bristol y vivent toujours et ne veulent pas la rejoindre. Ils préfèrent rester là où ils connaissent tout le monde et Bristol leur convient pour une soirée en ville. Ils trouvent Londres trop chère et n'en voient pas l'intérêt. Ils n'ont pas tort sur le coût de la vie, mais, de son côté, Kate ne peut se permettre des allers-retours continuels. Elle a cessé l'année dernière. Apparemment, personne n'a remarqué son absence et elle n'a parlé à aucun de ses amis de Bristol depuis.

La solitude de Kate lui fait parfois l'effet d'une crise de foie, à d'autres moments, c'est une douleur sourde à l'arrière des yeux ou une lourdeur qui lui donne l'impression que son corps est trop faible pour supporter ses membres. Lorsqu'elle doit prendre le métro, elle aime lire *Time Out* et imaginer toutes les choses qu'elle pourrait faire : participer à des *speed datings* à Shoreditch, danser dans une soirée Silent Disco sur le toit d'un immeuble de la City, ou apprendre à confectionner au crochet un pantalon dans un bar à cocktails qui se trouve aussi être un lieu dédié aux événements rétro. Mais très vite elle se rappelle que le *speed dating* consiste à répéter son nom et son travail à une trentaine d'inconnus, qu'une soirée Silent Disco n'a rien d'amusant quand on y participe seule, et qu'une fringue ridicule l'est moins quand personne n'est là pour en rire avec vous.

Ainsi, plutôt que s'adonner à toutes ces activités, elle rentre chaque soir directement chez elle, à moins que son frigo complètement vide ne l'oblige à s'arrêter dans le supermarché du coin pour prendre son plat préparé préféré et la bouteille de vin en promotion. Elle arrive à la maison, attend trois minutes que le micro-ondes ait réchauffé son repas puis s'enferme dans sa chambre.

La pièce n'est pas très grande mais contient tout de même un lit double et un petit bureau. Il n'y a pas d'étagères, si bien que des piles de livres s'élèvent en équilibre précaire contre l'un des murs. Sur son bureau : un ordinateur portable et une plante en pot rachitique que sa mère lui a offerte quand elle a emménagé. *Bienvenue dans ton nouveau chez-toi*, est-il écrit sur la carte en forme de maison qui y est attachée.

Une fois dans sa chambre, elle débouche la bouteille de vin et s'assied sur son lit où elle regarde des documentaires larmoyants comme *Le garçon qui voulait se couper le bras*. Et elle pleure, parce que, bizarrement, elle sait exactement ce que c'est de vouloir s'extirper de son propre corps ou de le trancher pour s'en libérer. Ou bien c'est juste l'effet du vin. Chaque soir, elle boit un verre de trop pour que la tête lui tourne, ce qui vaut mieux que d'avoir conscience de la peur qui danse sur son épaule et du nuage qui plane au-dessus de sa tête.

Elle veille tard, les yeux rivés sur l'écran lumineux de son ordinateur, dans l'espoir d'y puiser un quelconque réconfort, de ressentir un lien avec des gens dont les visages sont aussi éclairés par leur portable. Quand elle est trop fatiguée par tout ça, elle referme l'ordinateur et le pose à côté de son lit. Certains soirs, elle continue de pleurer, mouillant tout son oreiller. Elle essaie d'être la plus silencieuse possible pour que ses colocataires ne l'entendent pas, mais parfois elle se retrouve à haleter comme si elle était en train de se noyer. Lorsqu'elle pleure à grand bruit de cette manière, elle se demande si une part d'elle-même ne cherche pas à être entendue ; pour que quelqu'un frappe à la porte et la prenne dans ses bras en lui assurant que tout ira bien. Mais personne ne vient jamais. Une fois qu'elle a versé toutes les larmes de son corps, elle reste étendue dans le noir, les yeux grands ouverts, le corps complètement engourdi. Et, au bout d'un moment, elle s'endort.

5

Les enfants du club de natation n'ont peur de rien. Rosemary les regarde qui frétillent comme des têtards en remontant dans un sens puis dans l'autre les couloirs de nage. Ils sont encore assez jeunes pour n'avoir aucun complexe lorsqu'ils se trouvent sur le rebord du bassin à attendre de plonger. Ils chahutent, se bousculent les uns les autres, enfoncent leur bonnet de bain aux couleurs vives plus profondément sur leur tête.

Depuis son poste d'observation au café, elle repère les sportifs-nés : ceux au corps trop allongé et au torse qui se taille en V. Certains parmi les plus petits ont encore un ventre rebondi qui crée comme une colline sous leur maillot de bain. Toutefois, leur courage ne manque jamais de la surprendre au moment de sauter. Au coup de sifflet de l'instructeur, ils plongent l'un après l'autre comme des bouteilles renversées, sans douter une seconde que l'eau les accueillera avec un sourire et que leur corps saura réagir une fois immergé. Rosemary aimerait posséder une telle confiance dans son propre corps ; elle ne peut pas toujours compter sur lui pour faire ce qu'elle lui demande.

« Vous êtes Rosemary ? »

Elle se détourne de sa contemplation et lève les yeux sur le petit bout de femme plantée à côté d'elle. Celle-ci tient un calepin à la main et une liasse de feuilles. Ses vêtements, dans un camaïeu de gris et de noir, semblent lui être tombés dessus sans prévenir, et ses cheveux sont attachés en une queue-de-cheval lâche.

« J'espère que ça ne vous dérange pas si je me joins à vous ? demande la jeune femme. On m'a dit à l'accueil que vous seriez la personne toute désignée pour parler de cet endroit.

— C'est bien moi, Rosemary. Que voulez-vous savoir à propos de la piscine ?

— Je m'appelle Kate et je travaille pour le journal local. Nous aimerions écrire un article sur sa fermeture éventuelle. C'est vous qui l'avez fabriqué ? »

Elle lui montre le dépliant « Sauvons notre piscine ».

Rosemary rougit. Elle est un peu gênée à cause de l'écriture manuscrite et de la photocopieuse : elle se rend compte à présent de son travail d'amateur.

« Oui, c'est moi. Mais je ne vois pas en quoi je pourrais vous aider. »

Le pied en plastique racle les dalles en pierre lorsque Kate tire une chaise pour s'asseoir. Elle suit le regard de Rosemary vers le bassin.

« Ils sont adorables, commente Kate. Et doués aussi. »

Ensemble, elles observent les enfants qui suivent les instructions du moniteur lorsqu'il leur crie d'« allonger le bras » ou de « battre plus fort des jambes ». Ils ont beau être petits, ils sont aussi véloces que des poissons.

« Je voulais faire quelque chose. »

Rosemary contemple la scène un moment, l'eau blanche et mousseuse à cause des battements frénétiques des pieds et des bras désireux de plaire. Le cours se termine sur une série de longueurs et les enfants les plus rapides sortent déjà de l'eau en sautillant sur le bord. Les derniers nageurs persistent jusqu'au mur, avec encore plus de vigueur que leurs camarades.

« Je ne pouvais pas rester les bras croisés. Mais j'ai entendu dire que Paradise Living propose une belle somme d'argent et que la municipalité ne peut tout simplement pas se permettre de refuser. »

Elle se tait, les yeux perdus sur la surface de l'eau. Le soleil y étincelle et illumine les enfants qui nagent avec avidité.

« Paradise Living ! s'esclaffe Rosemary. Quel nom ! De toute évidence, ils ne savent pas ce qu'est le paradis.

— J'ai entendu parler d'eux, intervient Kate. Notre journal a déjà publié des articles sur leur compte… À propos de nouveaux immeubles chics qu'ils ont construits. »

Après une courte pause, elle reprend :

« J'aimerais vous interviewer, Rosemary.

— Pour quelle raison ? réplique cette dernière.

— Pour le journal. Je trouve que ce serait bien d'accompagner l'article sur la piscine d'un portrait de vous. Un aspect plus humain serait une formidable valeur ajoutée à l'information ; connaître le point de vue d'une personne qui vient ici depuis des années, qui pourrait expliquer ce que la piscine représente, apporterait beaucoup. D'après le directeur, vous êtes leur plus fidèle nageuse. »

Rosemary sourit, pensant à Geoff, le responsable de la piscine qu'elle connaît bien depuis le temps. Puis elle reporte son attention sur Kate, se demande si elle peut lui faire confiance. Par nature, elle se méfie des journalistes, bien que ce soit la première fois qu'elle discute avec l'un d'entre eux. Cette jeune femme ne ressemble pas à l'image qu'elle se faisait des reporters. On dirait plutôt une enfant.

« Depuis combien de temps venez-vous ici ? demande Kate.

— Oh ! Depuis toujours. »

Rosemary n'arrive pas à se remémorer un seul jour où la piscine n'a pas fait partie de sa vie ; sa séance de natation lui est aussi routinière que la tasse de thé qu'elle boit sur son balcon.

« Vous nagez ? demande-t-elle à Kate.

— Oh non, pas vraiment. Je veux dire… »

La voix de Kate s'éteint peu à peu et la jeune femme se recroqueville sur sa chaise. Du côté le plus profond du bassin, un homme exécute un saut de l'ange parfait. Rosemary regarde Kate le fixer avec nervosité. Sa queue-de-cheval échevelée aurait besoin d'un shampoing et des cernes noirs assombrissent ses yeux. Elle est assise sur le bord de la chaise et ses épaules sont rentrées comme pour protéger le reste de son corps d'une attaque extérieure. La prudence initiale de Rosemary se fend comme la surface de l'eau sous l'impact du plongeon.

« Je ferai votre interview si vous allez nager », décrète Rosemary.

Kate prend une expression effrayée, jette des regards hésitants autour d'elle. Un instant, elle garde le silence, puis, après plusieurs secondes, elle finit par hocher la tête.

« D'accord, accepte-t-elle lentement. Quelle date vous arrange, alors ?

— Non, répond Rosemary. D'abord vous vous baignez, ensuite nous fixerons une date. Voici mon adresse e-mail. Écrivez-moi quand ce sera fait. Et ne vous inquiétez pas. C'est comme le vélo, ça ne s'oublie pas. »

En rentrant chez elle après lui avoir dit au revoir, Rosemary se demande ce qui lui a pris de contraindre la pauvre femme à passer ce marché. Sans doute ce petit quelque chose que Kate dégageait, lui soufflant qu'elle avait grand besoin de nager.

6

À la piscine, une femme enceinte est en train de se changer. Son corps la surprend. Elle est un ballon de plage, une montgolfière, une planète, un monde. Elle tire sur le débardeur de son tankini pour cacher son ventre. Sauf que ce n'est plus un ventre, c'est une montagne. Elle sent le bébé qui donne des coups de pied dans le noyau de sa Terre.

« C'est ça, mon cœur, dit-elle d'une voix douce. On va se baigner, chéri. »

Personne dans le vestiaire ne semble se formaliser du fait qu'elle se parle à elle-même. La folie est acceptable lorsqu'on est enceinte, a-t-elle découvert, tout comme les sautes d'humeur, les pauses pipi et les deux (bon, d'accord, trois) hamburgers engloutis par semaine.

La culotte de son maillot de bain lui arrive sous les hanches et un croissant de peau dépasse entre son slip et son débardeur. Ce maillot lui allait la semaine dernière. Elle pose sa serviette en équilibre sur sa montagne le temps de ranger ses habits dans son sac et de fermer son casier, puis elle la reprend avant de la jeter sur son épaule.

Une adolescente lui tient la porte. La future mère va regretter cette prévenance qui semble graviter autour de sa grossesse. Le sourire aux lèvres, elle sort et, dehors, le soleil lui sourit en retour. Ses pieds claquent doucement sur le béton humide. Ses chevilles sont gonflées et ses ongles de pied ne sont pas vernis : avec son ventre proéminent, elle n'arrive plus à les atteindre. Elle sent les regards posés sur elle quand elle longe le bassin et elle salue ceux qui l'observent.

Elle n'a jamais autant discuté avec des inconnus que depuis qu'elle est enceinte. La grossesse, c'est comme la météo : tout le monde en parle. On lui a conseillé de s'allonger sur le côté gauche pour soulager ses chevilles enflées, on lui a montré d'innombrables photos de petits-enfants, et des personnes dont elle ne connaît même pas le prénom lui ont suggéré de nombreuses techniques d'accouchement. En réalité, elle apprécie cette attention. Qu'elle n'appartienne qu'à elle et pas à son mari la réconforte. Elle ne l'avouerait pas à voix haute, mais elle est terrifiée à l'idée que son bébé aime son père plus qu'elle.

Descendre à l'échelle est une épreuve mais, dès qu'elle est immergée, le poids accumulé depuis huit mois s'envole ; l'eau les porte tous les deux. C'est un froid agréable. Un froid qui apaise un corps que la lourdeur de l'enfant rend souvent chaud.

Pendant qu'elle nage, son esprit dérive vers des pensées pragmatiques comme *Il faut que j'achète de la pâtée pour chat* ou *C'est aujourd'hui le ramassage du recyclable ?* et encore *Je ne dois pas oublier d'appeler ma belle-mère pour la remercier pour le déjeuner.* Ses mouvements sont lents mais fermes ; ils bougent à deux, fendant l'eau avec la régularité d'un bateau de croisière. Le ciel est piqué de nuages couleur peau d'éléphant et une brise taquine les arbres. Comme elle arrive dans l'ombre de leurs branches, elle songe à leur petit jardin en *L* et se demande s'il pourrait contenir une balançoire. Il faudra peut-être qu'il apprenne d'abord à marcher. Qu'est-ce qui arrive en premier, d'ailleurs ? Ils pourraient installer une balancelle pour bébé.

Elle bat des jambes et le sent qui donne un coup de pied.

Une femme assise au bord enfile un bonnet de bain à son enfant, elle sourit à la femme enceinte. *C'est ce que les gens d'une beauté exceptionnelle doivent ressentir*, pense-t-elle en nageant.

Son mari prépare le dîner ce soir ; en fait, ces derniers temps, il cuisine presque quotidiennement. Elle se demande ce qu'elle va manger. Elle espère que ce ne sera pas un plat sauté ; son corps se tord à l'idée de nouilles. Et ce n'est pas qu'elle n'aime pas ça.

Lorsqu'elle lui a annoncé qu'elle était enceinte, ils ont pleuré de joie tous les deux. Ce soir-là, il n'a pas cessé de lui embrasser le ventre. Ses lèvres se sont pressées avec tendresse sur son nombril puis elles sont descendues entre ses cuisses.

Quelques semaines plus tard, ils ont pleuré de terreur tous les deux. Elle ne parvient même pas à se rappeler ce qui a déclenché cette crise de panique mais, soudain, elle a eu l'impression d'être une enfant avec un secret trop lourd à porter pour elle. Au début, elle s'est sentie exaltée par le secret, mais ensuite il l'a écrasée. Son mari a dû éprouver la même chose car tous les deux ont fondu en larmes, tremblé de peur et souhaité tout à coup n'être à nouveau plus que deux. Ils n'avaient que deux rames à disposition et tout juste assez d'énergie et d'expérience pour ramer ensemble dans la même direction. Un troisième passager allait certainement les faire changer de cours.

Au final, c'est son mari qui l'a apaisée. Il a acheté les livres d'usage et ils les ont lus ensemble. De son côté, elle les avait évités, elle craignait de se sentir submergée par les allusions au tire-lait et à la fontanelle des bébés. Mais, ensemble, ils ont étudié comme des adolescents qui préparent leur examen, puis ils se sont sentis prêts.

Du côté où elle a pied, elle se repose un instant, le dos appuyé contre le mur et les mains posées sur le tissu mouillé étiré sur son ventre. Avant, elle détestait voir les femmes enceintes se caresser le ventre en public ainsi. Ce geste paraissait si intime. À présent, elle ne peut s'empêcher d'en faire autant.

Elle a hâte que son bébé soit né. Son corps souffre de le porter et son cœur se languit de le rencontrer. Pourtant, tandis qu'elle se baigne, elle voudrait qu'il en soit ainsi pour toujours : rien qu'eux deux, plus proches l'un de l'autre qu'ils ne le seront jamais avec autrui. L'eau les soutient et ils se soutiennent l'un l'autre.

7

Kate n'avait pas idée qu'acheter un maillot de bain relèverait à ce point du défi. Sous la lumière au néon de la cabine d'essayage, elle examine son corps dans le miroir. Menue depuis toujours, elle a pris un peu de poids ces dernières années à ne se nourrir que de plats préparés et de beurre de cacahuètes. Le reflet dans la glace est celui d'une femme qu'elle peine à reconnaître. Hanches : trop larges. Cuisses : trop grosses et zébrées de cellulite. Poitrine : toujours trop petite.

Kate n'est pas à l'aise avec la nudité. Elle se précipite sous la douche et se rhabille sitôt sortie. Même son pyjama, elle l'enfile à la va-vite. Petite, elle n'a jamais vu ses parents se balader nus comme des vers de la chambre à la salle de bains de l'autre côté du couloir. Dans sa famille, on ne bronze pas seins nus à la plage et on n'exprime pas ses émotions. La pruderie coule dans ses veines.

Ses vêtements forment une pile molle dans un coin de la cabine. Son jean a gardé la forme de ses jambes mais à l'envers, comme si son ombre était affalée par terre. Elle meurt d'envie de le renfiler, mais il lui reste un maillot à essayer, le quatrième. Elle doit se décider.

Lorsque Rosemary a annoncé qu'elle n'accepterait l'interview que lorsqu'elle se serait baignée, Kate a failli refuser. Mais il s'agit là de son premier vrai sujet, et c'est pour elle l'occasion de faire ses preuves auprès de Phil et de commencer à écrire des articles vraiment dignes de la fierté de sa mère.

Puis les paroles de Rosemary l'ont poursuivie : « C'est comme le vélo, ça ne s'oublie pas. » Parce qu'à une époque, Kate adorait nager. Petite, avant d'attraper le virus de la timidité, elle allait avec Erin à la piscine municipale où des dauphins et des phoques étaient peints au fond et où les enfants s'égosillaient sous les gouttelettes d'une fontaine. Erin nageait entre les jambes de sa sœur sous l'eau et la portait sur ses épaules. Kate se rappelle le bonheur insouciant qu'elle éprouvait à se baigner avec elle. Peut-être que si au moins elle essaie de retourner à l'eau, elle retrouvera ce sentiment.

Kate inspecte son ventre dans le miroir. Il est mou et une ligne de poils sombres court de son nombril jusqu'à l'élastique de sa culotte. Les poils. Un élément des plus terrifiants de la puberté. Pourquoi tous ces poils se mettent-ils à surgir aux endroits les plus incongrus ? Depuis qu'elle a quatorze ans, elle a essayé le rasoir, la cire, la crème dépilatoire qui sent la pâte à modeler Play-Doh. Mais rien ne coupe, ne tire, ne lave cette gêne adolescente originelle devant l'arrivée de cette pilosité.

Elle attrape le maillot de bain avachi autour de ses chevilles et le remonte sur ses hanches puis sur ses seins en se tortillant. L'odeur de Lycra lui pique la gorge et lui donne l'impression de se noyer avant même d'être dans l'eau. Il fait chaud dans la boutique, si chaud qu'elle commence à sentir le picotement familier sous ses bras et l'étourdissement qui monte.

C'est la Panique. *Pas maintenant !* songe-t-elle. *Pas ici.* Mais la Panique est déjà là avec elle, elle envahit la cabine d'essayage, occupe toute la place et réduit l'espace jusqu'au seuil du supportable ; elle pèse de tout son poids sur Kate et jaillit de ses entrailles. Elle la force à se baisser jusqu'à s'agenouiller en maillot de bain ; sa respiration n'est plus que halètements et courtes aspirations. L'air lui manque. Il lui faut de l'eau, mais, en cherchant à tâtons dans son sac à main, elle découvre qu'elle n'a pas emporté sa bouteille. Ses poumons se contractent tandis qu'elle tente désespérément de rester à la surface. La Panique pose les mains sur ses tempes et presse de toutes ses forces.

Ne pleure pas. Ne pleure pas, s'adjure-t-elle alors que les larmes inondent ses joues.

Un. *Il fait trop chaud.* Deux. *Arrête, je t'en prie.* Trois. *Je ne peux pas.* Quatre. Profonde inspiration. Cinq. Six. Sept. Huit. Neuf. Au bout de quelques minutes, elle parvient à reprendre le contrôle de sa respiration. Elle est assise sur le sol de la cabine d'essayage. Le miroir est fêlé, une ligne court au milieu. *Comme moi*, pense-t-elle. Elle reste accroupie par terre, épuisée.

Kate a subi sa première crise d'angoisse au rayon des produits de beauté d'un grand magasin. C'était juste après son arrivée à Londres, elle venait de débuter son master de journalisme. Enfant, l'anxiété faisait déjà partie de sa vie, jamais très loin, tapie dans l'ombre, attendant son tour. Kate n'a jamais aimé la foule ; lorsqu'elle était invitée à des sorties dans des parcs à thèmes ou au cinéma, elle faisait croire à sa mère qu'elle avait mal au ventre et qu'elle ne pouvait pas y aller, alors qu'en réalité elle avait juste l'estomac noué de peur à l'idée de se retrouver au milieu de tant de monde. Elle préférait rester tranquillement chez elle à lire. Sa mère la découvrait parfois endormie en boule dans la penderie, un livre ouvert sur les genoux. C'était là qu'elle s'installait pour lire, elle se sentait en sécurité et au chaud dans cet espace exigu, protégée par les vêtements de sa mère et l'odeur de son parfum.

Kate se sentait plus à l'aise avec des livres que dans la réalité du monde. Elle aimait relire ses romans préférés : savoir ce qu'il allait se passer l'apaisait, comme si elle-même était aux commandes de l'histoire. Et si elle n'aimait pas la direction qu'un nouveau livre prenait, elle pouvait le refermer, faire une pause et y revenir quand elle se sentait prête ou bien passer à un autre récit. Dans la vraie vie, ça ne se passait pas ainsi.

À son arrivée à Londres, elle avait eu l'impression de ne plus rien maîtriser, comme si sa vie était une voiture folle lancée à toute vitesse et qu'elle se retrouvait traînée derrière, à rebondir dans les ornières et à s'érafler sur le bitume. Tout était nouveau, et grand, et différent. Elle se sentait petite et seule.

Le premier jour de son master, son professeur avait fait le tour de la classe et demandé à chacun de se présenter. Kate avait parlé de Bristol, de sa famille, de son emménagement à Brixton.

« Et comme toutes les femmes de Bristol, j'aime le cidre. »

Puis ses camarades avaient pris la parole.

«Je m'appelle Josh, et j'étais rédacteur en chef du journal de mon université. Ma série d'articles d'investigation sur le racisme au sein du campus a été sélectionnée pour un prix national.»

«Je m'appelle Henrietta. Je publie régulièrement des critiques dans l'*Independent* et dans le *Guardian*.»

«Je suis Lucas et j'ai un diplôme en littérature anglaise de l'université de Cambridge, où j'étais président du syndicat étudiant et d'où je suis sorti premier de ma promotion.»

Et ainsi de suite. À chaque nouvelle prise de parole d'un étudiant, elle se sentait rapetisser. Les doutes l'avaient assaillie: qu'est-ce qu'elle fichait ici? Elle admirait sincèrement leur capacité à parler d'eux ainsi; elle en était incapable, ce qui la faisait encore plus rentrer dans sa coquille.

Après le cours, elle s'était rendue à Oxford Street, le premier lieu qui lui était venu à l'esprit pour acheter le cadeau d'anniversaire de sa mère. C'était l'heure d'affluence et jamais de sa vie elle n'avait vu autant de corps serrés comme des sardines dans le métro. Elle était emportée par la foule tel un morceau de bois flotté dérivant sur la mer agitée, entraînée le long du quai, jusqu'au bord, puis poussée de force par les portes contre un inconnu.

Une fois dehors, au niveau de la rue, ce n'était guère mieux. Des employés en costume rentraient chez eux en slalomant entre les touristes. Kate était allée jusqu'au passage piéton, puis elle avait lentement descendu la rue. Tous les trois pas, elle se retrouvait à l'arrêt derrière une poussette ou des personnes en train de faire du lèche-vitrine. Elle avait senti son rythme cardiaque s'accélérer à mesure que les autres la bousculaient ou la cognaient avec leurs sacs. Septembre touchait à sa fin, mais il faisait une chaleur inhabituelle, et elle transpirait à grosses gouttes sous son manteau qu'elle ne pouvait pas retirer à cause de la foule qui se pressait autour d'elle.

Elle ne se rappelle pas le moment où elle avait décidé d'entrer dans le grand magasin. Soudain, elle s'était trouvée devant le stand parfumerie où des vendeuses débordantes d'enthousiasme vaporisaient des fragrances sur elle, un sourire agressif peint avec application sur le visage.

« Puis-je vous aider ? » avait demandé une femme en blouse blanche comme celle d'une assistante dentaire tandis que Kate passait en chancelant à côté d'elle. Sa bouche était emplie du goût de trop nombreux parfums. Les odeurs se mélangeaient, doucereuses et écœurantes, comme des bonbons en gélatine restés trop longtemps dans la poche d'un manteau.

Autour d'elle, les gens formaient comme un essaim d'insectes. Elle tournait et se voyait se refléter un millier de fois dans les milliers de miroirs : sur les parois latérales de l'escalator, sur les piliers, aux stands de maquillage, dans les poudriers que les vendeuses tenaient devant les clientes qui essayaient une nouvelle teinte de rouge à lèvres. Même le sol était réfléchissant et sa surface noire laquée lui renvoyait son visage terrifié.

Tout était chaud et lourd et une douleur battait derrière ses yeux, comme si on venait brusquement d'ouvrir les rideaux et que la lumière du soleil trop éblouissante se déversait dans sa tête. Elle s'était alors rendu compte qu'elle ne pouvait plus bouger. Elle était accroupie à côté du stand Estée Lauder, terrorisée. Elle pleurait et son maquillage coulait sur son visage, dessinant des cercles noirs sur son haut blanc.

Kate n'aurait jamais cru être le genre de personne à se recroqueviller par terre au milieu d'un grand magasin et à pleurer sans explication. Si elle avait pu sortir de son corps et s'observer de loin, elle se serait demandé qui était cette folle et ce qui ne tournait pas rond chez elle.

Dans le magasin de sport, elle se rhabille et essuie son visage. Elle lisse ses cheveux, ouvre la porte de la cabine et se dirige vers la caisse.

« J'ai fait mon choix, merci, dit-elle. Je vais prendre celui-ci. »

À la voir comme ça, on ne s'imagine pas que Kate est une jeune femme en proie à la Panique. Elle seule le sait.

8

La piscine se vide de ses nageurs lorsqu'il pleut. Depuis son balcon, abritée de l'averse printanière par celui du dessus, Rosemary les regarde se disperser. Ne restent plus que deux irréductibles dans l'eau. Elle ne comprend pas pourquoi : nager sous la pluie est l'un de ses petits plaisirs préférés. Un frisson clandestin pareil à la cuillerée de sucre roux en plus dans son porridge du matin ou au plaisir de glisser son pied dans une chaussette qui a chauffé sur le radiateur.

Par temps de pluie, la ligne d'horizon entre le ciel et l'eau se brouille. Le noir et le blanc du « dessus » et du « dessous » se fondent en un gris maussade où tout n'est plus qu'eau. Les deux nageurs se considèrent d'un air suffisant, tels des parents fiers, conscients que leur bébé est le plus mignon de tous. Ils savent qu'ils possèdent un trésor que les autres n'ont pas, et sont les seuls à voir à quel point ce bien est précieux et spécial.

Il pleuvait, quelques semaines plus tôt, lorsqu'elle a appris que la piscine allait peut-être fermer. Elle partait pour sa baignade habituelle quand Geoff l'a interpellée pour lui annoncer la nouvelle. Âgé d'une cinquantaine d'années, le responsable de la piscine possède un visage qui, selon les critères de Rosemary, est empreint de bonté. Il se fait un point d'honneur à porter chemise et cravate au travail, et sa seule concession à son environnement professionnel est sa paire de baskets. D'un rouge vif, elles égaient l'ourlet de son élégant pantalon gris.

« Madame Peterson, avant que vous n'y alliez, j'ai quelque chose à vous dire », l'a-t-il hélée en la voyant passer devant l'accueil. Et il lui a annoncé la nouvelle. « Je ne sais pas si je devrais vous dire ça, a-t-il poursuivi, mais il paraît qu'ils envisagent même de cimenter le bassin et de construire un court de tennis dessus. Apparemment, le tennis est plus populaire auprès de leurs locataires. »

Il a ajouté que rien n'était sûr encore mais que ça en prenait la tournure.

« Je suis vraiment navrée, a répondu Rosemary. Pour vos adorables enfants. »

Geoff avait punaisé des photos de son garçon et de sa fille de huit et dix ans au panneau d'affichage de l'accueil. Ils venaient se baigner tous les week-ends ; souvent, ils sortaient en courant de la piscine et se précipitaient vers lui pour le serrer dans leurs bras, mouillant par la même occasion les jambes de son pantalon. Mais ça ne le dérangeait pas.

« Le conseil municipal va-t-il vous proposer un autre poste ?

— J'espère », a répondu Geoff. Mais il ne paraissait pas déborder d'optimisme.

Lorsqu'elle a nagé ce jour-là, Rosemary a essayé de chasser de son esprit les images de sa piscine remplie de ciment et fermée à tout jamais au public. Ce n'est que de retour chez elle qu'elle s'est laissée aller aux larmes.

Quelques jours plus tard, elle a confectionné les prospectus à la bibliothèque d'à côté. Elle a pris des photos dans son album personnel et les a mises dans la photocopieuse, sous le papier où elle avait rédigé son message. Elle a attendu un long moment que la centaine d'exemplaires sortent. Pour patienter, elle a lu tous les fascicules à disposition – des publicités pour des animations au cinéma de quartier ou des cours de yoga, et une brochure fort instructive sur la santé sexuelle. Une fois toutes ses impressions rassemblées, la pile de feuilles était aussi chaude qu'un vêtement en coton tout juste repassé. Bizarrement, le même parfum s'en dégageait.

Elle a décidé de laisser deux ou trois dépliants à la bibliothèque. Et elle a commencé sa distribution de tracts. Elle les semait telles des miettes comme pour indiquer le chemin de la piscine. Elle les a glissés dans les boîtes aux lettres des maisons de sa rue et en a déposé une pile au café de la piscine et dans les vestiaires. Les hommes l'ont considérée d'un œil surpris quand ils l'ont vue en coller sur leur miroir.

« J'ai quatre-vingt-six ans. Vous croyez que je n'ai pas déjà vu tout ça ? » a été sa réponse, accompagnée d'un vague geste de la main.

Chez elle, Rosemary quitte son siège sur le balcon et rentre en laissant la porte-fenêtre ouverte afin de pouvoir entendre la pluie. Elle se dirige vers la cuisine et y prend un cahier noir posé sur le micro-ondes, puis elle en tourne les pages recouvertes de notes manuscrites jusqu'à y trouver la recette qui l'intéresse. Un instant, elle laisse sa main reposer sur la page, puis suit du bout du doigt les courbes de l'écriture familière. Après quoi, elle attrape dans le frigo le sac en papier qui provient du marché et s'attaque à la préparation de la célèbre tourte végétarienne de George. Pendant qu'elle cuisine, elle choisit un souvenir dans les tréfonds de sa mémoire et le passe en boucle dans sa tête comme un disque qu'elle chérit. L'odeur de plat qui mijote emplit l'appartement et Rosemary se remémore sa rencontre avec George.

La ville tout entière était en fête, rejoignant le reste de l'Europe dans une célébration qui s'étendait au-delà des quartiers et des frontières. Au milieu de leur rue, les mères avaient installé une longue table qui s'étirait jusqu'au carrefour. Des guirlandes pendaient aux arbres et des drapeaux britanniques étaient agités aux fenêtres. De part et d'autre de la table, des familles se lançaient des nappes pour la dresser ensemble. Les mères avaient revêtu les robes d'après-midi qu'elles avaient confectionnées elles-mêmes dans des chutes de rideaux et les pull-overs festifs tricotés avec les restes de pelotes des vieux lainages de leurs enfants, qu'elles portaient avec fierté. Elles avaient suivi les recommandations officielles : économiser et recycler. Et cela leur avait permis de survivre.

Les portes étaient grandes ouvertes et les plats sortaient des maisons comme les valises d'un hôtel. La vaisselle était dépareillée : assiettes bleu et blanc du numéro douze, délicat motif de roses du numéro quatorze et verres récupérés dans tous les placards de la rue. Des cruches contenaient des bouquets dépareillés de fleurs ramassées dans le parc.

La journée se prêtait à la dépense, on ne comptait pas les rations : on avait préparé des boulettes de viande avec de la sauce à l'oignon et de la purée, des tourtes aux légumes et des sandwichs à la graisse de rôti. Un concours tacite fut lancé pour le meilleur gâteau sans œufs. Bien sûr, tous contenaient les mêmes ingrédients et avaient par conséquent le même goût. Pour autant, celui de Mme Mason se révéla peut-être légèrement plus moelleux – ou moins sec ? Et celui de Mme Booth plus sucré ?

Rosemary possède une photographie de cette journée : tous les enfants y affichent un air propret, la chemise rentrée et boutonnée jusqu'en haut. Elle est accroupie, les bras autour des enfants des voisins. Elle venait juste d'avoir seize ans et avait été mise à contribution pour aider les mamans avec les plus petits. Les chaussettes des garçons étaient remontées, leurs genoux cagneux dépassant de leur culotte courte. Les petites filles arboraient des nœuds dans leurs boucles. Les bambins s'essayaient à quelques pas dans leur barboteuse aux manches bouffantes. Sur la photo, elle voit des sourires et des tasses en porcelaine délicate sur la table derrière eux, et le joli chat roux du numéro vingt et un qui se régale de corned-beef tombé sur le trottoir.

Pourtant, le souvenir de Rosemary est différent. Elle se souvient du feu de joie.

Au bout d'un moment, les tables avaient été débarrassées et enlevées, ne restaient plus dans la rue que des miettes pour les renards. Les plus petits étaient allés au lit, sans vraiment mesurer l'importance de la journée qu'ils venaient de vivre et plutôt épuisés par le bruit et les drapeaux agités. Plus tard, lorsqu'ils seraient devenus des adultes, ils se repencheraient sur cette journée et feindraient de se la rappeler.

Quant aux enfants plus âgés, ils avaient saisi l'occasion de s'échapper : une liberté aussi brève qu'urgente avant que le couvre-feu de 22 h 30 ne les oblige à regagner leurs lits. Ils s'étaient regroupés au parc. Rosemary ignorait qui en avait pris l'initiative mais, assez vite, il avait suffi de suivre la fumée et les étincelles qui pleuvaient du ciel pour savoir quelle direction prendre. La chaleur des flammes l'avait frappée au ventre et avait rougi ses joues. Le feu était comme un cœur qui pompait le sang ; il était vivant et la faisait se sentir vivante. Les jeunes s'étaient rassemblés en cercle brouillon, certains jetaient des branches pour alimenter la flambée. Plusieurs filles s'étaient enveloppées d'un drapeau sur les épaules et dansaient la conga.

L'odeur de fumée lui emplissait la gorge. Elle la revigorait, comme si elle pouvait la soulever et l'emporter au loin. Dans l'obscurité derrière le feu, elle devinait la forme de la piscine. Elle s'était demandé si l'eau aurait le goût de la fumée.

Ses amies l'avaient prise par la main et elles s'étaient fait tournoyer les unes les autres sur la pelouse. Leurs lèvres étaient tachées de jus de betterave volé dans le garde-manger et leurs joues rosies par la chaleur. En dansant, elle vivait la scène par flashs : un drapeau agité au-dessus des flammes, un couple qui s'embrasse, le froissement des jupes en vichy. Le feu chantait dans tout son être.

Elle tournait et tournait encore lorsqu'elle avait

remarqué un garçon qui se tenait là, sans bouger. Maintenant qu'elle l'avait repéré, elle ne pouvait plus détacher son regard de lui ; il était comme le point sur lequel se concentre un danseur classique pour réussir sa pirouette. Lorsque ses amies avaient lâché sa main, elle avait vacillé un peu et chancelé sur l'herbe. Le garçon l'avait contemplée avec toute l'assurance d'un adolescent de seize ans qui sait qu'il ne risque plus d'être envoyé à la guerre.

Il lui avait fait un signe de la main. Elle ne s'était pas retournée pour voir à quelle fille plus jolie juste derrière elle il le destinait, parce qu'elle savait au fond qu'il ne s'adressait qu'à elle. Il avait contourné le feu et s'était approché, et elle avait attendu qu'il la rejoigne. C'était une ombre à l'allure négligée, aux cheveux en bataille, avec de longues jambes, un nez droit et une bouche rose et blanc qui souriait dans la nuit. Ses mains étaient enfoncées dans les poches de son large pantalon marron.

« Je m'appelle George », avait-il dit.

Et voilà.

Ils avaient discuté toute la nuit. Rosemary apprit qu'il habitait à trois rues de chez elle, mais qu'il venait tout juste de rentrer du Devon où il avait été évacué au début de la guerre.

Il lui parla de ses parents, qui tenaient le magasin de fruits et légumes dans la rue de la gare, et lui confia que son père, mobilisé comme préposé à la défense passive, avait ainsi échappé au front et qu'il avait confié les rênes de leur commerce à sa mère. Il lui raconta qu'il avait reçu une lettre d'elle dans laquelle

elle lui annonçait que la maison en face de la leur avait été bombardée et que leurs voisins étaient morts. Il connaissait les fils de la famille – ceux-ci se trouvaient dans le Dorset avec un proche et il se demandait s'ils reviendraient un jour, s'il les reverrait jamais.

Il n'avait ni frère ni sœur, comme elle, et l'un comme l'autre avouèrent n'avoir jamais rencontré d'autre enfant unique auparavant. Cinq garçons vivaient déjà dans la maison du Devon où il avait été accueilli. Dans chaque pièce, il y avait toujours au moins une personne, expliqua-t-il, et le seul endroit où il pouvait espérer un peu de solitude était l'abri antiaérien. Sauf si l'un des garçons s'y réfugiait pendant une partie de cache-cache, ce qui était souvent le cas.

Là-bas, il avait aidé aux corvées de jardinage, et il lui cita les légumes qu'ils avaient fait pousser. Il lui relata la nuit où toutes les familles du village étaient sorties de chez elles pour observer le ciel qui s'empourprait tandis qu'Exeter brûlait.

Rosemary avoua à George qu'elle n'avait jamais quitté Brixton. Sa mère avait refusé qu'elle parte. « Je suis ta mère, comment t'en sortirais-tu sans ta mère ? » avait-elle assené. Rosemary s'était demandé si ce n'était pas plutôt que sa mère ne voulait pas rester seule.

Cette dernière travaillait à la blanchisserie avant, mais, pendant la guerre, elle s'était occupée des quelques gamins qui n'avaient pas été évacués. Lorsque l'école avait été temporairement transformée en caserne de pompiers, Rosemary l'avait aidée à organiser une classe de fortune dans leur cuisine. Plutôt que le linge, elles avaient étendu des cartes du monde avec des pinces sur le fil qui courait au-dessus de leur poêle. Rosemary adorait le son de la craie qui s'effritait sous ses ongles et l'odeur des livres qui appartenaient à son père.

Elle lui raconta le quotidien de ceux restés en ville. Les attaques aériennes et toutes ces heures entassée avec sa mère et les voisins dans l'abri des Anderson situé dans le jardin commun. Elle lui parla du sifflement des bombes et du boucan affreux des explosions qui se rapprochaient, puis du soulagement quand elles s'éloignaient à nouveau. Ils avaient frappé dans tout Brixton, détruisant des maisons et anéantissant le théâtre. Les bombes et les morts étaient devenus des éléments d'une normalité terrifiante.

Mais elle lui parla aussi du vent de liberté qui soufflait une fois le Blitz terminé, lorsqu'elle entrait seule dans des bâtiments à la façade réduite en cendres, mais qui contenaient encore du mobilier, et qu'elle n'avait pas de raison d'aller à l'école parce qu'il ne restait plus assez d'enfants ni d'enseignants pour garder une classe ouverte. Elle pouvait se rendre à la piscine dès qu'elle en avait l'occasion, plonger dans l'eau et oublier pour un temps qu'une guerre faisait rage. Parfois, si elle se mettait sur le dos dans l'eau et qu'elle contemplait le vide du ciel au-dessus d'elle, elle pouvait imaginer que son quartier était toujours tel qu'il était avant le début du conflit.

George parla du Devon ; elle n'avait jamais vu la mer et elle écouta avec admiration ses histoires de tempêtes et la sensation d'avoir en permanence du sable sous les ongles et du sel dans les oreilles.

« Et si tu passes la langue sur tes lèvres quand tu te promènes dehors, elles ont le goût du *fish and chips*. »

L'air avait beau être lourd de la fumée du feu de joie, Rosemary put sentir la mer.

« Rosemary, pourquoi tu ne danses pas ? » lui cria son amie Betty en trébuchant vers elle, la natte dénouée et les pieds nus, ses souliers abandonnés dans l'herbe et formant une pile avec les autres chaussures quasi identiques. Elle s'arrêta devant Rosemary et George et lança un regard à son amie.

« C'est qui, lui ? » demanda-t-elle, les mains posées sur la taille de sa robe mi-longue au col serré. Sa posture lui rappela sa mère.

« C'est George.

— Eh bien, pourquoi George ne t'invite-t-il pas à danser ? »

Mais s'ils dansaient, ils ne s'entendraient plus pour discuter. Betty poussa un soupir et repartit vers le feu de joie.

Quand ils furent à nouveau seuls, George se tourna vers Rosemary et déclara :

« Je ne me suis pas baigné depuis mon retour. Allons-y ensemble… Samedi prochain ? »

Il lui fallut quelques instants pour comprendre qu'on venait de lui proposer un rendez-vous et pour se rendre compte que c'était la première fois. Elle sentit son estomac se nouer comme sous l'effet d'un doux poison. Mais elle avait seize ans et la guerre était terminée. Hors de question de refuser.

9

À moitié nus, nous sommes tous égaux. Dentistes, avocats, mères au foyer et agents de police en repos passent l'accueil mais, une fois dans l'eau, ce ne sont plus que des corps engoncés dans des morceaux de Lycra de différentes tailles. Les hommes se révèlent pleins de surprises : qui porte un slip et qui porte un caleçon ? On pourrait croire la réponse évidente d'après leurs habits de ville, mais en fait non.

Parfois, derrière les apparences les plus improbables se cachent les nageurs les plus rapides. À l'instar de l'obèse au dos poilu qui porte un caleçon de bain trop serré : dans l'eau, il est plus rapide qu'une flèche. L'inverse est aussi vrai : il y a l'homme qui affiche une assurance infaillible, qui salue tout le monde et s'étire comme un professionnel sur le rebord mais qui, une fois dans l'eau, ressemble à un papillon à l'aile froissée.

L'eau froide réveille une jeune femme médecin qui vient d'achever sa nuit de garde. Malgré son corps harassé, elle a besoin de ce bain. Le soleil matinal chauffe son visage. Plus tard, elle rentrera chez elle et baissera le rideau sur cette journée. Elle exécute un crawl rapide, se retourne à chaque extrémité pour entamer une nouvelle longueur. Lorsqu'elle nage, elle lâche prise. Tout devient eau.

À côté d'elle, un chauffeur de bus attaque sa dix-neuvième longueur ; ses bras musclés recueillent l'eau et projettent derrière lui des gouttelettes comme autant d'étoiles. Mozart joue dans ses oreilles grâce à son MP3 étanche.

Jermaine, de la librairie, est présent lui aussi. C'est Frank qui tient la boutique aujourd'hui, alors il a la matinée pour lui. Hier soir, ils se sont disputés à propos de leurs finances, et son corps est tendu par la fatigue. Ils ont veillé tard mais il s'est tout de même levé de bonne heure. En robe de chambre et pieds nus, il est descendu de leur appartement au-dessus de la librairie pour boire un expresso entouré des livres et de la vie qu'ils se sont construite.

C'est Frank qui a convaincu Jermaine de quitter son emploi dans le cabinet d'experts-comptables familial pour démarrer une nouvelle aventure professionnelle ensemble. Frank a travaillé presque toute sa vie dans le livre. Il a commencé par un petit boulot le samedi dans une boutique d'ouvrages anciens à York où il a grandi, puis les week-ends entiers lorsqu'il s'est installé à Londres pour ses études de philosophie. Ses camarades de promotion le prenaient pour un fêtard – et il était vrai qu'il appréciait la liberté qu'offrait Londres, surtout dans les clubs gays où ses amis l'emmenaient et où il pouvait être ouvertement lui-même pour la première fois de sa vie. Mais les week-ends étaient sacrés, c'étaient les deux jours où il travaillait à Waterstones sur Piccadilly. Son diplôme en poche, un emploi à plein temps dans cette librairie de renom était l'évidence même.

Jermaine pense à Frank quand il nage – à son optimisme sans bornes que Jermaine qualifie de naïveté au plus chaud de leurs disputes (la veille par exemple) mais qu'il aime tout autant. Il est tombé amoureux de lui avec une intensité qui l'a surpris lui-même ; lui, d'un tempérament calme par nature, comme s'il vivait dans une bulle que nul ne pénétrait jamais. Lors de leur rencontre, c'était comme si Frank avait franchi la paroi qu'il avait érigée autour de lui. Et quand Jermaine eut compris qu'il y avait de la place pour deux à l'intérieur de sa bulle, il n'a plus jamais voulu le laisser partir.

Ses parents avaient été bouleversés ; ils étaient religieux, conservateurs et ne se doutaient pas une seconde que Jermaine était homosexuel. Sa mère lui avait dit en pleurant toutes les larmes de son corps qu'il lui brisait le cœur.

« Je ne dirai rien à ton père, avait-elle déclaré. Tu sais qu'il a le cœur fragile. Ça le tuerait. »

Jermaine ne voulait pas se disputer. Au lieu de quoi, il était rentré retrouver son petit ami, qui l'avait pris dans ses bras et lui avait conseillé de quitter son travail pour démarrer un projet avec lui. La foi de Frank en son idée, en lui, l'avait ému. Avec sa famille de bigots, celui-ci en connaissait un rayon sur la foi ! Il ne l'avait juste pas accordée aux bonnes personnes jusque-là. Contrairement à ses habitudes, il avait fait fi de toute prudence et accepté sur-le-champ.

Jermaine se tourne sur le dos afin de contempler le ciel en nageant. Il laisse l'eau glisser sur lui avec l'espoir qu'elle lavera certains de ses problèmes et le nettoiera des mots rageurs qu'il a criés la veille à la personne qu'il aime le plus au monde. Un avion déchire un nuage, charriant une traînée blanche sur le fond bleu.

10

Il n'y a aucune cabine de libre dans le vestiaire commun, si bien que Kate retire ses vêtements cachée sous sa serviette. Sa peur d'être vue nue donne à son corps une souplesse qu'elle ignorait posséder. La Panique pèse sur ses épaules pendant qu'elle se change ; elle enserre sa gorge, comprime sa poitrine, oppresse sa tête. Kate convoque toutes ses forces pour rester calme et maintenir sa serviette avec fermeté autour d'elle tandis qu'elle gigote pour ôter ses habits.

Les autres nageurs sont plus coutumiers de la nudité, semble-t-il. Une femme âgée sort de la douche et gagne le vestiaire en tenue d'Ève, une serviette en turban sur la tête. Son casier se trouve à côté de celui de Kate. Elle se plante devant, y attrape son sac de sport. Après avoir dénoué sa couronne de coton mélangé, elle se met à brosser ses courts cheveux argentés. Elle n'a pas du tout l'air pressée de se rhabiller.

Mais elle n'est pas la seule. Deux femmes de l'âge de Kate discutent tout en se changeant ; leur peau luit de la crème hydratante qu'elles partagent en se passant le tube. Kate se surprend à contempler leur belle poitrine opulente. Ce n'est pas de l'attirance, mais un sentiment bien plus basique : de la curiosité. Elle se rend compte qu'elle n'a pas vu d'autres femmes nues depuis l'enfance.

« Quelqu'un aurait une pièce de cinquante *pence* pour me faire la monnaie ? » demande une femme.

S'adresser ainsi à la cantonade quand on est totalement nue impressionne grandement Kate. Elle veut être cette femme. Mais elle n'a pas cinquante *pence*, ni cette confiance en soi, alors elle enfile son maillot de bain, enroule sa serviette autour d'elle, fourre ses vêtements dans son casier et accroche la clé à son poignet.

Dehors, elle serre sa serviette sur sa poitrine avec timidité. D'un coup d'œil, elle vérifie si quelqu'un l'observe. Personne, mais elle sent tout de même les regards peser sur elle. Elle se rappelle les cours de natation à l'école quand elle était adolescente et combien elle détestait son corps – aujourd'hui encore. Elle gagne d'un pas rapide le rebord de la piscine. Au moins, dans l'eau, personne ne pourra la regarder.

Alors qu'elle approche de l'échelle et se prépare à son premier bain dans ce bassin, elle s'interroge avec inquiétude : et si Rosemary avait tort ? Et si elle avait oublié comment faire ?

C'est sa sœur Erin qui lui a appris à nager. Kate avait six ans et Erin douze. Enfant, Kate ne se doutait pas que leur grande différence d'âge était inhabituelle, elle croyait que les sœurs aînées étaient toutes belles et fantastiques. En grandissant, Kate avait fini par comprendre qu'elle était la tentative ratée de ses parents pour sauver leur mariage.

Erin savait faire du vélo sans les petites roues et sans tenir le guidon, elle était douée en maths et connaissait par cœur le tableau périodique des éléments, elle était incollable sur la mode et le maquillage et, en plus, elle avait de longs cheveux qui formaient des boucles auburn souples. Et elle nageait comme un dauphin.

Un samedi des vacances scolaires, elle avait (à contrecœur) accepté de sortir jouer dehors avec sa sœur pour que leur mère puisse travailler. Le salon était jonché de feuilles A3 couvertes de photos et de mots que Kate ne savait pas lire.

« Mais je ne sais pas nager ! » s'était-elle écriée quand Erin avait proposé d'aller à la piscine. Elle avait commencé à suivre quelques cours à l'école, mais la magie n'avait pas opéré et elle n'avait pas encore réussi à traverser seule l'immensité du bassin.

« C'est facile, avait affirmé Erin. C'est comme quand on patauge à la plage, sauf que là tu barbotes à la surface de l'eau, et avec tes bras et tes jambes. Je te montrerai. »

Il était trop tard pour que Kate s'y oppose ; Erin était déjà en train d'emballer leurs affaires de piscine dans un sac et se dirigeait vers la porte. Sur le chemin, elle avait jeté un regard alentour pour s'assurer qu'aucun de ses camarades de classe n'était dans les parages avant de prendre Kate par la main.

« Je ne te lâcherai pas, c'est promis », avait assuré Erin, les bras passés sous le ventre de Kate qui battait furieusement des pieds. Le menton dans l'eau, Kate avait considéré sa sœur dans son bikini de grande fille, qui lui souriait comme seules les grandes sœurs savent le faire.

« Juré ? » avait insisté Kate.

Erin avait promis puis retiré ses mains. Un instant, le

monde de Kate et sa foi aveugle en lui s'étaient effondrés tandis qu'elle sombrait, de l'eau dans les yeux et dans la bouche, et qui lui ressortait par le nez. Puis elle était remontée à la surface, s'y était agrippée en griffant l'eau jusqu'à ce qu'elle flotte, puis finisse par avancer.

La première chose qu'elle avait vue en rouvrant les yeux, après avoir battu des paupières pour en chasser ses larmes chlorées, avait été le sourire fier d'Erin.

Leur mère était furieuse quand les deux filles étaient rentrées à la maison les cheveux mouillés.

« Tu l'as emmenée à la piscine ? avait-elle hurlé. Mais elle ne sait pas nager !

— Ne fais pas celle qui s'inquiète de savoir où nous étions alors que ce qui t'intéresse, c'est que nous n'ayons pas été dans tes pattes ! avait renvoyé Erin.

— Je sais nager ! » s'était écriée Kate.

L'adage dit vrai, bien sûr : une fois qu'on sait nager, c'est pour toujours. Alors qu'elle se glisse dans l'eau fraîche, elle se rappelle le sourire rassurant de sa sœur et cette sensation de voler, inédite. Le froid fait s'emballer son cœur. Elle le sent dans ses veines, dans ses orteils, dans le bout de ses seins. Avec un glapissement, elle plonge sous la surface. L'eau se précipite autour d'elle et alors ne règne plus que le silence. Ses mains ont l'air pâles une fois étirées devant elle pour caresser le bleu. Un coup de pied et ses bras la ramènent au-dehors pour une goulée d'air. Là, on s'éclabousse et des enfants crient avec une joie éhontée, puis le soulagement du calme l'étreint lorsqu'elle s'enfonce à nouveau sous l'eau.

Son cœur ralentit légèrement la fréquence de ses

battements tandis qu'elle s'accoutume à la température et trouve son rythme. C'est une fraîcheur douloureuse mais qui la revigore. Elle picote sa peau, l'éveille après qu'elle a été engourdie si longtemps. Elle nage en prenant de profondes inspirations.

Ses mouvements de brasse sont lents. Sa jambe droite bat à la verticale comme si un marionnettiste tirait une ficelle invisible attachée à sa cheville. Malgré les instructions de son professeur à l'école, elle n'a jamais réussi à corriger ce battement asymétrique.

Elle a conscience de n'être ni gracieuse, ni élégante, ni même puissante. Mais elle nage. Et dans l'eau, elle se sent apaisée.

Lorsqu'elle ressort, frissonnante, elle récupère aussitôt sa serviette laissée sur le côté et l'enroule autour de son corps. Dans le vestiaire, l'une des cabines est libre. Elle s'y précipite, fermant la porte derrière elle avec un soupir de soulagement. Elle s'assied un instant sur sa serviette posée sur le banc, reprend son souffle. Un sentiment d'accomplissement l'envahit mais elle est aussi épuisée par l'émotion. Elle se souvient de ses camarades d'université qui semblaient croire que le monde leur appartenait, puis elle pense à sa sœur et son enfance avec elle lui manque – l'époque où elle apprenait à nager alors que les soucis étaient dérisoires et que sa grande sœur était toujours là pour la rattraper. La Panique qu'elle a abandonnée au bord de la piscine s'insinue à nouveau en elle et la submerge. Kate met la tête entre ses genoux et pleure, la main sur la bouche pour qu'on ne l'entende pas dans le vestiaire.

11

La piscine leur appartenait, et ils appartenaient l'un à l'autre.

« Rejoins-moi à l'entrée du parc à la tombée de la nuit », souffla George dans les cheveux de Rosemary en lui déposant un baiser sur la joue par un chaud après-midi. Depuis leur rencontre plusieurs mois auparavant, ils s'étaient vus presque tous les jours. Ils profitaient de leur pause déjeuner – George au magasin de fruits et légumes et Rosemary à la bibliothèque de quartier – pour se retrouver d'un coup de bicyclette au parc Brockwell. En pédalant vite, ils parvenaient à s'offrir vingt minutes de temps ensemble. Leurs vélos contre un arbre, le panier de George rempli de journaux enveloppant leur déjeuner : sandwichs à la confiture et, à l'occasion, une pomme qu'ils partageaient et savouraient.

Rosemary confectionnait des colliers de marguerites sans même s'en rendre compte et bavardait sans prêter attention à ce qu'elle disait. Il écoutait et s'exerçait à tenir en équilibre sur les mains.

Il réussissait mieux ses équilibres dans l'eau, mais il était résolu à en maîtriser l'art sur la terre ferme.

Ce jour-là, il commença par faire le poirier, la tête au pied de l'arbre, et d'une poussée il monta les jambes, les appuya contre le tronc et observa les alentours à l'envers.

« Il faut que tu voies le monde de cette manière ! » lança-t-il.

Elle abandonna son collier de fleurs flétries dans l'herbe et monta en équilibre sur les mains à côté de lui. Une jeune maman poussait un landau le long d'un fleuve gris qui serpentait à travers le parc et les oiseaux nageaient dans le ciel.

« Tu viendras, n'est-ce pas ? » demanda-t-il lorsqu'ils se séparèrent.

Elle ne désobéissait jamais, même si elle craignait un peu l'obscurité.

« D'accord, accepta-t-elle au bout d'un moment. Je viendrai. »

Au dîner ce soir-là, elle ne tenait pas en place. Elle n'avait pas d'appétit mais, pour que ses parents ne se doutent de rien, elle mangea plus qu'à l'accoutumée.

« Un bon coup de fourchette pour une fille », fit remarquer son père lorsqu'elle enfourna une autre pomme de terre. Elle aida sa mère à débarrasser et lava les assiettes dans l'évier. L'une à côté de l'autre, leurs coudes se touchant presque, elles tentèrent de faire mousser le savon en paillettes ; le silence glissé entre elles deux posait avec douceur ses bras sur leurs épaules.

Rosemary avait envie de parler à sa mère, de lui rappeler un souvenir heureux ou une histoire drôle pour qu'elle sourie et dise « Rosy » d'une manière qui lui donnerait l'impression d'être à nouveau une petite fille. Néanmoins, elle ne trouva rien d'amusant pour la faire rire de cette façon. Dans sa tête, elle ne voyait que les grilles du parc plongé dans l'obscurité.

La table débarrassée et les assiettes bien rangées sur leur étagère, Rosemary embrassa son père et sa mère et leur souhaita bonne nuit. Ses parents s'installèrent dans leurs fauteuils au coin du feu pour écouter la TSF, et elle disparut dans sa chambre pour lire.

Sauf qu'il lui fut impossible de lire ; tout ce dont elle était capable, c'était de brosser encore et encore sa chevelure et regarder par la fenêtre en attendant que le soleil s'éclipse pour pouvoir en faire autant.

Sa chambre passa d'une teinte dorée à une nuance de gris de plus en plus sombre à mesure que la lumière déclinait. Dans l'obscurité, elle se changea et revêtit sa plus belle robe. L'imprimé s'était un peu affadi avec le temps mais il restait joli : des fleurs blanches sur un fond bleu marine. Elle y avait cousu des poches sur le devant pour camoufler des accrocs, et ajouté un ruban à la taille.

Avec le moins de bruit possible, elle ouvrit sa fenêtre. Une brise chaude fit bruisser les rideaux. Elle s'agrippa à l'encadrement, bascula les jambes de l'autre côté et posa les pieds sur le parterre de fleurs au-dehors. Une chance qu'ils habitent un appartement en rez-de-chaussée ! Les pétales chatouillèrent ses mollets nus lorsqu'elle sauta par-dessus la bordure, laissant l'empreinte de ses chaussures sur le sol desséché.

Le son du poste de radio flottait dans la rue. Toutes les fenêtres étaient ouvertes ce soir-là pour inviter la douce brise dans les appartements. À son arrivée au parc, George l'attendait, adossé à la grille, un genou relevé et le pied sur le barreau. Pour une fois, ses cheveux semblaient avoir reçu un coup de peigne. Malgré sa posture décontractée, il paraissait nerveux, ou en tout cas c'est ce qu'il sembla à Rosemary. Mais peut-être projetait-elle seulement ses propres appréhensions ? Dès qu'il la vit, son visage s'éclaira. Son sourire était toujours un accueil à part entière : large et avenant, et adressé directement à Rosemary telle une main tendue, une main qui s'agite joyeusement.

« Viens », dit-il en s'agenouillant, les doigts croisés et les paumes en l'air devant elle. Elle posa le pied sur ses mains en courte échelle et tendit le bras vers les barreaux, puis se hissa par-dessus la grille lorsqu'il se leva pour la porter.

Une fois en haut, elle passa les jambes de l'autre côté et sauta à terre. Le bas de sa robe se gonfla pendant la chute.

« J'espère que tu n'as pas regardé sous ma jupe, George Peterson.

— Je ne me le permettrais pas, Rosemary Phillis. »

Il escalada la grille avec l'agilité d'une araignée, atterrit à côté d'elle et la prit aussitôt par la main.

Ensemble, ils avancèrent dans le parc. Les lumières des habitations disparaissaient à mesure qu'ils s'enfonçaient dans le bois, mais la lune brillait et George connaissait le chemin. Rosemary n'eut aucune hésitation.

Il lui tenait fermement la main tandis qu'ils descendaient l'allée sous le couvert du feuillage des arbres qui créait des zones de noir profond et de pâle lueur.

D'ordinaire, ils parlaient sans discontinuer, piaillant comme deux oisillons pour se raconter tout et n'importe quoi. Mais pas ce soir. Elle écoutait le bruit de leurs pas sur le chemin et les battements de son cœur dans ses oreilles. Elle observa son profil pendant qu'ils marchaient. Elle en reconnaissait la forme même dans l'obscurité. Elle en avait embrassé chaque partie, découvrant avec fascination le goût qu'avait la peau d'un homme.

Bientôt, ils atteignirent un carré d'une teinte plus sombre encore : le mur d'enceinte de la piscine. Non loin de là se dressait un vieil arbre dont les branches les plus basses s'étiraient au-dessus du mur de brique. Dans le noir, il ressemblait à un géant aux bras grands ouverts.

Tout à coup, ils dévalèrent le talus en direction de l'arbre. Ils trébuchèrent sur la pelouse bosselée, les brins d'herbe collant à leurs genoux boueux comme la farine sur des doigts humides.

L'arbre leur parut immense une fois qu'ils se tinrent dessous.

« Je ne crois pas pouvoir le faire, dit-elle.

— Mais si, nous allons y arriver », répondit-il.

Là encore, il l'aida à monter, cette fois jusqu'à la première branche de l'arbre, recouverte de mousse humide. Les ongles de Rosemary s'enfoncèrent dans ce duvet vert quand elle rampa le long de la branche, fermement agrippée. Un instant, la peur la saisit, mais elle était trop gênée pour demander à faire demi-tour. Alors, elle se laissa descendre en douceur de l'autre côté, face au mur, les pieds battant dans le vide jusqu'à trouver appui sur une table de pique-nique en bois.

Elle se retourna et sauta pour atterrir sur les dalles qui entouraient la piscine.

Un silence aussi feutré qu'un secret régnait. La lune luisait haut dans le ciel désormais, baignant l'enceinte d'une lumière argentée. Une toile de protection recouvrait la surface de l'eau, semblable dans le noir à une plaque de glace sur laquelle on voudrait patiner. À l'autre bout, elle distingua la chaise vide du maître nageur qui veillait en silence sur le bassin nocturne. Elle devina la rondeur de la pendule et les longueurs de corde enroulées sur les dalles tels des serpents endormis.

Un léger bruit sourd retentit, et George fut à côté d'elle ; il frotta ses genoux et son short.

Rosemary ne bougeait pas, elle sentait son cœur se gonfler dans sa poitrine comme un ballon qui, s'il était libéré, filerait dans sa gorge et s'envolerait dans le ciel.

Sans prononcer un mot, elle se dirigea à pas lents vers un bord de la piscine et souleva l'un des coins de la bâche. Une lueur argentée étincela. George gagna l'autre côté et s'empara de l'autre coin ; ensemble, ils retirèrent la toile jusqu'à dévoiler la piscine, sa surface aussi parfaite que fragile.

Dans l'obscurité, ils peinaient à discerner leurs traits.

Rosemary se pencha et dénoua avec soin les lacets de ses souliers qu'elle déposa avec délicatesse à côté d'elle avant de rouler ses socquettes blanches. Elle vit l'ombre de George faire de même.

Alors, les pieds nus mais encore habillés, ils se regardèrent. Puis ils sautèrent. Peut-être s'élança-t-elle la première ou peut-être la devança-t-il d'une seconde, mais ils pénétrèrent dans l'eau comme une seule exclamation.

Sous la surface, Rosemary était un enchevêtrement de tissu et de cheveux. Par cette nuit noire, c'était comme si elle avait sauté dans un trou sombre et froid, dans les entrailles de la Terre. Elle discerna un mouvement à l'autre bout de la piscine : quelqu'un d'autre était avec elle dans le trou.

Elle regagna la surface avec la rapidité d'un bouchon de champagne qui saute. George flottait sur le dos, les orteils à l'air. Il riait à gorge déployée.

Elle nagea jusqu'à lui, faisant glisser la nuit entre ses doigts. Puis elle se retourna et se laissa flotter elle aussi. La lune ressemblait à un dessin d'enfant dans le ciel où les étoiles paraissaient être accrochées avec des épingles. Elle contempla le firmament et l'imagina en train de la regarder. Cette idée l'emplit d'une tristesse qui cogna dans son cœur.

Elle plongea sous l'eau, chassa ses larmes salées par d'autres, chlorées. Elle fit un aller-retour dans le bassin d'une brasse régulière, puis sortit.

George flottait toujours. On n'entendait que le clapotis de ses doigts qui dessinaient des ronds dans l'eau.

« Rosemary, penses-tu que je deviendrai quelqu'un ? »

Elle s'assit sur le rebord, les genoux contre la poitrine, et l'observa en gouttant.

« Comment ça ?

— Crois-tu que je deviendrai quelqu'un d'important ?

— Pourquoi demandes-tu ça ?

— Le ciel est tellement immense quand on le regarde. Il paraît si important.

— Je pense que tu es important.

— Donc tu crois que je deviendrai quelqu'un ?

— Oui, dit-elle. Je sais que tu deviendras quelqu'un. »

Les dalles en béton étaient rugueuses sous ses pieds nus. Ses cheveux gouttaient sur son visage et son cœur tambourinait dans sa poitrine. Son estomac était noué. Elle avait envie de se glisser dans la peau de George, de l'essayer pour voir si elle lui allait, de découvrir ce que ça faisait d'être lui, de courir dans ses veines et de nager dans sa tête. Elle n'imaginait pas avoir envie de quoi que ce soit d'autre avec plus d'ardeur.

Elle sentait qu'il souriait, même si elle ne le voyait pas. Il bascula sur le ventre et nagea jusqu'au bord. Sorti de l'eau, il lui prit la main et l'aida à se relever. Ils se tinrent côte à côte, enlacés et trempés. Elle trembla comme une enfant lorsqu'ils s'embrassèrent comme des adultes.

On n'apprend pas à chasser au tigre mais il rugit quand même. Son corps poussa un rugissement quand ils explorèrent leur bouche de leur langue. Un feu brûlait en elle, il la consumait. Elle ne craignait plus l'obscurité.

Ils se séparèrent, et la forme complexe en origami que composaient leurs deux corps se déplia le temps pour eux de retirer leurs vêtements.

Dévêtus, ils eurent le sentiment de se rencontrer pour la première fois. Deux corps nus et nerveux face à face sur le rebord de la piscine.

« Je ne veux pas te faire de mal, dit-il.

— Tu ne m'en feras pas. »

Ils étalèrent leurs vêtements mouillés par terre et s'allongèrent côte à côte, la chaleur de l'un réchauffant l'autre. Il embrassa ses joues, ses paupières, sa bouche.

Le sol était dur et râpait leur peau, et ils n'étaient plus que des coudes et des genoux cagneux ; c'était douloureux et elle cria, son cœur se gonfla et il la serra fort. Elle se sentit vivante, et libre, elle nageait et elle tombait.

Perdre sa virginité ne ressembla pas à une perte pour Rosemary. Dans le noir, ils s'étaient trouvés et accrochés l'un à l'autre.

De retour chez elle, elle se faufila sans bruit par la fenêtre de sa chambre. Elle posa sa robe sur le dossier de sa chaise pour la faire sécher et se glissa dans son lit, remontant la couverture aux marguerites roses sur elle. Tandis qu'elle sombrait dans le sommeil, elle songea à la lune qui l'avait regardée et se demanda si elle devait avoir honte ; puis elle se rappela que la lune avait dû en voir d'autres, depuis ces milliers d'années.

12

Ce soir-là, Kate téléphone à sa sœur pour la première fois depuis des semaines.

« Salut, madame l'inconnue, lance Erin en décrochant.

— Je sais, je suis désolée, répond Kate, assise dans un coin de son lit, les genoux sous le menton. J'ai été occupée.

— À trop faire la fête ?

— Quelque chose dans ce goût-là. »

Kate perçoit des cliquetis en fond sonore : elle imagine Erin en train de déambuler dans sa cuisine moderne ouverte sur le salon, à préparer le dîner pour Mark son mari, le téléphone calé sous l'oreille. Elle visualise le plan de travail étincelant et le séjour bien rangé avec ses canapés crème immaculés. Mark est peut-être en train de leur servir du vin, il tend son verre à Erin avec un sourire qui n'appelle aucun commentaire. Lorsqu'elle pense à la vie de sa sœur – à son poste haut placé dans une agence de communication à Bath, à la nouvelle société de son mari et à leurs amis, beaux et riches –, Kate se sent laissée pour compte, comme si Erin avait remporté la course et qu'elle-même était restée figée dans les starting-blocks, terrorisée par le coup de pistolet qui donne le départ.

« Qu'est-ce que tu deviens ? demande Kate.

— Je reviens juste de mon footing – ça fait trois fois que j'y vais cette semaine.

— Waouh, c'est super. Tant mieux pour toi.

— Ça m'aide à ne pas devenir folle.

— Tu ne me parais pas folle du tout. »

Erin s'esclaffe.

« Tu crois ça parce que tu n'habites pas avec moi. Mark te dirait le contraire. Le travail m'épuise, je n'arrive pas à me rappeler la dernière fois où je me suis accordée un vrai week-end, il y a des travaux à faire dans l'appartement et qui sait combien ça va coûter, et je ne suis toujours pas enceinte. Il y a des jours où je n'ai rien de propre à me mettre. Mais tant mieux si j'ai l'air d'avoir toute ma tête. »

Kate ne sait pas quoi répondre. Elle croit en sa sœur et en son bonheur comme elle a confiance en la solidité des briques pour protéger sa maison du froid et de la pluie. Il faut qu'Erin soit heureuse, pour son bien, mais aussi pour que le monde tel que Kate le connaît continue de tourner normalement et sans heurt. Pourtant, ce qu'Erin est en train de dire… Est-ce la première fois qu'elle laisse entendre que sa vie n'est pas parfaite ou est-ce la première fois que Kate l'écoute ? Celle-ci ne sait pas quoi répondre, alors, la gorge nouée par la honte, elle se tait.

« Bon, désolée, je n'avais pas l'intention de geindre auprès de toi, poursuit-elle. Et toi ? Quoi de neuf ? »

Avant même de prendre conscience des mots qui franchissent ses lèvres, Kate déclare : « Je me suis mise à nager. Dans une piscine en plein air. J'écris un article à ce sujet.

— Waouh, réplique Erin. Une piscine municipale en extérieur ? Dis donc, tu es bien plus courageuse que moi ! »

Recroquevillée sur son lit, la porte fermement close pour éviter toute interaction avec ses colocataires, Kate a envie de pleurer. Au lieu de quoi, elle garde le silence.

Erin aussi marque une pause – le cliquetis de vaisselle qui s'entrechoque dans la cuisine cesse. L'espace d'un instant, la ligne téléphonique ne transmet rien d'autre que le son calme de la respiration des deux sœurs.

« Est-ce que tout va bien, Kate ? » finit par demander Erin.

Kate sait que c'est sa chance de se confier à sa sœur – la main qu'elle lui tend. Mais il y a tant à dire que, quelque part, parler est inutile.

« Ça va, répond-elle d'un ton enjoué. Je ferais mieux de me préparer à dîner. On se reparle bientôt ?

— Bien sûr. Tu sais où me trouver. »

Après avoir raccroché, Kate s'installe à son bureau, allume son ordinateur portable et va sur Internet. D'instinct, elle se tourne vers la porte, vérifie qu'elle est bien fermée avant de taper « exercice et anxiété » dans Google. Tandis que s'affichent les résultats, elle sent les battements de son cœur s'accélérer et un nœud se former dans son estomac, comme si elle regardait des choses interdites sur l'ordinateur de ses parents.

Nager en extérieur dans l'eau froide procure un sentiment d'euphorie comparable à nul autre, clame un article. *Chaque fois que j'ai le moral à zéro, j'essaie d'aller nager en extérieur. Je me sens toujours mieux quand je sors de l'eau*, lit-elle.

Elle ferme son ordinateur et se met tranquillement en pyjama, se remémorant sa conversation avec Erin. Elle repense à sa crise de larmes au magasin John Lewis et à celle dans le vestiaire de la piscine. La vérité, c'est qu'elle n'a aucune idée de ce qui pourrait l'aider. En même temps, en bordant la couette autour d'elle, elle décide que tenter de rendre crédible le mensonge qu'elle a servi à sa sœur vaut peut-être le coup. Elle peut bien réessayer encore une fois, quand même ; elle avisera ensuite. *Juste une fois*, songe-t-elle en s'endormant.

13

Le lendemain matin, assis derrière son bureau, Ahmed, un jeune homme de grande taille vêtu d'une polaire estampillée « piscine de Brockwell », accueille avec un sourire les nageurs qui arrivent. Il a les cheveux courts et une houppette sur le devant, une barbe de trois jours au menton et un stylo derrière l'oreille. Devant lui, un livre ouvert. Quand il ne s'occupe pas des clients, Ahmed étudie ses manuels. Il lui faut de bonnes notes pour être accepté à l'université et suivre des études de commerce. À son dernier examen blanc, il n'a pas eu la moyenne. Il prétend se moquer de ses notes mais c'est tout le contraire. Il s'en inquiète tant que, parfois, il redoute même d'essayer de peur que ses plus gros efforts ne suffisent pas.

« Bonjour ! » lance-t-il gaiement. Certains des habitués s'arrêtent pour discuter un peu. Il les regarde franchir le tourniquet et entrer dans les vestiaires, vérifie que personne d'autre n'arrive et reporte son attention sur son livre, tournant le dos à l'eau d'un bleu parfait au-dehors.

Il y a quelques années encore, Ahmed se contrefichait de ses devoirs. Il fréquentait une bande qui l'aurait raillé s'il avait démontré ne serait-ce qu'un peu d'intérêt pour les études. C'était son grand frère Tamil qui l'avait convaincu de changer de perspective. Tamil était déjà à la fac et un week-end, quand Ahmed avait quinze ans, ses parents avaient enfin accepté qu'il aille lui rendre visite. Tamil avait emmené Ahmed dans un bar étudiant et commandé deux pintes. « Ne le dis pas à maman », avait-il ordonné en faisant glisser l'un des verres vers lui. Tamil lui avait raconté combien il appréciait ses cours, la vie loin de la maison et cette nouvelle liberté dont il profitait. De temps à autre, un étudiant entrait dans le bar et le saluait d'un signe de la tête. Il levait la main et souriait, mais n'avait pas quitté son frère un instant.

« Tu sais, tes potes ne sont pas de vrais amis », avait-il déclaré tout à coup. Ahmed avait voulu protester, mais son frère ne l'avait pas laissé parler.

« Tu penses que si, je le sais, mais ils veulent juste que tu sois comme eux : à foutre leur vie en l'air parce qu'ils ne sont pas fichus de faire autre chose. Si tu continues comme ça, tu vas rester croupir à la maison toute ta vie. Tu ne connaîtras rien de tout ça. C'est ça que tu veux ? »

Ahmed avait baissé le nez sur sa pinte d'un air renfrogné, son corps dégingandé voûté comme s'il était encore un enfant et non un adolescent près de devenir un homme.

« Je dis juste ça parce que je t'aime. »

À ces mots, Ahmed avait relevé les yeux sur son frère. Jamais il ne le lui avait dit. Les joues de Tamil s'étaient empourprées et il avait regardé autour de lui, peut-être pour vérifier que personne n'avait entendu.

Il était gêné, de toute évidence, mais il l'avait quand même dit.

« D'accord », avait répondu Ahmed. Parce que même s'il n'arrivait pas à prononcer les mots, il comprenait que son frère avait raison.

« Je peux avoir une autre bière ?

— Je vais te chercher un demi. Mais si tu le répètes à maman, je te tue. »

Parfois, les anciens amis d'Ahmed viennent à l'accueil de la piscine et essaient de l'embrigader pour qu'il aille fumer de l'herbe et boire de la bière avec eux dans le parc après son travail. Mais, chaque fois que Geoff les repère, il sort et leur demande de partir s'ils ne sont pas là pour se baigner ou utiliser la salle de gym.

« On a de la chance de t'avoir », répète souvent Geoff à Ahmed quand les autres sont partis. Alors, tout son être s'emplit d'une grande chaleur qu'Ahmed n'a reconnue que plus tard comme étant de la fierté.

14

Le sac de piscine de Rosemary est toujours prêt. Il attend sur une chaise près de la porte d'entrée, avec son imperméable et son parapluie. À l'intérieur, il y a un maillot de bain ; elle en a trois du même modèle bleu marine de chez Marks & Spencer. Lorsque son regard tombe sur l'étiquette, elle est toujours surprise d'y lire la taille. Rosemary a toujours été mince. Elle se sent comme une jeune femme mince qui porte les habits d'une vieille dame enveloppée. Dans le sac, il y a aussi sa serviette, des lunettes, un bonnet de bain violet, un peigne, un tube de crème hydratante et un pot de moutarde Coleman rempli de pièces de cinquante *pence*. Un bruit de petite ferraille l'accompagne quand elle marche.

Cet après-midi en revanche, elle laisse son sac de natation près de la porte quand elle sort de chez elle pour se rendre à la piscine. En chemin pour le café, elle s'arrête et salue Ahmed à l'accueil.

« Comment avancent tes révisions, Ahmed ? lui demande-t-elle.

— Doucement, madame P., répond-il. Doucement.

— Oui, eh bien, on sait tous ce qui est arrivé au lièvre. »

Rosemary franchit le tourniquet et sort par la porte qui mène aux abords de la piscine. Après avoir longé le bassin, elle atteint le café. Des tables sont disposées face à l'eau, elle en choisit une et s'y installe.

Kate lui a envoyé un e-mail à l'aube ce matin.

J'ai nagé hier, écrivait-elle. *L'eau était si froide ! Me laisserez-vous vous interviewer maintenant ? Je suis disponible cet après-midi si vous êtes libre.*

Rosemary est arrivée en avance : elle aime contempler le bassin presque autant qu'elle aime s'y baigner. Tout en regardant les enfants s'éclabousser du côté où ils ont pied, elle repense au jour où elle a appris à nager, juste après la cérémonie d'ouverture de la piscine au cours de laquelle le maire avait poussé une jeune femme tout habillée dans l'eau. (Le père de la fille en question était très fier qu'elle ait été choisie pour un tel honneur.)

« Je ne te lâcherai pas, c'est promis, lui avait assuré sa mère pendant qu'elle battait des pieds avec vigueur. Je ne te lâcherai pas, ça va aller. » Sa mère l'avait pourtant lâchée ce jour-là et Rosemary avait coulé et bu la tasse. Mais elle avait survécu.

« Pardon, je suis en retard. »

La voix met fin à ses rêveries. Elle lève les yeux. Kate se tient près d'elle, un grand sourire aux lèvres.

« Vous n'êtes pas en retard, c'est moi qui suis en avance », réplique-t-elle.

Kate s'assied puis sort un calepin et un Dictaphone de son sac à dos.

« Merci d'avoir accepté de me rencontrer, Rosemary. »

Un serveur approche et Kate commande deux thés.

« Comment était votre baignade, alors ? » s'enquiert Rosemary.

Les lèvres de Kate frémissent pour s'étirer en un timide sourire.

« C'était très froid ! répond-elle. Je ne sais pas comment vous faites pour vous baigner tous les jours. »

Rosemary s'esclaffe.

« Vous verrez. On y prend goût.

— J'ai bien aimé – une fois passé le choc thermique », avoue Kate.

Un sourcil arqué, Rosemary sourit.

Le serveur revient avec deux petites théières. De nouveau seules, Rosemary attrape son sac à main.

« J'ai une photographie à vous montrer », dit-elle en farfouillant dedans. Elle sort un livre ; la photo est entre les pages.

« Il n'y a plus que moi, maintenant », poursuit Rosemary. Elle laisse l'empreinte de son pouce sur le cliché lorsqu'elle le tend à Kate.

Dessus, on discerne trois rangées de filles, certaines bras dessus bras dessous, d'autres les mains sur les hanches ou les bras fermement croisés sur leur poitrine sans forme. Les maillots de bain sont simples, d'une pièce, et recouvrent leurs hanches comme un short. Elles doivent avoir entre dix et treize ans, toutes sourient en noir et blanc. Les jeunes adolescentes de la photo semblent si pleines d'énergie que Rosemary peine à croire qu'elle soit la seule encore en vie.

« Les plus âgées sont à l'arrière et les plus jeunes devant, explique-t-elle.

— Où êtes-vous ? »

Avec un sourire, Rosemary indique au premier rang

une petite fille dont les cheveux sont hérissés par l'eau et le visage maculé de taches de rousseur.

« Bonjour, Rosemary », dit celle-ci. Elle regarde cette jeune version d'elle-même avec l'affection qu'une mère aurait pour son enfant. Lorsqu'elle relève les yeux, elle surprend Kate qui l'observe d'un drôle d'air.

« Quand vous aurez mon âge, vous comprendrez, dit-elle. On regrette celle qu'on était. »

Kate examine la photo puis la vieille femme en face d'elle.

« Avez-vous des frères et sœurs, Kate ? » demande Rosemary.

Kate lâche un rire et se couvre aussitôt la bouche, comme surprise par le son qu'elle vient d'émettre.

« Pardon, dit-elle. C'est juste que c'est moi qui suis censée vous interroger ! Mais oui, j'ai une sœur aînée. Elle s'appelle Erin.

— Vous l'aimez ? »

Un instant, Kate affiche un air perplexe, puis son visage s'adoucit. « Je l'aime plus que quiconque. »

Rosemary se tourne vers elle.

« J'aurais aimé avoir une sœur, dit-elle. Ou un frère. J'étais fille unique. »

Kate griffonne dans son calepin.

« Et vous fréquentez cette piscine depuis toujours ? Racontez-moi comment c'était ici, quand vous étiez enfant. »

Il y a tant de choses à dire, mais trouver les mots s'avère difficile. Des images, des sons, des sensations emplissent son esprit comme l'hélium gonfle un ballon ; la tête commence à lui tourner.

« Quand les gens évoquent leur enfance, en général

il fait toujours beau, dit-elle. Dans leur souvenir, nous sommes des anges aussi. Je peux vous assurer qu'ils mentent. »

Elle décoche un sourire à Kate qui lève le nez de ses notes et le lui renvoie.

« Il y avait de belles journées ensoleillées, bien sûr qu'il y en avait, mais le souvenir que je garde en mémoire, c'est d'avoir nagé sous la pluie. Je me rappelle qu'on venait ici prendre des leçons de natation avec l'école avant la guerre. Même si nous étions très petits encore, nos professeurs nous faisaient nager qu'il pleuve ou qu'il vente. La plupart du temps, nous nous en moquions car nous adorions cet endroit. Nous aimions sortir de la classe, traverser le parc en marchant, même si, en général, nous courions.

» Alors le plus souvent, nous étions contents de nous baigner, même lorsque le soleil ne brillait pas. Mais un jour – je crois que c'était un jeudi parce que nous ressentions tous cette lassitude de fin de semaine sans pour autant avoir l'excitation du vendredi –, bref, un jour où nous avions natation l'après-midi, il tombait des cordes. Il avait plu toute la journée. La cour de récréation était inondée et nous entendions le grondement des bus qui passaient dans les flaques et éclaboussaient tout sur leur passage.

» Nous avons supplié nos maîtres de ne pas nous forcer à y aller. Certaines filles plus effrontées leur ont affirmé qu'on allait souffrir d'hypothermie ou attraper le pied de tranchée. Les professeurs les ont réprimandées pour avoir plaisanté avec ça.

» Cet après-midi-là, personne n'a couru. Nous avancions en rangs serrés sous nos parapluies, emmitouflés dans nos imperméables, les pieds trempés à marcher dans les flaques. Une fois arrivées, nous nous sommes changées sans hâte, les enseignants nous attendaient à l'abri.

» Je ne me souviens pas qui, mais l'une de nous a soudain eu l'idée de rendre la monnaie de leur pièce aux professeurs. Lorsque nous sommes sorties des vestiaires, chacune de nous portait son imperméable par-dessus son maillot de bain. Avant qu'ils aient le temps de réagir, nous avons couru et sauté dans l'eau ! Nos manteaux se sont déployés comme des robes autour de nous. Toute la classe s'est mise à nager comme ça.

» Les enseignants étaient furieux, bien sûr. Ils nous ont sorties de là en nous disant que nous devrions avoir honte. Ils nous ont renvoyées chez nous, à nos familles, trempées, et nos mères étaient en colère à cause des imperméables gorgés d'eau. Mais mon père, lui, a trouvé l'anecdote hilarante. Il n'a pas cessé de rire de toute la soirée.

— C'est formidable ! s'exclame Kate. Et aujourd'hui, alors ? Il existe d'autres piscines dans le secteur, alors pourquoi celle-ci ? »

Rosemary se tourne pour observer une mère et son enfant dans le bassin. Le petit nage avec conviction à la manière d'un chien vers sa maman qui l'attend les bras ouverts, un immense sourire aux lèvres. Au-dessus de leur tête, il n'y a que l'infini du ciel. À les voir, elle se demande pourquoi Kate pose la question. Elle ne peut pas tout dire maintenant, alors à la place elle lui révèle une partie de la vérité.

« C'est familier, répond Rosemary. C'est spécial et familier, et rien d'autre n'est comparable. La façon dont le soleil illumine l'eau le matin. La vue sur le bassin depuis le sommet de la colline du parc de Brockwell. Même l'odeur est familière. Lorsque je traverse le parc pour venir ici, je peux sentir la piscine avant même de voir le bâtiment de brique. C'est l'odeur de béton humide qui rappelle celle de l'orage, mélangée à l'herbe coupée du parc. Et le chlore… Ma peau sent toujours le chlore. »

Rosemary approche le bras de son visage et inspire profondément. Il est là, le parfum du chlore qui imprègne sa peau comme la fumée du feu de camp imprègne la toile de tente. Elle ferme les yeux. George disait qu'il n'aurait jamais besoin de lui offrir de parfum puisqu'elle avait le bassin. Le chlore était sa fragrance.

Après leur mariage, ils ne partirent pas en lune de miel. Ils n'en avaient pas les moyens et la météo était si belle à Brixton cet été-là qu'ils ne ressentirent pas le besoin de s'évader. Ils prirent une semaine de congé et passèrent chaque jour à se baigner là. George s'étirait au soleil et sa peau se tannait comme un bois brun ; Rosemary, assise à l'ombre, le contemplait comme s'il était un flocon de neige prêt à fondre d'un instant à l'autre. Une fois échauffés, ils plongeaient dans l'eau et nageaient dans un sens puis dans l'autre – George dans le couloir rapide et Rosemary dans celui du milieu. Qu'ils ne nagent pas ensemble importait peu parce qu'ils savaient qu'ils partageaient la même sensation d'eau fraîche sur leur peau brûlante et la beauté du damier que créait la lumière au fond de la piscine. Avec George, nager, c'était voler.

Quand ils étaient fatigués, ils sortaient de l'eau,

enfilaient leurs vêtements par-dessus leurs maillots et rentraient chez eux. La porte sitôt refermée, ils se déshabillaient et s'ôtaient leur maillot comme ils auraient goulûment épluché un fruit bien mûr. Parfois, ils n'atteignaient même pas la chambre et s'affalaient par terre dans le salon, goûtant le chlore de leur peau. Il l'embrassait partout, respirait avec avidité son odeur, leur odeur, celle de la piscine et de l'été, de ces après-midi passionnés.

Rosemary ouvre les yeux.

« Vos enfants nagent-ils aussi ? » demande Kate. Rosemary sent un frisson lui remonter l'échine.

« Enfin, poursuit Kate avec nervosité. Si vous avez des enfants.

— Question suivante.

— C'est un non ?

— Oui. C'est un non.

— Je suis navrée. »

Rosemary porte son regard sur la piscine puis à nouveau sur Kate.

« Quelle est votre prochaine question ? demande-t-elle.

— Pourquoi nagez-vous ? »

Rosemary part d'un grand rire.

« Me demander pourquoi je nage revient à me demander pourquoi je me lève le matin. La réponse est la même. »

Elles discutent encore une trentaine de minutes. À la fin de leur conversation, Kate a de quoi rédiger son portrait et Rosemary rentre d'un pas tranquille chez elle, le sourire aux lèvres.

« On se voit dans l'eau la prochaine fois ? » lui lance-t-elle lorsqu'elles se quittent. Le visage de Kate s'adoucit en un début de sourire.

« Peut-être bien, répond-elle. Et je vous enverrai une copie de mon article quand je l'aurai terminé. »

Chez elle, Rosemary verrouille la porte, retire ses vêtements et enfile son maillot de bain. Puis elle attrape son imperméable et le drape sur ses épaules avant de s'asseoir devant la télévision qu'elle regarde dans cette tenue jusqu'à l'heure du coucher.

15

Plus tard dans la semaine, Kate tient la promesse qu'elle s'est faite et retourne se baigner. Cette fois, elle a pris les devants et porte son maillot de bain sous ses vêtements. Tout est bon pour éviter le nœud à l'estomac que lui cause le fait de se retrouver nue devant des inconnus.

Elle se déshabille dans un coin, l'oreille tendue vers les conversations qui animent le vestiaire, y accordant plus ou moins d'attention, comme si elle changeait les stations d'une radio. Ce bruit de fond l'aide à rester calme.

Une femme âgée dotée d'un fort accent des Antilles : « Ça fait un moment que je ne t'ai pas vue ici. Où est-ce que tu étais ? »

Une autre femme d'un certain âge : « Ne te moque pas…

— Pourquoi ? Où étais-tu ?

— J'ai participé à un séjour pour célibataires. En France.

— Ça alors ! Tant mieux pour toi ! As-tu rencontré un beau Jean-Marc ?

— Eh bien, nous avons échangé nos adresses mail… »

Les deux femmes se regardent, haussent les sourcils et éclatent de rire.

Derrière la rumeur des conversations, on perçoit le bruit des douches qui coulent, de la chasse d'eau qu'on tire et des éclaboussements dehors plus forts chaque fois qu'une personne ouvre la porte et sort.

Kate enferme ses affaires dans un casier, enroule de nouveau sa serviette autour d'elle, sort d'un pas rapide et se glisse vite dans le couloir de nage avant de changer d'avis. Le froid est moins saisissant aujourd'hui. Elle s'y est préparée, et un sentiment de fierté inattendu l'envahit lorsqu'elle entend le hoquet de stupeur qu'un autre baigneur lâche quand il entre dans l'eau à côté d'elle. Cette fois encore, Kate sent son corps se réveiller. Comme un chien endormi dresse l'oreille quand on l'appelle. Elle s'immerge sous la surface, inspire un grand coup et se lance.

Tout en nageant, Kate observe autour d'elle. Le maître nageur est en train de boire à une Thermos et de discuter avec une femme d'une quarantaine d'années, sans doute une habituée, qui tient la main d'un garçonnet vêtu d'un caleçon avec des requins. À l'extrémité du bassin, un homme au torse sculpté et aux épaules puissantes avec un bonnet de bain blanc et des lunettes aérodynamiques rouges plonge avec brio puis se met à soulever et à abaisser ses bras dans l'eau. Des vagues se forment et des têtes se tournent vers cet homme transformé en papillon.

Le ciel s'étire au-dessus d'elle ; l'espace d'un instant, elle se sent complètement libre. Elle change de position et s'essaie au dos crawlé ; elle en profite pour contempler les oiseaux qui vont et viennent et les bourgeons printaniers qui ondoient sur les branches des arbres autour du bâtiment. Elle arrête de nager un moment et se laisse flotter; pour la première fois depuis longtemps, elle lâche prise et se détend. L'eau la soutient. Elle inspire profondément, l'eau vient clapoter sur ses joues. Elle sent presque qu'elle pourrait pleurer, mais non.

Au bout d'un moment, elle se remet sur le ventre, reprend sa brasse tranquille et regagne le côté où elle a pied. C'est alors qu'elle aperçoit Rosemary. La vieille femme avance vers elle en nageant avec élégance. Elle porte un maillot bleu marine et un bonnet violet. À mesure qu'elle s'approche, Kate remarque que ses yeux sont de la même couleur que l'eau. Rosemary la reconnaît et lui sourit.

« Bonjour ! lance Kate en se mettant debout et en agitant la main.

— Comme ça vous êtes revenue, dit Rosemary.

— Oui, je suis revenue. »

Rosemary nage jusqu'au rebord et y appuie la nuque, battant doucement des jambes devant elle. Elle fait signe à Kate de la rejoindre. Après quelques secondes d'hésitation, cette dernière s'approche. Elles restent un temps sans parler, à profiter. Kate a la tête posée en arrière et le regard baissé sur les autres nageurs. Le soleil est chaud sur son visage.

« Alors, qu'en pensez-vous ? demande Rosemary. Vous vous êtes habituée au froid ?

— C'est bizarre, je sais, mais j'aime bien le froid, répond Kate. Ça me réveille.

— À votre avis, pourquoi je viens le matin ? »

Les deux femmes s'esclaffent.

« Je crois que je commence à comprendre… », déclare Kate avec un regard autour d'elle. Son cœur bat à toute allure mais elle se sent paisible.

« … pourquoi vous aimez tant cet endroit, je veux dire, poursuit-elle.

— Il est unique », acquiesce Rosemary en s'allongeant davantage, jusqu'à ce que ses orteils sortent de l'eau. Kate l'observe, cette octogénaire dans son costume de bain bleu qui a nagé ici toute sa vie. Elle imagine ce qu'on doit ressentir à voir sa ville se transformer autour de soi et à perdre un lieu où l'on est comme un poisson dans l'eau. Au milieu de ces réflexions, elle se remémore sa conversation avec Erin et le fait qu'elle a écouté sa sœur lui raconter que sa vie n'était pas parfaite sans rien lui répondre – sans réagir.

« Vous tenez vraiment à sauver cet endroit, n'est-ce pas ? demande Kate au bout d'un moment.

— Oh, oui.

— Je peux peut-être vous y aider. »

Sitôt ces mots prononcés, Kate prend conscience qu'elle a besoin de faire ça ; elle ne sait ni pourquoi ni comment, mais elle doit agir. Elle a besoin de continuer à nager, et elle a besoin d'aider Rosemary Peterson à sauver sa piscine.

Celle-ci la dévisage, avec un instant cette expression circonspecte que Kate lui a vue à leur première rencontre. Puis ses traits s'étirent en un sourire.

« Très bien, alors, dit Rosemary.

— Très bien, alors », dit Kate.

16

Dans un coin du vestiaire homme, un garçon de quatorze ans enfile un bonnet de bain. Il se regarde dans la glace pour tirer le caoutchouc sur ses oreilles ; le froncement de sourcils grave qui barre le bas de son front paraît trop mature pour son jeune corps maigre. Il enroule ses épaules et étire les bras sur son torse.

Une fois à l'extérieur, il plonge sans attendre dans l'eau et entame un crawl tranquille.

Personne ne l'a vu quitter son domicile. La veille, il est descendu prendre un verre d'eau et il les a trouvés dans le salon en train de boire du vin. Ils n'ont pas remarqué sa présence et il en a profité pour les observer un instant, savourant ce rare moment de calme. C'est alors qu'il a surpris la conversation qu'il aurait voulu ne jamais entendre : il les a entendus décider de divorcer dès qu'il aurait quitté le nid familial. La scène était d'un calme difficile à concevoir pour un événement qui lui donnait envie de vomir. Ils ont siroté leur vin en silence, assis côte à côte sur le canapé, absorbés dans la contemplation de la cheminée dont le manteau était recouvert de photos de famille. Ils étaient peut-être trop fatigués pour crier, comme deux vieux lions aux trop nombreuses cicatrices, mais, quelque part, cette quiétude a perturbé leur fils plus que leurs disputes.

Il devrait être à l'école en ce moment. Il n'a jamais séché les cours avant, il a toujours remis ses devoirs dans les temps et n'est jamais arrivé en retard en cours. À son réveil ce matin, il a fait comme d'habitude sa série de deux cents abdos dans sa chambre puis il a compté les poils sur son torse (onze). Ensuite, encore en pyjama, il est descendu dans la cuisine et s'est préparé un petit déjeuner. Il a mangé seul, en lisant le dos du paquet de céréales et la brique de jus de fruits pour s'occuper. Pendant ce temps, il entendait les pleurs étouffés de sa mère à l'étage. On aurait dit les gémissements d'un animal blessé. Il avait envie de monter la réconforter, mais il ne savait pas quoi dire. Les mots s'emmêlaient dans sa tête comme une pelote de ficelle impossible à dérouler. Il voulait l'aider à réparer son mariage. Il regrettait d'être aussi jeune ; s'il avait eu cent ans, il aurait eu de bons conseils sages et expérimentés à lui prodiguer. Mais il n'avait l'expérience que d'un adolescent avec onze poils sur le torse, et il se doutait que ce n'était pas suffisant pour lui venir en aide.

Les mots au dos du paquet de céréales se sont brouillés jusqu'à ne plus avoir de sens et ses yeux se sont remplis de larmes. La table était un étalage confus de jus d'orange demi-écrémé et de beurre aux céréales complètes. Il avait envie de hurler comme un bébé et de vider ses poumons de toute cette rage qui l'habitait. Au lieu de quoi, il a débarrassé la table, effaçant toute trace de son passage, et il est remonté sur la pointe des pieds dans sa chambre. Là, il a enfilé son bas de jogging et un sweat à capuche, remisant son uniforme scolaire dans son armoire. Il a pris son sac de natation et l'a balancé sur son épaule. Sur le chemin de la piscine, il a téléphoné au lycée et dit que son fils était souffrant.

«J'espère qu'il va vite se remettre», a répondu la secrétaire de l'école.

Après sa première longueur, il plonge et s'assied en tailleur au fond du bassin. Il retient sa respiration et compte jusqu'à dix. Les yeux en l'air, il observe le motif en croisillons que dessine le soleil à la surface comme s'il y avait jeté un filet. L'eau exerce une pression sur sa poitrine et emplit son nez; il souffle un jet de bulles et les regarde danser devant lui. Ses parents le croient à l'école, ses profs le pensent chez lui avec de la fièvre. Personne ne sait qu'il est assis au fond de la piscine.

Celle-ci l'accueille comme un ami auprès duquel on peut garder le silence, en sachant qu'on n'est pas obligé de parler: ici, il peut être lui-même.

De temps à autre, ses parents s'invitent dans ses pensées. Il se demande si c'est sa faute et s'ils seraient toujours amoureux s'ils n'avaient pas eu de fils. Ses yeux le brûlent, mais il se convainc que c'est à cause du chlore qui s'infiltre dans ses lunettes quand il replonge sous l'eau.

Il aimerait avoir des branchies et rester au fond pour toujours, étendu sur le sol râpeux, les yeux levés vers le ciel. Ici-bas, personne ne peut le trouver, rien ne peut l'atteindre; ce n'est plus un garçon, mais un poisson.

17

Ils formaient un couple, une paire, ils étaient les guillemets d'une citation. Ils allaient ensemble et chacun grâce à l'autre avait moins peur et se sentait moins seul. George craignait de n'être personne ; avec elle, il était quelqu'un. Rosemary redoutait l'abandon : il lui tenait la main et l'emmenait avec lui.

Pour leurs amis, ils étaient Rosemary et George, George et Rosemary. Ils venaient par deux, comme le sel et le poivre.

En cinq ans, ils parcoururent des milliers de longueurs à la nage, effectuèrent des centaines de tours du parc (d'un pas exagérément lent afin de se tenir la main plus longtemps), et ils grandirent ensemble.

Il la demanda en mariage en maillot de bain. La piscine venait juste de rouvrir après la fermeture hivernale et ils allaient se baigner pour la première fois de la saison. L'eau était encore froide ; le maître nageur portait un épais manteau en laine dont il avait remonté le col.

C'était un dimanche, et le magasin de fruits et légumes que tenait George, qui avait pris la relève de ses parents, était fermé. Ils avaient la matinée toute à eux avant que ne débutent les livraisons pour le lendemain.

Ils nagèrent ensemble comme des dauphins puis s'assirent sur les dalles qui entouraient le bassin, enveloppés dans leurs serviettes et serrés l'un contre l'autre pour se tenir chaud. Ils commandèrent deux thés au kiosque de M. Fry, et se tinrent la main tout en contemplant les volutes de vapeur s'élever de leurs tasses et de la piscine.

Le calme était un parapluie, il les abritait. Ils humèrent l'odeur chlorée du bassin et l'air pour évaluer les risques de pluie. Rosemary repensa à la première fois où ils avaient fait l'amour, sur le pourtour froid non loin de l'endroit où ils se trouvaient maintenant. Elle repensa à leur rencontre, le jour où la guerre avait pris fin et où sa vie avait commencé.

Alors, il se tourna vers elle et la couva du regard. Il ne s'agenouilla pas. Aucun orchestre à cordes ne se mit soudain à jouer et le soleil ne jaillit pas tout à coup de derrière un nuage pour les baigner de sa douce chaleur. En fait, la journée était tout à fait banale, grise, avec un ciel couleur de ciment.

« Épouse-moi, Rosy », dit-il. Sans point d'interrogation. C'était inutile. Elle savait déjà qu'il était la réponse à toutes les questions.

18

« Comment ça avance, cet article ? » demande Phil quelques jours après la conversation de Kate avec Rosemary. Elle sort de son sac l'interview tapée à l'ordinateur ainsi que le reportage qu'elle a rédigé pour l'accompagner et lui tend le tout. Il s'installe à son bureau et se met à lire tout en caressant son large ventre – une manie plutôt déconcertante selon Kate, qui donne l'impression qu'il digère ses mots et que ceux-ci lui causent des brûlures d'estomac. Elle déteste attendre pendant qu'on lit son travail ; la Panique en profite pour lui monter à la gorge.

Jay est au bureau aujourd'hui et elle croise son regard. Ils échangent un sourire.

Au bout d'un temps, Phil hoche la tête en signe d'approbation.

« Bien, dit-il. Écoutez tout le monde : voilà l'essence de ce journal. Nos lecteurs aiment découvrir l'aspect humain. »

Kate sourit comme une collégienne félicitée par son professeur. Un sentiment agréable, même si elle se sent un peu honteuse de tirer plaisir d'un si petit compliment. Phil se tapote le ventre.

« On devrait en faire une série : évolution de la situation, interview d'autres usagers de la piscine. Le conseil municipal – tu l'as interrogé déjà ? Bien, c'est ta prochaine étape. En fait, fais-le tout de suite. »

Kate acquiesce et remballe ses affaires, l'esprit en ébullition. Elle n'a jamais écrit une série d'articles et elle est tout à la fois excitée et terrifiée à cette perspective. Elle salue Jay d'un signe de la main et sort du bureau.

Kate étant journaliste, les élus municipaux ne devraient pas avoir de secrets pour elle, mais elle les trouve toujours intimidants. À l'instar des banques et des églises, ils lui donnent la sensation d'être toute petite. Ce qui est sans doute l'objectif, songe-t-elle.

La tour de l'horloge de l'hôtel de ville est visible de loin. Elle surplombe le carrefour animé en face du cinéma et du McDo, tristement célèbre pour la fusillade dans la file d'attente. L'horloge en a été un témoin de premier plan. De hautes colonnes et un écusson en pierre montent la garde à l'entrée située en haut de l'escalier qui mène à la mairie, et dont les marches sont souvent jonchées de confettis.

Une fois à l'intérieur, Kate est priée de patienter. Un homme d'un certain âge est assis à un bout du banc en face. Ses mains tremblent sur ses genoux. Il porte un long manteau, un pantalon gris et des baskets. Kate remarque que ses lacets sont dépareillés. L'homme plonge la main dans sa poche et en sort un sachet de Fisherman's Friend.

« Vous en voulez un ? demande-t-il avec un fort accent du sud de Londres.

— Non, mais merci.

— Je me fais expulser, poursuit l'homme. Au cas où vous vous demanderiez ce que je fais ici. C'est comme chez le médecin, non ? On s'interroge mais on n'est pas censé poser la question. On essaie de deviner qui feint un rhume et qui est mourant. Pour ma part, j'aime surtout déceler les femmes enceintes. Elles ont un putain d'air effrayé, les pauvres connes. »

Kate hausse un sourcil choqué. Le vieil homme s'esclaffe et suçote son bonbon avec un bruit sec.

« Désolé. Je sais que les dames n'aiment pas quand je dis *connes.* »

Une femme sort de l'une des salles qui flanquent le couloir et traverse le hall. Elle les dévisage avant de pousser la porte des toilettes. Kate et l'homme se taisent à son passage.

« On me vire de chez moi, répète-t-il. Ils démolissent l'immeuble dans lequel je vis. Ils vont construire un nouveau bâtiment plus chic avec une salle de sport et tout. Les appartements sont vieux mais ils tiennent le coup, vous comprenez ? J'y habite depuis quarante ans. C'est chez moi. »

Il remue un peu sur son siège et fourre un autre Fisherman's Friend dans sa bouche. Kate l'observe et s'interroge sur son histoire : où il va aller et qui sera avec lui quand il va partir.

« Je suis désolée, répond-elle au bout d'un moment. Je suis désolée pour votre appartement. » Et elle est sincère. Il renifle et hoche la tête.

« Connaissez-vous par hasard le nom du promoteur qui va construire les nouveaux logements ? » demande Kate.

L'homme part d'un grand rire.

« Paradise ! Paradise Living, voilà comment ils s'appellent. Je me fais virer de chez moi pour laisser la place au *paradis.* »

Kate ressent comme une décharge en entendant le nom ; elle pense à la piscine.

« Je travaille pour le *Brixton Chronicle*, dit-elle. Je suis sûre que votre histoire pourrait intéresser… »

Elle fouille dans son sac et en sort une carte de visite qu'elle lui tend. Il la tient entre ses doigts un moment puis, avec un geste de la tête à l'intention de Kate, il la glisse dans sa poche. Une porte s'ouvre et une femme tenant un dossier considère l'homme.

« Si vous voulez bien entrer. »

Il se lève lentement et se dirige vers la porte.

« Ravi de vous avoir rencontrée. J'espère que vous n'êtes pas enceinte, ni mourante. » Il lui décoche un clin d'œil et suit la femme dans le couloir.

« Il y a quelqu'un ? » appelle Kate en entrant dans la maison, sachant pertinemment qu'elle n'obtiendra pas de réponse. La porte se referme avec un cliquetis et elle se presse contre le mur du couloir pour passer devant le vélo et rejoindre sa chambre.

Son rendez-vous ne s'est pas très bien passé. Elle a tenté de se montrer autoritaire, mais elle fait plus jeune que son âge. Et elle est une femme. Elle a l'habitude de ne pas être prise au sérieux.

Le conseiller avait la quarantaine et portait un costume délavé gris. Il lui a proposé un café et s'est levé pour le préparer lui-même à une machine à l'autre bout de la pièce étouffante. Au cours de leur conversation, elle a entendu les mots auxquels elle s'attendait :

« réaménagement », « manque de moyens », « non lucratif », « nous avons essayé ».

« Je suis navré, a dit le conseiller. Nous non plus, nous ne voulons pas fermer cet endroit, mais l'offre de Paradise Living… Eh bien, à l'heure qu'il est, elle est trop belle pour être refusée. C'est malheureux, nous le savons. Mais ce sont des choses qui arrivent. Les quartiers changent, ils évoluent. Les villes aussi. C'est comme ça, c'est tout. »

Elle a pris des notes et posé les questions qu'elle avait préparées dans son calepin, mais en même temps elle ne pouvait s'empêcher de repenser à ce qu'elle avait affirmé à Rosemary : « Je peux peut-être vous aider. »

Elle n'allait pas pouvoir aider. Elle allait à peine être capable d'écrire un autre article. Elle faisait une bien mauvaise journaliste, était une personne faible qui ressemblait à une ado de treize ans et elle avait souvent l'impression d'en être une. Elle habitait une maison dégoûtante avec des gens qui se fichaient qu'elle ait passé une mauvaise journée au travail ou qu'elle se soit noyée dans le canal.

Elle a senti sa peau la picoter et les murs de la pièce se resserrer sur elle tandis qu'elle écoutait, en élève sage, le conseiller. Le café avait une odeur de brûlé et lui donnait la nausée. Tout lui donnait envie de vomir.

Elle cherche dans le placard près du bureau dans sa chambre et en sort un pot de beurre de cacahuètes et une cuillère.

À la fin du rendez-vous, elle était prête à partir et elle se doutait que le conseiller n'allait pas la retenir. Pourtant, juste avant qu'elle ne quitte la pièce, il lui a donné la première information utile de toute leur conversation.

« Nous tenons une réunion à l'hôtel de ville dans deux semaines. Les résidents du quartier sont invités à y assister et à exprimer leurs inquiétudes. »

Kate porte la cuillère bombée à sa bouche et s'arrête à mi-chemin. Elle se rendra à cette réunion, c'est décidé. Et elle ne sera pas seule. Elle n'aidera peut-être pas, mais cela ne coûte rien d'essayer. Alors, avec un sourire, elle avale sa cuillerée de douceur réconfortante.

La piscine de Brockwell menacée de fermeture

Le conseil municipal de Lambeth déclare avoir des difficultés à maintenir la piscine du quartier à flot.

Par Kate Matthews

Des offres de rachat viennent d'être faites en vue de l'acquisition et du réaménagement de la piscine en plein air et de la salle de gym de Brixton, après l'annonce par le conseil municipal de Lambeth d'une situation financière difficile pour ladite structure. L'offre la plus notable émane de Paradise Living, un promoteur immobilier qui souhaite transformer la piscine en club de sport privé pour les locataires de ses nouveaux appartements.

Dave French, porte-parole du conseil municipal de Lambeth, déclare : « Je peux confirmer que nous sommes actuellement en train d'étudier les options concernant la piscine de Brockwell et son avenir. Pour l'instant, rien n'est décidé, mais il est vrai que les frais de fonctionnement sont élevés. Nous étudions les offres, y compris celle de Paradise Living. Le maintien de l'accès du public à la piscine n'est pas assuré.»

En période estivale, la piscine accueille des centaines de visiteurs chaque jour, mais la fréquentation est bien moins élevée en hiver.

Geoff Barclay, le directeur de la piscine de Brockwell, déclare: «Évidemment, cette perspective nous inquiète tous beaucoup. La piscine de Brockwell occupe une place très spéciale dans notre communauté.»

«Une salle de sport privée serait une vraie valeur ajoutée à nos propriétés, affirme le porte-parole de Paradise Living. Les locataires et les propriétaires de nos immeubles bénéficieront d'un accès exclusif à une infrastructure haut de gamme.»

Le conseil municipal étudie actuellement les diverses offres et de nouvelles informations seront communiquées dans les mois à venir.

19

Il fait nuit ; un renard renifle un sac-poubelle dans une allée de Brixton. L'animal pousse son museau toujours plus fort contre le plastique jusqu'à le faire éclater comme un ballon, déversant son contenu. Le dîner est servi. Au menu ce soir : une moitié de bagel, les restes graisseux d'une boîte de maquereaux et un fond de beurre de cacahuètes. Le renard mange vite et bien. Il vérifie une dernière fois qu'il n'a rien laissé de comestible dans le sac et redescend l'allée en trottinant jusque dans la rue. Celle-ci est flanquée de deux rangées de maisons mitoyennes. Devant certaines, une voiture est garée, mais cela reste rare. Certaines ont des portails et de petites haies sur l'avant, d'autres des allées pavées. Il y en a qui s'ornent de pots de fleurs qui commencent tout juste à s'épanouir.

Le renard fait un détour sur la gauche pour effectuer l'examen rapide d'une poubelle renversée dans un jardin envahi par les mauvaises herbes et la carcasse d'un vélo. Il y fait une découverte intéressante : un carton qui contient des restes de poulet frit.

Il reprend sa route ; les réverbères le baignent par intermittence de leur lueur. Mais ce renard des villes n'a pas peur de la lumière. Au contraire, il continue d'avancer le long de la rue à une allure rapide et régulière jusqu'à tomber sur une rue animée. Il la rejoint à un arrêt de bus où un couple s'étreint contre le panneau d'informations. La femme ne porte qu'une chaussure, une de ses jambes est repliée contre le poteau et son amant se presse contre elle. À côté, une infirmière encore en blouse essaie de consulter derrière les corps entremêlés les horaires de son bus sur le panneau.

Le renard passe à côté d'eux sans se faire repérer et prend la direction des grondements de la circulation en contrebas de la rue. Il fouine dans quelques poubelles devant les magasins au rideau de fer baissé. Une des boutiques est encore ouverte : un gros morceau de viande tourne sur une tige en métal dans la vitrine et une file d'attente s'étire devant la porte. Le renard se régale de frites éparpillées comme autant de mégots de cigarette sur le bitume.

Juste après le kebab, il tourne à l'angle dans un petit square tranquille ceint d'une grille métallique et d'une haie. De hautes maisons se dressent devant le square et, par une fenêtre, il entend un bébé pleurer et un père chanter. Il suit un chemin à travers le petit jardin, le long des bancs où des silhouettes sombres sont allongées, immobiles, les corps ne changeant de position que de temps en temps dans leur sac de couchage ou sous leurs couvertures humides de rosée. Sous un des bancs se trouve un sac à dos duquel un quignon de pain sort à moitié. Le renard y plante ses crocs et le tire jusqu'à l'autre côté du square où il dévore le pain, abandonnant le sac vide.

À l'horizon, la nuit cède la place au matin. Des

formes noires prennent une teinte indigo. Le renard sort du square et s'éloigne, sa queue se balançant derrière lui, pareille à une virgule blanche.

Dans la rue, un petit groupe s'est rassemblé autour d'un jeune à terre. Deux hommes en veste jaune fluo, en route pour le travail, le tirent par les épaules et l'asseyent sur le trottoir. Ils s'agenouillent à côté de lui, l'entourent de leurs bras et lui demandent s'il va bien. Le renard bondit par-dessus le portefeuille du jeune homme, tombé dans le caniveau.

« Faudrait pas perdre ça, mec », lance l'un des ouvriers en le ramassant avant de le fourrer dans la poche du jeune homme.

Le renard passe devant des arrêts de bus et des cours d'école endormies, puis il décrit une boucle dans une autre voie bordée de maisons jusqu'à atteindre la lisière du parc. Il se tortille pour se faufiler sous la clôture avec son ventre bien rempli puis disparaît dans l'obscurité qui peu à peu devient le jour.

20

« Je ne comprends pas, dit Rosemary dans le combiné téléphonique.

— La réunion est dans deux semaines. C'est l'occasion rêvée de nous exprimer sur les projets de fermeture de la piscine », explique Kate.

Rosemary se trouve dans son salon, la porte-fenêtre du balcon est ouverte et le soleil de fin de matinée réchauffe sa peau. Son maillot de bain est suspendu au fil à linge, presque sec après sa baignade de tout à l'heure. Elle envisageait de faire un petit somme – ces derniers temps, le simple fait d'exister peut être épuisant.

« Nous devons saisir cette chance de persuader le conseil municipal de ne pas vendre à Paradise Living – de ne pas fermer la piscine, poursuit Kate. Mais il nous faut du monde. Pensez-vous pouvoir rassembler un maximum de personnes ? »

L'un des aspects de la vieillesse, c'est de voir son cercle d'amis et de connaissances rétrécir. Ils n'arrêtent pas de mourir autour de vous ! Rosemary pense aux enterrements auxquels elle s'est rendue ces dix dernières années. Elle se rappelle Maureen, une autre des enfants restées à Brixton pendant la guerre et qui avait aidé Rosemary et sa mère à tenir la classe improvisée dans leur cuisine. Sa disparition, alors qu'elle était le dernier lien de Rosemary avec cette période particulière de son enfance, l'avait beaucoup secouée. Le mari de Maureen, Jack, avait suivi quelques mois plus tard; à peine son tailleur noir rangé, Rosemary avait alors dû le ressortir. D'autres obsèques avaient été plus inattendues, comme avec Florence, son amie de longue date, qu'elle avait connue à la bibliothèque lorsque celle-ci, institutrice, amenait les enfants choisir des livres. Sauf que ces funérailles-ci n'étaient pas celles de Florence, mais de sa fille. Rosemary n'avait pas revu son amie depuis longtemps; elle vivait dans une maison de retraite à Dulwich et ne reconnaîtrait même pas Rosemary si elle allait lui rendre visite.

La vieille dame pousse un lourd soupir.

« Mais vous avez habité ici toute votre vie, insiste Kate. Vous devez bien connaître des personnes que cela soucie autant que vous !

— Je ne veux pas demander d'aide.

— Mais ce n'est pas pour vous, poursuit Kate. C'est pour la piscine. »

Rosemary garde le silence un instant. Elle revoit George ouvrir grand les yeux sous l'eau, il lui sourit. Elle pense à ceux qu'elle connaît à Brixton : Frank et Jermaine de la librairie, Hope, Ahmed, Ellis et son fils Jake... Et elle imagine la piscine transformée en court de tennis, le bassin rempli de ciment.

« Oui, reconnaît-elle au bout d'un moment. Oui, vous avez raison. Nous devons sauver la piscine, Kate. »

Alors qu'elle prononce ces mots, son cœur se

déchire. Une main toujours sur le combiné, elle s'appuie de l'autre sur le rebord du canapé et fixe la photo de George sur l'étagère pour se donner du courage. *Je vais essayer de ne pas te décevoir*, murmure-t-elle en contemplant ce visage qu'elle aime depuis qu'elle a seize ans.

« Je crois que j'ai une idée, annonce Rosemary. Vous êtes disponible tout à l'heure ? »

Elles se retrouvent devant la station de métro ; Kate avec son calepin et une pile de prospectus à la main, Rosemary avec un chariot de courses en plastique vide auquel elle s'appuie.

« Bonjour ! » lance Kate en accueillant d'un signe de la main Rosemary qui approche. Elle a détaché ses cheveux aujourd'hui et les a coincés derrière ses oreilles. Rosemary constate une nouvelle fois combien elle fait jeune, et ne peut retenir un sourire.

« Vous êtes prête à rencontrer Brixton ? » s'enquiert Rosemary.

Kate hoche la tête et toutes deux se mettent en route. Rosemary et son Caddie passent devant et Kate suit d'un pas lent.

Elles commencent par Electric Avenue, où elles se fraient un chemin au milieu des étals du marché.

« Rosemary ! » s'exclame un homme qui a près de la cinquantaine avec une barbe de plusieurs jours et des cheveux noirs parsemés de gris. Il a les épaules larges et les bras puissants d'avoir manié des années durant les cageots de fruits et de légumes. Il porte une polaire verte, un jean et de grosses bottes en cuir, été comme hiver ; il a une banane noire qui contient de la monnaie accrochée à la taille. Il affiche un grand sourire à la vue de Rosemary.

Ellis tient l'un des nombreux étals de fruits et légumes du marché, Rosemary s'y arrête chaque semaine pour acheter ses produits maraîchers. Il a quitté Sainte-Lucie pour Brixton quand il était petit. George et lui se connaissaient bien – c'est Ken, le père d'Ellis, qui tenait l'étal du marché, qui a fait découvrir le gombo et le manioc à George. Au fil des années, Ellis a aidé de plus en plus son père dont il a finalement pris la suite quand le travail est devenu trop pénible pour lui. Ken et Joyce, son épouse, sont retournés vivre aux Antilles depuis et, lorsque les affaires sont particulièrement difficiles, Ellis envisage d'en faire autant. Toutefois, Rosemary doute qu'il quittera jamais Brixton : ce quartier est le sien. Et puis il y a Jake, le fils adolescent d'Ellis qui lui prête également main-forte sur le stand, comme Ellis avec son père. Ellis et Jake se ressemblent, tant par le physique que par le caractère, et Rosemary les a toujours beaucoup appréciés tous les deux.

« Ellis, comment vas-tu ? Comment se porte la famille ?

— Je n'ai pas à me plaindre. Et vous, madame P., comment ça va ?

— Toujours debout !

— Et qui est donc cette personne ? Vous m'aviez caché que vous aviez une sœur ! »

Rosemary pivote pour considérer Kate à côté d'elle, le regard lumineux posé sur Ellis et sur l'étalage de fruits et de légumes colorés.

« Voici Kate, dit Rosemary. C'est ma journaliste. »

Kate sourit et se présente, puis serre la main qu'Ellis lui tend par-dessus les cageots.

« Rosemary milite pour empêcher la fermeture de la piscine du quartier, dit-elle. Tenez, prenez un de ses tracts. »

Ellis dévisage Rosemary et hausse un sourcil, un sourire chaleureux étirant ses lèvres.

« Tiens donc. J'ai toujours su que vous aviez une âme de rebelle, madame P. », fait-il avec un clin d'œil. Elle lui renvoie son sourire pendant qu'il prend le dépliant et examine avec attention le plongeur en première page.

« J'en ai entendu parler, déclare Ellis après un moment de silence. Je me rappelle quand j'étais petit, je regardais votre George nager, il nous éclaboussait en sautant dans l'eau juste à côté de nous. Il tenait aussi en équilibre sur les mains comme personne. »

Le visage de Rosemary s'illumine. « Ça oui, il savait faire l'équilibre ! » Tous les deux éclatent de rire.

Kate explique à Ellis pour la réunion à l'hôtel de ville.

« J'y serai », assure-t-il. Ils se disent au revoir et, alors que Rosemary s'apprête à repartir, il l'arrête :

« Avant de vous en aller… »

Il tend à Rosemary un sac de cerises et à Kate une pleine poche de tomates qui sentent bon le soleil.

« Mes préférées… Tu es trop gentil avec moi, Ellis », dit Rosemary en se penchant pour ranger le sac de cerises dans son Caddie. Lorsqu'elle se redresse, elle voit Kate, toute rouge, les bras autour du sac de tomates comme si elle tenait un bébé pour la première fois et qu'elle ne savait pas quoi en faire.

« Vous êtes sûr ? demande-t-elle.

— Tout à fait ! Cadeau de la maison », répond Ellis. Kate s'empourpre jusqu'aux oreilles et déploie ses mains en un geste protecteur sur les tomates tandis que les deux femmes font demi-tour et s'éloignent. La pensée que Kate n'a sans doute pas l'habitude des fruits et légumes frais emplit Rosemary de tristesse, mais l'air radieux que la jeune femme affiche lui redonne le sourire.

Le reste de l'après-midi, elles parcourent avec lenteur la grande rue et celles, secondaires, qui en découlent comme des affluents. Sur les trottoirs bondés de gens qui font la queue à l'arrêt de bus ou qui se déplacent d'un pas pressé, leur avancée en manœuvrant le chariot de Rosemary à travers la foule n'est pas de tout repos.

Elles se rendent dans une boutique solidaire, où Rosemary se voit proposer une chaise pour s'asseoir et un article de son choix. Elle ne prend rien mais y dépose une pile de tracts.

« J'ai rempli leur rayonnage de vêtements une fois, raconte Rosemary. En tout cas, ça fait plaisir de voir qu'elles s'en souviennent. »

À la mort de George, elle avait dû se débarrasser de tout un tas d'affaires. Sans personne à qui les offrir, elle en avait fait don à ce magasin caritatif.

« Cette veste est comme neuve, avait-elle dit au responsable. J'ai même gardé les boutons de rechange. Je les ai quelque part dans mon porte-monnaie si vous voulez bien patienter une minute. »

Elle avait sorti de son sac une petite bourse remplie de boutons et en avait glissé un dans la poche de la veste.

« Et ce rasoir, avait-elle ajouté. Je vous jure qu'il fonctionne encore. »

Rosemary avait balayé le magasin du regard jusqu'à tomber sur une prise électrique près du comptoir. Ses genoux avaient émis un craquement de protestation quand elle s'était accroupie. Elle l'avait alors déballé de sa boîte pour le brancher. Un vrombissement avait empli la boutique ; un bébé dans un landau près de la porte s'était mis à pleurer.

Elle avait conservé les livres, son bonnet de bain et quelques-uns de ses vêtements. Mais elle avait tout de même rempli sept sacs-poubelle de chemises, de cravates, de pantalons et de chaussures dont elle s'était séparée. Le lendemain, elle était retournée à la boutique pour récupérer une veste. Elle avait oublié de garder une tenue élégante à George pour l'enterrement.

« Je suis navrée, mais on l'a vendue hier après-midi, avait dit la commerçante.

— C'est vrai que c'était une très belle veste, avait répondu Rosemary. Comme neuve. »

Au final, George avait été enterré en chemise et pull.

Revenir dans cette boutique est douloureux, mais elle apprécie la chaise et la conversation. Elles se rendent ensuite à la librairie de Frank et Jermaine.

Passé le seuil, Rosemary hume l'odeur de papier et caresse Sprout allongé à sa place habituelle près de la vitrine. À la vue de Kate, l'animal frétille : une nouvelle amie en perspective. Celle-ci se penche pour lui frotter les oreilles et lui tapoter le dos.

« Quel chien adorable, dit-elle en se redressant pour

jeter un coup d'œil autour d'elle. Quelle boutique adorable ! Comment se fait-il que je ne sois jamais venue ici ? »

Rosemary balaie du regard l'intérieur familier et tente d'imaginer le découvrir pour la première fois : les rayons de livres désordonnés et accueillants, le panneau d'affichage communautaire constellé de prospectus et de cartes de visite, les tabourets éparpillés dans la librairie, aux endroits propices à la lecture.

« Oui, en effet, comment ? » réplique Frank derrière le comptoir. Sa tenue est simple : jean délavé et chemise à carreaux ouverte sur un tee-shirt. Son sourire est large et radieux, il a les pommettes hautes et les yeux verts. Jermaine, qui se tient à côté de lui, est plus grand et plus mince ; il est vêtu avec davantage d'élégance d'un jean noir et d'une chemise bleu pâle au col mandarin. Sa barbe, bien taillée, est de la même couleur poivre et sel que ses cheveux courts.

Les deux hommes gratifient Rosemary d'un signe de tête tandis qu'elles approchent.

« Voici donc la fameuse Kate ? » lance Jermaine.

Rosemary rougit, un peu gênée d'avoir autant parlé d'elle depuis leur rencontre.

« Nous avons l'impression de vous connaître déjà », intervient Frank en tendant le bras par-dessus le comptoir. Kate lui serre la main, puis celle de Jermaine.

« Voici Frank et voici Jermaine », présente Rosemary, et le couple acquiesce d'un hochement de tête.

« Je sais que nous sommes en mission, Rosemary, dit Kate, mais ça vous ennuie si je jette un coup d'œil ? Cet endroit est incroyable. »

En son for intérieur, Rosemary se réjouit de pouvoir faire une pause. Elle tire un tabouret devant le comptoir et s'y assied avec lourdeur.

« Vous pouvez revenir quand vous voulez ! » crie Jermaine à Kate, qui disparaît dans une des allées de livres comme dans un labyrinthe.

Frank se penche sur le comptoir, tourné vers Rosemary.

« On sait pour la piscine, dit-il. Ahmed est venu en début de semaine et il nous a raconté. C'est terrible. »

Jermaine secoue la tête, perdant son calme habituel lorsqu'il déclare avec colère : « Paradise Living ! Comme si Brixton avait besoin de plus d'appartements à un million de livres… Et une salle de sport réservée exclusivement à leurs locataires en plus ? Oh, oui, c'est bien ce dont une communauté a besoin. En revanche, des piscines, des bibliothèques, des librairies… »

Il laisse sa phrase en suspens, Frank passe un bras autour de sa taille. Jermaine balaie d'un regard ébahi le magasin autour de lui. Rosemary l'observe, remarque ses traits fatigués.

« Comment ça va ici ? demande-t-elle. Les affaires se sont-elles améliorées ? »

Jermaine pousse un soupir. « Pas beaucoup. Qui a bien pu me convaincre d'ouvrir une librairie ? Ah oui, c'est toi, Frank. »

Il se tourne vers lui, secoue la tête et dépose un baiser délicat sur sa joue. Frank sourit.

« Il y a encore de l'espoir, pourtant, réplique ce dernier d'un ton enjoué. Tout comme il reste de l'espoir pour la piscine. Nous allons vous aider, Rosemary. N'est-ce pas, Jermaine ? »

Rosemary regarde le couple échanger un sourire. Ses genoux la font souffrir et une grande fatigue s'abat soudain sur elle. Jermaine approuve d'un hochement de tête et tous deux se tournent vers elle.

« Oui, évidemment que nous allons vous aider, confirme-t-il. Nous ferons notre possible. »

Tout en discutant avec eux, Rosemary suit du coin de l'œil Kate qui se plie en deux pour sortir un livre du bas d'une étagère, qui penche la tête pour lire les titres ou laisse juste courir son regard sur les rayonnages, une expression émerveillée sur le visage. Au bout d'un moment, la jeune femme revient près du comptoir, une pile de trois livres dans les mains.

« Cette librairie est vraiment charmante, dit-elle.

— Je suis ravi de l'entendre, répond Frank avec un regard appuyé à son compagnon. Tu vois ? Il y a de l'espoir. Nous avons une nouvelle cliente ! »

Pendant que Kate règle ses achats, Jermaine s'empare d'un tract « Sauvons notre piscine » dans la liasse et l'épingle en plein milieu du tableau d'affichage.

« Là, dit-il en reculant d'un pas. Avec de la chance, ça suffira. » Rosemary a envie de l'embrasser.

« Nous ferions mieux d'y aller, dit-elle en se levant lentement du tabouret, ses genoux lui hurlant toute leur colère. Prête, Kate ? »

Celle-ci acquiesce puis lance à l'intention des deux hommes : « Je reviendrai bientôt ! » Elles quittent la librairie sous le regard vigilant de Sprout derrière la vitre.

Elles se rendent chez Morley, le grand magasin indépendant où un vigile vient en aide à Rosemary en lui portant son chariot dans l'escalier. Elles font un tour à la pharmacie et dans le magasin qui vend de tout, des passoires aux séchoirs en passant par les vêtements. En chemin, elles croisent plusieurs connaissances de Rosemary qu'elle salue, soit par leur prénom, soit par un simple signe de tête, après cette vie passée à se côtoyer.

Elles font une pause à la poste pour bavarder avec Betty, une amie d'enfance de Rosemary, qui vient envoyer toute une liasse de lettres aux nombreux membres de sa famille.

« Comment va la progéniture ? » demande Rosemary.

Betty a deux enfants, un fils et une fille, trois petits-enfants et une arrière-petite-fille. Au contraire de Rosemary, Betty a été évacuée pendant la guerre, au pays de Galles. Elle en est revenue avec un léger accent gallois, qui a rapidement disparu quand elle a commencé à travailler au Bon Marché, le magasin haut de gamme à la station de métro de Brixton, et à fréquenter la piscine avec ses amies tous les week-ends. Plusieurs années après son retour à Brixton, un Gallois du nom de Tom est arrivé dans le quartier. Il s'est avéré qu'ils s'étaient rencontrés pendant la guerre – il était voisin de la famille qui l'accueillait – et Tom avait juré qu'il l'épouserait. Elle ne croyait pas à sa promesse mais les deux jeunes gens avaient tout de même correspondu régulièrement. Leurs dix-neuf bougies soufflées, Tom était venu à Brixton pour travailler sur les chantiers de construction du sud de Londres. Deux ans plus tard, ils s'étaient mariés, et le sont toujours aujourd'hui.

« Je savais bien que vous aviez des tas d'amis ici », déclare Kate après qu'elles ont pris congé de Betty.

Rosemary songe aux personnes qu'elle connaît à

Brixton et les symbolise mentalement par des punaises de couleur sur la carte de ses endroits préférés.

« J'imagine que oui, j'en ai quelques-uns », consent-elle.

Bientôt, elles sont à court de tracts.

« Ne vous inquiétez pas, je peux en imprimer d'autres au travail », affirme Kate.

Rosemary s'appuie avec lourdeur sur son chariot de courses. Kate lui propose de la raccompagner chez elle mais, elle a beau lui assurer que c'est sur sa route, Rosemary refuse.

« Non, vous vivez de l'autre côté de Brixton, vous me l'avez dit. Ce n'est pas parce que j'ai quatre-vingt-six ans que je suis sénile.

— Très bien, alors, répond Kate. Merci pour aujourd'hui. Je crois que ça va nous aider pour la réunion. Et je me suis beaucoup amusée aussi. »

Elle a les joues rouges et l'air radieux. Elle est complètement transformée quand elle sourit – moins fille et plus femme.

Elles se séparent et Rosemary rentre chez elle, remontant d'un pas lent les rues qu'elle a connues toute sa vie.

21

Kate s'est rendue à Electric Avenue à de nombreuses reprises, mais elle n'y a jamais rien acheté. Ils ne vendent pas de plats préparés ni de vin là-bas. Tandis qu'elle déballe les tomates de leur sac pour les mettre dans un bol, elle repense à l'étal d'Ellis : elle a inspiré profondément par le nez et humé cette odeur qui lui rappelait les spaghettis à la bolognaise de sa mère. Celle-ci les préparait toujours avec une sauce tomate confectionnée à partir de rien. Lorsque Kate habitait encore le domicile familial, il lui arrivait de l'aider. Elle aimait peler la peau des tomates échaudées et sentir leur chair charnue dans ses mains. Cela faisait bien longtemps qu'elle n'avait plus l'énergie de peler des tomates.

Elle ouvre placards et tiroirs tandis que dans sa tête se bousculent les images des personnes que Rosemary connaît à Brixton. Dans la banlieue de Bristol où elle vivait, Kate connaissait les vendeurs des magasins et elle saluait les passants dans la rue. Depuis son arrivée à Londres, elle a surtout fait des rencontres via son travail, pour des interviews. Aujourd'hui, elle a apprécié sur-le-champ tous les amis de Rosemary : Ellis et Betty,

Frank et Jermaine. Tous lui ont dévoilé un aspect du quartier qu'elle n'avait jamais vu auparavant. Ici, ce n'était peut-être pas si différent de la maison, après tout.

Kate sort une casserole qu'elle pose sur le gaz et repense à la librairie de livres d'occasion ; pourquoi n'a-t-elle pas découvert cet endroit plus tôt ? Sans doute ne devait-elle pas bien regarder : difficile de remarquer quoi que ce soit quand on marche le nez baissé.

Elle fait chauffer la bouilloire puis verse l'eau brûlante sur les tomates. Elle attrape ensuite le sac de courses qu'elle a rempli au supermarché après avoir quitté Rosemary. Pour la première fois depuis des mois – ou, pour être honnête, des années –, elle a pris le temps d'examiner ses achats : elle ne s'est pas contentée de gagner directement le rayon des plats préparés et a choisi à la place des oignons, des champignons, de la viande hachée et de l'ail.

Elle nettoie les traces de graisse et autres salissures du plan de travail, empile la vaisselle sale de ses colocataires dans l'évier et étale sur la table les ingrédients pour les spaghettis bolognaise. Alors, à gestes lents et prudents, elle tente de reproduire la recette de sa mère.

Elle oublie l'ail et met trop de sel, si bien qu'au final c'est tout juste comestible. La cuisine est sens dessus dessous, pire qu'avant de commencer, et son plat paraît moins appétissant que celui de son souvenir. Malgré tout, elle s'assied pour le manger, avalant trois grands verres d'eau entre les bouchées pour répondre au goût trop salé. On est loin des spaghettis bolognaise de sa mère, mais c'est un début.

Tout à coup, elle a envie d'envoyer par SMS une photo de sa réalisation à Erin, mais reconnaître son importance serait admettre à quel point elle se nourrit mal habituellement. Alors, à la place, elle lui transfère une photo de la piscine qu'elle a prise l'autre jour et lui demande comment se passent ses sessions de course à pied. Puis elle repose son téléphone et termine son repas.

Tout en mangeant, elle sent la fatigue de la journée la gagner, mais elle se trouve aussi plus calme qu'elle ne l'a été depuis un moment. Elle réfléchit à la piscine. Avec de la chance, les tracts attireront du monde à la réunion du conseil municipal dans deux semaines. Elle a écrit un article pour le *Brixton Chronicle* au sujet de ce débat, dans lequel elle invite les riverains à y assister et à exprimer leur opinion sur le sujet. Elle espère que tout se passera bien et, à cette pensée, elle comprend combien elle commence à s'impliquer dans cette opération. Et, à l'instar de ses tentatives de cuisine et de sa reprise de la natation, c'est quelque chose qu'elle a besoin de mener à bien.

22

Rosemary et George choisirent de se marier civilement à l'hôtel de ville, devant un groupe restreint de proches : leurs parents, quelques anciens camarades d'école et certaines des collègues de bibliothèque de Rosemary. Sa mère lui confectionna sa robe de mariée ; elle lui arrivait juste au-dessus des chevilles, dévoilant ses chaussures blanches à hauts talons et petits nœuds. La veille du mariage, elles passèrent la journée à recouvrir le gâteau de papier et de décorations : le sucre manquait pour le glaçage, mais de loin il était parfait.

Malgré l'insistance de leurs parents qui voulaient les convaincre de louer une voiture pour les mener à l'hôtel de ville, ils s'y rendirent à pied. Le trajet était court depuis leurs domiciles respectifs et, surtout, ils voulaient arriver ensemble, main dans la main.

Rosemary s'habilla dans la chambre de son enfance. La pièce débordait de piles de cartons : George avait trouvé un appartement dans les nouvelles constructions qui poussaient à Brixton, juste en face de la piscine en plein air, et ils y emménageaient le lendemain du mariage. Une fois installés et après leur lune de miel à domicile, ils commenceraient leur vie à deux :

George tiendrait le magasin de fruits et légumes de ses parents et Rosemary continuerait de travailler à la bibliothèque. Pas un instant Rosemary n'envisagea de rester femme au foyer : sa mère avait travaillé, les parents de George aussi, elle en ferait autant. Certaines de ses amies partaient s'installer au Canada, d'autres étaient fiancées à des hommes riches. Aucune ne travaillait, mais quelques-unes possédaient des réfrigérateurs. Rosemary préférait avoir un emploi plutôt qu'un frigidaire, mais elle se gardait bien de le leur dire. Une vie modeste lui suffisait amplement du moment que George en faisait partie ; qu'ils avaient leur propre appartement où personne ne les dérangerait et qu'ils avaient les bras de l'autre où se réfugier lorsque la pluie ou les mauvais rêves les réveillaient la nuit.

« Tu es nerveuse ? » demanda sa mère tandis qu'elle arrangeait la coiffure de sa fille et descendait le voile sur son visage. Son père, appuyé contre une tour de cartons, les observait, le bouquet de la mariée à la main.

Elle n'était pas du tout nerveuse.

Face à la petite assemblée installée sur des chaises pliantes en bois dans le bureau de l'état civil, ils promirent de s'aimer dans la richesse et la pauvreté, dans la santé et dans la maladie. George n'attendit pas qu'on l'y autorise pour embrasser la mariée.

Ils franchirent les portes de l'hôtel de ville sous une avalanche de confettis roses et blancs et firent le premier pas sur le chemin de leur nouvelle vie.

23

Le cinéma ne vend que du pop-corn sophistiqué aux saveurs du genre « piment doux » ou « sel de mer », mais l'odeur imprègne tout de même les murs, la moquette, l'air ambiant. Des particules de maïs éclaté s'infiltrent dans les moindres recoins. Les jeunes employés derrière leurs caisses portent des tatouages et des casquettes, ils vendent tickets et barres de chocolat en souriant de toutes leurs dents et incitent les clients à prendre la carte de fidélité ou à choisir des sièges en catégorie supérieure.

Une séance vient juste de se terminer et la foule se déverse par les portes à double battant, certains spectateurs traversent le hall et sortent sans attendre, d'autres font un détour par le bar. L'entrée devient tout à coup bruyante et animée.

« Eh bien, quel gâchis.

— Ah bon ? Moi, j'ai adoré !

— Je ne m'attendais pas à cette fin. Et toi ?

— Ce passage m'a fait sursauter.

— J'ai eu peur parce que tu as eu peur ! »

Les gens se déplacent surtout par deux, d'autres dans des groupes plus nombreux, et ils discutent.

Parmi eux se trouve Rosemary, seule au milieu de la foule.

« Pardon, désolée, dit une femme en la bousculant, poussée par la marée humaine.

— Il n'y a pas de mal », répond Rosemary, heureuse d'avoir quelque chose à dire. Elle offre un sourire à l'inconnue, prête à lui demander si elle a aimé le film, mais celle-ci est déjà repartie. Elle se fraie lentement un chemin dans la foule.

Rosemary adore le cinéma. Elle s'y rend une fois par mois, les poches remplies de bonbons, apportant son propre coussin pour se rehausser dans le fauteuil. Elle aime s'asseoir sous le grand écran, lever les yeux vers les immenses acteurs et sentir le son vibrer dans toute la salle puis remonter jusque dans ses pieds. Ce qu'elle voit lui importe peu ; elle choisit les films en fonction du titre, sans lire le synopsis. Si le titre lui plaît, elle achète un ticket.

Elle s'installe dans la rangée de devant pour ne pas avoir à se mesurer aux marches. Elle arrive toujours à l'heure, mais ne se sent à l'aise qu'une fois les lumières baissées et les autres spectateurs absorbés comme elle par le film. Le cou tendu vers l'écran, elle regarde tout : les comédies romantiques, les thrillers, les films d'espionnage sur lesquels elle a jeté son dévolu ce mois-ci, se joignant au reste du public dans les éclats de rire ou les larmes. L'émotion traverse la salle comme une ola. Lorsqu'elle regarde un film, elle n'est pas toute seule, elle fait partie d'un ensemble, elle est un visage anonyme au sein d'une assemblée d'anonymes.

Ce n'est qu'une fois le film terminé et les spectateurs

éparpillés qu'elle se retrouve seule et regrette de ne pas avoir de compagnie. Dans son esprit, le groupe est un arbre qui la porte dans ses branches. Celles-ci se brisent quand ils sortent et que tous se dispersent au vent comme des feuilles.

Un homme lui tient la porte ; il est en train de fumer avec un ami et Rosemary le remercie d'un signe de tête avant de tourner à droite en sortant du cinéma. Tout en marchant, elle examine les bus au passage et teste sa mémoire en se rappelant leur destination d'après leur numéro. Le 59, Telford Avenue. Le 159, Streatham Station. Le 333, Tooting Broadway. Le 250… Quel est le terminus du 250 déjà ? Ça commence par un C. Ce n'est pas Clapham, ni Crystal Palace. Le 250, c'est Croydon Town Center. Elle ne va jamais à Croydon, ni à aucune autre de ces destinations d'ailleurs. Le plus important, c'est de se souvenir.

Elle se demande si George aurait aimé le film. Elle apprécie la plupart des longs-métrages ; elle y va pour l'ambiance, le grand écran et la musique. George était plus exigeant. Il adorait certains acteurs (Sean Connery, Michael Gambon, Judi Dench) et il allait voir toutes les productions dans lesquelles ils jouaient, mais, sinon, il considérait que rien ne valait les vieux films. Parfois, le cinéma passait des classiques et il voulait toujours y aller. *Non, il n'aurait sans doute pas aimé celui-ci*, songe-t-elle. *Il y avait trop de sang.*

Elle continue le long de la rue vers le métro. Ce soir, elle n'a pas envie de retrouver tout de suite son appartement vide. Elle souhaite aller quelque part, dans un endroit spécial. Elle tourne à droite sur la rue de la gare.

Tout est calme : les magasins sous les arches ont leur rideau de fer baissé. Certains sont peints, comme celui-ci, qui se pare d'un drapeau jamaïcain, mais la plupart sont barbouillés de slogans : « Sauvons nos arches », « Stop aux expulsions », « Dites non aux augmentations de loyer ». Ces graffitis lui font penser à sa chère piscine dont elle imagine déjà les portes fermées et le bassin vide. À cette idée, un frisson lui traverse tout le corps.

À mi-chemin de la rue, elle croise des adolescents qui se pressent à l'entrée de la gare ; ils fument tout en écoutant de la musique sur leur chaîne stéréo portative. Au contraire de ce qu'ils prétendent, leur tenue formatée est un uniforme ; elle a envie de rire et de leur dire qu'ils sont exactement comme toutes les autres bandes de jeunes qu'elle voit défiler ici depuis des années.

De toute sa vie ou presque, Rosemary n'a jamais eu peur en marchant seule dans la rue. Même pendant la guerre, faire partie de ceux restés sur place lui procurait un sentiment de liberté. Elle était jeune alors : elle avait survécu et elle était convaincue de survivre encore.

Au moment des émeutes de 1981, elle était bien plus âgée et les années avaient effrité son assurance juvénile tel le mortier entre les briques. On était début avril et, sur le trajet du retour de la bibliothèque, elle avait vu dans une rue les carcasses de voitures à moitié calcinées encore en feu ainsi qu'un mur de policiers qui se serraient derrière leurs boucliers en plastique. À travers la fumée et les flammes, elle ne distinguait pas très bien ce qu'il se passait, mais elle avait entendu crier et vu des gens qui se tenaient face au cordon de police, les bras levés comme pour jeter quelque chose. Elle s'était hâtée de rentrer chez elle et de raconter à George ce dont elle avait été témoin. Il refusait qu'elle quitte l'appartement et, le jour le plus sombre, il avait même fermé le magasin. Depuis leur balcon, ils apercevaient les nuages de fumée qui planaient au-dessus des rues de Brixton, ravivant les souvenirs de la guerre. Dans leur salon s'entassaient des cageots de légumes. Il craignait que le magasin ne soit pillé. « Qui dévaliserait un magasin de fruits et légumes ? avait-elle demandé. Je crois qu'ils cherchent des téléviseurs, pas des pommes de terre. »

Elle ignore les adolescents et continue de marcher jusqu'à la devanture qu'elle recherche. C'est la seule qui n'est pas fermée ; elle brille de lumière et de bruit, la foule se déverse dans la rue et s'assied sur les bancs. Des lanternes en papier sont suspendues à l'entrée et un flamant rose en plastique monte la garde près de la clôture qui entoure la terrasse extérieure.

« Excusez-moi », dit-elle en essayant de se frayer un chemin entre les jeunes de vingt et trente ans.

Certains avancent leurs chaises pour la laisser passer. Ils l'observent les sourcils haussés puis retournent à leur pichet de cocktail. La salle est bruyante de rires et de musique et Rosemary n'entend rien sinon le battement régulier de la basse. La foule devient encore plus dense à proximité du bar. Un jeune homme la repère et, d'un coup de coude dans les côtes de son ami, il le fait descendre de son tabouret.

« Hé, laisse ta place à cette dame.

— Désolé, je l'avais pas vue. Désolé, je vous avais pas vue », répète-t-il en se tournant vers elle avant de lui donner le bras pour l'aider à s'asseoir. Rosemary s'installe tant bien que mal.

« Vous pouvez vous faire pardonner en me disant ce que les jeunes boivent de nos jours. Ça fait un moment que je n'ai pas mis les pieds dans un bar à cocktails.

— Pas de problème, je vous commande quelque chose. »

Il lève la main et attire l'attention du barman. Quelques minutes plus tard, celui-ci dépose sur une serviette devant elle un verre bas et large, rempli de glaçons et d'un liquide orange.

Dehors, des travailleurs à la cravate desserrée sortent du métro et se dispersent dans la nuit, certains rentrent chez eux, d'autres vont au pub. En descendant la rue, ils voient une devanture illuminée derrière laquelle une vieille femme assise au bar sirote un Old Fashioned. Autour d'elle, de jeunes gens rient et boivent dans des pichets remplis de glace, de cocktails colorés et de parasols en papier. Elle est entourée de deux couples en grande conversation qui lui tournent le dos. S'ils lèvent les yeux, ils verront l'enseigne d'un vert passé au-dessus du bar à cocktails sur laquelle on lit encore : *Peterson & Fils, Fruits et Légumes*.

24

Depuis la parution de son premier article sur la piscine, Kate est de plus en plus sollicitée par Phil, et pas seulement pour traiter les petites annonces, mais aussi pour couvrir de véritables sujets. Il y a d'abord le reportage sur les locataires expulsés de chez eux pour céder la place aux immeubles de Paradise Living qu'elle lui a vendu après sa rencontre avec l'homme à l'hôtel de ville. Et d'autres encore. Ces histoires lui font traverser tout le quartier et le lui révèlent sous différents aspects, les beaux comme les laids.

Elle rédige des papiers sur un nouveau bar qui ouvre et une vieille poissonnerie qui ferme, sur une école primaire qui organise une levée de fonds pour une œuvre caritative et un adolescent qui, malgré une enfance avec des parents trafiquants de drogue, est devenu un sportif local renommé qui va participer aux prochains jeux Olympiques. Tout à coup, elle se retrouve plus occupée qu'elle ne l'a jamais été depuis ses débuts au *Brixton Chronicle*, et elle parcourt chaque jour le quartier en long et en large pour ses recherches ou ses interviews.

Chaque fois qu'elle lit son nom en lettres d'imprimerie, elle éprouve un élan de fierté. Un soir, son téléphone vibre : c'est un texto d'Erin.

J'adore tes articles, K. Je suis très fière de toi. Bisous, E.

Kate lit le message une seconde fois. Le *Brixton Chronicle* a beau être disponible via son site Internet, tous ses articles n'y sont pas mis en ligne.

Je ne savais pas que tu les lisais. C'est une gazette locale. Bisous, K.

Un instant plus tard, son portable vibre de nouveau.

Je me le fais livrer. Bisous, E.

Kate visualise le journal, voyageant du sud de Londres à Bath et déposé sur le seuil d'Erin chaque semaine. Combien cela peut-il lui coûter ? Elle ne pensait même pas qu'une livraison aussi loin était possible. Erin s'est peut-être organisée avec Phil ? Pourtant, celui-ci n'en a jamais fait mention. Elle imagine sa sœur, pelotonnée sur son canapé, en train de lire les mots qu'elle a tapés, et elle voudrait être transportée là-bas d'un coup de baguette magique pour pouvoir la serrer dans ses bras. Mais elle se contente d'envoyer cette réponse : *Merci. Ça représente beaucoup pour moi. J'espère que tu vas bien. Bisous, K.*

Le lendemain, Kate est en reportage à la banque alimentaire de Norwood et Brixton, où elle rencontre les bénévoles locaux et les familles qui viennent y remplir leurs placards. Elle interroge une femme, Kelly, à peine plus âgée qu'elle, qui compte sur cette aide solidaire pour se nourrir pendant que sa fille, souffrante, est hospitalisée.

« Elle n'a que six ans et elle a une peur bleue des

hôpitaux», raconte Kelly. Elle est installée à une table dans la salle où officie la banque alimentaire, devant le thé que lui a offert l'un des bénévoles. «Je vais la voir tous les jours. Mais, du coup, ça fait plusieurs semaines que je n'ai pas pu aller travailler. J'ai dépensé toutes nos économies, alors j'ai envisagé de reprendre, mais elle pleure toutes les larmes de son corps chaque fois que je la laisse et, de toute façon, je suis tout le temps fatiguée. Et puis, je dois être dans les parages s'il se passe quelque chose.»

Les yeux de Kelly se remplissent de larmes et Kate ressent l'envie de tendre le bras par-dessus la table pour lui prendre la main. Au lieu de quoi, elle se concentre sur ses notes et tente de conserver une attitude professionnelle.

«Un jour, après être allée la voir à l'hôpital, je me suis rendu compte que je n'avais pas mangé de la journée. Mais le frigo et les placards étaient vides chez moi. C'est affreux, comme impression, de s'apercevoir d'un coup qu'on est affamé et de ne rien avoir à manger. Ça m'a terrifiée et il n'y avait rien que je pouvais faire. Voilà pourquoi je viens ici.»

Kate regarde autour d'elle comme si elle ne se rappelait plus très bien où elle se trouvait. Un bénévole lui sourit et lui adresse un petit signe de la main. Elle examine Kelly: l'épuisement et la tristesse barrent son front de plis soucieux. Avec un sentiment de honte angoissant, Kate se rappelle tous ces soirs où elle est allée se coucher sans dîner, toutes les fois où elle a sauté le repas parce qu'elle avait la flemme de se rendre au supermarché pour y acheter à manger. Kate a souvent eu peur, mais jamais de cette manière; elle n'a jamais éprouvé cette terreur particulière décrite par Kelly.

« On se sent comme la pire des nullités, poursuit celle-ci en levant les yeux pour croiser ceux de Kate. De ne pas être capable de se nourrir. C'est le b.a.-ba, quand même, non ? »

Une boule grossit dans la gorge de Kate et ses yeux se remplissent de larmes menaçant de couler à tout moment. Elle les refoule avec force puis remercie Kelly avec chaleur et sincérité d'avoir accepté l'interview.

« J'espère que les choses vont s'arranger pour vous et que votre fille ira bientôt mieux. Je le souhaite de tout mon cœur. »

Le soir, chez elle, Kate se prépare une nouvelle fois à dîner. Rien de bien compliqué : des pâtes avec du poulet et du pesto. Cependant, elle s'applique de son mieux, ses pensées tournées vers Kelly. Un sentiment d'impuissance la submerge – une impuissance à changer les choses importantes de ce monde ou à faire la différence d'une manière significative. Les jours où elle est au plus mal, ce ne sont pas uniquement ses inquiétudes personnelles qui la consument, mais une peur lancinante face à l'état du monde, une terreur devant l'immense tristesse qu'elle sait planer au-dehors. Dans ces moments-là, elle a l'impression d'être un trou noir et d'attirer toutes les angoisses de la terre jusqu'à être complètement remplie de noirceur.

Elle mange tout en s'efforçant de repousser cette vague croissante de craintes et de refouler la Panique. Elle pense à la piscine, se concentre sur la réunion à venir et sur les autres actes qu'elle peut accomplir pour aider Rosemary à sauver son cher bassin. *C'est sûrement ce qui explique que la piscine soit devenue si importante à ses yeux*, songe-t-elle. Ce n'est peut-être pas grand-chose, mais c'est déjà quelque chose. Et la noirceur, bien que toujours présente, recule un peu.

25

Au début, ils n'avaient pas de meubles pour équiper leur appartement. En guise de table, ils avaient posé un plateau en bois en équilibre sur des cageots de légumes. Les parents de George leur avaient donné deux chaises ; elles étaient dépareillées mais c'était sans importance. Pendant un temps, il n'y eut rien d'autre dans le salon à part les livres qu'ils avaient empilés contre les murs. Ils trouveraient leur place dans la bibliothèque plus tard. Chacun d'eux possédait une vaste collection, des romans qui les avaient accompagnés toute leur enfance et réconfortés à l'adolescence. Ils passaient avec enthousiasme les titres en revue tandis qu'ils déballaient ensemble leurs cartons.

« Comment les rangerons-nous quand nous aurons une bibliothèque ? demanda Rosemary. Est-ce que nous aurons chacun son étagère ?

— Non, répondit George. Je préfère que nous les mélangions. »

Les étagères arrivées, ils avaient pris beaucoup de plaisir à ranger leurs ouvrages pêle-mêle : le Dickens de George joue contre joue avec le Brontë de Rosemary.

George économisait le moindre sou afin d'acheter

des affaires pour leur foyer. Un jour, il était rentré avec un petit rosier en pot rapporté du marché. Il l'avait posé sur le rebord de la fenêtre et avait mis des croix sur le calendrier de la cuisine pour se rappeler quand l'arroser. Pour leur premier Noël chez eux, ils s'offrirent un gramophone. Leur collection de disques débuta avec un seul vinyle, qu'ils écoutèrent mille fois.

Rosemary aimait voir leurs deux brosses à dents côte à côte sur la tablette du lavabo. Ils se brossaient les dents en même temps, tous les deux pieds nus sur le tapis de la salle de bains, George le bras autour de la taille de Rosemary qui le regardait dans le miroir avec une furieuse envie de sourire malgré sa bouche pleine de dentifrice. Il lui faisait des grimaces dans la glace pour essayer de la faire rire. Ils crachaient dans le lavabo chacun son tour. Une fois qu'ils avaient terminé, ils s'essuyaient la bouche à la même serviette et s'embrassaient, le goût mentholé faisant frémir leurs lèvres.

Les premiers mois de leur vie conjugale, ils dormirent sur un matelas posé à même le sol avec aux fenêtres des rideaux coupés dans des draps et accrochés avec des pinces à linge. Ils allaient se coucher sitôt après dîner, parfois alors qu'il faisait encore jour dehors, parfois sans débarrasser la table, repoussant la vaisselle au lendemain matin. Ils devaient alors frotter les assiettes avec plus de vigueur mais ils s'en fichaient.

Le lit était le seul endroit où ils cessaient leur bavardage constant, préférant le silence des mots pour entretenir des conversations entières avec leurs corps. Ceux-ci murmuraient quand ils se touchaient avec douceur et hurlaient quand leurs langues se rencontraient. Chacun comprenait le langage de l'autre et savait quelles réponses lui donner.

Ils étaient parfois polis et parfois aventureux, mais ils s'embrassaient toujours. Baisers délicats, baisers fougueux, sur les paupières, les joues, la clavicule et le carré de peau délicate derrière l'oreille.

À la fin, ils s'effondraient sur le matelas, savourant la sensation de ne pas savoir quel bras était à qui. Sa jambe à elle était passée sur son ventre à lui, sa tête à lui était lovée dans ses bras à elle. Son corps recouvrait le sien, cœur contre cœur, son visage dans ses cheveux. Côte à côte, lui les bras autour de son ventre et tenant un sein, elle les mains sur son dos. Allongés l'un près de l'autre, ils étaient séparés par leurs pensées mais unis par leurs corps.

« Je t'aime », dit George par une douce soirée d'été, plusieurs mois après leur mariage. Ils étaient étendus dans la chaleur de l'autre entre des draps emmêlés.

« Je t'aime », dit Rosemary.

Elle se glissa dans ses bras, enfouit la tête dans le creux de son épaule et posa la main sur son ventre.

« Je suis désolé que nous n'ayons pas un vrai lit. Je te promets que nous en aurons bientôt un. »

Peu lui importait de dormir sur un sol en pierre toutes les nuits du moment qu'elle dormait à côté de lui. Elle voulut lui répondre, mais sombra dans le sommeil juste avant que les mots ne franchissent ses lèvres.

26

Rosemary et Kate se retrouvent au bassin à 7 heures. Ahmed déverrouille la vitrine du tableau d'affichage et les aide à y punaiser des tracts sur la réunion, déplaçant plus bas l'annonce pour des cours d'ukulélé.

« Qui joue de cet instrument, de toute façon ? Ce n'est qu'une guitare pour enfant », dit-il.

Leur tâche accomplie, Rosemary et Kate vont nager. C'est Rosemary qui a lancé l'invitation et Kate se surprend à s'en réjouir. Elle n'arrive pas à se rappeler la dernière fois que quelqu'un lui a proposé de faire quelque chose.

Dans le vestiaire, Kate retire ses vêtements, elle porte déjà son maillot. Lorsqu'elle se retourne, Rosemary est nue, elle discute avec une autre femme qui semble avoir la soixantaine bien tassée. Cette femme aussi est dénudée, elle ne porte qu'un bonnet de bain rose sur la tête. Rosemary et l'inconnue s'esclaffent, elles se tiennent par le bras tandis que leurs corps fripés tremblotent sous leurs rires.

Elles remarquent que Kate les observe, les bras croisés, gênée.

« Pardon, Kate, dit Rosemary. Je vous présente Hope. Nous travaillions ensemble avant.

— Ravie de vous rencontrer », déclare Hope en tendant les mains vers Kate.

Jamais de sa vie elle n'aurait imaginé échanger un jour une poignée de main avec une sexagénaire complètement nue. Elle ne sait plus où regarder.

« Rosemary m'a parlé de vous, poursuit Hope tandis que son amie se tourne pour enfiler son maillot.

— Je suis ravie de faire votre connaissance », répond Kate timidement.

Elle attend que Rosemary soit prête. Quand celle-ci se tourne, elle est enfin en tenue, bonnet et lunettes à la main.

« Venez, nous ferions bien d'y aller.

— Et moi, je ferais bien de me sécher et de me changer, réplique Hope. Profitez de l'eau, elle est froide ce matin, mais c'est très agréable.

— À bientôt, ma chère », répond Rosemary. Kate salue Hope et suit Rosemary à l'extérieur, veillant à rester près d'elle.

« Inutile de m'attendre, vous savez.

— Je me suis foulé la cheville il n'y a pas longtemps. Je ne peux pas marcher plus vite.

— Je ne vous crois pas.

— Eh bien, ne me croyez pas. »

Elles arrivent au bord du bassin. Rosemary se tient à l'échelle.

« Je préférerais que vous ne regardiez pas », dit-elle.

Suivent un craquement, un silence, puis un léger *plouf*. Lorsque Kate se retourne, Rosemary est dans l'eau, enfile son bonnet et ses lunettes puis s'asperge les épaules. Kate descend à l'échelle et la rejoint. Hope disait vrai : l'eau est fraîche mais délicieuse. Tandis que le froid enveloppe son corps, Kate prend une profonde inspiration, elle sent alors quelque chose en elle s'étirer et s'éveiller à la vie.

Dans la piscine, c'est Rosemary qui doit ralentir la cadence pour attendre Kate toutes les deux ou trois longueurs : les deux femmes marquent alors une pause, accolées au rebord, puis repartent d'une poussée de jambe.

Rosemary observe Kate qui peine à garder la tête hors de l'eau, comme un chien qui va chercher une balle dans la rivière.

« Vous devriez mettre des lunettes, conseille-t-elle pendant une de leurs pauses du côté où elles ont pied. Ça m'épuise de vous voir lutter pour garder la tête en l'air comme ça.

— Je ne sais pas comment faire autrement, répond Kate. Et je déteste avoir du chlore dans les yeux.

— Les lunettes de plongée arrangeraient ça. J'en ai une autre paire pour vous. Battez des jambes et des bras en alternant, ce sera moins fatigant. Et laissez votre tête aller sous l'eau dans le mouvement. »

Elles nagent en même temps mais séparément, ne rompant le silence que pour discuter pendant les pauses. Le soleil filtre à travers les arbres.

Kate imagine sa Panique assise à l'une des tables de pique-nique sur les dalles bordant la piscine. Tout en nageant, elle a conscience qu'elle est là à l'observer, à l'attendre, mais elle n'a pas peur. *Tu ne peux pas m'atteindre ici*, songe-t-elle en plongeant, le froid l'accueillant comme une vieille amie.

27

Après s'être baignées une demi-heure, elles sortent, enroulent leur serviette sur leur taille et partent se changer. Le vestiaire bourdonne de femmes se préparant pour aller travailler. Elles enfilent des collants et boutonnent leur chemisier, les maillots de bain sont suspendus aux portes des casiers ou roulés en boule par terre.

Rosemary regarde celles qui s'alignent devant la glace, certaines attendent leur tour pour le sèche-cheveux, d'autres se maquillent. Elles scrutent leur reflet dans le miroir, font de drôles de grimaces en appliquant leur mascara, sourcils haussés et bouche entrouverte. L'une d'elles est penchée vers le miroir et dessine ses sourcils au crayon, le visage parfaitement concentré. À côté, une autre, toute jeune, étale plusieurs couches de fond de teint, chacune faisant disparaître un peu plus ses taches de rousseur.

Une fois habillée, Rosemary se passe de la crème hydratante sur le visage et se brosse les cheveux.

« On se retrouve dehors ? » lance-t-elle à Kate, qui a rejoint la rangée devant le miroir.

Celle-ci hoche la tête puis fouille dans sa trousse à

maquillage. Rosemary l'observe un instant chercher le bon produit pour couvrir ou illuminer telle et telle partie de son visage. Elle se demande combien de temps de sa vie chaque femme accorde à ces rituels. Et dans quel but ? Elle a vu toutes ces femmes sans maquillage dans la piscine et nues dans le vestiaire, et elles sont parfaites. Bien sûr, elle faisait la même chose lorsqu'elle était jeune. Elle ne se maquillait pas autant que certaines de ses amies, ni que certaines des lectrices de la bibliothèque qui venaient chaque semaine avec une coiffure différente, mais elle consentait malgré tout à un effort. Qui lui prenait au moins cinq minutes.

Rosemary ramasse son sac et sort. Elle s'assied sur un banc en face de la piscine et attend Kate. Quelques minutes plus tard, celle-ci apparaît, se dirige vers elle et s'installe à côté.

« Racontez-moi ce que vous faisiez avant, Rosemary, demande-t-elle alors qu'elles sont assises au soleil à faire sécher leurs cheveux.

— Je travaillais à la bibliothèque. J'y ai travaillé pendant trente-cinq ans, jusqu'à la fermeture.

— Oh, *la vieille bibliothèque* ! »

C'est aujourd'hui un café, Kate y est déjà allée.

« C'est idiot mais j'ai toujours cru que c'était juste le nom du café. Je suis vraiment bête.

— J'enregistrais les livres là où se trouve le comptoir aujourd'hui, poursuit Rosemary. Je ne sais pas ce qu'ils ont fait de tous ces ouvrages. J'en ai sauvé quelques-uns – mon appartement est plein à craquer ! –, mais j'ignore ce qu'il est advenu des autres. J'espère de tout cœur qu'ils ont été donnés aux écoles du quartier. À l'idée qu'ils aient été jetés… »

Rosemary fait la grimace, ses yeux bleus étincelants se fondent un instant dans les plis profonds de sa peau.

« Le problème, c'est que nous ne nous y attendions pas du tout, reprend-elle. Un jour, on a reçu une note annonçant que les autorités locales prévoyaient un plan de coupes budgétaires et, le lendemain, Hope et moi avons trouvé porte close. C'était tellement triste.

» Je prenais mon travail là-bas très au sérieux ; j'étais heureuse de travailler – je me suis toujours dit que les femmes au foyer devaient s'ennuyer affreusement. Je n'étais que bibliothécaire, certes, mais je me voyais comme la Gardienne des Livres. C'était mon rôle de veiller à ce que les étagères soient rangées et organisées de façon que les histoires d'amour se retrouvent discrètement à l'écart des autres romans et que les filles de douze ans puissent trouver les manuels sur la puberté sans avoir à les demander. Certains venaient aussi s'abriter chez nous quand il pleuvait. Je me souviens d'un jeune homme, Robbie, qui arrivait avec son sac à dos et son sac de couchage, les laissait sur une chaise et allait se promener dans le rayon des langues étrangères. Il me disait toujours « Bonjour » en français et me racontait qu'il allait rejoindre Paris à la nage. Je me demande ce qu'il est devenu… »

Rosemary pousse un soupir et lève les yeux vers la colline du parc qu'elle a connu toute sa vie. Elle pense à la bibliothèque, aux enfants qui riaient sous cape dans le coin jeunesse, aux personnes qui étudiaient et utilisaient les ordinateurs pour postuler à des emplois, et aux derniers moments là-bas. Le jour de la fermeture, plusieurs personnes sont venues discuter avec elle. Mme Lane lui a raconté avec quel plaisir elle avait regardé sa fille choisir des piles de livres. « C'est le seul endroit où elle peut prendre exactement ce qu'elle veut, avait-elle déclaré. Quel mal y aurait-il à lui laisser lire tous les livres qu'elle aime ? »

M. Gudowicz avait même serré Rosemary dans ses bras. Il avait les yeux brillants de larmes et lui avait confié que, grâce à la bibliothèque, il avait pu étudier et décrocher le diplôme qui lui avait permis de trouver un travail.

« Je peux à nouveau être un père et un mari désormais », avait-il ajouté.

Elle se tourne vers Kate. « La piscine doit rester ouverte. Il le faut.

— Je sais », répond cette dernière.

Rosemary dévisage avec plus d'attention la jeune femme assise à côté d'elle. Son regard brun est grave mais, pour une fois, la peur ne s'y lit pas. C'est comme si une fenêtre s'était ouverte dans ses yeux, et Rosemary perçoit une femme très différente à l'intérieur. Une femme forte et qui, comprend-elle soudain, peut lui venir en aide. Qui va l'aider.

« Ça me fait penser que le conseil municipal m'a téléphoné pour me donner des détails sur la réunion, déclare Kate. Apparemment, nous devons nommer un porte-parole qui résumera au mieux les opinions des autres usagers et ce que la piscine représente pour eux. Je ne vois personne de plus qualifié que vous pour ça. Vous le ferez, n'est-ce pas, Rosemary ? Nous serons tous là avec vous. »

Rosemary pense aux termes que Geoff a employés pour la présenter à Kate la première fois : leur « plus fidèle nageuse ». Elle espère être capable de trouver les mots justes pour leur faire comprendre ce que cette piscine représente à ses yeux.

« J'en serais honorée », déclare-t-elle. Kate sourit tout en laissant échapper un petit soupir.

Ensemble, elles observent les visiteurs aux cheveux mouillés, sac à l'épaule, quitter la piscine et s'éloigner dans le parc.

Tout à coup, Kate consulte sa montre. « Oh, non, je suis en retard ! Je dois aller à Brixton Village. Il y a une nouvelle boutique qui ouvre et je dois interviewer le propriétaire. On se revoit vite, d'accord ? »

Rosemary acquiesce d'un hochement de tête et la regarde partir, sa silhouette élancée traversant le parc à toute vitesse. Rosemary réfléchit à la réunion du conseil à venir, essaie d'imaginer ce qu'elle va pouvoir dire quand son tour viendra de prendre la parole. Elle pense à combien Brixton a déjà perdu et à quel point elle veut agir cette fois.

28

Le dernier samedi du mois, Brix Mix Market s'installe sur Station Road et la rue est envahie de commerçants locaux qui proposent vêtements vintage, tissus aux motifs africains, poteries artisanales ou animaux sculptés aux couleurs vives. L'odeur du poulet jerk flotte dans l'air tandis que les morceaux grésillent sur le gril devant une petite camionnette garée sur la chaussée.

Le samedi, d'habitude, Kate est chez elle à regarder des DVD. Il peut lui arriver de s'aventurer jusqu'au café au coin de la rue pour s'asseoir et lire un livre tout en observant l'animation dehors à l'abri derrière la vitre.

Aujourd'hui, lorsqu'elle franchit le seuil de sa porte, elle découvre une journée de printemps radieuse, de celles que peignent les artistes et décrivent les poètes. Elle marche le sourire aux lèvres, l'esprit égayé par le ciel bleu porteur d'espoir. Plusieurs semaines se sont écoulées depuis sa dernière crise d'angoisse. Elle va nager régulièrement, parfois en compagnie de Rosemary si elle arrive à temps à la piscine, ou sinon après sa journée de travail. Dans l'eau, elle repense aux articles qu'elle a lus sur les bienfaits de l'exercice physique pour calmer l'anxiété. Mais, au-delà de ça, c'est son investissement dans la campagne qu'elle mène contre la fermeture de la piscine qui la remplit d'optimisme. Elle a trouvé un but auquel croire et sur lequel se concentrer. Elle se sent plus maîtresse d'elle-même qu'elle ne l'a jamais été depuis des mois.

Dès qu'elle arrive dans la rue principale, elle est frappée par le vacarme des bus et de la foule qu'elle voit se déverser de la station de métro. Cependant, au lieu de rebrousser chemin comme elle l'aurait fait d'ordinaire, elle continue d'avancer, s'efforçant au mieux de garder la tête haute plutôt que de fixer ses pieds. Elle zigzague entre les piétons, prend garde à ne bousculer personne.

Dans sa poche, son téléphone se met à vibrer. Elle le sort et découvre un message d'Erin. Sa sœur lui a envoyé une photo d'elle, tout sourires, une médaille autour du cou. *Je viens de courir mes premiers 10 km !* dit le texto. Kate s'arrête dans l'alcôve d'une boutique pour examiner la photo avec attention et répondre. Erin paraît tellement heureuse avec son teint rosé et sa chevelure rousse rassemblée en une queue-de-cheval négligée – Kate voit rarement sa sœur les cheveux en bataille. Cette image la fait sourire et, soudain, le bourdonnement des bus et la densité de la foule semblent diminuer.

Fière de toi, frangine ! répond-elle avant de remettre son portable dans sa poche.

Au cinéma, elle tourne à droite sur Coldharbour Lane et longe la rue jusqu'à la librairie où le golden retriever est couché dans la vitrine. Elle pousse la porte et entre dans la boutique de Frank et Jermaine.

Ce dernier quitte des yeux le livre qu'il est en train de lire derrière le comptoir et les lève sur la visiteuse.

« Kate ! » s'exclame-t-il en la reconnaissant. Un élan de joie la traverse. Il semble content de la voir.

« Je vous avais dit que je reviendrais vite, réplique celle-ci.

— Frank vient de partir en pause. Il sera ravi de savoir que vous êtes venue !

— Vous lui passerez le bonjour pour moi ? Je vais jeter un coup d'œil si vous êtes d'accord.

— Faites comme chez vous. »

Jermaine s'en retourne à sa lecture et Kate part s'aventurer dans la boutique. Elle y trouve un rayon entier consacré aux autrices féminines et elle commence son exploration par là : elle étudie les dos jusqu'à trouver un nom qui l'intéresse, saisit l'ouvrage et en lit la quatrième de couverture et la première page. Ensuite, elle visite la littérature étrangère, s'arrête devant une table dédiée aux lectures d'été, puis termine son parcours au rayon jeunesse situé au fond du magasin, où elle goûte à la nostalgie de revoir des livres qu'elle a lus enfant. À genoux, elle les feuillette et se remémore le bonheur qu'elle éprouvait à découvrir la lecture et son pouvoir de l'emmener dans des époques et des endroits différents, dans un autre monde. Elle pouvait être qui elle voulait avec un roman. Au fil de sa promenade dans les allées, elle choisit un livre ici et là et se retrouve bientôt avec une pile de cinq ouvrages. Elle se sent comblée, l'odeur de la librairie l'apaise.

« Il faut que j'arrête ou je ne pourrai plus les porter, dit-elle en posant sa sélection sur le comptoir. Votre librairie est vraiment fabuleuse.

— Merci », répond Jermaine, ravi. Très grand, il domine le comptoir tandis qu'il vérifie les prix inscrits au crayon à l'intérieur. Il se frotte la barbe d'un geste machinal tout en continuant à parler.

« C'est bien, ce que vous faites pour la piscine. Rosemary vous en a peut-être parlé, mais nous aussi, ici, nous connaissons quelques difficultés. Inutile que je vous le dise, vous l'avez sans doute remarqué par vous-même. Être libraire de nos jours, ce n'est vraiment pas facile. »

Kate regarde autour d'elle. Le magasin est en désordre mais il reste accueillant ; des livres s'entassent un peu partout et des tabourets sont installés dans tous les coins entre les rayonnages afin que les clients s'y asseyent pour un instant de lecture.

« Nous ferons notre possible pour aider aussi, poursuit Jermaine, le regard posé sur Kate. Certaines choses méritent qu'on se batte.

— Merci », répond-elle simplement en se retenant de le prendre dans ses bras. Elle se dirige vers la porte, gratifie Sprout d'une petite caresse avant de partir. « On se voit à la réunion, alors ?

— Sans faute ! »

Elle repart avec un large sourire aux lèvres. Un dur combat les attend peut-être, Rosemary et elle, mais au moins elles ne sont pas seules, d'autres rejoignent leurs rangs. Hope, Ellis et Jack, Ahmed et Geoff, Betty, et maintenant Frank et Jermaine. Et Kate ne doute pas que d'autres suivront – ils sont tellement nombreux à se baigner à la piscine, elle doit bien compter pour eux. *Peut-être*, songe-t-elle en son for intérieur, *peut-être que ça va aller*.

29

« Tu regrettes de m'avoir épousée ? » s'enquit Rosemary.

Elle avait prononcé ces mots en levant les yeux sur George ; il serrait les poings, le dos voûté sur la chaise à côté de leur lit. Il portait encore son tablier en cuir par-dessus ses vêtements. D'ordinaire, il l'ôtait dès qu'il arrivait à la maison, et le suspendait à la patère de la porte d'entrée, prêt pour le lendemain.

Il avait prévenu la bibliothèque qu'elle ne viendrait pas travailler pendant quelques semaines. Elle détestait imaginer cet échange mais elle le faisait malgré elle : envisager leurs paroles de pitié était ce qui lui déplaisait le plus.

« Pourquoi dis-tu une chose pareille ? » demanda-t-il en lui prenant la main et en la serrant avec force. Ce mouvement lui déclencha un élancement douloureux dans le bras, mais elle s'efforça de ne rien laisser paraître. La chaleur de sa peau se propagea dans tout son corps.

« Si tu ne m'avais pas épousée, cela ne serait peut-être pas arrivé, poursuivit-elle. Tu pourrais être avec quelqu'un d'autre. Tu pourrais avoir un bébé. »

Le mot la fit tressaillir. Elle repensa à la conversation que George avait dû tenir à la bibliothèque. Des rires s'échappaient peut-être du coin enfants tandis qu'il parlait à Hope et aux autres, et lui aussi avait probablement tressailli. Elle se demanda ce qu'ils avaient dit, ce qu'ils pouvaient bien penser. Elle s'imagina retourner au travail. Au moins pourrait-elle à nouveau soulever les cartons de livres et passer dans les allées étroites entre les rayonnages de la section « ouvrages de référence ». Mais c'était une bien maigre consolation.

Il la dévisagea avec l'expression la plus affligée qu'elle lui avait jamais vue. Il paraissait vieux mais effrayé comme un enfant. Le voir ainsi lui donna l'impression qu'elle allait se briser comme une branche morte dans la tempête. Elle ferma les paupières.

« Ne dis pas ça, reprit-il. Ne dis jamais de choses pareilles. Je pourrais être avec quelqu'un d'autre mais elle ne serait pas toi. Je pourrais avoir un bébé mais ce ne serait pas avec toi. »

Elle rouvrit les yeux et le vit là, devant elle, qui l'aimait de tout son être. Elle n'en avait jamais douté.

« Celui-ci n'était peut-être pas prêt à naître, mais le prochain le sera, déclara-t-il. Et puis, tu m'as et je t'ai ! Je t'ai toujours, toi. »

George tenta d'esquisser un sourire, sans grand succès : ses traits se tordirent en une grimace, et cette tentative attentionnée la rendit encore plus malheureuse. Cette image de George lui rappela la fois où, alors qu'ils étaient encore adolescents, un nid était tombé de la branche d'un arbre dans la piscine. Il avait nagé jusqu'au nid, pleurait avant même de l'atteindre car il savait déjà ce qu'il découvrirait. Il l'avait pris dans ses mains en coupe et l'avait sorti de l'eau, puis il avait plongé au fond pour ramasser les minuscules corps qui y avaient sombré. Elle l'avait regardé plonger et plonger encore et elle s'était mise à pleurer elle aussi. Elle avait feint d'avoir le cœur brisé par le sort funeste des oisillons mais, en réalité, c'était lui qui l'émouvait. Il avait continué jusqu'à les récupérer tous avant de les aligner sur le rebord.

À présent, les yeux de George se remplissaient de larmes qu'il versait sans les retenir. Elles tombaient sur son tablier qu'elles tachèrent de gouttelettes sombres.

« Ça va aller », assura-t-elle.

Alors, il se mit à sangloter. Ses larmes ne coulaient jamais avec discrétion ni pudeur, elles se déversaient comme l'eau d'un barrage qui aurait rompu. À le voir avec ses mains puissantes et son tablier de primeur taché, on ne s'attendait pas à de tels pleurs de sa part.

« Viens te coucher près de moi », dit-elle.

Il passa de l'autre côté du lit et grimpa derrière elle, enveloppant son corps de ses bras, une main posée sur son ventre. Il la serra contre lui en pleurant. Elle aussi pleura. Elle ne savait pas trop si c'était pour le bébé ou pour lui cette fois. Il portait encore son tablier et ses chaussures lorsqu'ils se réveillèrent le lendemain matin.

30

Le jour de la réunion du conseil, Kate sent la Panique s'insinuer en elle. Elle ne veut pas décevoir les personnes qu'elle a rencontrées. Ni Rosemary.

Au travail, elle ne dit rien et tape son article tout en réfléchissant : comment va se dérouler la réunion ? Les gens vont-ils faire le déplacement ? Et leur venue va-t-elle changer le cours des choses ?

Elle est fatiguée, aussi. Cette nuit, elle a rêvé qu'elle subissait une nouvelle crise d'angoisse. Elle se rendait à la piscine, son sac de natation à l'épaule. Elle avait hâte de plonger dans l'eau froide et d'effectuer ses lents mouvements de brasse. Mais, une fois arrivée, il n'y avait plus rien à l'endroit où le bassin aurait dû être. À la place, elle se trouvait dans une partie de la ville qu'elle ne connaissait pas, au pied d'une tour d'appartements qui masquait le soleil. Les rues ne lui étaient pas familières et les gens autour marchaient d'un pas trop pressé pour qu'elle les arrête et leur demande son chemin. Un panneau indiquait que la piscine était à gauche, mais le plan sur son téléphone lui disait d'aller à droite, et l'épingle qui signalait la destination était plantée au beau milieu de l'immeuble.

Elle avait contourné le pied de la tour, avait penché la tête en arrière pour tenter d'en apercevoir le sommet. En marchant, elle s'était mise à paniquer. Comment la piscine avait-elle pu bouger ? Comment pouvait-elle figurer sur la carte mais pas dans la réalité ? Elle arpentait des rues qu'elle ne connaissait pas et consultait l'écran de son portable. Il lui disait qu'elle arrivait à destination dans deux minutes mais elle ne voyait rien.

La frustration enserrait sa gorge et appuyait contre ses tempes. Puis la panique et la peur d'être perdue s'étaient mises à bouillonner en elle jusqu'à s'échapper en larmes brûlantes et furieuses. Sa respiration était hachée, elle hoquetait et ses jambes avaient cessé d'avancer. Elle était paralysée sur le trottoir, les larmes coulaient à flots sur son visage et elle cherchait son souffle.

Les autres marchaient autour d'elle, en l'ignorant ou en lui décochant un regard noir avant de s'éloigner d'un pas vif comme si elle était une enfant capricieuse. Elle se doutait de ce à quoi elle devait ressembler à leurs yeux : une jeune femme au visage barbouillé de maquillage, qui pleurait à chaudes larmes sans raison apparente en pleine rue. Finalement, un adolescent s'était approché et lui avait demandé si ça allait.

« Vous n'avez pas besoin de pleurer. Arrêtez, s'il vous plaît », disait-il.

Mais elle ne pouvait pas s'arrêter, et elle ne pouvait expliquer pourquoi. Lui répondre qu'elle s'était perdue et qu'elle voulait seulement nager paraissait une bien piètre excuse pour une crise de larmes aussi violente et inextinguible.

C'est alors qu'elle s'était réveillée, aussi accablée de fatigue qu'après chaque crise d'angoisse.

«J'ai pensé que tu voudrais un café», lance une voix au moment où un mug est posé avec délicatesse sur son bureau. Elle lève les yeux et découvre des cheveux blond vénitien en bataille et un visage souriant.

«Merci, Jay. Tu lis dans mes pensées.

— Photographe et médium, double casquette.»

Elle en boit une gorgée, l'odeur à elle seule lui redonne un peu de vigueur.

«Le journal m'a demandé d'assister à ta réunion de ce soir pour prendre des clichés. J'espère que ça ne te dérange pas.»

Kate marque une pause, considère Jay. Elle ne le connaît pas très bien, mais elle voit sa chevelure blond vénitien et son visage aimable tous les jours. Il fait partie de son quotidien, du décor de sa vie et, d'une certaine manière, sa présence l'apaise.

«Ce n'est pas ma réunion, dit-elle. Mais bien sûr que tu peux venir. Je ne sais pas très bien si tu auras de quoi faire des photos intéressantes, en revanche. Ça se passe dans les locaux de la mairie.

— On verra bien, répond-il en bondissant du coin du bureau où il s'était perché pour ramasser le sac de son appareil photo. Si je suis aussi bon photographe que médium, tu pourrais bien être surprise. Pour l'instant, je vais prendre des photos du nouveau restaurant mexicain. Je peux sûrement te rapporter des nachos gratuits si tu veux. Ils ne savent pas encore que nous ne leur mettons que deux étoiles.

— Ça ira, merci. Le café fait effet.

— Pas de problème. À plus tard. »

Jay parti, Kate se rend compte que cela faisait longtemps qu'elle n'avait pas eu une conversation avec un homme qui n'est ni son patron ni le sujet d'une interview. Elle remarque aussi que son angoisse s'est un peu apaisée.

31

Après la troisième fausse couche de Rosemary, George proposa de partir en vacances. « J'aimerais que tu sentes l'eau de mer te lécher les orteils, Rosemary », annonça-t-il un soir. À ces mots, elle sourit, s'imaginant l'effet produit. Assis dans le fauteuil près de la cheminée, il ouvrit les bras en guise d'invitation. Elle traversa le salon et grimpa sur ses genoux. Le Devon qu'il lui avait dépeint était encore si présent dans sa mémoire qu'elle pouvait goûter le sel de la mer sur ses lèvres et entendre le roulis des vagues chaque fois qu'elle y repensait. Pourtant, elle ne l'avait jamais vu de ses propres yeux.

« J'ai envie de partir un peu, rien que nous deux », continua-t-il. Il n'y avait jamais rien qu'eux deux, mais elle comprenait ce qu'il voulait dire ; elle aussi désirait fuir le souvenir de ce petit être qu'elle n'avait jamais rencontré. Elle avait envie qu'ils redeviennent adolescents. Ils décidèrent donc de prendre des vacances et se retrouvèrent soudain happés dans le tourbillon exaltant des préparatifs.

C'était la première et l'unique fois qu'il fermait le magasin une semaine entière depuis leur mariage. Il accrocha une pancarte à la devanture annonçant les congés plusieurs semaines avant leur départ et toutes ses conversations avec la clientèle durant ce laps de temps tournaient autour de ces vacances. Il évoquait avec fierté le voyage prévu, parlant à l'occasion de « séjour ». Rosemary et George n'étaient pas de ceux qui faisaient des « séjours ». Ils n'étaient jamais partis en vacances de toute leur vie.

Le Devon était trop loin, aussi lui préférèrent-ils Brighton ; ils y réservèrent une chambre dans un bed & breakfast pour une semaine et économisèrent pour payer les deux shillings et six pence de supplément que coûtait le voyage depuis la gare de Victoria à bord du Brighton Belle, le train Pullman crème et chocolat, célèbre pour la beauté de ses voitures.

« Toi, tu es ma Belle de Brixton », lui souffla-t-il à l'oreille lorsqu'il l'aida à monter à bord du train sur le quai bondé. Il grimpa ensuite avec la petite valise qu'une amie de Rosemary leur avait prêtée. Une fois à leur place, Rosemary regarda autour d'elle pour admirer l'intérieur du wagon : le papier peint Art déco brun, la lueur tamisée des lampes de table et la légère odeur de pain grillé, de café et de hareng fumé.

Rosemary tenta de se calmer : elle n'avait jamais quitté Londres et elle sentit une boule dans son ventre en regardant le quai s'éloigner. Elle avait l'impression qu'on l'avait détachée et qu'elle dérivait. George serra sa main.

« À quoi ça sert, à ton avis ? demanda Rosemary en montrant un bouton de sonnette au mur.

— C'est pour appeler le serveur », expliqua la femme assise en face d'eux avec un sourcil haussé.

George et Rosemary échangèrent un regard et un sourire. Il appuya sur le bouton. Quelques instants plus tard, le serveur était là, il leur montrait la carte en donnant du « monsieur » à George (Rosemary étouffa un rire derrière sa main). Ils pouvaient tout juste se permettre un thé, mais ç'aurait tout aussi bien pu être du champagne. Le trajet fut cahoteux et inconfortable, mais ils n'en avaient cure.

Dès leur arrivée, Rosemary voulut voir la mer. Ils suivirent alors les familles et les couples qui descendaient Queens Road jusqu'au front de mer. Tous étaient habillés pour la plage – lunettes de soleil rondes sur le nez des adultes et chapeau sur la tête des enfants. Ils passèrent devant des glaciers, des salons de thé et des clubs de jazz que Rosemary remarqua à peine : elle était concentrée sur sa destination.

Elle accélérait le pas à mesure qu'ils approchaient. Elle pouvait entendre les mouettes tournoyer au-dessus de sa tête dans le ciel. Enfin, elle la vit : la vaste étendue d'eau verte qui suintait comme de l'encre dans l'horizon bleu. La jetée de Brighton avançait dans la mer, avec ses bâtiments disparates, ses dômes et deux toboggans qui faisaient face aux vagues tout au bout.

Une brise marine leur caressa le visage pendant la descente vers la plage. Elle passa la langue sur ses lèvres : elles avaient pris le goût du *fish and chips*.

La plage était bondée : transats rayés, familles allongées et jeunes couples. Un homme en slip de bain courait après une femme en maillot une pièce et chapeau de soleil. Ensemble ils plongèrent dans les vagues. Un enfant assis sur les galets montrait les mouettes du doigt en mangeant un sandwich au beurre et au sucre.

Des adolescents fumaient, étendus à l'ombre d'une barque retournée.

Rosemary et George retirèrent leurs chaussures et leurs chaussettes et les posèrent sur le dessus de leur valise. Puis ils marchèrent sur les galets en direction de la mer, se tenant par la main, les doigts entremêlés. L'eau ici était aussi froide que celle de la piscine. Ils restèrent au bord, à contempler l'océan qui semblait aller et venir sans cesse. George regarda Rosemary devant ce spectacle et sourit de tout son être.

Main dans la main, ils marchèrent jusqu'à la jetée où ils achetèrent des pommes de terre en robe des champs dégoulinantes de beurre qu'ils mangèrent appuyés contre la balustrade, entourés par les mouettes qui espéraient en profiter. Des rangées d'hommes en casquette blanche pêchaient le maquereau au loin, des femmes en robe d'été marchaient bras dessus bras dessous et des enfants faisaient la queue à un kiosque de beignets tout juste sortis de l'huile. Le marchand tendit un sac en papier graisseux à une petite fille qui sourit de plaisir.

George se détourna des rires des enfants et s'accouda à la balustrade. Rosemary se tourna vers lui et lui offrit un sourire, priant pour qu'il voie dans son visage de quoi combler sa vie.

Ils passèrent la semaine entre la plage et la ville, où ils mangèrent des gâteaux au salon de thé Lyon et explorèrent les clubs de jazz enfumés. Le soir, ils rentraient dans leur chambre, la peau collante d'une couche de mazout de la mer.

« Frottez-vous avec du beurre et ça partira », leur

conseilla le propriétaire du B&B. Ils emportèrent donc une plaquette de beurre dans leur chambre et s'en frictionnèrent l'un l'autre, riant comme des adolescents. Ils s'endormirent en sentant le beurre, leurs corps doux et nus emmêlés dans les draps.

À la fin de leur dernière journée de plage, alors qu'ils avaient la peau brunie et desséchée par le soleil et l'eau salée, ils allèrent boire un chocolat chaud dans un café et écouter de la musique au jukebox. Un nuage de fumée et de vapeur du percolateur emplissait la salle. George glissa une pièce dans la machine et la voix d'Elvis Presley chantant *My Wish Came True* s'éleva dans le bar.

« Tu danses ? » demanda-t-il. Ils repoussèrent leur table et dansèrent au milieu du club, serrés l'un contre l'autre. Rosemary posa la tête contre son torse et écouta les battements de son cœur en songeant que c'était le son de sa maison. Elle aimait la mer, mais à présent elle souhaitait retrouver sa piscine avec ses murs qui la rassuraient plus qu'ils ne l'enfermaient. Elle avait aimé cette semaine qui l'avait fait se sentir à nouveau jeune, se cacher avec George dans le palais des glaces de la jetée, faire l'amour dans un lit qui couinait au B&B et échapper aux pensées qu'ils désiraient tous les deux fuir. Mais maintenant, elle voulait rentrer chez elle, dans leur petit appartement. Même si la tristesse y était tapie dans tous les recoins et qu'elle en était délogée de temps à autre par un élan d'émotions tourbillonnantes comme la poussière, c'était chez eux, et c'était leur vie. Et ça lui suffisait.

Elvis Presley chanta pendant qu'ils dansaient et George embrassa Rosemary.

32

Sur les marches de l'hôtel de ville, Rosemary contemple les confettis à ses pieds. Le vent soulève un cœur en papier et vient le déposer sur la pointe de sa chaussure noire à petit talon. Elle le fixe qui s'y accroche.

« Prête ? » demande Kate en lui prenant la main qu'elle presse avec douceur. Rosemary baisse les yeux, surprise par ce contact. Kate esquisse un sourire puis la relâche avec hâte.

Les autres patientent derrière elles dans l'escalier. Les employés de la piscine et du café se sont dépêchés de fermer pour arriver à temps, le serveur porte encore son tablier. Ahmed et Geoff discutent, côte à côte. Ellis et Jake parlent avec Hope, Frank et Jermaine attendent tout près de Kate, Sprout assis à leurs pieds. Betty est venue avec sa petite-fille. Il y a aussi une maman avec son nouveau-né, qui dort contre sa poitrine dans un porte-bébé en tissu, et son mari qui lui tient la main. La prof de yoga qui dispense ses cours au studio de la piscine est aussi présente avec quelques-uns de ses élèves autour d'elle. Un adolescent maigrichon avec un couple, sans doute ses parents, se tient légèrement à l'écart sur le trottoir. Le vigile du grand magasin a fait le déplacement, ainsi que plusieurs enseignants du quartier et un groupe d'enfants du club de natation, accompagnés de leurs parents et de leur entraîneur. À l'arrière, Jay, son appareil autour du cou, prend des photos du rassemblement sur les marches de l'hôtel de ville.

« Nous sommes tous avec vous, madame P. ! » lance Ellis.

Rosemary lève les yeux sur les colonnes qui flanquent la porte de l'édifice, empoigne la rampe et gravit lentement les marches. Les autres la suivent avec patience et tous s'entassent dans la salle où la réunion est prévue.

Au fond s'étire une longue table avec, assis derrière, plusieurs hommes en costume : le conseiller municipal que Kate a rencontré se trouve au milieu.

« Bienvenue, déclare-t-il à leur arrivée par-dessus le raclement des chaises qu'on tire pour prendre place face au conseil. C'est bien que vous ayez pu venir aussi nombreux. Il va nous falloir plus de sièges ! »

Au bout d'un moment, le bon nombre de chaises est apporté et l'assemblée finit de s'installer. Rosemary et Kate se placent au premier rang, avec Geoff et Ahmed.

« Puis-je vous aider à retirer votre manteau, Rosemary ? » propose Kate en tendant la main. Mais Rosemary s'écarte en resserrant d'un geste ferme la ceinture autour d'elle.

« Non. J'ai froid. »

Une fois tout le monde assis, le conseiller démarre la réunion. Il parle vite et son discours est parsemé de jargon, mettant mal à l'aise l'assemblée de résidents qui remuent sur leurs sièges. Il évoque des réductions de financement, des budgets amputés, et déclare que la piscine « absorbe de l'argent qui pourrait être utilisé pour des installations et des ressources locales plus utiles ».

« Vous n'êtes certainement pas opposés au fait d'en faire bénéficier d'autres structures, comme les établissements scolaires locaux ? » dit-il en balayant du regard les usagers de la piscine qui regardent leurs genoux. Rosemary se sent jugée, comme si leur combat ne valait pas la peine qu'ils se battent.

« Très bien, la parole est à vous. Qui souhaiterait partager son sentiment sur la fermeture ? Pardon, sur la fermeture éventuelle. Avez-vous désigné un représentant ? »

Prenant appui sur Kate, Rosemary se lève lentement. Elle resserre son manteau autour d'elle et réarrange son écharpe.

« Vous avez trois minutes. Nous vous écoutons », dit le conseiller.

Debout, elle prend conscience de ses amis, dont les visages sont tournés vers elle, l'air interrogateur. Tous comptent sur elle.

Elle repense à ses séances de natation matinales avec Kate, à ses conseils pour corriger son battement asymétrique, à leurs discussions sur le banc ensuite. Elle pense à George en équilibre sur les mains au fond de la piscine, les plantes pâles de ses pieds tournées vers le ciel. Elle songe aux personnes qu'elle voit tous les jours et qui ont trouvé un endroit où échapper à leurs problèmes et nager pour dissiper leurs tensions, longueur après longueur. Elle s'éclaircit la gorge et se lance.

« Lorsque l'ancienne bibliothèque a fermé, personne

n'a mesuré l'importance de ce que nous perdions jusqu'à ce qu'il soit trop tard. C'était un lieu d'apprentissage mais aussi le poumon de notre communauté. Il en va de même pour la piscine. Nous la prenons tous pour acquise et c'est pourquoi elle est si importante. Nous imaginons qu'elle sera toujours là pour nous. Là-bas, on peut s'octroyer un moment à soi, et peu importe la raison qui rend ce moment nécessaire. »

Elle pivote et considère les personnes assises derrière elle, chacune portant le poids de ses propres raisons.

« La piscine recèle des souvenirs pour nous tous. Pour les enfants qui n'ont jamais vu la mer, elle représente leurs étés et leur liberté. Pour les parents qui y ont fait nager leur progéniture pour la première fois, c'est le symbole de leur indépendance, le moment où il faut lâcher prise et les laisser sauter dans le grand bain. Quant à moi… Eh bien, pour moi, c'est toute ma vie.

— Mais que faites-vous des mois d'hiver ? l'interrompt le conseiller. Certes, la piscine est bondée en été mais, lorsqu'il fait mauvais, elle perd encore plus d'argent. Personne ne veut nager dans une piscine en plein air lorsqu'il fait froid et qu'il pleut. Ce qui, il faut bien le reconnaître, arrive très souvent. Une femme de votre âge doit bien comprendre les risques que l'on encourt à se baigner dans une eau aussi froide, non ? »

Tandis que le conseiller disserte, Rosemary se met à déboutonner lentement son manteau. Du noir apparaît lorsqu'elle dénoue son écharpe et la déroule de son cou. Elle fait glisser son manteau d'un roulement d'épaules et tous ses amis autour d'elle se mettent à applaudir.

« Comme vous pouvez le constater, je suis parfaitement équipée. »

Sa figure pâle et son cou sortent de sa combinaison de plongée qui moule son corps dodu. Elle s'arrête aux genoux, révélant ses jambes tordues et ses chaussures noires. Le conseiller est pris d'une quinte de toux. L'appareil photo de Jay cliquette pour saisir l'image qui fera la une du *Brixton Chronicle*.

« Nous avons pensé qu'il pourrait être judicieux de diversifier les produits proposés à l'accueil, déclare Geoff en tapotant le bras recouvert de Néoprène de Rosemary. Vous avez tout à fait raison lorsque vous affirmez que l'eau peut être très froide, mais maintenant il n'y a plus d'excuse qui tienne ! »

Rosemary exécute lentement un tour sur elle-même pour faire admirer sa tenue, et ses amis applaudissent de plus belle. Elle croise le regard de Kate – qui semble fournir de gros efforts pour ne pas pouffer. Peine perdue, elle éclate de rire avec les autres. Le conseiller est à court de mots : de toute évidence, c'est la première fois qu'il voit une vieille dame de quatre-vingt-six ans en combinaison de plongée dans les locaux de l'hôtel de ville.

33

Le lendemain, la photo de Rosemary en combinaison de plongée prise par Jay fait la une du *Brixton Chronicle*. Kate rédige l'article et n'oublie pas de préciser que, désormais, les clients pourront se procurer des combinaisons à l'accueil de la piscine lorsque la température extérieure chutera.

À son arrivée au bureau, elle est accueillie par Phil qui lui agite le journal sous le nez. Jay, à sa table, lève sa seconde tasse de café à son intention en guise de salut.

« J'ai entendu des gens en parler dans le bus ce matin », annonce Phil sitôt que Kate franchit la porte. Il montre la photo de Rosemary. « Tu sais combien de fois j'ai surpris des lecteurs parler d'un article du *Brixton Chronicle* ? Aucune ! On le trouve chez tous les marchands de journaux du quartier et à la station de métro, mais je me dis parfois qu'ils ne le prennent que pour y mettre leurs épluchures de patates. »

Kate et Jay échangent un regard amusé, les sourcils haussés.

« Mais ça… Où l'as-tu dénichée, cette femme ? »

Kate ne répond pas. Elle se demande si c'est elle qui a trouvé Rosemary ou si ce n'est pas le contraire.

« Voilà de quoi cette histoire de piscine a besoin, Kate : de plus de photos. Je veux que tu emmènes Jay, que tu le présentes à tous ceux que tu as rencontrés là-bas. Jay, je veux des clichés où ressort l'aspect humain, un aperçu du "poumon de notre communauté", comme l'a si bien dit Rosemary Peterson.

— OK, patron », répond ce dernier en attrapant le sac de son appareil photo.

Phil s'assied à son poste de travail, ouvre en le déchirant un sac taché de graisse et s'attaque à un croissant jambon-fromage. Des miettes tombent sur le journal comme s'il pleuvait des feuilles d'automne sur Rosemary.

Kate est en train de ranger ses affaires et s'apprête à partir quand son téléphone portable vibre sur son bureau. Elle lit le message d'Erin : *J'adore Rosemary Peterson ! Elle est fabuleuse ! On a tellement ri, Mark et moi, ce matin, en voyant cette photo ! Super contente de voir que ton article fait la une. Bisous, E.*

Kate sourit devant ces mots.

« Tu viens ? lui demande Jay, son sac à l'épaule et un trépied sous le bras.

— Oui ! Pardon. »

Elle envoie à Erin l'émoji d'un nageur et des baisers puis range le téléphone dans son sac.

« C'est parti ! »

Devant son petit déjeuner, Rosemary lit l'article qui lui est consacré et examine la photo en première page.

George n'en croirait pas ses yeux de la voir en une d'un périodique, même local. Lorsqu'elle s'est rendue chez le marchand de journaux ce matin, elle a croisé plusieurs personnes en train de le lire.

« Regarde ça, c'est incroyable ! » a lancé un jeune homme à sa petite amie tandis que Rosemary passait tranquillement à côté d'eux.

Elle-même peine à y croire. La combinaison de plongée est accrochée à la porte de sa chambre tel un rappel. En la voyant ce matin, elle a souri.

L'enfiler avant la réunion n'a pas été une mince affaire ! Elle a fourré ses mains et ses pieds dans des sacs en plastique pour les glisser dans les jambes et les bras étroits de la combinaison et, lorsqu'elle s'est regardée dans le miroir de sa chambre, elle a commencé par rire sans plus pouvoir s'arrêter. Son fou rire lui a coupé le souffle, elle s'est mise à ahaner et il a fallu qu'elle s'asseye un moment pour recouvrer sa respiration. Assise sur le lit, la combinaison à moitié enfilée et les sacs en plastique toujours aux mains et aux pieds, elle a regardé la photo de George posée près de son oreiller. Il y porte son tablier vert de primeur et il tient entre les mains la plus grosse citrouille qu'ils aient jamais vue. Son sourire est éclatant.

« De quoi j'ai l'air, George ? »

Remonter toute seule la fermeture Éclair dans son dos lui a causé quelques soucis. Elle a dû se tortiller pendant un moment, essayer d'attraper la glissière, et elle a même failli tomber à deux reprises. Quand enfin elle y est parvenue, elle a boutonné son manteau et enroulé son écharpe bien serrée autour de son cou pour dissimuler l'encolure de la combinaison. Engoncée dans sa tenue sans élasticité, elle a dû se mettre à quatre pattes pour se chausser.

De bien des manières, la réunion du conseil s'est plutôt mal passée. Les conseillers les ont regardés de haut selon elle et leur attitude lui a donné l'impression d'être revenue sur les bancs de l'école. À la moitié de son discours, elle s'est souvenue de ses instituteurs qui les avaient fait nager sous l'orage et de l'expression sur leurs visages quand tous les enfants avaient sauté dans l'eau avec leur imperméable. Le souvenir l'a fait sourire : *attends de voir leur tête quand ils découvriront ce qu'il y a sous ce manteau*, avait-elle songé.

Quant au résultat de la réunion, difficile de le déterminer. Lorsque Rosemary a renfilé son manteau et que la quinte de toux du conseiller s'est calmée, il leur a annoncé que leurs inquiétudes seraient transmises et examinées par les membres du comité. Les résidents et le personnel de la piscine seraient tenus informés, mais aucune date n'était arrêtée pour une nouvelle réunion. Malgré l'incertitude, elle a oublié un instant ses soucis grâce aux félicitations et aux rires de ses amis au moment de quitter l'hôtel de ville. Ils sont même allés fêter ça ensuite au pub à l'angle de la rue. Kate et Ellis l'ont aidée à se percher sur l'un des tabourets de bar, si haut que ses pieds ne touchaient pas le sol. Ellis lui a commandé une demi-pinte de cidre. Installée au comptoir en combinaison de plongée et manteau, Rosemary a essuyé quelques regards étonnés ou curieux de la part de certains clients. Elle a levé son verre dans leur direction et leur a souri.

Tout en sirotant son cidre, elle a observé les personnes réunies dans le pub. Ellis, Hope et Betty riaient autour d'un paquet de cacahuètes qu'ils partageaient en même temps que leurs souvenirs sur Brixton. Frank et Jermaine glissaient plus ou moins discrètement des grattons de porc à Sprout couché sur la moquette collante sous l'une des tables. Ils discutaient avec Kate, dont le regard s'illuminait quand elle évoquait le dernier livre qu'elle avait lu. Elle avait un verre de vin à la main et les joues rouges. Tous trois riaient ensemble et Sprout remuait la queue par terre. Ahmed était en grande conversation avec le gentil photographe qui avait dit à Rosemary que son visage était fait pour être en une.

Devant ce tableau, Rosemary a éprouvé un profond sentiment de bien-être et de chaleur. Le cidre n'y était pas pour rien non plus.

Son petit déjeuner terminé, elle ouvre un tiroir et, après avoir écarté le rouleau à pâtisserie, le film cellophane et le papier d'aluminium, elle attrape enfin les ciseaux de cuisine. Ses mains tremblent tandis qu'elle découpe d'un geste lent l'article en une. Sa tâche achevée, elle l'accroche sur la porte de son réfrigérateur, descendant d'un cran la carte postale que Hope lui a envoyée d'une croisière deux ans auparavant, et le prospectus du restaurant antillais en bas de la rue.

Ensuite, elle téléphone à Kate et ose une chose qu'elle n'a pas faite depuis très longtemps : elle l'invite à dîner.

Malgré sa surprise, Kate accepte sur-le-champ.

« Oui, bien sûr. J'adorerais ! Merci, dit-elle. Oh, et Rosemary, je sais que je préviens à la dernière minute, mais que faites-vous là, tout de suite ? Si vous êtes disponible, nous aurions besoin de votre aide à la piscine. Jay prend des photos pour accompagner d'autres articles – nous comptons sur une grande couverture médiatique. Ahmed a créé une page Facebook « Sauvons la piscine de Brockwell » dont nous parlerons dans le prochain article. Je vous montrerai ça plus tard, mais elle reçoit déjà beaucoup de soutien.

— C'est fantastique ! répond Rosemary tandis qu'un sourire s'épanouit sur ses lèvres à la pensée d'Ahmed en train d'aider et d'autres se joignant à lui et y apportant leur soutien. J'y serai dans quinze minutes.

— Pourriez-vous apporter votre maillot de bain ? Jay pense qu'une photo de vous à la piscine pourrait faire son petit effet. Et puisque vous êtes déjà apparue en une, je me suis dit que ça ne vous dérangerait pas... »

Rosemary s'esclaffe.

« Pourquoi pas ? » accepte-t-elle.

Rosemary, Kate et Jay se retrouvent devant la piscine. Ahmed est sorti les accueillir et s'empresse de montrer la page Facebook à Rosemary sur son téléphone.

« Il y a déjà soixante *likes* et je ne l'ai lancée que ce matin ! » annonce-t-il avec joie. Rosemary voudrait lui demander ce qu'est un *like* mais elle ne veut pas paraître ignorante. À la place, elle répond : « C'est merveilleux, Ahmed. Bien joué. »

Kate et Rosemary font visiter la piscine à Jay qui en profite pour photographier leur univers. Il fait la rencontre du personnel et des habitués. À la demande des enfants du club de natation qui tendent des mains enthousiastes vers son appareil, il s'agenouille et leur montre son fonctionnement, explique les différents boutons et fait défiler des photos à l'écran. Lorsqu'il se relève, son pantalon est mouillé aux genoux et les auréoles plus sombres lui font comme des genouillères. Cette image fait s'esclaffer Kate.

« Pardon, dit-elle quand il s'en rend compte. J'espère que ça ne t'ennuie pas qu'ils jouent avec ton appareil.

— J'ai l'habitude, répond-il. J'ai trois nièces et deux neveux. »

Rosemary observe l'échange de loin ; elle note combien la jeune femme est différente de la première fois où elle l'a rencontrée. Aujourd'hui, elle semble heureuse.

À la fin de la journée, les trois se séparent aux grilles du parc.

« À demain soir, alors, Rosemary ? demande Kate.

— Oui, à demain. »

34

« C'est charmant, chez vous, Rosemary. Merci de m'avoir invitée ! » dit Kate en offrant un petit bouquet de tulipes mauves à son hôtesse. Le soleil de fin de journée filtre par la porte-fenêtre du balcon, baignant le salon d'une lumière dorée. La pièce est petite, mais propre et bien rangée. Il y a un canapé deux places, un fauteuil et une table basse avec un tourne-disque posé par terre à côté. Des coussins aux couleurs éclatantes ornent le canapé et le fauteuil. Kate reconnaît les imprimés vifs du magasin de tissus africains de Brixton Village. Elle trouve ce salon paisible et accueillant.

« Vous pouvez poser votre manteau sur cette chaise », propose Rosemary en désignant celle près de la porte où attend son sac de piscine.

Elle disparaît dans la cuisine, laissant son invitée seule dans le salon. Pendant ce temps, Kate s'avance sur le balcon. Elle regarde par-dessus la balustrade, de l'autre côté de la rue, vers l'enceinte de la piscine, et ses briques d'un ocre brun sous le soleil couchant. Par-delà le bâtiment, le reste du parc s'étire dans une brume verte d'herbe et de cimes d'arbres.

Elle quitte le balcon et se dirige vers la bibliothèque qui court sur tout un pan de mur.

« Oh, là, là, tous ces livres ! » s'écrie-t-elle en direction de la cuisine, la tête inclinée pour lire les titres sur les dos. *L'Attrape-cœurs*, *Histoire de Brixton*, *Poèmes pour la vie*...

« Et si nous mettions un peu de musique ? » propose-t-elle lorsque Rosemary revient dans le salon avec une assiette de cacahuètes. Elle montre le tourne-disque.

« Que voudriez-vous écouter ? demande Rosemary.

— Difficile de choisir... Vous en avez tant.

— Ils sont à George, pour la plupart.

— Puis-je ?

— Je vous en prie. »

Rosemary s'assied et Kate s'agenouille par terre pour examiner les disques. Au bout d'un moment, elle en choisit un qu'elle sort avec précaution de sa pochette et pose sur la platine.

« J'adore Frank Sinatra. Ma mère et mon beau-père dansaient dessus dans la cuisine. Adolescente, je trouvais ça gênant, mais au fond j'adorais. Les chansons et la danse.

— George et moi avons également dansé sur ses chansons plus d'une fois.

— Je suis navrée, s'excuse Kate. Je peux en mettre un autre si vous préférez.

— Non, laissez-le. Ça me plaît. »

Kate prend place sur le canapé. Sur l'étagère à côté d'elle, il y a une photo encadrée de George et Rosemary le jour de leur mariage. Ils sont dans le parc et se tiennent la main sous un arbre. Aucun des deux ne fixe l'objectif ; ils rient aux éclats, le regard porté par-delà l'épaule du photographe.

« Vous êtes magnifiques, dit Kate. Tous les deux.

— Merci. Je sais que ce n'est pas le terme que l'on emploie pour décrire un homme, mais je trouve aussi qu'il était vraiment magnifique. L'été, il avait un beau teint bronzé. »

Rosemary sourit et ferme les yeux un instant. La voix suave de Frank Sinatra emplit l'appartement. Au son de la musique, Kate pense à chez elle. Cela fait longtemps qu'elle n'a pas rendu visite à sa mère et à Brian. Elle craignait qu'en y retournant, elle n'ait plus jamais envie de revenir à Londres. Elle n'est peut-être pas rentrée chez elle depuis un moment, mais elle revoit encore très bien le domicile familial. C'est l'odeur ambiante qui lui revient à présent : les bougies parfumées à l'orange et le bois de la table de la salle à manger qu'ils possèdent depuis toujours, ainsi qu'un parfum indescriptible, mélange de shampoing et de lessive sur les vêtements des personnes qu'elle aime le plus au monde. Lorsque Erin et Kate étaient jeunes, leur grand-mère leur avait offert à toutes les deux la même écharpe à motifs. Pour les différencier, il suffisait d'en sentir le tissu : le parfum de chacune était reconnaissable sur-le-champ.

Kate lève les yeux : Rosemary l'observe. Elle jette un dernier coup d'œil à la photo de mariage en songeant combien Rosemary paraît différente aujourd'hui, mais en même temps très semblable de bien des manières. Son visage a peut-être accueilli quelques rides, mais ses yeux sont restés les mêmes et une certaine assurance se dégage de la jeune femme sur la photo comme de la vieille dame en face d'elle.

« Parlez-moi de George, l'invite Kate en reposant avec délicatesse le cadre sur l'étagère.

— Par où commencer ? s'interroge Rosemary en s'enfonçant un peu plus dans son fauteuil. Vous devez vous douter qu'il était excellent nageur. Il a été évacué dans le Devon pendant la guerre et, à ce qu'il m'a raconté, il a même nagé avec des dauphins une fois, mais je ne suis pas sûre de le croire. »

Kate s'esclaffe.

« Lorsque je terminais de bonne heure à la bibliothèque, j'allais le retrouver au magasin de fruits et légumes. Parfois, il était en train de servir des clients, alors j'attendais, plantée à côté des pommes de terre, je le regardais fermer les sacs en papier en les faisant tourner dans les airs ou peser les tomates avec une grande concentration. S'il n'y avait personne dans le magasin, il m'offrait un cadeau : une pêche plate qu'il savait particulièrement sucrée, ou la carotte tordue dans un lot de carottes bien droites, ou un légume que je ne connaissais pas, comme une patate douce qu'il avait rapportée du stand de ses amis antillais au marché.

» Il aimait lire, comme moi, et je nous prenais des livres à la bibliothèque. Nous nous asseyions et nous les lisions ensemble. Il lui arrivait de se mettre à pouffer à cause d'une phrase et il essayait de se calmer pour ne pas me déranger, mais souvent c'était plus fort que lui et il riait tant qu'il en pleurait. Les larmes lui barbouillaient la figure. Évidemment, ça me faisait rire aussi et j'imaginais ce que penseraient ses clients s'ils voyaient ce grand marchand de fruits et légumes rire aux larmes. »

Le menton posé sur ses paumes, Kate écoute Rosemary lui décrire l'homme qu'elle aimait. Quand elle parle, ses yeux bleus s'illuminent et ses joues rosissent légèrement. Kate imagine George le marchand de légumes nageur. Elle se le représente assis dans ce salon, partageant le canapé deux places avec Rosemary.

Celle-ci se tourne vers elle. « Pardon, je vous ennuie.

— Pas du tout, au contraire, affirme Kate. J'adore vous écouter.

— Ça fait un moment que je n'ai pas parlé de lui.

— Il doit beaucoup vous manquer », dit la jeune femme avec douceur.

Rosemary balaie l'appartement du regard. Kate se demande ce qu'elle y voit ; si George est assis dans le fauteuil, debout sur le balcon ou en train de lui sourire dans l'embrasure de la porte de la cuisine.

« Oui, énormément. »

Un minuteur retentit.

« À table ! » lance Rosemary. L'ombre qui a brièvement voilé son regard s'envole et sa voix redevient claire. Elles se lèvent toutes les deux en même temps et se dirigent dans la cuisine.

Le couvert est dressé pour deux et un vase avec des brins de lavande trône au centre.

Kate aide son hôtesse à sortir un plat fumant du four. Un rôti d'agneau repose sur un lit de légumes craquants et moelleux.

« Ça sent délicieusement bon, Rosemary », dit-elle.

Rosemary attrape sur le haut du frigo un cahier

noir qui tombe presque en lambeaux. Des feuilles en dépassent et des bouts de papier avec des notes griffonnées en ressortent. Elle le tend à Kate.

« Les recettes de George. Elles ont été très utiles. C'était lui qui cuisinait la plupart du temps. »

Kate ouvre le cahier et en tourne les pages avec précaution. Certaines ont des empreintes de doigts ou des taches de nourriture. D'autres, des phrases barrées et des annotations – toutes manuscrites. Elle le feuillette, recette après recette.

« Vous deviez être très fière de lui, commente-t-elle en le rendant avec délicatesse à Rosemary.

— En effet. »

Rosemary le range avec douceur à sa place sur le frigo. Kate lui tire la table pour qu'elle puisse s'asseoir.

« Comme vous avez cuisiné, je fais le service », annonce-t-elle.

Rosemary semble sur le point de protester, mais elle est coincée derrière la table, alors elle n'a pas d'autre choix que de rester assise et de la laisser faire.

« Il y a une salade dans le frigo, pouvez-vous l'attraper, s'il vous plaît ? »

Une fois devant, Kate remarque que son article et la photo de Rosemary sont affichés sur la porte. Elle sourit.

Le réfrigérateur est rempli de légumes colorés achetés chez Ellis et, dans la porte, il y a une bouteille de vin blanc avec son prénom dessus. Kate attrape le tout puis referme la porte.

Elle pose la salade sur la table et présente la bouteille avec un sourire et un sourcil interrogateur, montrant à Rosemary l'étiquette avec « Kate » inscrit dessus.

« Ah oui, j'allais oublier, dit Rosemary. Voulez-vous du vin ?

— Où sont les verres ?

— Placard du haut, au-dessus du micro-ondes. »

Le placard en question contient deux exemplaires de tout. Kate en sort deux verres à pied et ouvre la bouteille. Elle sert Rosemary avec générosité.

« Vous le méritez », affirme-t-elle en commençant à servir le plat.

La viande et les légumes sont cuits à merveille et même la salade est délicieuse, avec ses feuilles croquantes et sa sauce au goût merveilleux que Kate ne parvient pas à identifier.

« Je suis impressionnée, c'est fabuleux. Merci, Rosemary.

— Je vous en prie, répond celle-ci, aux anges. J'ai beaucoup de chance – George était un excellent cuisinier. Il connaissait tout des légumes bien sûr, mais il était doué pour la viande aussi. Il a appris auprès des bouchers du marché ; il leur demandait de lui confier leurs secrets en échange d'un sac de pommes de terre ou de fruits. »

Pendant le repas, elle continue d'évoquer George et leur vie commune. À la fin, tandis que Rosemary lui livre d'autres anecdotes, Kate débarrasse la table sans bruit et se lance dans la vaisselle. Elle est en train de remplir la bouilloire quand son hôtesse laisse échapper un léger soupir.

« C'était un merveilleux anniversaire. »

Kate fait volte-face. « Vous ne m'avez pas dit que c'était votre anniversaire ! »

Rosemary répond d'un simple haussement d'épaules.

«Je vous aurais apporté autre chose que des fleurs, poursuit Kate, les sourcils froncés et la voix inquiète. Je vous aurais aidée ! Maintenant, je me sens coupable que vous ayez préparé tout ça toute seule.

— Je fête mes quatre-vingt-sept ans. J'ai eu mon compte d'anniversaires, vous savez.

— Eh bien, reprenons au moins un verre de vin, insiste Kate en éteignant la bouilloire et en ressortant la bouteille. Et voilà, dit-elle en remplissant deux verres à ras bord. Joyeux anniversaire, Rosemary ! »

Les deux femmes trinquent et boivent une gorgée. Elles se réinstallent confortablement sur leurs sièges et dans leur conversation. Elles parlent de la piscine et de George et, pendant un temps, c'est comme s'il était là dans la cuisine avec elles, assis autour de la table qui en réalité n'est assez grande que pour deux.

35

Une fois dans l'arbre, ça lui parut bien plus haut qu'elle ne le pensait. Elle enroula ses jambes autour du tronc et s'agrippa fermement à la branche recouverte de mousse, les pieds dans le vide. George était déjà passé de l'autre côté, elle discernait sa silhouette sur la table de pique-nique. Debout, les bras écartés, il l'attendait.

« Je suis bien trop vieille pour ça ! lui cria-t-elle.

— Je ne vois pas du tout ce que tu veux dire », répondit-il. Elle ne distinguait pas les traits de son visage mais, au ton de sa voix, elle sut qu'il souriait. « Il paraît que soixante ans est le nouveau trente ans !

— Sauf que j'en ai soixante et onze ! » répliqua-t-elle.

Il s'esclaffa. « Eh bien, nous devons avoir le nouveau trente-cinq ans alors !

— En tout cas, mes genoux, eux, sont plus âgés que ça ! »

Comme répondant à l'appel, ceux-ci envoyèrent une décharge douloureuse dans le bas de ses jambes.

« Tu peux le faire, Rosy. Je sais que tu en es capable. »

La lune sortit soudain de derrière un nuage et éclaira

un instant le visage de George. Il souriait franchement. *Ce visage*, songea-t-elle en le regardant. *Il m'a toujours fait craquer*. Elle balança une jambe par-dessus la branche qu'elle serra avec force entre ses bras et tendit les pieds jusqu'à trouver une surface où les poser. Plus bas… plus bas… et enfin, elle toucha la table. En se laissant tomber, elle glissa et atterrit dans un bruit sourd.

« Ouille ! J'ai toujours été aussi gracieuse ? » Elle s'épousseta et lui prit la main.

« Et plus encore ! » s'esclaffa-t-il.

Ensemble, ils descendirent tranquillement du banc, s'examinant sans un bruit pour vérifier qu'ils n'avaient rien de cassé. Pas de sang, pas d'os brisé, pas de vêtements déchirés. Une fois sûrs d'être tous les deux indemnes, ils relevèrent la tête en même temps.

La lune projetait une lumière tachetée sur les dalles de la piscine, l'horloge luisait et le siège du maître nageur se dressait, vide, dans l'ombre. Au-dessus du bassin, des nuages épars flottaient dans le ciel. Les étoiles scintillaient dans les coins dégagés. Les arbres se tenaient au garde-à-vous autour de l'enceinte, leurs branches encore plus sombres que le ciel derrière elles. Tout était paisible et silencieux.

« On y va ? » dit George en contemplant le visage de sa femme sans y voir les rides apparues au fil des ans.

Ils se lâchèrent la main et chacun longea un côté de la piscine. Rosemary prit par un angle, George par un autre. Ils retirèrent la bâche de protection pour découvrir l'eau. Comme dans une chorégraphie, ils pivotèrent et regagnèrent la table de pique-nique, où ils s'assirent côte à côte. Rosemary retira ses chaussures d'une chiquenaude. George se pencha pour défaire ses lacets.

« Aïe ! lâcha-t-il en se redressant, les mains sur les reins.

— Ton dos ? » demanda-t-elle. Il acquiesça et ôta sa chaussure gauche avec son pied droit. Elle posa une main sur son épaule et la lui massa. Ils se déshabillèrent à gestes lents, Rosemary aida George avec les boutons de sa chemise. George aida Rosemary avec la fermeture à glissière de sa jupe.

« C'est celle qui reste coincée à moitié, dit-elle. Il faut que tu tires d'un coup sec, tu te rappelles ? »

Ils finirent par être complètement nus. Leur peau pâle paraissait encore plus blanche sous le clair de lune. Ils se regardèrent comme dans un miroir – chacun connaissait le corps de l'autre comme le sien. Cette cicatrice sur le pied gauche de George : un cageot de pommes de terre en déballant une livraison au magasin ; la marque violacée au poignet de Rosemary : une brûlure en sortant une tarte du four (pas étonnant que George lui laisse si rarement les fourneaux) ; la courbe de leurs ventres, plus relâchés et renflés avec les années.

Main dans la main, ils marchèrent vers la piscine. Elle y alla la première, se tenant à l'échelle et descendant dos à celle-ci.

Elle se laissa glisser dedans avec un plouf, retenant sa respiration. L'eau sombre l'engloutit dans sa fraîcheur. Il la suivit, préférant faire face au rebord. Rosemary contempla son dos pâle tandis qu'elle l'attendait et ne put s'empêcher de rire. Il lâcha un juron lorsqu'il pénétra dans l'eau puis fit quelques brasses pour se réchauffer. Mais il riait aussi. Ils flottèrent sur le dos un moment, s'accoutumant au froid qui les revigorait et emplissait leurs oreilles. Puis ils se mirent à nager au milieu des étoiles et des nappes d'eau noire où les nuages bloquaient la lumière. Ils restèrent côte à côte, chacun calquant son rythme sur l'autre. De petites ondulations dansaient autour de leurs battements de jambes, les vagues produites par l'un venant chatouiller l'autre.

Ils avaient tous les deux le sentiment tacite que parler serait manquer de respect ; le lieu était si paisible et si beau. Ils gardèrent donc le silence, enveloppés dans le froid et le regard levé vers le firmament.

Après quelques longueurs, ils sortirent, le corps si frigorifié qu'il brûlait. Chacun se dirigea vers un angle du bassin et ils remirent la bâche sur l'eau comme s'ils la bordaient pour la nuit. De retour à la table de pique-nique, ils sortirent du sac à dos de George des serviettes qu'ils drapèrent autour de leurs épaules. Puis ils s'assirent l'un à côté de l'autre.

« Tu te souviens de ce que nous avons fait ensuite ? »

Rosemary laissa échapper un rire. « J'espère que tu n'as pas d'idée déplacée en tête, George.

— Est-ce qu'on avait étalé une serviette par terre au moins ? Je ne me rappelle pas… Ce qui est sûr, c'est que j'avais les genoux égratignés.

— Aïe ! À quoi pensions-nous ?

— Je crois que nous savions très bien ce que nous faisions. C'est l'un des plus beaux moments de ma vie. »

Rosemary se tourna vers George. Son sourire était le même, seulement souligné désormais par les sillons profonds qui en rayonnaient comme des vagues. Néanmoins, toutes ses rides étaient justifiées : elles montraient la nature vraie de sa personnalité. Certaines de ses connaissances qui se considéraient comme des optimistes s'étaient étonnées à l'apparition de la ride du lion. Elle avait vu au-delà, cependant ; pour elle, c'était la marque d'anciennes disputes et de l'amertume résiduelle. Les rides ne mentaient pas.

George n'avait plus de cheveux depuis longtemps ; il avait commencé à les perdre à la fin de la vingtaine et, même s'il riait de sa calvitie précoce, elle savait qu'au fond de lui il en était contrarié. Il s'inquiétait beaucoup de conserver son charme pour elle. Elle l'avait surpris un jour en train de feuilleter un magazine masculin au supermarché. Pour sa part, elle se contrefichait qu'il n'ait plus un seul poil sur la tête – être chauve lui seyait et elle s'en satisfaisait. En outre, ses cheveux à elle aussi avaient commencé à se clairsemer et elle savait qu'elle avait pris du poids ces dernières années. Sa silhouette autrefois svelte s'était arrondie. Au début, elle s'en inquiétait beaucoup, préoccupée de ne plus se reconnaître ; aujourd'hui, elle ne s'en soucie plus qu'un peu.

« Cinquante ans », dit-il avec un soupir. Ils restèrent silencieux quelques instants, les yeux tournés sur la piscine plongée dans l'obscurité.

« J'espère que tu trouves que ça valait le coup, reprit-il en baissant le regard sur ses pieds nus. Nous n'avons pas voyagé, je sais, nous sommes restés au même endroit toute notre vie. Je n'ai pas franchement fait fortune, et puis, il n'y a eu que nous deux… »

Rosemary observa son mari qui fixait le sol.

« Et je sais que je n'ai jamais été le roi de l'élégance

et que j'ai pris du poids. Et toutes ces rides. Et puis je m'y connais mieux en choux qu'en politique. Mais ce que j'essaie de te dire, c'est que j'espère que ça t'a suffi. J'espère que je t'ai suffi. »

Il releva les yeux et les posa sur elle. Il ressemblait à nouveau à un adolescent dans ces rares moments où il se défaisait de son assurance et qu'elle percevait clairement le petit garçon nerveux derrière. Elle déglutit avec difficulté.

« Espèce d'idiot », répondit-elle en se rapprochant de lui pour l'embrasser avec fougue. Ils s'étreignirent avec force et leurs serviettes glissèrent un peu. Ils demeurèrent ainsi un moment enlacés, sentant le cœur de l'autre battre dans sa poitrine. « Ça a toujours suffi », voulut-elle lui répondre, mais les mots refusaient de franchir le seuil de ses lèvres. Et de toute façon, elle savait que c'était inutile. Leur étreinte prouvait qu'ils se comprenaient.

Au bout d'un moment, ils s'écartèrent un peu, réajustèrent leurs serviettes et se moquèrent de leurs corps nus.

« Et d'ailleurs, dit-elle, nous sommes tous les deux gros et ridés. »

Ils éclatèrent de rire.

« Allez, on ferait mieux de rentrer », déclara George. Ils se passèrent leurs vêtements posés sur le banc.

« Euh, chérie, je ne crois pas que ce soit à moi..., dit George en tenant à bout de bras le soutien-gorge lavande de Rosemary.

— Oups, désolée », s'esclaffa-t-elle en le lui échangeant contre le caleçon qu'elle avait à la main. Il l'aida à accrocher son soutien-gorge et en profita pour lui caresser les épaules. Ils se rhabillèrent lentement, se débattant avec les boutons et les fermetures dans le noir.

« Foutus lacets ! s'écria-t-il en se baissant sur ses chaussures.

— Laisse-moi t'aider, dit-elle en s'agenouillant pour les lui faire. Ouille !

— Tes genoux ? demanda-t-il.

— Oui. Ils me font un mal de chien ces jours-ci. » Elle laça les chaussures et se releva.

« De quoi avons-nous l'air ? demanda-t-il avec un sourire.

— Nous sommes devenus vieux, voilà tout.

— Quand est-ce que c'est arrivé ?

— Je n'en sais rien. Je crois que nous étions trop occupés à vivre pour nous en rendre compte.

— Oui, ça nous a pris par surprise.

— Peut-être qu'en fait nous ne vieillissons pas. Peut-être que ce sont les autres qui rajeunissent.

— Oui, ça doit être ça.

— Viens, rentrons à la maison. J'ai envie d'une tasse de thé. »

George passa la bretelle de son sac à dos sur l'épaule et donna la main à Rosemary pour l'aider à grimper sur la table de pique-nique. Il l'imita et, une fois à côté d'elle, il attrapa la branche de l'arbre. Rosemary se tourna et posa un dernier regard sur la piscine. Elle s'imagina revenir y nager le lendemain, le secret de leur aventure nocturne dissimulé derrière son sourire. Les aiguilles de l'horloge se tenaient toutes droites l'une sur l'autre : il était minuit pile.

Soudain, un terrible craquement retentit, pareil à

la coque d'un bateau qui se brise contre les rochers. Rosemary fit volte-face, juste à temps pour voir la branche se rompre et tomber par terre, dispersant ses feuilles autour de la piscine. Debout sur le banc, George avait les yeux rivés sur le vide laissé par la branche ; il avait toujours les bras en l'air, agrippés à rien. Il regarda le bout de bois tombé au sol.

« Bon, ce n'était pas prévu, ça. »

Ils contemplèrent l'arbre. Sans la branche comme appui, impossible pour eux de franchir le mur. Ils regardèrent à nouveau les feuilles éparses.

« Voilà qui promet d'être intéressant. »

La piscine n'ouvrait pas avant 6h30 et tous deux grelottaient de froid. Ils se dévisagèrent un instant, paniqués ; ils étaient pris au piège.

Alors, ils se mirent à pouffer, comme des enfants, accrochés l'un à l'autre, secoués par leurs éclats de rire. Ils ne pouvaient plus s'arrêter ; c'était contagieux et grotesque. Au bout d'un moment, la respiration de George se fit sifflante et Rosemary l'aida à s'asseoir, les yeux inondés de larmes.

« Ça suffit, on se calme », le sermonna-t-elle. Ils contemplèrent une nouvelle fois l'amas de feuilles. La lune brilla derrière un nuage, un klaxon retentit et une moto rugit. À l'intérieur de l'enceinte de la piscine, tout était paisible.

« Bon, nous allons devoir appeler quelqu'un, finit-elle par déclarer.

— Mais nous sommes entrés illégalement, nous allons avoir des ennuis. »

Ils se remirent à rire.

« Je suis sérieuse, reprit Rosemary quand ils se furent

un peu calmés. Je ne reste pas ici toute la nuit, je suis gelée. Nous sommes bien trop vieux pour ça ; on risque de ne pas passer la nuit. C'était ton idée, alors tu dois nous sortir de là, George Peterson ! »

Il plongea donc la main dans son sac à dos et en sortit le téléphone portable qu'ils avaient acheté à contrecœur quelques années plus tôt, en cas d'urgence. Ce n'était pas franchement ce genre d'urgence qu'ils avaient à l'esprit alors.

« Comment ça s'allume ? demanda-t-il.

— Avec le gros bouton tout en haut.

— Je ne vois rien, il fait noir !

— Bon, laisse-moi regarder. »

Il lui passa le téléphone. Elle le tripota jusqu'à ce que l'écran s'allume. Et le lui rendit.

« Tiens.

— Merci. »

Le téléphone allumé, George composa le 999, le numéro des secours.

La tonalité retentit et Rosemary écouta la conversation avec les seules répliques de George.

« Allô ? La police, s'il vous plaît, ou peut-être les pompiers. Nous sommes à la piscine de Brockwell, à Brixton, et nous sommes coincés à l'intérieur. »

Silence.

« Nous sommes passés par-dessus le mur mais la branche a cassé, voyez-vous, et maintenant nous ne pouvons plus ressortir. Mon épouse et moi-même. Oui, mon épouse. Soixante et onze. Oui, j'ai bien dit soixante et onze ans. Non, ce n'est pas un canular. Oui, je suppose que vous avez raison, à notre âge, on devrait le savoir. »

Rosemary riait à nouveau, la main sur la bouche pour étouffer le bruit. George lui jeta un regard et lui claqua gentiment la cuisse de sa main libre.

« Comment ça ? Oui, j'imagine que nous aurions dû y penser. Très bien, très bien. Merci. »

Il raccrocha.

« Ils seront bientôt là. »

Ils patientèrent dans l'obscurité, assis côte à côte à la table de pique-nique comme des écoliers attendant d'être sermonnés par leur proviseur. Rosemary posa la tête sur l'épaule de George et ils contemplèrent les nuages et les étoiles dans le ciel au-dessus d'eux.

Les pompiers leur épargnèrent la honte d'enclencher leur sirène, mais la lueur bleue du gyrophare de l'autre côté du mur illumina les branches.

« Il y a quelqu'un ? appela une voix au bout d'un moment.

— Oui ! » répondirent-ils en chœur.

Un raclement de métal contre la brique retentit lorsque l'échelle fut posée contre le mur. Au bout de quelques instants, un pompier apparut tout en haut et les scruta depuis son perchoir.

« Qu'est-ce qui se passe ici ? » demanda-t-il.

George et Rosemary levèrent la tête, leurs joues rouges invisibles dans l'obscurité.

« Prêt ? » cria quelqu'un de l'autre côté, et le pompier se tourna pour attraper une deuxième échelle qu'il fit passer par-dessus la clôture. Il la laissa glisser le long du mur intérieur jusqu'à ce qu'elle repose sur les dalles, près de la branche cassée.

« Allez-y, grimpez », ordonna le pompier d'une voix bourrue où perçait tout de même le rire. George prit

Rosemary par la main et l'aida à monter sur le premier barreau. Quand elle arriva en haut, le pompier l'aida à passer ses jambes par-dessus le mur et à redescendre l'échelle de l'autre côté. George suivit, non sans jeter un dernier coup d'œil sur le bassin avant de redescendre dans le parc.

Ils se firent sermonner pour avoir fait perdre leur temps à la brigade des sapeurs-pompiers, mais s'en sortirent avec un simple avertissement puisque c'était leur premier délit.

« Oh, ne vous inquiétez pas, assura Rosemary. Je ne crois pas que mes genoux me permettront de renouveler l'expérience. »

Puisqu'ils habitaient juste de l'autre côté de la rue, ils refusèrent la proposition des pompiers de les raccompagner chez eux. De nouveau, ils présentèrent leurs excuses puis, main dans la main, s'éloignèrent. Une fois dans leur chambre, ils se mirent directement au lit, leurs corps si proches qu'ils sentaient le souffle de l'autre sur leur visage. Ils s'endormirent vite, leurs serviettes accrochées à la porte de la chambre.

36

À son réveil, Kate regrette d'avoir bu ce dernier verre de vin. Elle le sent qui pulse derrière ses paupières closes et frappe à l'intérieur de son crâne comme le livreur à la porte. Rosemary a peut-être quatre-vingt-sept ans, mais c'est Kate qui doit apprendre à gérer sa consommation d'alcool.

Elle roule dans le lit et consulte son téléphone. Elle a reçu un texto d'Erin et manqué un appel de sa mère. Elle leur envoie à toutes les deux un court message pour leur raconter le dîner mais pas la gueule de bois. Puis elle jette son portable sur le côté – la luminosité de l'écran lui brûle la rétine.

Elle fait l'impasse sur sa séance de natation et opère sur le chemin du travail un détour par le vendeur de café ambulant installé dans son camion devant la station de métro. Le bruit du percolateur coïncide avec celui d'un bus s'arrêtant sur la chaussée. Elle en commande un double pour elle et un normal pour Jay.

« Merci. Tu t'es couchée tard ? demande-t-il lorsqu'elle pose le gobelet sur son bureau et va s'asseoir au sien sans un mot.

— Ça se voit tant que ça ?

— Tu avais un rendez-vous ? »

Kate s'esclaffe et boit une gorgée du liquide revigorant. Par-dessus le bord de son gobelet, elle remarque que Jay la dévisage.

« Oui. C'était super. On a beaucoup discuté, bien mangé et bu trop de vin. Sauf que mon rencard était une dame de quatre-vingt-sept ans qui s'appelle Rosemary. Tu l'as rencontrée. »

Jay s'esclaffe à son tour et boit son café.

« En parlant de Rosemary, tu as vu l'édition du jour ? »

Il lui tend un exemplaire par-dessus son bureau.

La photo que Jay a prise de la piscine et de ses nageurs occupe une double page au centre du journal. Autour du cliché, il y a l'article de Kate, truffé d'anecdotes recueillies auprès de la clientèle de tout âge. « Souvenirs d'eau », annonce le titre.

« J'aime bien mettre la tête à l'envers sous l'eau avec mon père. » Hayley, 7 ans.

« Je me suis entraîné pour un triathlon dans cette piscine. J'habite à côté alors je venais avant d'aller travailler. Quelques jours après ma participation au triathlon, j'y ai nagé la longueur de la victoire. C'était génial de revenir là où tout avait commencé. » Reggie, 43 ans.

« Mes enfants ont appris à nager à la piscine de Brockwell. J'ai une photo d'eux que j'adore sur laquelle ils jouent au bord de la piscine, tartinés de crème solaire. Ils ont l'air tellement heureux que j'ai le sourire chaque fois que je la regarde. » Dawn, 59 ans.

« Les bons jours comme les mauvais, la piscine est toujours là pour que j'y plonge quand j'en ai besoin. Je veux juste dire merci. » Ben, 55 ans.

« C'est la plage en ville. » Mel, 12 ans.

Voilà Ahmed, surpris, qui lève les yeux de ses révisions, un début de sourire aux lèvres. Il est entouré de Post-it épars qui envahissent le bureau d'accueil. Un rayon de lumière perce par la fenêtre derrière lui et illumine la surface de l'eau, créant des étoiles au plafond. À l'arrière-plan, une petite fille avec un sac à dos en forme de dauphin tient la main de sa mère et regarde les étoiles brillantes, les lèvres entrouvertes et une expression de ravissement pur sur sa frimousse constellée de taches de rousseur. Elle porte des brassards par-dessus son pull.

À ce moment-là, le maître nageur est à moitié dressé sur son siège, sifflet en bouche et joues gonflées. Il pointe le doigt vers le rebord au fond de la piscine où une rangée de jeunes garçons main dans la main sont figés comme en plein vol. Leurs yeux sont plissés mais leurs bouches sont grandes ouvertes tandis qu'ils sautent, leurs jambes battant derrière eux. Ils sont de tailles différentes ; le plus petit se trouve à une extrémité et il est le seul à ne pas fermer les yeux, les sourcils figés dans une expression de stupeur. Kate les imagine regarder cette photo quand ils seront des adultes responsables avec des familles et des intitulés de poste que leurs propres enfants ne comprendront pas, et elle se demande s'ils se rappelleront avoir sauté dans la piscine avec leurs amis.

Le cliché suivant montre le jeune garçon blond

comme les blés debout sur le rebord du côté le plus profond, les genoux pliés et les bras levés comme s'il allait plonger. Mais quelque chose a dû attirer son attention car il détourne la tête de l'eau. Il regarde au loin comme s'il cherchait quelqu'un dans une foule. Il est déconcentré et, un instant, l'expression grave qui le vieillit s'évanouit, et il n'est plus qu'un garçon maigrichon en caleçon de bain prêt à sauter dans une piscine.

Il y a plusieurs photos de Rosemary. Rosemary sur les dalles qui bordent le bassin, en tenue de ville, son sac de natation à la main et une expression de défi envers l'objectif. Même habillée, on voit que ses genoux sont tordus, mais elle se tient aussi droite que possible. Derrière elle, on aperçoit la grosse horloge et le bassin dans un fondu de bleu. Rosemary dans l'eau, les bras croisés sur le rebord, son bonnet de bain tiré sur ses oreilles. L'objectif ne fait pas de cadeau aux rides de son visage ni aux taches de vieillesse sur ses bras mais elle reste très élégante. La lumière se réfléchit à la surface et illumine son visage. Kate la trouve magnifique. Et puis enfin, Rosemary assise sur une chaise devant le café, une tasse entre les mains, un regard pensif porté vers la piscine.

Il y en a aussi une de Kate ! Quelle surprise de se découvrir en photo dans le journal ! Au début, elle ne fait pas attention. Mais si, c'est bien elle, assise en face de Rosemary, en train de la regarder observer la piscine. Kate n'a jamais vu de photo d'elle prise dans un tel moment d'oubli, un moment dont elle n'a même pas eu conscience qu'il existait.

« Elles sont splendides, Jay.

— Merci. Je trouve aussi. »

Kate est absorbée dans la contemplation des photos, à tel point qu'elle ne remarque pas que, pendant ce temps, Jay n'a d'yeux que pour elle.

37

Rosemary aussi fait l'impasse sur sa séance de natation aujourd'hui, s'octroyant une rare grasse matinée. Elle reste au lit jusqu'à 9 heures. Elle a peut-être quatre-vingt-sept ans, mais elle est encore assaillie par ce sentiment tenace qui la tire du lit le matin : l'impression de devoir aller à l'école ou au travail. C'est la première grasse matinée qu'elle s'offre depuis des mois.

C'est jour de courses, si bien qu'elle finit par prendre le chemin du marché. L'air est lourd du parfum des mangues bien mûres et du bruit des commerçants qui crient la promotion du jour. Il y a du monde ce matin, et elle se fraie lentement un passage entre les promeneurs et les clients. Ellis la voit s'approcher et lui fait signe. Contrairement à son habitude cependant, il ne sourit pas : un froncement de sourcils barre son front.

« Est-ce que tout va bien ? » demande Rosemary lorsqu'elle arrive à son stand.

Il danse d'un pied sur l'autre, passe d'un geste nerveux une main dans ses cheveux ras.

« Je ne sais pas si je dois vous le dire…, commence-t-il avec nervosité.

— Qu'y a-t-il ? »

Ellis dévisage Rosemary une seconde de plus puis sort son portable de sa poche.

« J'ai commencé à suivre Paradise Living sur Twitter quand j'ai entendu parler de la fermeture éventuelle, dit-il. Et ce matin, j'ai vu ça… »

Il lui tend le téléphone. Rosemary sort ses lunettes de lecture de son sac, les chausse sur le bout de son nez. À l'écran est affiché le dessin en coupe transversale d'un imposant bâtiment en brique. À l'intérieur se trouve la photo d'un café dont la paroi vitrée donne sur un court de tennis. Il lui faut un moment pour reconnaître l'édifice.

« Ils ont sorti les plans de ce que deviendra la piscine si leur offre est acceptée, explique Ellis en reprenant son portable des mains de Rosemary qui reste figée telle une statue. Bien sûr, ce ne sera plus une piscine… »

Elle a beau ne plus l'avoir sous les yeux, le dessin est gravé dans son esprit.

« Je suis sûr qu'il reste de l'espoir, s'empresse-t-il d'ajouter. Vous attendez encore des nouvelles du conseil, non ?

— Si, répond Rosemary. D'après Kate, ça ne devrait plus tarder. »

Elle se tait, baisse les yeux. Les fraises viennent d'arriver et les barquettes de fruits juteux trônent au centre de l'étal.

« Je suis désolé, dit-il. Je n'aurais peut-être rien dû dire.

— Non, c'est bon, réplique-t-elle en relevant la tête, un sourire timide aux lèvres. Je suis contente de savoir, et j'en parlerai à Kate tout à l'heure. Elle pourra en faire un bon article pour le *Brixton Chronicle*.

— La page Facebook d'Ahmed marche bien, poursuit Ellis. Il y a des centaines de *likes* maintenant, alors, c'est bon signe. Les gens s'intéressent.

— Oui, j'en suis sûre. Bien, je vais prendre comme d'habitude et y aller. »

Il prépare deux paquets et les tend à Rosemary qui les glisse dans son sac. Avant qu'elle ne parte, il pose une main sur son épaule en guise de réconfort. Ils ne prononcent pas un mot ; il se contente de lui adresser un signe de tête, puis il retire sa main. Elle tourne les talons et se dirige vers Electric Avenue. D'ordinaire, elle retrouve Hope pour un café, mais son amie s'occupe d'Aiesha aujourd'hui, ce dont se réjouit secrètement Rosemary. Elle n'a pas envie de compagnie pour l'instant. Au lieu de cela, une fois ses commissions terminées, elle rentre chez elle d'un pas lent.

Kate examine les plans sur son ordinateur au bureau. Comme c'est étrange de voir le bassin qu'elle a appris à aimer rempli de ciment plutôt que du bleu parfait de l'eau. Cette pensée fait peser un bloc de béton sur son cœur.

« Vous voyez ? demande Rosemary au téléphone.

— Mmm, marmonne Kate.

— Et ? insiste Rosemary. Vous pensez pouvoir écrire un article là-dessus ? »

Les personnages ne semblent pas naturels non plus. Ils sont trop parfaits, ou en tout cas tels qu'une société immobilière branchée se représenterait la perfection.

« Oui, oui, bien sûr que je vais écrire un article,

répond Kate au bout d'un moment. Merci de m'en avoir parlé. Je m'y mets dès aujourd'hui.

— On se voit demain pour nager ? demande Rosemary.

— Oui, demain. »

Le combiné reposé, Kate fixe l'écran de son ordinateur. Elle sent son cœur cogner dans la poitrine et ses mains devenir moites. Elle balaie la salle du regard, y cherchant machinalement Jay, mais il est parti en mission. Sa respiration s'accélère.

« Est-ce que tout va bien ? » demande Phil. Il sort de la cuisine une tasse de café à la main et traverse la salle jusqu'au bureau de Kate. Là, il se perche à moitié sur le bord, au risque de renverser une pile de dossiers et de livres.

Elle inspire un grand coup et le regarde bien en face, forçant ses lèvres à s'étirer en sourire.

« Oui, ça va, répond-elle. J'ai un article pour toi ; du nouveau dans le dossier de la piscine de Brockwell.

— Super, répond-il en se levant. Tu me le rends pour 14 heures ?

— Ça marche ! »

Phil retourne à son poste de travail, laissant Kate seule au sien.

Elle avale quelques gorgées d'eau puis prend une profonde inspiration pour tenter de se calmer. Les images de la piscine se bousculent dans son esprit : l'eau froide qui l'apaise le matin quand elle y nage, la promesse faite à Rosemary d'aider à sauver cet endroit, la sensation depuis qu'elle le fréquente de commencer à se sentir vraiment chez elle à Brixton, pour la première fois depuis qu'elle y vit. Elle sait que la publication des plans de Paradise Living n'est qu'une nouvelle étape dans le processus déjà engagé, mais voir de ses propres yeux le bassin transformé a changé quelque chose. Cela rend tout à coup la perspective de sa fermeture très réelle.

Penchée sur son ordinateur, elle se concentre sur la rédaction de son article, avec en tête l'heure butoir de 14 heures pour ne pas perdre le contrôle. La Panique se presse aux fenêtres du bureau et la fixe, l'observe en train de taper. C'est le seul endroit où elle ne l'a jamais laissée entrer. Cela requiert toute son énergie mais elle est déterminée à rester professionnelle et à ne pas laisser ses collègues percevoir la moindre fêlure dans l'armure qu'elle s'est forgée et porte au travail. Elle peut paraître détachée ou soucieuse par moments, mais jamais rongée par l'angoisse. Elle baisse la tête et focalise toute son attention sur la tâche à accomplir.

Elle rend son article à 13 h 45.

PARADISE LIVING PUBLIE SES PLANS
DE LA PISCINE DE BROCKWELL
Un dessin montre la piscine transformée
en club de sport privé, réservé aux propriétaires
et aux locataires de Paradise Living.

La piscine de Brockwell est à vendre et le promoteur immobilier Paradise Living est dans la course pour remporter l'enchère. Aujourd'hui, il livre un aperçu de son projet pour le site.

« Une salle de sport privée sera une vraie valeur ajoutée à nos propriétés, a déclaré un porte-parole de Paradise Living. Locataires et acquéreurs de nos

immeubles bénéficieront d'un accès exclusif à un équipement haut de gamme. »

Les plans comprennent une salle de sport, un sauna et un café, mais pas de piscine.

« Une enquête suggère que le tennis est plus populaire au sein de Paradise Living et de notre cible démographique, a précisé le porte-parole. Par conséquent, il est prévu de cimenter le bassin et d'y construire un court. »

Un groupe Facebook nommé « Sauvons la piscine de Brockwell » gagne en soutien et popularité auprès des habitants du quartier.

Ahmed Jones, qui a lancé cette page sur le réseau social et qui est aussi employé de la piscine, a déclaré : « Maintenant que Paradise Living a dévoilé ses plans, nul ne peut ignorer la perte que serait la transformation de la piscine en club de gym privé. J'encourage tout le monde à apporter son soutien en cliquant sur la mention "like" de notre page sur laquelle nous publierons les dernières nouvelles et les différents moyens de s'impliquer. Nous ne pouvons pas laisser ce projet se réaliser. »

38

Le lendemain, Rosemary se réveille de bonne heure, comme à son habitude. Aussitôt lui viennent à l'esprit les plans de Paradise Living que lui a montrés Ellis. Cette image lui donne envie de rester au lit, de remonter les couvertures sur sa tête et de se cacher dessous un moment. Mais elle se force à se lever, prend le temps de caresser avec délicatesse la photo de George sur le chevet avant de jeter ses jambes hors du lit et d'en descendre. Elle s'habille aussi vite que possible (sa vitesse est toute relative) et attrape son sac de natation près de la porte.

Le trajet à pied est court mais, ce matin, elle emprunte le chemin des écoliers. Elle prend le temps de déambuler dans le parc, de quitter les allées pour fouler la pelouse. La rosée mouille ses chaussures en toile mais elle s'en moque. Elle veut sentir la terre sous ses pieds. Elle laisse des empreintes dans l'herbe humide qui s'aplatit. Elle se souvient plus jeune d'avoir couru au parc qui avait revêtu un manteau blanc. Elle voulait y être la première pour pouvoir laisser ses empreintes et crier « j'existe » au soleil matinal et aux oiseaux serrés les uns contre les autres pour se tenir chaud sur les branches couvertes de neige.

En passant devant les baies vitrées du studio, elle observe la classe de yoga en train d'exécuter la salutation au soleil. Les élèves se tournent pour la posture suivante et quelques-uns la remarquent. L'espace d'un instant, la vision de cette salle transformée en café avec vue sur le court de tennis s'impose dans son esprit et lui coupe le souffle. Mais, avec un sourire, elle poursuit sa route et contourne le bâtiment jusqu'à l'entrée.

À l'intérieur, après s'être changée, elle se dirige vers la piscine. Elle cherche la serviette de Kate sur la rambarde mais elle ne s'y trouve pas. Un instant, elle se demande si elle doit l'attendre puis, décidant qu'elle ne devrait pas tarder, elle descend lentement à l'échelle. Elle se prépare à la morsure du froid avant de se glisser dans l'eau.

Rosemary nage en s'efforçant de ne pas penser à l'avenir ni à ce qu'il leur réserve, à elle et à la piscine. Elle se concentre plutôt sur ses sensations : le froid sur sa peau, le soleil matinal sur son front, l'eau qui file entre ses doigts quand elle exécute son mouvement de brasse. De temps à autre, le souvenir de George s'immisce dans son esprit – quand il sautait du plus haut plongeoir, celui qui projetait auparavant une ombre sur un côté du bassin –, mais cette image aussi est douloureuse. La seule chose qu'elle peut se permettre d'avoir en tête est l'instant présent dans ce lieu.

Comme elle arrive au terme de sa baignade, elle s'arrête pour observer les autres nageurs. Certains traversent le bassin si vite qu'ils le font ressembler à une mare. Pour d'autres, il est un océan.

Son attention est attirée vers le café où l'un des serveurs se débat avec plusieurs ballons de baudruche colorés qu'il tente d'accrocher à l'un des parasols. Un coup de vent les agite et l'un d'eux s'échappe et file dans les airs. Le serveur sautille pour le rattraper, mais la ficelle lui glisse entre les doigts et le ballon se libère. Rosemary le regarde s'élever et flotter dans les airs. Elle espère qu'il ne va pas aller se coincer dans un arbre, elle a envie de le voir voler haut dans le ciel. Une rafale de vent le pousse loin des branches du chêne et le fait monter plus haut. Un instant, il dérive devant le soleil, donnant l'impression que c'est une grosse balle jaune avec un ruban en guise de queue.

Elle se hisse lentement à l'échelle et sort de l'eau, redevient mortelle lorsqu'elle marche sur le sol sec. Ses genoux ne la tourmentent pas quand elle nage.

À présent, le serveur a attaché le reste des ballons et il est rentré dans le café. Rosemary attrape sa serviette et l'enroule autour d'elle.

« Elle est sortie ! » crie une voix. Soudain, Kate franchit les portes du café, suivie de Frank et Jermaine, Hope, Betty, Ellis, Jay, Ahmed et Geoff. Tous portent des assiettes remplies de pâtisseries.

« Joyeux anniversaire ! s'écrient-ils à l'unisson.

— Avec deux jours de retard, ajoute Kate, vêtue d'une robe d'été à fleurs que Rosemary trouve étonnamment vive pour elle. Pardon pour le délai. »

Rosemary fixe les ballons, ne comprenant que maintenant qu'ils sont pour elle. Jay, son appareil autour du cou, prend une photo, saisissant l'expression de surprise et ses sourcils haussés.

« Vite, retenez-la avant qu'elle ne s'échappe ! »

lance Ellis. Kate pose son assiette et s'approche de Rosemary. Elle passe le bras autour de ses épaules pour la guider vers la table. Rosemary n'offre pas beaucoup de résistance ; elle est sous le choc.

Jay tire une chaise vers laquelle Kate pousse Rosemary avec douceur pour qu'elle s'y asseye pendant que tous les autres s'installent aussi. Rosemary est enroulée dans sa serviette, le soleil assez haut dans le ciel maintenant pour la réchauffer sans qu'elle ait besoin d'aller chercher ses vêtements.

« Je suis désolée de vous avoir fait faux bond ce matin – je préparais tout ça, s'excuse Kate. On ne peut pas avoir quatre-vingt-sept ans sans petite fête. Je sais qu'il est un peu tôt pour un gâteau, mais… »

Rosemary examine la table : une génoise moelleuse fourrée à la crème et à la confiture y trône. Elle est décorée par-ci par-là de tranches de fraise et de brins de romarin. Une couche de sucre glace recouvre le tout.

« C'est magnifique. C'est vous qui l'avez fait ? »

Kate acquiesce d'un hochement de tête. C'est le premier gâteau qu'elle confectionne depuis des années. Elle a veillé tard hier soir pour le préparer. D'abord, elle a dû débarrasser et laver la vaisselle sale de ses colocataires et nettoyer le plan de travail. Puis elle a mis de la musique et a pesé avec soin tous les ingrédients.

« Merci, Kate, c'est fantastique. »

Geoff et l'un des serveurs sortent du café avec un bouquet de fleurs.

« Pour notre cliente préférée », dit Geoff en se penchant pour embrasser Rosemary sur la joue. Elle rougit et accepte les fleurs avec émotion.

« Je ne sais pas quoi dire.

— Tu n'as rien besoin de dire, réplique Hope. Profite de ton petit déjeuner, c'est tout. »

Personne ne bouge pendant quelques secondes puis tous se penchent et se servent en viennoiseries. Tandis que tout le monde se régale, Kate s'approche de Rosemary.

« Je sais que nous avons reçu de mauvaises nouvelles hier avec ces plans, commence-t-elle. Mais j'y ai réfléchi et je crois que ça ne change rien. Nous ne devons pas baisser les bras, et nous ne devons pas faire une croix sur cet endroit. Et nous n'allons sûrement pas laisser cela gâcher votre fête d'anniversaire, n'est-ce pas ? »

Rosemary est surprise – jamais elle n'a entendu Kate s'exprimer avec autant d'assurance auparavant.

« D'accord, approuve-t-elle avec un hochement de tête et un sourire. Maintenant, si vous voulez bien me servir une part de ce gâteau qui a l'air délicieux... »

Kate met la main au-dessus. « Avant qu'on le coupe, laissez-moi prendre une photo, dit-elle en sortant son téléphone. J'ai promis à ma sœur de le lui montrer. Je lui ai parlé de cette fête hier soir. Nous faisions de la pâtisserie ensemble quand nous étions petites. »

Rosemary esquisse un nouveau sourire, songeant à quel point Kate semble heureuse. La jeune femme photographie la table avec le gâteau au milieu puis Rosemary lève le couteau et coupe la génoise.

Ils rient et discutent, prient Rosemary de raconter ses souvenirs de la piscine. Au début, elle se tait, encore sous le choc de toute cette agitation, puis elle plonge avec chaleur dans la conversation. Elle leur parle de l'été, quand elle était enfant.

« Il y avait encore plus de monde que maintenant, il

fallait enjamber ceux qui prenaient le soleil pour arriver jusqu'au bord. Et, une fois dans l'eau, on n'avait presque pas assez de place pour nager sur la largeur du bassin. C'était sans importance, cependant ; tout ce qu'on voulait, c'était se rafraîchir. Il faisait trop chaud et nous étions trop paresseux pour vraiment nager. C'était le lieu de rendez-vous, l'endroit où il fallait être. Nous, les filles, nous nous asseyions les unes à côté des autres au bord, jambes croisées dans le même sens. Nous laissions nos pieds tremper dans l'eau. Nous faisions semblant de ne pas espionner les garçons qui plongeaient et eux faisaient semblant de ne pas nous voir les regarder. Je crois que personne n'était dupe. »

Elle s'esclaffe et tout le monde rit avec elle.

« C'était juste là, dit-elle en montrant un point du bassin. Je m'asseyais juste là. »

Tout le monde tourne la tête et contemple la piscine, essayant d'imaginer la jeune Rosemary assise les pieds dans l'eau en train de regarder les garçons à la dérobée.

« Je nage ici depuis plus de quatre-vingts ans. »

Ses amis lui sourient. De temps en temps, un nageur sort de l'eau et vient la saluer et lui souhaiter un bon anniversaire. Certains s'attardent un peu pour discuter. Elle s'enquiert de leurs enfants, de leur travail ou du camping-car qu'ils rénovent.

Au bout d'un moment, Frank pose la main sur son épaule et lui dit : « Je crains qu'il ne soit l'heure de retourner à la librairie.

— J'ai laissé la gestion du stand à Jake, ajoute Ellis en se levant lui aussi. Je ferais mieux d'aller vérifier qu'on n'a pas fait faillite. » Hope lui emboîte le pas, elle fait la lecture aux enfants de l'école primaire ce matin.

« Jay et moi devons aller travailler aussi, dit Kate. Vous voulez partir avec nous ?

— Allez-y, répond Rosemary. Je vais rester encore un peu.

— Vous êtes sûre ? demande Jay.

— Oui, oui. Filez. Je veux juste profiter encore un moment de la vue. Et merci beaucoup, Kate. »

Rosemary lui prend la main et la serre avec chaleur, posant un regard affectueux sur elle. Kate lui répond d'un grand sourire.

« De rien », dit-elle en rougissant légèrement.

Une fois tout le monde parti, Rosemary se lève ; une brise fait frémir les feuilles des arbres et danser les ballons au bout de leur ficelle. Ils se cognent les uns contre les autres, tapent sur le parasol. Avec quelque difficulté, elle tend la main vers eux. Le geste est périlleux et ses mains ne lui obéissent pas comme avant, mais elle finit par réussir à dénouer les liens. Les ballons, aussitôt relâchés, se dispersent aux quatre vents. Sa serviette s'est dénouée lorsqu'elle s'est levée et est tombée à ses chevilles. En maillot de bain, Rosemary regarde les ballons s'envoler. Les nageurs arrêtent leurs mouvements et, sur place ou sur le dos, ils lèvent la tête pour les voir flotter dans les airs. Le cœur de Rosemary se gonfle de légèreté avec eux, soudain empli d'espoir. À les voir, tout semble possible. Au bout d'un moment, ils ne sont plus que des points dans le ciel et finissent par disparaître.

39

«Il y avait un garçon», commence Kate, le lendemain matin. Elle est assise avec Rosemary sur le banc en face de la piscine. Elles s'y sont installées avec leurs gobelets de thé qu'elles boivent à petites gorgées après avoir nagé et avant que la jeune femme ne parte travailler.

Kate est tombée sur une photo de Joe sur Facebook ce matin, et se replonger dans le passé a fait s'emballer son cœur.

Elle observe Rosemary du coin de l'œil : celle-ci touille sa boisson et la dévisage avec intérêt. Pour une fois, Kate a envie de parler, de s'épancher. Elle a conscience que le garçon en question, aujourd'hui devenu un homme qui habite Manchester avec sa copine et ses deux chiens, à en croire son profil, n'est qu'un nœud parmi d'autres qui l'étranglent, mais si elle parvient à déloger cette boule tout au fond d'elle, à laisser s'échapper ses souvenirs avec lui… Eh bien, ce sera un bon début.

«Il y a toujours un garçon, réplique Rosemary.

— Je n'étais qu'une gamine moi aussi. Ce qui rend notre histoire petite, minuscule, en comparaison de ce que vous partagiez avec George. Je devrais m'en être remise maintenant. »

Kate repense à la photo sur son téléphone et au trouble immense qui l'a fait tressaillir en revoyant ce visage.

« L'amour est ce qu'il est, répond Rosemary. Tout comme un arbre est un arbre. Que ce soit une jeune pousse ou un chêne centenaire, il aura quand même des racines, de la sève coulera en lui et il sera à la merci des éléments.

— Votre amour était un chêne, Rosemary. Le mien, une jeune pousse. »

Un nuage passe, assombrissant le ciel une seconde avant d'être soufflé plus loin par le vent, comme si le soleil avait simplement cligné de l'œil.

« Parlez-moi de votre jeune pousse. »

Kate remue un peu, incline la tête pour regarder Rosemary. Celle-ci attend.

« Il s'appelait… Il s'appelle Joe. Ça paraît dingue aujourd'hui. Nous passions beaucoup de temps ensemble, mais il ne s'était rien passé. Un jour à l'école, j'ai décidé que j'allais lui faire part de ce que je ressentais.

» Je l'ai vu dans le couloir et je lui ai dit que je voulais lui parler de quelque chose. Je ne savais pas où aller, alors je l'ai pris par le bras et je l'ai emmené derrière la porte la plus proche – elle ouvrait sur une des ailes du théâtre du lycée ; j'ai dû penser qu'on y serait tranquilles. J'ai refermé la porte derrière nous et tout à coup, nous étions dans le noir, serrés l'un contre l'autre, entre les accessoires et les costumes.

» Lorsque j'avais ouvert la porte, je ne m'étais pas

rendu compte que la classe d'art dramatique répétait sur scène. Mais nous étions là, personne ne pouvait nous voir et nous sommes restés silencieux. Je me rappelle ces gros nuages de poussière autour de nous. J'ai attendu qu'ils retombent, attendu de retrouver mon calme. Je ne savais pas comment lui dire, alors je lui ai demandé de fermer les yeux. Quand il l'a fait, je l'ai embrassé. »

Kate jette un coup d'œil à Rosemary. La vieille femme affiche un large sourire.

« Oh, je sais ! s'exclame Kate. Vous avez du mal à m'imaginer aussi téméraire. Même moi, j'ai du mal à y croire. Le groupe d'art dramatique a continué de réciter son texte pendant que nous nous embrassions dans le noir. C'était mon premier baiser. Je ne sais pas trop si j'ai aimé ou détesté. J'avais mal au cœur et je transpirais, et sa bouche était bizarre, mais c'était quand même merveilleux. »

Elle s'interrompt un instant.

« Les premières semaines qui ont suivi notre baiser, j'avais l'impression que le sol se dérobait sous mes pieds. Jamais je n'avais ressenti ça auparavant. Je me fichais de tomber, je me sentais tellement vivante. Mes amies devaient me maudire, j'en suis sûre. Je parlais de "petit copain" dès que je le pouvais. "Mon petit copain ceci", "mon petit copain cela"... Je devais les soûler, c'est certain. »

Rosemary s'esclaffe. « On ne dit pas "ivre d'amour" sans raison... »

Kate pouffe aussi et, un instant, leurs rires les enveloppent toutes les deux.

« Quand j'y repense, je suppose que j'étais soûlante.

J'avais l'impression d'être la première personne à découvrir le grand secret de la vie. L'amour était soudain cette énorme chose qui emplissait mon existence.

— Mais…, dit Rosemary d'une voix douce. Je sens venir un "mais"…

— Pendant un long moment, il n'y a pas eu de "mais". C'était parfait. Et puis un jour, ça ne l'a plus été. Je savais qu'il allait partir étudier à Durham et moi je restais à Bristol, mais j'imagine que je n'avais pas vraiment réfléchi à l'avenir. Je me sentais tellement sûre de moi.

» Il m'a annoncé qu'il ne voulait plus sortir avec moi une fois qu'on serait à l'université. Il avait une vie à vivre et moi aussi. Je lui ai répondu que je comprenais et que, du coup, il était inutile qu'on reste ensemble jusqu'à la fin de l'été. Il a paru blessé par mes paroles mais je ne sais toujours pas très bien pourquoi. Rester une seconde de plus ensemble alors que notre relation avait une date limite était impossible, ça me paraissait évident. J'étais peut-être très naïve, mais je le voulais tout entier, pour toujours. Je ne savais pas comment l'aimer autrement.

» Ce jour-là, je suis rentrée chez moi à pied, comme d'habitude. À la maison, j'ai un peu discuté avec ma mère et Erin, de retour de la fac pour quelques jours. J'ignore si elles ont remarqué que quelque chose n'allait pas, en tout cas elles n'ont rien dit. J'ai prétendu avoir des révisions et je suis allée me coucher. Et dans ma chambre, j'ai pleuré toutes les larmes de mon corps sans plus pouvoir m'arrêter. »

Kate se tait. Elle se revoit dans son lit, elle se souvient de la sensation de la couette entre ses doigts, elle s'y raccrochait comme à un radeau de sauvetage pour tenter de rester à flot tandis qu'elle pleurait un genre de larmes nouveau pour elle.

« C'est idiot, je sais, de penser encore à ça, reprend-elle. Des couples rompent tout le temps. J'étais si jeune, et c'était il y a si longtemps… Mais je suis tombée sur une photo de Joe ce matin et je n'ai rencontré personne comme lui depuis. Je n'ai rencontré personne, point. Je crois que ça explique en partie pourquoi m'installer à Londres a été si difficile. Me retrouver dans un nouvel endroit, toute seule. Prendre conscience qu'en rompant, c'était ce qu'il recherchait. Pour moi, en revanche, ça ne ressemblait pas à une opportunité à saisir, ce n'était pas comme pour lui. »

Kate inspire profondément. « Je suis désolée », dit-elle en essuyant son visage.

À côté d'elle, Rosemary secoue la tête avec vigueur.

« Ne soyez jamais désolée, réplique-t-elle, les yeux emplis d'éclairs. Ne soyez jamais désolée d'éprouver des sentiments. De tomber amoureuse. Je n'ai jamais été désolée. Pas un seul jour. »

Kate observe Rosemary tourner son alliance sur son annulaire.

« Et vous allez rencontrer quelqu'un », ajoute Rosemary en plantant son regard lumineux dans celui de Kate. Il suffit juste d'être prête à le trouver. »

Elles restent sans bouger tandis que le bus s'arrête et repart de l'autre côté du parc. Dans le silence, la solitude est comme un troisième convive entre elles deux. Elles la saluent d'un signe de tête, acceptant sa présence sans jamais l'appeler par son nom.

Kate laisse échapper un soupir et ferme les yeux un

instant. Même les paupières closes, elle est consciente des contours de la piscine devant elle et de Rosemary à côté. Un grand soulagement l'envahit de s'être confiée ainsi. Joe est peut-être apparu sur l'écran de son téléphone ce matin, mais la réalité, c'est qu'il se trouve à Manchester, et qu'elle est à Brixton, une ville qu'elle a récemment appris à aimer. Ils ne font plus partie de la vie de l'autre. Et à chaque grande inspiration qu'elle prend, le nœud au fond d'elle se desserre un peu.

40

Ils restèrent ensemble jusqu'à la fin. Rosemary refusait d'être séparée de lui et, lorsque l'une des infirmières à domicile suggéra de le placer en institut médicalisé, elle éclata d'un rire bruyant.

« Êtes-vous mariée ? » demanda Rosemary.

L'infirmière parut surprise.

« Oui, répondit-elle.

— Dans ce cas, vous devriez réviser vos vœux. Dans la santé comme dans la maladie. Jusqu'à ce que la mort nous sépare. Je suis mariée depuis soixante ans et ces mots sont encore gravés en moi. »

Les sourcils froncés, l'infirmière s'empressa de remballer ses affaires. Rosemary regretta son éclat – les aides-soignantes étaient toutes très gentilles – mais elle ne savait vivre qu'auprès de lui. L'imaginer seul à l'hôpital lui était insupportable.

L'infirmière partie, Rosemary apporta à George une tasse de thé. Elle arrangea les oreillers autour de lui et le redressa en position assise en passant les bras sous ses aisselles. Elle tint le mug et lui pencha un peu la tête pour l'aider à boire le liquide chaud. Après quoi, elle grimpa dans le lit à côté de lui et lui prit la main. La respiration de George était basse et sifflante, elle arracha une grimace à Rosemary, qui s'efforça de la cacher.

Il essayait de dire quelque chose.

« Ffff...

— Froid ? Tu as froid ? Tu veux une autre couverture ? »

George secoua lentement la tête.

« Ffff... », reprit-il. Le bras levé à quelques centimètres du drap, il désigna l'armoire.

Elle tourna la tête dans la direction qu'il indiquait.

« Photos ? Tu veux voir les photos ? »

Il acquiesça. Rosemary posa un baiser sur son front et descendit du lit. Elle tira une chaise sur laquelle elle grimpa pour attraper la boîte en haut de l'armoire. Une fois réinstallée contre les oreillers, la boîte entre les jambes, elle en retira le couvercle et plongea la main à l'intérieur.

« Regarde celle-ci, dit-elle en sortant un cliché pour le montrer à George. Tu étais si bronzé. Doré comme une noix. »

Elle en prit un autre. Ils n'étaient rangés dans aucun ordre particulier, si bien que George et Rosemary vieillissaient, puis rajeunissaient.

« Regarde-moi, là, dit-elle. J'adorais ce maillot de bain. Comme j'aimerais pouvoir encore rentrer dedans ! Et ne me dis pas que je n'aurais plus la même allure avec ! Oh, et regarde ici... Le plongeoir était si haut. Tu plongeais si bien, chéri. »

Elle lui serra la main.

« Ici, c'est à Brighton, continua-t-elle en se penchant vers lui pour qu'il voie mieux la photo. Tu te rappelles les beignets que nous avons mangés sur la plage ? Miam, j'en mangerais bien un maintenant. Je me souviens du cri des mouettes et de cette chanson, celle d'Elvis Presley… »

Elle se remémora le jukebox et se mit à chantonner. Faux, mais elle s'en fichait. Elle sentit la main de George remuer sous la sienne, ses doigts serrer les siens. Sa voix tremblait mais elle continua, baissant le ton lorsque les paroles lui échappaient et donnant de la voix sur le refrain. Sa chanson terminée, elle se tut et posa un baiser plein de tendresse sur sa joue. Puis elle s'essuya les yeux d'un geste rapide.

« Allez, ça suffit avec ça, dit-elle la voix fêlée avant de prendre une grande inspiration. Oh, regarde celle-ci, George… »

Ils passèrent en revue toutes les photos, chacune ponctuée d'un commentaire de Rosemary qui riait. Une fois la boîte vide, Rosemary avait les genoux recouverts de clichés et George s'était endormi. Elle les rangea avec soin et remit le tout en haut de l'armoire. Puis elle se déshabilla et enfila sa chemise de nuit avant de se glisser dans le lit à côté de George. Elle s'allongea face à lui, un bras passé sur son ventre. Elle le regarda dormir un moment.

« Bonne nuit, chéri », murmura-t-elle.

Lorsqu'elle se réveilla, George dormait toujours.

41

Le conseil municipal ne rappelle pas Kate. Entre la saisie de ses interviews et la relecture de ses articles, elle tente de joindre l'hôtel de ville, mais elle est chaque fois priée de laisser un message. Lorsqu'elle requiert des informations sur le dossier de la piscine, on lui répond la même chose : « Les différentes options sont examinées par le comité. » Et quand elle demande à parler au conseiller, on lui donne un numéro qui la renvoie sur une autre messagerie vocale.

« Toujours pas de nouvelles du conseil ? demande Jay en arrivant au bureau.

— Ça se voit tant que ça ? Je suis censée travailler sur d'autres sujets pourtant.

— Non, je demandais comme ça. Comment va Rosemary ? Comment vont ses genoux ?

— Elle ne m'a pas parlé de ses genoux.

— Elle ne veut pas que tu te fasses de souci.

— Oui, eh bien, je m'en fais. Tout comme je m'inquiète de ce qu'il va advenir de la piscine. J'aimerais mieux pas mais c'est comme ça. »

La vie a repris un cours normal depuis la fête-surprise : Kate va nager presque tous les matins avec

Rosemary avant d'aller travailler. Elle écrit ses articles pour le journal – cette semaine, elle s'intéresse aux préparatifs du Lambeth Country Show, la fête de quartier qui investit le parc de Brockwell chaque année avec des stands de restauration rapide, de la musique et des animaux de la ferme. C'est un papier agréable à écrire, qui lui rappelle les contradictions et les soudaines éclaircies de la ville qu'elle habite. Mais l'inquiétude est toujours présente, en arrière-plan ; la peur de ce qui peut se trouver au coin de la rue ; quel sort sera réservé à la piscine ? Et combien de matins lui reste-t-il à nager avec Rosemary ?

« Ce serait vraiment dommage qu'elle ferme, continue Jay. Comme Rosemary l'a dit pour la bibliothèque : ils se sont mobilisés, mais ce n'est qu'après coup qu'ils se sont rendu compte de ce qu'ils avaient perdu.

— C'est une très bonne idée, en fait », réplique Kate en quittant son écran d'ordinateur des yeux. Jay est perplexe, il fronce ses sourcils clairs. Cette image fait sourire Kate qui s'efforce de ne rien montrer.

« Merci, j'en ai des tas, répond Jay. Mais de quelle idée parlons-nous exactement ?

— D'une mobilisation. Nous devrions organiser une mobilisation citoyenne. »

Jay hoche la tête. « Oui. Si elle avait brandi une pancarte, la photo de Rosemary à l'hôtel de ville n'en aurait été que meilleure.

— Hé, je suis sérieuse.

— Moi aussi. Si tu envisages vraiment d'organiser une action citoyenne, il faut penser à la une. Aux photos que ça donnera.

— Ça veut dire que tu vas nous aider ?

— Si tu le demandes gentiment.

— Est-ce que tu veux bien nous aider, s'il te plaît ?

— Bien sûr ! On peut y réfléchir demain soir en dînant. »

Kate acquiesce et retourne à son ordinateur pour dissimuler le grand sourire qui s'épanouit sur son visage. Elle se rend compte que c'est la deuxième fois en peu de temps qu'on l'invite à dîner.

Le lendemain soir, Kate se prépare. Elle vaporise du parfum devant elle puis vient danser dans le nuage odorant en sous-vêtements. Elle a lu dans un magazine que c'est la manière idéale pour se parfumer. À défaut d'être la plus élégante…

À l'aide ! écrit-elle à Erin après avoir ouvert son armoire et pris une photo d'elle avec deux robes différentes. *Qu'est-ce que je mets ?*

Elle suit avec excitation le défilement des petits points sur son téléphone qui indique qu'Erin est en train de taper.

Tu es splendide dans les deux, reçoit-elle en réponse. *Mais je choisirais la bleue.*

Kate sourit de soulagement, au moment même où retentit la sonnette.

« Merde », marmonne-t-elle entre ses dents en passant la tête dans l'encolure de la robe. Tout en se tortillant pour l'enfiler, elle glisse les pieds dans ses sandales près de la porte, et bute par la même occasion dans une pile de livres.

« Merde ! » répète-t-elle plus fort.

Elle entend Jay qui rit derrière la porte d'entrée.

« J'arrive ! » s'écrie-t-elle en poussant délicatement

les ouvrages du pied. Sa veste en jean est posée sur la rampe au bas de l'escalier, elle l'attrape au passage et la jette sur ses épaules. La poche s'accroche au guidon du vélo appuyé contre le mur du couloir et elle doit s'en libérer avant de pouvoir enfin ouvrir la porte.

« Ouh, là, là ! Quelle tête ! » s'esclaffe Jay. Il est appuyé contre le muret dehors, la lumière du soir fait ressortir le cuivré de son blond vénitien. Elle lisse sa robe.

« Sympa !

— Ce n'était pas une critique. Tu es un peu débraillée, mais charmante. C'est ce que j'aime chez toi. »

Comme elle ne sait pas quoi répondre, elle ne dit rien. Elle ferme la porte derrière elle et sort dans la rue.

« J'ai quelque chose pour toi, dit Jay en lui tendant un petit paquet plat. Je ne savais pas si je devais te le donner maintenant ou plus tard, alors autant te l'offrir tout de suite. Mais j'aurais peut-être dû attendre parce que maintenant, c'est toi qui vas devoir le porter.

— Merci. Et ne t'en fais pas, je le mettrai dans mon sac », dit-elle en déballant son cadeau.

Sous le papier, elle découvre un cadre. Avec une photo de Rosemary et d'elle au bord de la piscine. Kate le tient à bout de bras et le fixe d'un regard perdu, comme si elle était ailleurs.

« Désolé, j'aurais dû apporter des fleurs.

— Non, c'est parfait. Merci », répond-elle en ravalant la boule dans sa gorge.

Ils marchent en silence quelques instants. Un renard traverse la rue à toute vitesse devant eux et disparaît par un trou dans une clôture de jardin.

« C'est sympa, ici », déclare Jay en contemplant les arbres qui bordent la chaussée et s'élèvent jusqu'aux grandes fenêtres des maisons de ville. Certaines sont divisées en deux ou trois appartements, d'autres accueillent des familles entières avec petites voitures et balançoires dans les jardinets.

« C'est vrai. Je peux me permettre d'habiter ici seulement parce que je partage l'appartement avec quatre autres personnes.

— Comment sont-elles ?

— Je ne sais pas trop. On ne se croise pas beaucoup. Je ne pensais pas qu'à vivre avec autant de gens, on pouvait quand même se sentir seul. »

Ils avancent sans se regarder mais Kate a une conscience aiguë de la présence de Jay à côté d'elle sur le trottoir. Elle n'avait pas l'intention de se montrer aussi sincère, mais sa confidence est sortie avant qu'elle ne puisse l'en empêcher.

« Ne m'en parle pas, répond-il. J'ai trois sœurs.

— Trois ? Ça fait beaucoup d'énergie féminine.

— N'est-ce pas ? Mon père et moi, on s'alliait la plupart du temps. On filait souvent en douce avec nos appareils photo pour leur échapper. C'est lui qui m'a initié à la photographie. »

Étonnamment, Kate imagine sans peine un jeune Jay et son père, appareils photo autour du cou et même chevelure blond vénitien, fuir une maison remplie de femmes. Elle se rend compte tout à coup qu'elle a beau travailler avec lui depuis presque deux ans, elle ne lui a jamais posé de questions personnelles avant. Cette pensée la met mal à l'aise et elle se surprend à rattraper le temps perdu.

« Et le reste de ta famille ? L'autre jour à la piscine, tu as dit que tu avais des neveux et des nièces. »

Kate découvre alors l'histoire de famille de Jay : ses deux sœurs qui vivent toujours à Londres avec maris et enfants, et celle qui habite Édimbourg avec sa copine. De temps à autre, elle lui décoche un petit regard en coin : son visage s'illumine lorsqu'il évoque ses nièces et neveux. Elle apprend qu'il a vécu au sud de Londres toute sa vie, à Croydon puis Peckham, et maintenant Brixton. Elle se dit que la seule raison pour laquelle elle ne l'a jamais interrogé sur sa vie, c'est parce qu'elle avait déjà deviné tout cela à son accent, mais elle sait au fond d'elle-même que ce n'est pas tout à fait vrai. Elle n'a tout simplement jamais pensé à le questionner.

« Et maintenant ? Tu as des colocataires ? s'enquiert-elle.

— Oui, mais un seul. Mon ami Nick. Il est musicien et travaille dans un bar, alors on ne se voit pas beaucoup. La plupart du temps, j'ai l'appartement pour moi tout seul. C'est un tout petit logement en sous-sol, très humide, mais j'aime bien.

— Les crapauds aussi aiment bien l'humidité.

— Aïe !

— C'est pour le "débraillée" de tout à l'heure !

— Mais charmante !

— C'est mieux ? »

Ils pivotent l'un vers l'autre et se sourient.

« Allez, nous sommes presque arrivés. »

Ils tournent à l'angle et empruntent la route qui longe le parc. Arrivés devant l'un des immeubles, ils pénètrent dans la petite cour intérieure. Rosemary est assise sur l'un des murets de l'entrée. Elle porte une robe vert pâle avec une veste assortie et tient un petit sac à main. Elle consulte sa montre puis lève les yeux lorsqu'elle remarque la présence du couple qui avance vers elle. Une fois à sa hauteur, Kate respire son parfum de muguet.

« Rosemary, vous êtes splendide, affirme Kate.

— Une vision enchanteresse, ajoute Jay.

— Oh, ça fait des années que je n'ai pas enfilé cette robe. Je m'étonne de rentrer encore dedans, réplique-t-elle, non sans un sourire. Merci de m'avoir invitée.

— Puisque c'est un rendez-vous de travail, votre présence est requise, Rosemary, répond Kate. Sans vous, rien de tout cela ne serait arrivé.

— Tout de même, c'est agréable de sortir ! Et d'avoir de la compagnie aussi.

— Et puis, renchérit Kate, vous m'avez préparé à dîner. Comme je ne suis pas une grande cuisinière, le moins que je puisse faire, c'est vous emmener dans la meilleure pizzeria de la ville. Ou en tout cas, c'est comme ça que me l'a vendue Jay. Je n'y suis jamais allée.

— Vous allez adorer toutes les deux, affirme celui-ci. Les meilleures pizzas en dehors de l'Italie. »

Tous trois se mettent en route, Rosemary entre Kate et Jay. Kate se demande à quoi leur petit groupe peut bien ressembler. On doit sans doute les prendre pour deux enfants qui emmènent leur mère ou leur grand-mère dîner. Ou peut-être qu'ils ont l'air de ce qu'ils sont après tout : trois amis improbables. Alors que cette pensée la traverse, elle prend conscience que, pour la première fois depuis qu'elle a emménagé à Londres, elle a des amis.

Ils pénètrent dans Brixton Village par une des arches sur Atlantic Road. Traverser la rue prend du temps : elle est envahie de voitures et une camionnette effectue une livraison au nouveau restaurant mexicain à l'angle. Il appartient à une chaîne mais, avec sa façade aux couleurs vives et son menu écrit à la craie sur un tableau noir à l'intérieur, on pourrait facilement croire qu'il s'agit d'une affaire familiale. Ils attendent pour traverser devant un magasin où des casseroles, des poêles et des poubelles sont suspendues devant la devanture brillamment éclairée.

Leur pizzeria est nichée dans un recoin du Village, en face de la boucherie. À l'avant du restaurant, les clients peuvent acheter des parts de pizza individuelles à un comptoir. Un cycliste en legging en Lycra et pull-over, casque sous le bras, est en train d'en commander une part avant de rentrer chez lui. À côté, une mère tient ses deux enfants par la main, leurs visages levés avec envie vers la vitrine.

Jay guide Rosemary jusqu'à un banc en bois coincé sous une longue table. Des bougies et des pots métalliques remplis de fleurs y sont posés.

« On commande du vin ? » propose Kate. En attendant le serveur, Kate regarde autour d'elle, absorbant les bruits et les odeurs du marché. C'est bruyant et animé, les gens rient et parlent fort. En respirant la bonne odeur de la pizza en train de cuire dans le four à bois, elle se demande combien de bons petits repas elle a ratés avec ses plats tout prêts.

La soirée s'écoule au fil des pizzas et du vin. Rosemary commence par manger avec un couteau et une fourchette puis, voyant Jay et Kate prendre leur pizza avec les mains, elle les imite. Elle fait tomber de la sauce tomate sur la table mais elle s'en fiche. À eux trois, ils boivent deux bouteilles de vin. Jay remplit leurs verres sans qu'elles s'en aperçoivent.

Au cours du repas, ils émettent des idées pour leur action de mobilisation. Kate prend des notes.

« J'ai décidé de commencer par une pétition en ligne, dit-elle. Je mettrai le lien sur la page Facebook. J'aurais dû le faire plus tôt, mais croisons les doigts pour que ça serve encore à quelque chose.

— Bonne idée ! réplique Rosemary. Vous pouvez écrire un article sur la pétition en même temps que vous parlerez de la manifestation.

— Pour la manif, il nous faut quelque chose qui fasse des vagues, si vous me passez l'expression, renchérit Jay. Pour qu'on puisse faire la une.

— Il faut du percutant visuellement, ajoute Kate. Nous pourrions fabriquer des banderoles et les accrocher sur un côté de la piscine. Mais qu'est-ce qu'on écrit dessus ? *Sauvons la piscine de Brockwell*, *Continuons à nager*, *Ne videz pas notre piscine* ?

— J'aime bien celle-ci, dit Jay, et Kate note la phrase dans son calepin.

— Et des canards en plastique ? » propose Rosemary.

Kate et Jay se tournent vers elle, interdits. Puis tous les trois explosent de rire.

« C'est parfait ! s'exclame Kate. Et je connais quelqu'un qui pourra nous aider. »

Rosemary a les joues rouges et le sourire aux lèvres. Kate aussi se sent d'humeur joyeuse.

Plus tard, un petit orchestre s'installe en face du restaurant : un chanteur folk et deux guitaristes. La musique est forte et, au début, le cœur de Kate s'emballe sous le vacarme.

« Feriez-vous plaisir à une vieille dame en acceptant de danser avec elle ? » demande tout à coup Rosemary en se levant, la main tendue vers Kate. Celle-ci la dévisage, perplexe.

« Oh, je ne suis pas très douée. »

Kate se remémore les soirées dansantes au lycée pendant lesquelles elle se cachait dans un coin, observait ses camarades de classe qui riaient et bougeaient leurs corps avec aisance en regrettant de ne pouvoir en faire autant. Deux ans plus tard, elle avait simplement cessé de s'y rendre. Lorsqu'elle était à la fac, elle trouvait toujours des excuses quand ses copines de promo sortaient danser. Celles-ci avaient très vite cessé de l'inviter.

« Moi non plus, répond Rosemary. Mais quelle importance. J'adore ça. »

Kate la dévisage et se dit tout à coup qu'elle a peut-être bien raison. Peut-être que ça n'a pas d'importance. Rien de tout ça d'ailleurs. Elle se lève.

« D'accord. Allons danser ! »

Les deux femmes s'éloignent et gagnent l'allée pour se placer face aux musiciens. Puis elles se prennent par les bras. Les mouvements de Rosemary sont lents et ceux de Kate maladroits, mais elles dansent. Le guitariste et le chanteur les fixent en souriant et les clients du restaurant se tournent pour les observer. Pour une fois, Kate ne les remarque pas, elle est trop occupée à suivre ses pieds et ceux de Rosemary.

« J'y arrive ! s'exclame-t-elle, radieuse.

— Oui, vous dansez ! »

Elles continuent à valser seules dans l'allée, sous le regard des musiciens, des clients et de Jay. Elles pirouettent lentement et se font tournoyer encore et encore.

Kate se concentre sur la musique et ses pas, ne pense qu'à ça. Une douce chaleur envahit tout son corps. Elle se sent comme un ballon rempli d'air, prêt à s'envoler. Son corps déborde de lumière, elle se sent vide et libre en même temps. Au début, elle pense que c'est à cause du vin, mais très vite elle se souvient de ce sentiment. La joie. Pendant qu'elle danse, elle a hâte de téléphoner à Erin pour lui raconter cette soirée : la pizza délicieuse qu'elle veut lui faire goûter la prochaine fois qu'elle viendra à Londres, la danse avec Rosemary au cœur de Brixton Village. Elle sait que cela l'amusera et elle se réjouit d'avoir une anecdote positive à partager, de ne pas avoir à se retenir ni à réfléchir à des choses gaies à lui raconter.

« Je suis désolée, ce sont mes genoux, dit Rosemary en s'arrêtant. Jay, venez prendre ma place. Je crois que Kate a encore envie de danser. »

Le jeune homme se lève et Rosemary retourne s'asseoir, elle le gratifie d'une tape sur le bras quand ils se croisent.

« Prenez soin d'elle », dit-elle tout bas. Jay hoche la tête et se dirige vers Kate en songeant qu'elle ne lui a jamais paru aussi belle. Elle a les joues roses et les yeux brillants comme si le nuage qui les voilait s'était dispersé un instant.

« Dansons, alors ! » s'écrie Kate en tendant les bras, surprise par son assurance. Il lui prend la main et l'attire plus près de lui, un bras autour de sa taille.

Ils dansent en décalé et sans suivre le rythme de la musique. Ils se bousculent et se marchent sur les pieds. Mais ils rient. Et pendant qu'ils se déhanchent, Kate sent la joie envahir tout son être et elle s'y accroche de toutes ses forces. Rosemary les observe et se souvient.

Le soir, seules dans leur lit, les deux femmes rêveront de pas de danse. Jay aussi.

42

La piscine est remplie de canards en plastique. Ils flottent à la surface et forment une mer jaune de sourires. Certains se regroupent, se cognent les uns aux autres au gré du vent ; d'autres se dandinent par paires, se touchant de leur bec orange lorsqu'ils se font face. Un couple de colverts nage parmi eux, un peu perdus.

« Tu peux m'aider avec l'autre bout de la banderole ? » demande Kate à Erin en lui tendant un côté du long morceau de tissu. Elles longent le bord du bassin, chacune dans un sens, Frank et Jermaine les aident à l'attacher.

Kate a téléphoné à Erin après son dîner avec Rosemary et Jay.

« Nous organisons une action de protestation pour la sauvegarde de la piscine, lui a-t-elle annoncé. Et j'ai pensé qu'en tant qu'experte en communication, tu pourrais nous aider. » Erin a accepté sur-le-champ, ravie. Mais en observant sa sœur, sa chevelure rousse souple ondoyant sous la brise, Kate songe qu'il n'y a probablement pas que ça. Pour toutes les deux. Leurs regards se croisent un moment et Kate se revoit sauter des épaules d'Erin dans l'eau de la piscine municipale quand elles étaient petites. Elle contemple sa sœur aujourd'hui, cherche à déceler les différences entre la femme qu'elle est devenue et celle qu'elle était plus jeune. Ses yeux sont du même vert, ses cheveux toujours de cette nuance de roux foncé que Kate lui enviait mais qu'Erin détestait. Erin est toujours plus grande que sa sœur mais elle assume sa taille avec fierté, elle n'en est plus complexée. L'expression de colère qu'elle revêtait souvent adolescente s'est adoucie, mais des cernes noirs ombrent le dessous de ses yeux – Kate se rappelle alors qu'Erin a évoqué le stress qui pesait sur elle dans son travail. Aujourd'hui, elle porte une robe moulante bleu vif et son maquillage est impeccable. Erin affirme depuis toujours qu'être bien habillé est essentiel dans son métier, mais Kate sait que vêtements et maquillage composent son armure. Bien taillée et colorée, certes, mais une armure quand même.

Une fois la banderole en place, tous reculent d'un pas pour l'admirer.

NE VIDEZ PAS NOTRE PISCINE, est-il écrit.

« C'est parfait ! » déclare Frank en se tournant vers Jermaine. Ils ont laissé les clés de leur librairie à leur employé à mi-temps ce week-end. Ils ont beau adorer leur magasin et leur appartement, s'en échapper quelques jours est un soulagement. Ils ne peuvent se retenir d'échanger des sourires.

« En effet », confirme Rosemary qui dirige les opérations depuis une chaise au bord de l'eau, un thé glacé posé à ses pieds.

Bizarrement, Kate était un peu nerveuse à l'idée de présenter Erin à Rosemary lorsqu'elle est arrivée ce matin. Mais sa sœur a serré Rosemary dans ses bras en déclarant : « J'espère que ça ne vous gêne pas mais j'ai l'impression de déjà vous connaître. J'ai beaucoup aimé les articles que Kate a écrits sur la piscine et sur vous. » Rosemary lui a souri, puis à Kate qui se tenait à côté, les bras croisés et les lèvres un peu pincées. Erin a été moins démonstrative avec Jay, elle lui a serré la main et offert un sourire chaleureux.

« Kate m'a beaucoup parlé de vous », a dit Jay, ce qui, techniquement, était faux. Mais lorsque sa sœur s'est tournée vers elle, le visage radieux, Kate a compris la raison de cette petite distorsion de la vérité.

Erin a aussi discuté très facilement avec tous les autres – surtout Ahmed, qui s'est réjoui d'apprendre qu'elle avait également fait des études de commerce. Il l'a plus ou moins assaillie de questions. Kate les a regardés discuter de l'autre côté de la piscine, notant la gestuelle d'Erin qui écoutait et acquiesçait avant de répondre avec enthousiasme en agitant les bras et en riant.

L'appareil de Jay cliquette : il prend des photos de la pancarte et des canards. Le monde afflue autour de la piscine. Un adolescent attache des ballons aux parasols du café. Ahmed étend une autre banderole sous l'horloge ; une mère qui porte son bébé sur la hanche lui montre les canards. Le bébé gazouille. Dans le café, Hope commande des boissons chaudes pour tout le monde, et le serveur les apporte sur un plateau à l'une des tables dehors.

« C'est super, frangine ! » affirme Erin en la rejoignant. Elle se tient tout près d'elle, leurs corps se touchent presque.

« Merci d'être venue, répond Kate. Et merci de ton aide. »

Malgré son élégante robe bleue, Erin a mis la main à la pâte dès son arrivée ; elle a porté les cartons de canards jusqu'à la piscine où elle les a déversés. Cependant, sa plus grande contribution reste son idée de distribution de canards.

Après leur action du jour, ils vont faire livrer un carton de canards en plastique au conseil municipal, d'autres seront envoyés à plusieurs périodiques, locaux et nationaux. Chaque jouet portera une étiquette autour du cou avec leur slogan « Ne videz pas notre piscine ». C'est Erin qui en a eu l'idée.

Sur l'étiquette figurera aussi le lien pour la pétition lancée par Kate. Jusque-là, elle a obtenu cent signatures. Un nombre qui époustoufle Rosemary, mais déçoit Kate.

« Je ne connais pas cent personnes, tant s'en faut ! » s'exclame Rosemary. Kate tente de lui expliquer le fonctionnement des réseaux sociaux, sans grand succès.

Un plouf sonore retentit : l'adolescent a plongé et nage au milieu des canards ; les vrais volatiles battent des ailes dans un coin du bassin. Kate et Erin se tournent de concert pour l'observer.

Le garçon nage sous l'eau, il se tourne sur le dos et admire les flaques bleues à travers les formes jaunes. Il souffle des bulles par le nez, les regarde monter à la surface comme celles du champagne. Lorsqu'il s'élance pour reprendre son souffle, un regroupement de canards en plastique dodeline sur le côté pour lui laisser la place. Il s'esclaffe, d'un rire sec mais franc qui lui échappe avec la brusquerie inattendue d'un raté de moteur.

Kate repère Jay: agenouillé au bord du bassin, il prend des photos de l'adolescent dont seule la tête, cernée de canards jaunes, émerge.

« Viens, on va faire une photo de groupe ! » lance-t-il au garçon qui nage alors jusqu'à avoir pied et se hisse hors de l'eau sans utiliser l'échelle. Ensemble, ils longent le bord d'un pas tranquille.

« On ferait mieux d'y aller nous aussi », dit Kate à sa sœur qui acquiesce avant de la suivre sous l'horloge et la banderole où la foule a commencé à se rassembler. Erin se mêle aux autres et Kate joue les photographes de mariage.

« Rosemary, mettez-vous au centre. Ellis et Hope, de chaque côté d'elle. Ahmed, par là… »

Jay la rejoint. Immobile à côté d'elle, il regarde les partisans se serrer les uns contre les autres.

« À ton avis, c'est bon ? lui demande-t-elle. Pardon, c'est ton boulot, je sais.

— Parfait, répond-il. Maintenant, va les rejoindre. »

Elle lui décoche un regard peu enthousiaste mais il la pousse avec douceur.

« J'ai déjà fait la une, lui lance Rosemary. Et ce n'était pas si terrible. À votre tour, maintenant ! »

Elle attrape Kate par la main et entoure son épaule d'un bras ferme. Kate est placée pile au milieu avec Rosemary d'un côté et Erin de l'autre, encadrée par les personnes qu'elle a rencontrées depuis qu'elle a découvert ce lieu il y a trois mois. Lorsque Jay prend la photo, elle sourit ; pas pour l'objectif mais parce qu'une chaleur bienheureuse irradie dans tout son être.

À la fin de l'après-midi, ils ont toutes les photos dont ils ont besoin et les canards en plastique ont été récupérés. Les autres sont partis au café et Rosemary est rentrée se reposer chez elle, mais Kate et Erin s'attardent au bord de la piscine. Elles ont retiré leurs chaussures et laissent pendre leurs pieds dans l'eau. Elle est froide mais, après une journée passée debout, c'est idéal. Kate balance doucement ses pieds d'avant en arrière et regarde Erin en faire autant. Ses ongles sont vernis d'un rouge vif.

Le soleil couchant est flamboyant et illumine les murs en brique et les cheveux auburn d'Erin. Il brille avec intensité à la surface de l'eau, accentuant encore son bleu.

Sans les autres autour, Kate se sent étrangement nerveuse en présence de sa sœur. Elles se connaissent assez bien pour être à l'aise dans le silence, mais Kate a tant de choses à dire cette fois.

« Je regrette de ne pas pouvoir t'inviter à rester, dit-elle. Mais j'ai du travail et je crains de ne pas être de très bonne compagnie. »

C'est à moitié vrai seulement, elle a du travail en effet, mais la vision de son appartement dégoûtant et de ses colocataires qu'elle a décrits comme de bons amis rend terrifiante la perspective d'une visite d'Erin.

« Pas de problème, répond sa sœur. Je voulais de toute façon rendre visite à des amis à Hackney. »

Elles se taisent et gardent le silence un moment, les rires en provenance du café et le doux clapotis de l'eau sous leurs pieds qu'elles agitent pour seuls bruits perceptibles.

« J'aurais dû te le demander plus tôt, reprend Kate, mais est-ce que tout va bien ? Il y a quelque temps, tu as évoqué ton boulot et le fait que tu n'arrivais pas à tomber enceinte. Je suis désolée. Je ne savais pas trop quoi te dire et j'aurais dû te poser des questions. Les choses se sont-elles arrangées ? »

Erin pousse un léger soupir, s'appuie en arrière sur ses bras et étire ses jambes hors de l'eau avant de replonger les orteils dedans.

« Je ne suis toujours pas enceinte, répond-elle. Mais nous avons décidé d'aller consulter dans une clinique spécialisée dans la fertilité. Le simple fait de prendre rendez-vous nous a fait du bien, je crois. On se sent plus maîtres de la situation. »

Kate aussi se penche en arrière et écoute Erin se livrer. Maintenant qu'elle y repense, elle se demande combien de fois sa sœur s'est vraiment confiée et quels secrets elle choisissait de taire. Elle apprécie d'entendre Erin s'épancher, même si elle se sent encore coupable de ne pas l'avoir invitée à le faire plus tôt.

Quand elle a terminé, Erin se tourne vers Kate ; ses yeux verts luisent sous le soleil.

« Et toi ? demande-t-elle. Comment vas-tu ? Et ne me réponds pas que tout va bien. Je veux savoir comment tu vas… vraiment. »

Kate aurait dû se douter que son tour viendrait ; voir sa sœur la fixer ainsi, avec une expression inquiète mais bienveillante, prête à écouter, lui donne envie de pleurer. Elle prend une profonde inspiration.

« Ça a été difficile, commence-t-elle. Ces deux dernières années ont été très dures. »

Elle se rend aussitôt compte qu'elle aurait dû

prononcer ces mots bien plus tôt. Mais elle ne le pouvait pas. Ils restaient coincés dans sa gorge, si profondément enfouis en elle qu'ils étaient comme un verrou la retenant prisonnière. Reconnaître sa souffrance à voix haute devant sa sœur ou ses parents l'aurait brisée.

« Je ne m'étais pas rendu compte qu'on pouvait se sentir aussi seul en emménageant dans un nouvel endroit, reprend-elle.

— Tu es bien plus courageuse que moi.

— Comment ça ? demande-t-elle les sourcils froncés.

— Tu ne te rappelles pas ? J'étais censée partir à Londres pour la fac. J'étais admise à University College. Mais je n'y suis pas allée ; j'avais trop peur de partir aussi loin, dans une ville aussi grande. »

Kate secoue la tête, surprise. Elle avait oublié.

« J'imagine que tu étais trop petite à l'époque, poursuit-elle avec un léger haussement d'épaules. Je devais avoir honte de te le dire. Mais je n'y suis pas allée. Depuis, j'ai eu plusieurs occasions de bouger. Beaucoup de mes amis y habitent aujourd'hui. Mais je n'ai jamais franchi le pas. Je me répète que je suis heureuse à Bath – et en toute franchise, je le suis. Je ne souhaite plus déménager, surtout depuis que Mark et moi avons l'appartement et qu'il vient de monter son affaire. Mais je sais que c'était en partie parce que j'avais peur. À Bath, j'occupe un poste important dans une société de communication bien installée. Alors, tenter de retrouver la même chose à Londres ? La compétition est trop rude. Et si je finissais par n'être plus personne ? »

Ces paroles ébranlent Kate. Erin n'a peur de rien.

Erin connaît toutes ses tables de multiplication et hurle quand elle est en colère, elle flirte et elle parvient toujours à ses fins, et elle habite un somptueux appartement. Tout cela est peut-être vrai d'une certaine manière, mais plus sous un autre angle. Tout comme il est vrai que Kate vit à Londres, exerce un métier qu'elle adore et a trouvé un groupe de personnes qu'elle considère comme ses amis. Mais ce n'est pas toute la vérité.

Ainsi, assise au bord de la piscine que Kate en est venue à considérer comme son foyer, elle confie enfin à sa sœur la suite de l'histoire. Elle lui raconte ses années à la fac et son sentiment paralysant de ne pas être à la hauteur par rapport à ses camarades de classe. Elle lui parle de ses colocataires qu'elle ne connaît pas et du fait que, malgré sa jolie chambre dans une jolie rue, elle déteste rentrer chez elle tous les soirs. Pour la première fois, elle lui décrit sa Panique : comment ça a commencé, ce qu'elle ressent et l'aide que la natation lui apporte. Puis elle lui explique la piscine ; la première fois qu'elle en a entendu parler et sa rencontre avec Rosemary, combien elle s'est investie, bien plus que pour tous ses autres articles.

Et parce qu'il n'y a pas grand-chose à dire, Erin se comporte de la manière la plus généreuse qui soit : elle l'écoute.

Au bout d'un moment, Kate a épuisé les mots et les larmes. Erin fouille dans son sac à main et en sort un paquet de mouchoirs qu'elle lui tend sans rien dire. Kate essuie son visage et calme sa respiration. Elle regarde la lumière jouer sur l'eau et le reflet des nuages. Erin se tourne vers elle, s'assure qu'elle a terminé de parler et se lance à son tour.

« J'ai discuté avec Rosemary tout à l'heure », dit-elle. Kate se souvient d'avoir vu Erin s'arrêter près de la chaise de Rosemary pendant qu'ils déballaient les cartons, elle lui a apporté un verre de thé glacé rempli à ras bord. « D'après elle, rien de tout cela n'aurait été possible sans ton aide : les articles, la pétition, la manifestation. »

Tandis qu'Erin parle, Kate remarque du coin de l'œil une forme jaune flotter dans la piscine. C'est un canard en plastique – ils ont dû en oublier un. Il dodeline d'avant en arrière à la surface de l'eau, éclat jaune sur l'immensité bleue.

« Tu t'en sors très bien, poursuit Erin. Tu n'en as peut-être pas toujours l'impression, mais c'est normal. Tu as le droit de te sentir seule, tu as le droit d'être angoissée. Ça ne fait pas de toi une moins-que-rien. »

Lorsqu'elle l'entend prononcer ces mots, Kate comprend que c'est bel et bien ce qu'elle éprouvait. Dans ses moments les plus sombres, elle se sentait brisée – comme si elle échouait tout simplement à vivre.

« Mais la prochaine fois, tu m'en parles, OK ? conclut Erin. Nous discuterons. »

Lorsque Erin tend la main vers elle, Kate la prend. Elles restent assises ainsi un moment, main dans la main, les pieds plongés dans l'eau froide de la piscine de Brockwell, avec le soleil qui se couche derrière elles et les lumières à l'intérieur du café qui brillent comme des projecteurs sur l'eau.

Chez elle le soir, Rosemary pense à George et à combien il aurait ri de ces canards. Parfois, elle rêve qu'il est assis dans le salon avec elle et qu'ils entretiennent de longues conversations ; tout ce qu'elle garde jalousement au fond d'elle sort dans un flot ininterrompu : ce qu'elle a cuisiné pour le dîner ou le nouveau restaurant qui a ouvert à l'emplacement de l'ancienne poissonnerie, ou encore les potins du vestiaire. Parfois, elle lui parle seulement d'un coucher de soleil particulièrement beau sur le parc de Brockwell.

Elle espère faire un rêve de ce genre cette nuit : elle lui racontera leur action de protestation et les canards, et sa fierté à se tenir avec ses amis sous la banderole et l'horloge de la piscine. Son sentiment d'être quelqu'un.

43

La piscine est à nouveau fermée le lendemain, pour un mariage cette fois. Le calme règne dans le parc – il a plu toute la matinée, une averse printanière inattendue a douché la chaleur de la semaine écoulée. Des ballons blancs sont accrochés dans les arbres à l'arrière du bâtiment, des perles d'eau glissent sur leur surface ronde et lisse et gouttent à travers les feuilles. Devant l'entrée du café, un employé sort avec un parapluie blanc qu'il ouvre au-dessus d'un tableau noir sur lequel les prénoms du couple sont inscrits en lettres rondes. Des seaux argentés au pied du tableau contiennent de grosses pivoines blanches qui rappellent le tutu d'une danseuse de ballet. La rampe qui conduit à la porte du café est ornée de petits arbustes en pots : aujourd'hui, tous revêtent leur tenue de cérémonie faite de guirlandes lumineuses blanches clignotantes.

Rosemary et Kate se dirigent vers la piscine à l'abri d'un grand parapluie noir que Kate tient au-dessus de leurs têtes. Rosemary ne voulait pourtant pas du parapluie.

« Ça porte malheur le noir à un mariage ! » a-t-elle

assené au moment de quitter son appartement. Rosemary a revêtu la seule robe élégante de son armoire, un imprimé fleuri bleu lavande et blanc qui lui arrive à mi-mollet. Ses chaussures, à talons plats mais au bout pointu, sont assorties. Elle a poussé la coquetterie jusqu'à porter du rouge à lèvres et à peigner ses cheveux en petites vagues.

« Mais c'est le seul que vous avez ! a répliqué Kate en fermant sur ses chevilles la boucle de ses chaussures à talons couleur framboise. Et je ne sors pas sous cette averse, dans cette tenue, sans parapluie ! »

Sa robe est bien plus moulante et colorée que ce qu'elle porte d'habitude, mais elle a craqué pour ce tissu rouge sombre dès qu'elle l'a vu. L'encolure est haute et les épaules sont recouvertes, mais le dos est nu jusque sous les omoplates.

Elle a pris une matinée de congé pour aller faire les boutiques dans le calme. Au moment de donner sa carte de crédit à la caisse, elle s'est félicitée, fière de s'être bien organisée et d'avoir trouvé son bonheur sans se laisser submerger. Au moment de payer, elle a calculé dans sa tête le nombre de semaines écoulées depuis sa dernière crise d'angoisse. Trois ! À cette pensée, un immense sourire s'est épanoui sur son visage. La vendeuse lui a décoché un regard étonné, mais elle s'en moquait.

Le parapluie noir a donc fait le trajet et les deux femmes sont restées plus ou moins au sec sur la courte distance qui sépare l'appartement de Rosemary du café de la piscine.

Au moment même où elles arrivent, Jay en sort, son appareil photo autour du cou. Il est vêtu d'un élégant pantalon gris avec une chemise blanche et une cravate gris clair, il porte un imperméable bleu marine par-dessus. Ses cheveux d'habitude si indisciplinés semblent avoir reçu un coup de peigne professionnel. Kate ne l'a jamais vu aussi élégant.

« Ah, vous voilà ! » s'exclame-t-il. Il manque les bousculer en remontant sa capuche. Il pose un baiser sur la joue de Rosemary et contemple Kate un instant avant de l'embrasser elle aussi. Elle a parfaitement conscience des courbes que dessine sa robe moulante sur ses hanches. Pour une fois, ce sentiment ne la dérange pas.

« Je sortais juste prendre une photo des fleurs et du tableau avant que la pluie n'efface tout, dit-il. Super temps pour un mariage ! »

À l'intérieur, elles sont accueillies par Sprout qui agite la queue. Un nœud blanc est attaché autour de son cou.

« Comme tu es beau ! le complimente Kate en s'agenouillant pour caresser le chien qui vient se frotter contre elle, laissant des poils couleur sable sur sa robe.

— Regardez ça », dit Rosemary en tirant Kate par le bras.

Le café est métamorphosé : les petites tables ont été rassemblées pour former deux longues rangées recouvertes de vases de pivoines blanches juchés sur des piles de livres. Des fleurs de papier blanc sont suspendues au plafond comme autant de petites lunes et des bougies dans des lanternes en verre scintillent le long de la vitre. De l'autre côté, il y a la piscine, sans nageurs et d'un gris foncé sous la pluie désormais battante. La salle bourdonne des conversations des invités buvant du champagne dans des flûtes. Les rires envahissent l'intérieur.

Kate et Rosemary vont saluer Jermaine et Frank près du bar. Jermaine porte un costume bleu marine; Frank, un gris, et tous les deux arborent une fleur blanche à la boutonnière. Sprout les a retrouvés à travers la foule et, assis à leurs pieds, il lève vers eux son regard marron attendrissant.

« C'est magnifique, déclare Kate.

— Nous devions prononcer nos vœux au bord de la piscine mais ça paraît compromis, dit Jermaine en regardant par la vitre. Nous pensions éviter la pluie en nous mariant en été mais bon, on est en Angleterre !

— En tout cas, c'est chaleureux à l'intérieur, j'aime beaucoup, intervient Frank en attirant Jermaine à lui pour poser un baiser sur sa joue, à l'endroit où naît sa barbe.

— La piscine n'a jamais été aussi belle », affirme Rosemary absorbée dans la contemplation, à travers les fleurs et les bougies, de la pluie qui tombe à la surface de l'eau. Frank lui tend une coupe de champagne.

« Oh, je ne sais pas si je dois. Je ne me rappelle même plus la dernière fois où j'ai bu du champagne.

— S'il vous plaît, insiste Frank en mettant d'office le verre dans sa main.

— Bon, d'accord. »

Kate et Rosemary gagnent le fond de la salle où Rosemary s'assied pour soulager ses genoux douloureux.

« Vous êtes sûre que ça va ? » s'inquiète Kate. Rosemary la rassure si bien que Kate s'en va rejoindre les autres, veillant toutefois à rester à proximité.

Rosemary observe Kate parler avec animation à Frank et à Jermaine, et elle songe combien la jeune femme est différente aujourd'hui de la personne anxieuse et peu soucieuse de son apparence qui l'a accostée au bord de la piscine.

Il y a quelques enfants au mariage et ils courent entre les adultes avant de plonger sous les tables pour jouer dans leur cabane de chevilles et de nappes. La buée recouvre les vitres, les corps se réchauffent encore plus avec le champagne.

Kate rit avec les amis de Jermaine ; elle-même est surprise par le bruit qu'elle produit et l'assurance qu'elle affiche. Elle attend le sentiment d'angoisse qui surgit en général lorsqu'elle se trouve au milieu d'inconnus, mais rien ne se passe et ils ne lui semblent de toute façon pas être des inconnus. De temps à autre, elle jette un coup d'œil sur le bassin puis sur Rosemary – deux visions qui l'ancrent dans la réalité. Elle laisse le champagne lui monter à la tête.

La cérémonie se déroule dans l'intimité et la simplicité, et c'est un employé de la piscine qui suggère de procéder à l'échange des vœux sans tarder, puisque les plats sont prêts à être servis. Les invités prennent place le long de la longue table et Frank et Jermaine gagnent l'avant du bar. Sprout semble percevoir le changement d'atmosphère et fonce comme une flèche pour les rejoindre. Les parents récupèrent leurs enfants par terre et les asseyent sur leurs genoux. Tout le monde se tait.

« Je te prends tel que tu es. J'aime celui que tu es aujourd'hui et celui que tu deviendras demain », déclare Jermaine d'une voix tremblante. Tandis qu'il prononce ces mots, il songe à sa mère, aujourd'hui décédée, et aux larmes qu'elle a versées en comprenant que son fils ne se marierait jamais.

« Je promets de t'écouter et d'apprendre de toi, de te soutenir et d'accepter ton aide. »

Il pense à la librairie et à ce qu'elle représente pour eux deux, malgré le stress et les nuits blanches qu'elle génère souvent. Les murs de leur relation sont faits de livres.

« Je saluerai tes victoires et pleurerai tes échecs comme s'ils étaient les miens. Je t'aimerai et aurai foi en ton amour pour moi, pour les années à venir et dans toutes les épreuves de la vie. »

Rosemary se met à pleurer, les larmes coulent sans bruit sur ses joues comme la pluie sur les vitres. Elle pleure pour George, pour toutes ces années et toutes les épreuves que la vie leur a fait traverser. Mais ses larmes ont un autre goût aussi ; elles proviennent du bonheur d'être vivante, de voir les bougies, les fleurs, le bassin vide sous la pluie, et d'entendre ces vœux qui accompagneront un autre couple toute sa vie.

« Ce que je possède dans ce monde, je te le donne, dit Frank. Je te protégerai et te soutiendrai, te réconforterai et te soignerai, te défendrai et t'abriterai, jusqu'à la fin de mes jours. »

Rosemary n'est pas la seule à être émue – Frank et Jermaine sont en larmes eux aussi, tout comme la quasi-totalité des invités. Sprout participe d'un aboiement sonore et toute la salle éclate de rire.

Jermaine essuie ses yeux et embrasse son mari. Jamais il ne se lassera de l'appeler ainsi.

44

Le lundi, Kate rate Rosemary à la piscine. Elle nage dans le silence de l'aube, plongeant plus profondément dans ses pensées à mesure qu'elle s'enfonce sous l'eau au rythme de ses lents mouvements. Après quoi, elle salue quelques habitués d'un signe de tête sans échanger une parole. Chacun est absorbé dans ses propres réflexions ce matin. L'été pointe le bout de son nez sur l'enceinte de la piscine. Les arbres s'alourdissent de vert et la lumière matinale est brumeuse et dorée.

Kate se rappelle les vacances d'été, quand elle était enfant et qu'elle se baignait. Avant qu'elle n'apprenne à être gênée par son corps, sa mère l'habillait avec un maillot de bain Minnie Mouse qu'elle portait pendant tout le trajet jusqu'à Bournemouth où ils rendaient visite à ses grands-parents. Erin était assise à l'arrière avec elle, un bikini bleu dépassant de sous ses vêtements. Elle occupait la majeure partie du voyage à envoyer des textos et à écouter de la musique, mais elle participait avec sa sœur au jeu de celle qui apercevait la mer en premier.

« Je vois la mer ! Je vois la mer ! » s'écriaient-elles

en chœur, le doigt pointé vers l'étendue bleu argenté qui miroitait sous le soleil. Ils se garaient en haut de la falaise et regardaient en contrebas, où des enfants qui leur apparaissaient tels des galets colorés dans le sable construisaient des châteaux ou bondissaient jusqu'au rivage. L'eau était toujours froide, comme celle du bassin. Mais sa fraîcheur était aussi délicieuse qu'une glace un jour de canicule.

Les grands-parents d'Erin et Kate enfouissaient des pièces dans le sable pour qu'elles les cherchent. Erin oubliait son statut d'adolescente dans la pêche solidaire et sans limite d'âge à l'argent de poche. Après quoi, si elle était d'humeur, Erin prenait Kate par la main et ensemble elles couraient jusqu'à la mer. Kate trébuchait de temps en temps à cause de ses jambes plus courtes.

Pendant qu'elles se baignaient, leur mère et leurs grands-parents s'asseyaient derrière un pare-vent rayé jaune et bleu. Quelle que soit la météo, leur grand-mère s'emmitouflait dans un anorak et faisait circuler entre eux une Thermos de thé.

Les deux sœurs pataugeaient au bord de l'eau, enfonçaient leurs pieds de plus en plus profond dans le sable au gré des vagues qui avançaient et reculaient, jusqu'à ce qu'il leur faille forcer pour retirer, avec un bruit de succion, leurs pieds de la vase. Dans l'écume blanche, elles s'arrosaient et dansaient, sautaient pardessus les vagues ou les prenaient de plein fouet avec arrogance, goûtaient le sel sur leurs lèvres après que les embruns avaient giclé sur leur visage. Parfois, leur grand-père se joignait à elles et parcourait toute la longueur de la plage d'un crawl vigoureux ; les deux filles le suivaient d'un regard admiratif jusqu'à ce qu'il ne soit plus qu'un point brun chahuté par les vagues.

Au souvenir de sa grand-mère qui les surveillait, Kate pense à Rosemary. Elle s'aperçoit qu'elle nage à nouveau de façon asymétrique et que les conseils et la compagnie de son amie lui manquent. Une fois séchée, elle prend de ses nouvelles à l'accueil.

« Rosemary n'est pas venue aujourd'hui ? demande-t-elle à Ahmed.

— Non, pas ce matin », répond-il.

Rosemary a peut-être bu trop de champagne au mariage, envisage Kate qui lui téléphone et laisse un message sur son répondeur. Puis elle part travailler et pense à autre chose.

Mais, le lendemain, Kate est encore seule pour nager. Une nouvelle fois, elle s'enquiert de Rosemary auprès d'Ahmed. Celui-ci secoue la tête.

« Non, je ne l'ai pas vue. C'est la première fois qu'elle ne vient pas deux jours de suite. Et Ellis, qui est venu se baigner hier soir, ne l'a pas vue au marché non plus ; pourtant, le lundi, c'est le jour où elle fait ses commissions. Est-ce qu'elle va bien ? »

En sortant de la piscine, Kate téléphone à Phil pour le prévenir qu'elle sera en retard et rattrapera le temps perdu le soir. Elle traverse la rue jusqu'à l'appartement de Rosemary, la peur lui faisant allonger le pas et l'inquiétude asséchant sa gorge. Elle ne peut s'empêcher de repenser à son grand-père.

L'été de ses huit ans, elle était allée passer des vacances en famille. Un jour, sa grand-mère était partie à son cours de gym mais tous les autres se trouvaient à la maison : Erin lisait un livre à l'étage et sa mère était dans l'entrée à passer un coup de fil professionnel qui semblait durer tout l'après-midi. Le grand-père de Kate taillait ses impatientes dans le jardin.

De là où elle se trouvait, recroquevillée sur le canapé devant le poste de télévision, Kate ne distinguait que le sommet de son crâne qui dépassait de la fenêtre. Par moments, quand il se penchait pour arroser les fleurs, il descendait sous le rebord. Elle regardait *Tom et Jerry*, tenaillée par la légère culpabilité d'être enfermée quand le soleil brille au-dehors, mais savourant le luxe de sa solitude. Dans la chaleur du salon, elle s'était endormie et avait rêvé qu'elle était une souris pourchassant un chat.

À son réveil, elle avait regardé par la fenêtre, s'attendant à y voir le crâne bruni de son grand-père. Mais il n'y était pas.

Elle avait décidé d'aller lui faire coucou dans le jardin et avait franchi d'un pas encore somnolent les portes du patio. La bonne dans *Tom et Jerry* avait poussé un hurlement et Kate l'avait entendu chasser de son balai la souris du dessin animé au moment même où elle découvrait son grand-père, étendu sur le dos dans le parterre de fleurs. Ses yeux étaient ouverts et son déplantoir abandonné dans la terre à côté de lui.

La porte d'entrée avait claqué et Kate avait entendu sa grand-mère les appeler, sa sœur et elle.

« J'ai un gâteau de Battenberg pour vous », avait-elle annoncé en apparaissant derrière Kate, un plateau dans les mains. Elle avait crié et lâché le gâteau dans l'herbe, avant de courir en larmes jusqu'aux fleurs. C'est seulement là que Kate avait compris ; elle s'était mise elle aussi à pleurer. Depuis, elle n'avait plus jamais pu manger de Battenberg.

Elle met sa main en visière pour protéger ses yeux du soleil et lève la tête vers l'immeuble, cherchant à déceler des signes de vie sur le balcon de Rosemary. Le fil à linge est vide : aucun maillot de bain ne flotte au vent aujourd'hui.

Sur le clavier près de la porte, elle appuie sur le numéro de l'appartement et attend. Une jeune maman pousse un bébé en pleurs sur la balançoire de l'aire de jeux un peu plus bas. Kate presse à nouveau l'interphone et patiente.

Au bout de quelques minutes, un grésillement s'échappe du panneau, tout juste perceptible par-dessus les cris du bébé.

« Oui ? » croasse une voix tout bas.

Kate pousse un soupir de soulagement en entendant Rosemary.

« Rosemary, c'est Kate. Je peux monter ? »

Un silence, puis la porte s'ouvre dans un bourdonnement.

La porte de l'appartement de Rosemary n'est pas fermée quand Kate arrive. Elle la pousse et entre. Les rideaux de la fenêtre du balcon sont tirés et le salon est plongé dans la pénombre. Une légère odeur d'urine imprègne l'air mais Kate feint de ne rien remarquer.

« N'allumez pas la lumière », demande Rosemary depuis le canapé.

Il faut un moment aux yeux de Kate pour s'ajuster à la pénombre. Des montagnes de mouchoirs blancs tapissent le sol et elle distingue la silhouette de

Rosemary en boule sous une couverture. Sa tête repose sur l'accoudoir du petit canapé. Ainsi recroquevillée, elle paraît minuscule, comme un petit animal qui n'aurait pas encore développé sa fourrure.

« Que se passe-t-il, Rosemary ? interroge Kate en se dirigeant vers elle ; elle prend garde à ne pas buter dans les meubles.

— Rien de particulier, répond Rosemary. Je vieillis, c'est tout. »

Kate s'agenouille et pose la main sur son front. Sa peau est sèche malgré la fièvre.

« Vous avez mangé ? Vous avez bu de l'eau ? »

Rosemary secoue la tête sans un mot.

« Avez-vous appelé le médecin ? » insiste Kate par-dessus son épaule en gagnant la cuisine pour remplir deux verres d'eau. Elle ouvre le frigo et examine son contenu : il est vide et elle se rappelle les paroles d'Ahmed : Ellis n'a pas vu Rosemary au marché cette semaine. Elle n'a pas dû pouvoir y aller. De retour dans le salon, Kate pose les verres sur la table basse puis aide Rosemary à s'asseoir.

La vieille dame boit à petites gorgées le premier verre que Kate lui tient tout en évitant son regard. Elle ne répond pas à sa question au sujet du médecin. Lorsqu'elle a bu les deux, Kate marche jusqu'au téléphone et compose le numéro du cabinet local. Elle parle à voix basse mais son débit est rapide.

« Le docteur sera bientôt là », annonce-t-elle après avoir raccroché.

Dans l'obscurité, elle ramasse les mouchoirs et les jette à la poubelle. Elle met la bouilloire à chauffer et prépare à Rosemary un thé avec deux sucres. En attendant le médecin, Kate prend les clés de Rosemary dans son sac de piscine posé à côté de la porte et fait un saut à l'épicerie du coin. Rosemary ne remarque pas son absence – elle s'est endormie.

Kate revient avec des briques de soupe, du pain, un litre de lait et des œufs. Pendant que son amie dort sur le canapé, elle fait cuire un œuf, réchauffe de la soupe et prépare des mouillettes de pain. Elle l'aide ensuite à manger : elle plonge le pain dans le jaune d'œuf et le tend à Rosemary qui mâchonne lentement, les mains tremblantes. Elle fait tomber un bout de pain sur la couverture, Kate le ramasse sans rien dire et le pose au bord de l'assiette.

Kate a envie de rassurer Rosemary, mais l'embarras de celle-ci est si flagrant qu'elle préfère se taire. Elle ouvre la porte-fenêtre puis retire les rideaux devant, une légère brise souffle à travers le tissu fin.

« J'ai froid, se plaint Rosemary en resserrant la couverture autour d'elle.

— Vous êtes brûlante, réplique Kate. Et il vous faut de l'air frais. »

Kate nettoie et range autour de Rosemary qui somnole. Au bout d'un moment, l'interphone sonne. Kate fait monter le médecin et le suit jusqu'au canapé.

« C'est votre grand-mère ? demande-t-il.

— Non. C'est mon amie.

— Depuis combien de temps est-elle malade ?

— Je vous entends, vous savez ! intervient Rosemary.

— Mes excuses, madame Peterson, réplique le médecin qui s'agenouille près d'elle et ouvre sa trousse. Depuis combien de temps êtes-vous souffrante ?

— Depuis dimanche soir. J'ai cru que c'était à cause

du champagne. Nous étions à un mariage. Je n'avais pas bu de champagne depuis longtemps. »

Il pratique quelques examens puis se relève.

« C'est la grippe, annonce-t-il à Rosemary avant de se tourner vers Kate. Il faut qu'elle boive beaucoup et qu'elle se repose. Et ça devrait passer. Elle a besoin qu'on la surveille et qu'on s'occupe d'elle : si sa température monte, il faudra rappeler le cabinet. Avez-vous des enfants, madame Peterson ?

— Non.

— Je veillerai sur vous, dit Kate à Rosemary en s'agenouillant auprès d'elle, le dos tourné vers le médecin qui remballe ses affaires.

— Je ne peux pas vous demander ça, rétorque Rosemary.

— Je veillerai sur vous », répète Kate. Elle fixe Rosemary, cette dernière n'ajoute rien.

Après le départ du médecin, Kate téléphone à Phil pour lui expliquer la situation et le prévenir qu'elle travaillera à domicile cette semaine.

« Je vais juste chercher quelques affaires, d'accord ? » dit-elle à Rosemary. Avant de partir, elle se rend dans la cuisine et attrape au-dessus du frigo le cahier noir dont elle connaît la place attitrée. Elle rentre chez elle d'un pas lent, récupère son ordinateur, son sac de couchage, quelques vêtements et sa trousse de toilette. Ensuite, elle se rend au marché demander son aide à Ellis.

45

Pendant que Rosemary combat sa grippe, Kate cuisine, se familiarisant avec le cahier de George. Au marché, Ellis a rempli plusieurs sacs de tout ce dont elle aurait besoin pour une semaine de recettes et il a refusé qu'elle paie quoi que ce soit.

« Remettez-nous-la sur pied », a-t-il dit.

Kate n'a jamais cuisiné autant de toute sa vie. Elle tient le cahier avec précaution, tourne les pages avec délicatesse et décide de ce qui pourrait faire plaisir à Rosemary. Parmi les tartes et les desserts, les ragoûts et les plats en sauce, une recette s'intitule simplement « soupe préférée de Rosemary ». Kate choisit donc de s'attaquer à celle-ci en premier. Elle lit les instructions avec minutie et suit les étapes à la lettre. De temps en temps, elle doit demander à Rosemary de lui déchiffrer un mot en particulier, lorsque l'écriture de George est illisible.

Rosemary mange à peine, mais l'odeur des petits plats semble la revigorer un peu. Elle se redresse légèrement sur le canapé et regarde le balcon. Elle observe les abeilles butiner sa lavande. Pendant qu'elle dormait, Kate a rapproché les pots de la vitre pour qu'elle puisse les admirer. Elle laisse les rideaux ouverts et la porte-fenêtre entrebâillée afin que l'air pénètre dans l'appartement. Kate mange aussi, assise sur un coussin par terre près du canapé.

Rosemary ne parle pas et Kate, qui ne veut pas l'y obliger, lit ou tape sur son ordinateur tandis qu'elle mange en silence. Chaque jour, Kate vérifie où en sont la page Facebook et la pétition. Cette dernière a dépassé les mille signatures désormais, et Kate rédige pour le journal un billet sur ce cap important. Elle reçoit aussi plusieurs mails de commerçants locaux qui proposent de soutenir la campagne en collant des affiches sur leur devanture. Jay aide à les concevoir puis les distribue pendant que Kate travaille chez Rosemary.

L'espoir s'empare d'elle, mais l'inquiétude persiste dans un coin de sa tête. Elle se remémore le dessin de la piscine transformée en club de sport privé, et la peur envahit tout son être comme un souffle d'air entre par la fenêtre.

Le soir, Kate aide son amie à regagner sa chambre. Elle détourne la tête pour qu'elle puisse se déshabiller en toute intimité. Le corps nu de la vieille femme paraît très différent sous la lumière tamisée que diffuse sa lampe de chevet par rapport au néon agressif du vestiaire de la piscine. Il fait peut-être plus sombre ici mais elle y semble plus vulnérable.

Rosemary porte un pyjama d'homme à rayures avec des boutons. Les manches de la chemise sont roulées avec application aux poignets. Kate l'aide à se glisser dans le lit puis remonte la couverture sur elle et la borde. Rosemary roule sur le côté, face au mur. Kate s'assure qu'un verre d'eau et la photo de George soient bien posés sur la table de nuit avant de refermer sans bruit la porte derrière elle.

Au salon, Kate déroule son sac de couchage sur le canapé et se fourre à l'intérieur. Elle envisage un instant de prendre un livre dans la bibliothèque pour l'aider à s'endormir, mais elle ne veut pas déranger le rangement des titres : une organisation dont Rosemary est la seule à connaître la logique. Elle laisse le rideau du balcon ouvert pour pouvoir contempler le ciel et la lueur des réverbères tandis qu'elle sombre dans le sommeil.

Au cours de la semaine, Hope téléphone à plusieurs reprises ; elle n'a pas été vaccinée contre la grippe, si bien que Rosemary a refusé qu'elle lui rende visite. Rosemary emporte le téléphone dans sa chambre et referme derrière elle pour discuter tranquillement. Kate perçoit sa voix étouffée pendant qu'elle fait la vaisselle et lui prépare un thé. En attendant la fin de la conversation, elle envoie un message à Erin, qui demande des nouvelles de Rosemary et lui souhaite de se rétablir vite.

Miel et citron, écrit Erin. *C'est ce que maman nous donnait quand nous étions petites, tu te rappelles ? Ça marche. Bisous, E.*

Kate ajoute une pleine cuillerée de miel et quelques gouttes de citron au thé de Rosemary.

En milieu de semaine, Jay leur fait une visite-surprise. Il arrive avec du café pour Kate et des fleurs pour Rosemary. Il aide Kate à attraper dans la bibliothèque des livres qu'elle ne peut pas atteindre pour que Rosemary puisse les lire, et il les empile avec soin près du canapé où s'assied la malade pendant la journée. Le sac de couchage de Kate est roulé proprement et glissé sous la fenêtre.

« Tu fais du super boulot, lui dit-il en partant. Le bouquet est aussi pour toi. »

Les fleurs, roses et blanches, emplissent l'appartement d'un parfum d'été.

Au bout d'une semaine, Rosemary a retrouvé une température normale et se nourrit à nouveau correctement.

« Merci », dit-elle. Les deux femmes sont assises au salon et lisent, Rosemary sur le canapé tandis que Kate, par terre, y est adossée. La vieille dame pose son roman et place la main sur l'épaule de la jeune femme. Elle la presse doucement.

« Merci, répète-t-elle. J'ai de la chance d'avoir une amie comme vous.

— Ce n'est rien, répond Kate, qu'un flot d'émotions submerge au contact de la main de Rosemary sur son épaule. Je suis contente que vous alliez mieux. »

Rosemary se tait pendant quelques secondes, le regard tourné vers la fenêtre du balcon.

« Je crois que le temps nous manque », dit-elle à voix basse. Kate la dévisage. Elle a perdu du poids en une semaine, mais la couleur est revenue à ses joues et ses yeux ont retrouvé leur bleu, chassant le gris éteint qui les habitait depuis quelques jours.

« Comment ça ? demande-t-elle.

— La piscine, répond Rosemary avec un geste vague vers l'extérieur. Je sais que la pétition a récolté d'autres signatures, mais ça fait une semaine depuis notre action et au moins un mois depuis la réunion avec le conseil. Et nous ne savons toujours rien. Je crois que la fin est proche. »

Kate ne sait pas quoi répondre. Elle est épuisée, mais son besoin de rassurer Rosemary, et peut-être elle-même, prend le dessus.

« Ne vous inquiétez pas, réplique-t-elle d'un ton enjoué. Il nous reste encore beaucoup de temps. Le plus important pour l'instant, c'est que vous vous sentiez mieux. »

Avant que Kate ne parte, Rosemary se rend d'un pas traînant dans la cuisine pour y prendre quelque chose.

« C'est pour vous, dit-elle. Je les ai toutes en mémoire, en fait. Vous m'avez fait la cuisine, maintenant je veux que vous cuisiniez pour vous. »

Et elle tend à Kate le cahier de recettes noir de George.

46

De retour au bureau la semaine suivante, Kate s'efforce de chasser de son esprit les paroles de Rosemary sur la fin de la piscine. Au cours du week-end, plusieurs associations locales, des écoles, des organisations de jeunes et même un groupe de musique formé lorsque ses membres vivaient tous à Brixton ont partagé la pétition qui atteint désormais les mille cinq cents signatures. Le lundi, Kate rédige un article à ce sujet.

Au journal, un canard en plastique est posé avec fierté sur le bureau de Phil. Kate le lui a offert lorsque la photo du bassin rempli de ces jouets a fait la une. Il était ravi et l'a nommé Debbie ; il pouffe sous cape chaque fois qu'il pose le regard dessus.

L'action de protestation a sans aucun doute permis d'obtenir davantage de soutien mais ils sont toujours sans réponse du conseil. Comment ont-ils réagi en recevant les canards en plastique à l'hôtel de ville ? Kate imagine le conseiller quinquagénaire en train d'ouvrir le carton et d'en sortir le jouet tout souriant ; cette pensée l'amuse beaucoup.

« Bonjour ! » lance Jay qui arrive avec trois cafés : un pour lui, un pour Kate et un pour Phil. Ils s'installent pour se mettre au travail, sous le regard vigilant de Debbie, un sourire hébété sur son visage rigide.

À 13 heures, Jay vient trouver Kate à son bureau pour l'inviter à déjeuner.

« Tu as lu dans mon esprit, encore une fois », répond-elle en attrapant son sac. Ils vont proposer à Phil de lui rapporter quelque chose, mais celui-ci est au téléphone, un froncement de sourcils plisse sa figure ronde.

Kate et Jay sortent et gagnent la rue principale. Le soleil cogne sur les épaules de Kate. Elle inspire profondément ; elle sait que l'air est saturé des gaz de pot d'échappement des bus, mais, chauffé par le soleil, il lui semble pur et agréable. Sur le trajet, les deux jeunes gens discutent de leurs familles et de leurs villes natales, de la beauté de Londres en été.

« On a l'impression que tout le monde devient plus léger, déclare Jay. Les gens ne marchent plus, ils sautillent. » Il explique à Kate ce qu'un été londonien représente pour lui : boire du cidre au parc de Brockwell, allongé dans l'herbe à regarder les avions passer en imaginant leur destination. Elle hoche la tête d'un air entendu, elle adore les longues soirées qui incitent à sortir et à faire quelque chose pour une fois, plutôt que de manger seule un plat préparé devant son ordinateur. Elle se tait, se demande si elle a bien fait de lui avouer cela, mais il sourit. Ils marchent sans dire un mot un moment ; le silence est aussi confortable qu'une conversation avec lui. Elle regrette toutes ces fois où elle a filé du bureau en douce pour déjeuner toute seule.

De retour au journal, ils trouvent Phil immobile

devant son écran d'ordinateur. Kate remarque que Debbie a disparu.

« Kate, viens dans mon bureau. Il faut que je te parle », dit-il. Phil n'a pas de bureau à proprement parler, alors Kate approche une chaise de sa table de travail et du mur de livres et de dossiers qui l'entoure. Jay observe depuis son poste à l'autre bout de la salle.

Phil s'empare d'un livre et en examine le dos.

« Il faut que tu cesses d'écrire sur la piscine, déclare-t-il en faisant courir sa main sur l'ouvrage, le regard baissé.

— Comment ça ? Qui va écrire dessus à ma place ?

— Personne.

— Personne ? Mais c'est un de nos sujets récurrents, nous ne pouvons pas l'arrêter !

— Ce n'est plus l'un de nos sujets.

— Mais je viens juste d'écrire un article sur la pétition pour le journal – ton journal ! »

Phil repose le livre. « C'est l'info du jour. Pas celle de demain.

— Je ne comprends pas. Je croyais que tu aimais cette histoire. Où est Debbie ? »

Kate balaie le bureau du regard, y cherchant désespérément un éclat de plastique jaune, à peine consciente du désordre qui y règne tandis qu'elle parcourt des yeux les piles de livres puis le reste de la salle.

« Paradise Living veut nous acheter des encarts publicitaires très lucratifs, explique Phil d'une petite voix. Impossible de refuser. Par diplomatie, nous devons arrêter ce sujet. »

Kate sent son estomac se tordre. Elle craint de se mettre à pleurer et se sent ridicule.

« Par diplomatie ? Comment as-tu osé ? Après tous ces articles que nous avons publiés sur Paradise Living et la façon dont ils ruinent le Brixton que nous connaissons et aimons ? C'est toi qui m'as confié ce sujet au départ ! Ce n'est pas de la diplomatie, c'est de la vénalité ! »

Elle a conscience de sa voix qui jaillit de sa bouche plus fort qu'elle ne le voudrait. Jay la fixe, à moitié levé de son siège comme s'il était sur le point de répliquer.

Phil reprend le livre et l'abat sur son bureau.

« De la vénalité ? Ce n'est pas ton journal, Kate. Tu crois peut-être que les périodiques locaux gagnent de l'argent ? Eh bien, non. Tu as de la chance d'avoir un travail. Jay a de la chance d'avoir un travail. » Il agite le bras devant lui à présent, le doigt pointé sur eux puis sur lui-même. « J'ai de la chance d'avoir un travail. J'ai fait de mon mieux, mais ainsi va le monde. Les gens font de la pub et ça paie notre salaire. Cesse d'être aussi naïve. »

Kate tressaille, les larmes lui brûlent les yeux.

« Et je pense que tu devrais également prendre un peu de recul quant à ton implication dans cette affaire, poursuit Phil. Que l'une de mes journalistes se balade avec une pancarte de revendication ne donne pas une image positive à nos annonceurs. Je crois que tu t'es trop investie personnellement. Il s'agit de ton travail, Kate. »

Elle se lève, le corps tremblant comme une feuille. Jay l'imite.

« Je crois que ça suffit, déclare celui-ci d'un ton ferme.

— Je le crois aussi, réplique Phil en faisant pivoter

sa chaise pour tourner le dos au reste de la salle. Prends ton après-midi, Kate. On se voit demain. »

Kate quitte le bureau en versant des larmes brûlantes de colère qui, à mesure qu'elle s'éloigne, se transforment en panique. Son angoisse est directement liée aux paroles de Phil qu'elle se repasse en boucle dans la tête, mais, au-delà de ça, c'est une sensation de chute libre vertigineuse, sans rien à quoi se raccrocher, qui la saisit. Elle s'abat sur elle devant le supermarché Sainsbury ; Kate s'affale par terre.

Voilà à quoi ressemble une personne brisée. On croit que les os et la peau sont une armature adéquate pour un être humain, mais, lorsqu'une personne s'effondre, on comprend que nous n'avons pas une constitution suffisamment solide. Il arrive parfois qu'on soit aussi fragile qu'une toile d'araignée dans une tempête.

Les larmes de Kate ne sont pas des pleurs délicats qu'elle peut étouffer en respirant profondément ou en levant les yeux au ciel. Ce sont des sanglots lourds et miséreux qui ébranlent tout son corps. Ce sont des larmes violentes qui la font trembler et haleter comme un animal en souffrance. Son cerveau lui dit d'arrêter, il la supplie, mais son cœur se déverse par ses yeux. Son nez coule à flots et la sueur trempe sa peau. Elle est en train de se noyer dans sa propre terreur. Elle n'est qu'une peluche prise entre les crocs d'un molosse en colère qui la malmène et la brutalise.

Les gens passent devant elle sans s'arrêter, gênés par les pleurs de cette femme affalée sur le trottoir, incapable de bouger. Kate a l'impression qu'ils se déplacent comme sur un écran de télévision. La vie normale est soudain devenue un programme télévisé au scénario complexe. Les passants marchent et plaisantent entre amis ou foncent au bas de l'escalator comme des acteurs de talent, qui tiennent leur rôle toute la journée et réussissent à jouer la vie avec une conviction que Kate ne parvient tout à coup plus à rassembler.

Sa crise d'angoisse n'est pas un combat qu'elle se sent en mesure de gagner. Alors, elle reste immobile et attend que son passage à tabac prenne fin.

Finalement, une femme avec un landau pose les yeux sur elle et lui demande si elle va bien.

« Ça va », dit Kate. Parce que, après tout, comment réagirait l'autre si elle répondait « non » ?

Assise par terre, elle sanglote.

« Kate. »

La voix lui parvient comme une main tendue, qui la secoue gentiment et lui rappelle où elle est. Rosemary se tient au-dessus d'elle, appuyée à son Caddie de courses, une expression de profonde inquiétude sur le visage. À cet instant, il n'y a personne d'autre au monde que Kate préférerait voir.

« Ça va aller », assure Rosemary. Et tandis que Kate se relève tant bien que mal, la vieille dame passe ses bras autour d'elle et la serre avec force et détermination. Elle la soutient.

47

Sur le canapé, Kate replie les jambes sous elle et prend la tasse de thé que lui tend Rosemary.

« Merci », dit-elle d'une voix basse en enveloppant ses mains autour du mug pour savourer sa chaleur. Elle regarde par la porte-fenêtre du balcon. Un papillon se pose sur l'un des plants de lavande et le maillot de bain de Rosemary s'égoutte sans bruit sur le sol. Le soleil est haut et chaud dans le ciel et Kate l'imagine en train de scintiller à la surface de l'eau dans la piscine. Une lourdeur pèse sur son corps comme si elle venait de se réveiller en sursaut d'un long sommeil empli de rêves agités.

Rosemary s'assied dans le fauteuil en face d'elle et l'observe.

« Je suppose que je vous dois des explications », commence Kate. Elle entreprend de lui raconter son échange houleux avec Phil au sujet de Paradise Living et des articles, mais Rosemary l'interrompt.

« Pour l'instant, je ne veux pas entendre ce qui se passe avec la piscine. Je veux savoir ce qui se passe avec *vous*. »

Kate se demande bien quelle différence il y a entre

les deux. Elle se dit, et ce n'est pas la première fois, qu'avant de découvrir la piscine – ou que la piscine ne la découvre, plutôt –, elle n'avait pas vraiment commencé à vivre. Lorsqu'elle flotte dans l'eau fraîche, c'est comme si sa conscience d'elle-même se dissipait avec toutes ses angoisses. Elle n'est pas Kate dans la piscine, elle n'est plus qu'un corps, entre eau et ciel qui la protègent. L'eau lui donne le sentiment de pouvoir tout accomplir.

« Je me suis mise à souffrir de crises d'angoisse quand j'ai emménagé à Londres », dit-elle. Elle se revoit dans la voiture avec sa mère et son beau-père qui la conduisent depuis Bristol avec toutes ses affaires. Kate est emmitouflée dans sa couette parce qu'il n'y avait plus de place pour elle ailleurs. Son excitation grandissait à mesure qu'ils approchaient de la capitale et de son nouveau chez-elle. Même se retrouver coincés dans les bouchons lui paraissait excitant : la circulation ici était différente de celle de Bristol avec ses bus rouges et ses taxis noirs qui ressemblaient à de petits scarabées.

« J'ai toujours eu un tempérament anxieux mais ça a empiré à Londres, poursuit-elle. J'adorais cette ville ; je l'adore toujours. Mais je me suis vite sentie dépassée. »

Après le départ de ses parents, Kate est allée se promener, décidant de déballer ses affaires plus tard. Elle voulait respirer les nouvelles odeurs et sentir la chaleur des trottoirs sous ses pieds. Les gens marchaient plus vite à Londres et elle avait accéléré l'allure pour la calquer sur la leur. Elle adorait la musique de la foule, des voitures et des bus, elle aimait le cinéma où les titres de films étaient écrits en lettres géantes, elle raffolait du parfum d'épices et de café qui flottait dans Brixton Village. Elle s'en est imprégnée jusqu'à saturation et bientôt elle s'est retrouvée à regarder ses pieds plutôt que les alentours ; Londres est devenue un amas désordonné de pieds et de trottoirs. De temps en temps, elle relevait la tête et trouvait la vue terrifiante.

« Je ne peux pas expliquer la cause de ces crises. J'envisage mon angoisse comme une créature qui me suit sans arrêt et qui peut soudainement me frapper à l'arrière du genou. Mais c'est comme si cette créature vivait en moi aussi ; parfois, j'ai l'impression qu'elle veut me déchiqueter. »

Elle pense aux personnes avec qui elle habite et qu'elle ne connaît pas du tout. À celles qu'elle voit sur Facebook, et elle se demande pour la première fois si elles passent vraiment toujours le meilleur moment de leur vie ou si, comme elle, l'incertitude pèse sur leurs épaules comme un enfant agrippé fermement à leur cou.

Rosemary l'observe.

« Ça s'est amélioré. Je me sens mieux. Mais ça me rattrape encore de temps en temps. Je suis désolée. J'ai honte.

— Il n'y a pas de honte à avoir, réplique Rosemary. Vous m'avez vue alors que je n'étais plus capable de m'occuper de moi, que je tenais à peine debout. Et vous avez veillé sur moi. Il n'y a absolument pas de quoi avoir honte. »

Kate pleure sans bruit, les larmes coulent sur ses joues sans qu'elle s'en rende vraiment compte.

« En avez-vous parlé à votre famille ? demande la vieille dame.

— Je l'ai dit à ma sœur, répond Kate qui se revoit main dans la main avec Erin au bord de la piscine. J'aurai mis le temps en revanche, et je n'ai toujours rien dit à ma mère et à mon beau-père. Je ne veux pas les inquiéter. »

Elle repense à Bristol, avec Erin, quand elles étaient petites et qu'elles vivaient encore ensemble, et le sentiment d'appartenir à un endroit la submerge avec la force de l'eau se ruant dans une écluse. Parfois, elle aimerait surfer sur ce sentiment et remonter le temps. Elle se demande si Rosemary ressent la même chose et elle lui prend la main.

Rosemary la presse avec douceur, sa peau est sèche mais chaude. Elle ne la lâche pas. Elles restent ainsi un moment, à se tenir la main dans ce salon paisible. Les deux femmes éprouvent du soulagement, ce contact rappelle à chacune quelque chose qu'elle avait presque oublié. Rosemary sent la chaleur de Kate irradier dans ses doigts et remonter dans ses veines. Comme le bout de laine qui rassemble les deux moufles d'un enfant, une sécurité pour que ni l'une ni l'autre ne soit jamais perdue.

La sonnette retentit. Rosemary se lève et marche lentement vers l'interphone. Elle décroche le combiné, écoute et ouvre. Quelques minutes plus tard, on frappe à la porte. C'est Jay, qui la suit dans le salon.

« Je suis d'abord allé chez toi, dit-il. C'était ma deuxième option. Ensuite, j'aurais tenté la piscine. »

Kate se redresse un peu sur le canapé, sèche ses larmes, consciente des traces de mascara qui ombrent le dessous de ses yeux.

« Tu m'as trouvée, dit-elle à voix basse.

— Je vous prépare une tasse de thé, Jay», annonce Rosemary en disparaissant dans la cuisine. Elle ouvre et referme placards et tiroirs avec plus de vigueur et de bruit que nécessaire, selon Kate.

«Phil a dépassé les bornes», commence-t-il en venant s'asseoir à côté d'elle sur le canapé. Il la couve d'un regard intense tandis qu'il lui parle ; ses yeux brillent comme ceux d'un enfant.

«Il ne devrait pas accepter cet argent, et il n'aurait pas dû te dire toutes ces choses. Mais qu'il aille se faire voir. J'ai plus important à t'annoncer. Le *Guardian* vient de m'appeler. Un de leurs journalistes habite Brixton et il a entendu parler de l'action de protestation. Ils souhaitent acheter une de mes photos et la publier. Ils aiment l'histoire – anti-embourgeoisement, communauté resserrée au sein d'une grosse ville, canards en plastique… »

Il parle vite et Kate sent son corps s'agiter à côté d'elle.

«Le *Guardian* ?» répète-t-elle en essayant d'imaginer ce qu'elle ressentirait à voir son nom dans un journal national. Qu'en penseraient Erin et sa mère ? Elles seraient aux anges !

«Mais ce n'est pas tout. Ils souhaitent l'accompagner d'un commentaire. Un article sur la piscine et ce qu'elle représente pour les riverains, et la bataille menée par la communauté pour empêcher sa fermeture. Je leur ai dit que je connaissais la personne idéale mais qu'il fallait que je lui en parle. Tu veux bien le faire, Kate ?»

Alors, sans attendre et sans prévenir, il prend son visage entre ses mains et l'embrasse. Elle est tellement surprise qu'elle en reste les bras ballants, immobile. Il interrompt son baiser et s'écarte, l'air hébété.

« Je suis désolé, dit-il. Je ne sais pas ce qui m'a pris. Je suis juste surexcité, et aussi très en colère.

— Tu embrasses toujours les gens quand tu es en colère ? demande Kate.

— Pas toujours, non. »

Ils éclatent de rire tous les deux. La chaleur fuse en elle comme si elle venait de siffler une rasade de whisky. Elle ne sait pas très bien ce qu'elle ressent par rapport au baiser, ou lui, mais peu importe – elle se sent bien, à l'aise et en sécurité, et la chaleur chatouille tout son corps. Rosemary apparaît avec un plateau.

« Laissez-moi m'occuper de ça, propose Jay en se levant pour le prendre des mains de Rosemary. Vous devez m'aider à convaincre Kate qu'elle est douée : Le *Guardian* veut qu'elle leur écrive un article sur la piscine.

— Kate, c'est formidable ! s'exclame Rosemary, avec fierté. Votre nom dans un journal national ! »

Kate rougit.

« Je ne sais pas si j'en suis capable, dit-elle tout bas. Je n'écris que pour la rubrique des chiens écrasés. »

Elle repense au premier jour de son master de journalisme et à l'assurance incroyable avec laquelle ses camarades de classe avaient évoqué tout ce qu'ils avaient déjà accompli. Pour eux, le monde était une terre à conquérir et ils étaient déterminés à en retirer tout ce qu'ils désiraient et méritaient. Aucun ne doutait de ses capacités ni de son bon droit à voir son nom imprimé. Kate n'a jamais eu pareille confiance en elle. Elle se rappelle les cours où chacun critiquait le travail de l'autre. Les commentaires et les opinions de ses camarades fusaient avec une facilité déconcertante, mais elle bataillait intérieurement pour prendre leurs paroles comme des remarques constructives sur son travail créatif, qui existait en dehors d'elle-même, plutôt que comme des attaques personnelles. Il lui était impossible de dissocier ce qu'elle écrivait de celle qu'elle était.

« Oh, non, vous écrivez sur bien d'autres sujets, Kate », réplique Rosemary. Elle se dirige d'un pas lent vers la bibliothèque. « Ne me dites pas que ce ne sont que des faits divers », reprend-elle en tendant un cahier à Kate. La couverture est rouge et des coupures de presse en dépassent. Kate l'ouvre et ses mots lui sautent aux yeux : tous ses articles sur la piscine y sont collés avec soin. Ses autres articles aussi – tous les sujets qu'elle a couverts depuis que Phil lui a donné sa chance et qu'elle a commencé à rédiger de vrais papiers pour le journal. Elle imagine Rosemary en train de découper chaque page ; le bord dentelé comme preuve du tremblement de ses mains. Les photos de Jay sont là aussi. Kate examine celles de Rosemary et des autres nageurs qui lui sourient ou la fixent d'un air de défi.

« Vous en êtes capable, Kate, dit Rosemary. Racontez notre histoire.

— À condition que vous m'y aidiez, alors », répond celle-ci.

Jay s'éclaircit la gorge.

« Je crois que je ferais mieux de vous laisser. »

Il fixe Kate un instant comme s'il allait ajouter quelque chose, mais se contente de les gratifier toutes les deux d'un hochement de tête. Le plus important pour l'instant, c'est que Kate rédige son article.

La porte refermée doucement derrière lui, les deux femmes s'asseyent côte à côte sur le canapé. Kate sort son ordinateur portable de son sac en s'efforçant de ne penser ni à Jay ni à son baiser.

« Je n'ai pas envie de n'évoquer que les raisons pour lesquelles j'aime la piscine, dit-elle. Ce devrait être votre histoire aussi – la vôtre et celle de George. »

Rosemary acquiesce avec un sourire tout en jetant un petit coup d'œil à la photo de leur mariage, à leurs visages radieux.

Rosemary raconte et Kate note. Elle sent la tension se relâcher au fur et à mesure, comme si elle mangeait une bonne soupe bien consistante dont chaque cuillerée la revigorait. Elles boivent du vin et discutent de la piscine et de George, des personnes qu'elles y ont rencontrées. Lorsque l'article est enfin terminé, Kate le sauvegarde sous le titre « La piscine de Rosemary » et l'envoie par mail à Jay avant de pouvoir changer d'avis.

48

Kate rentrée chez elle, Rosemary choisit un disque qu'elle place sur la platine. Elle écoute rarement de la musique seule, mais ce soir elle la laisse emplir son appartement. Elle imagine ses voisins tendre l'oreille de surprise. Peut-être se disent-ils que leur vieille voisine est décédée et qu'un nouveau couple plus jeune a emménagé – ce serait la seule explication raisonnable aux chansons des Beatles qui traversent leurs murs.

Elle met la pochette de *Please Please Me* sur la table et contemple le visage des quatre jeunes hommes qui baissent les yeux en haut d'un escalier.

L'amour que George portait aux Beatles le surprenait lui-même. Il n'aimait pas l'agitation qui les entourait – il n'aimait pas l'agitation en général. Mais il adorait les Beatles. Il acheta leur disque un jour en rentrant du travail. Il arriva avec le 33 tours et un sac de carottes sous le bras. Ils l'écoutèrent et ils dansèrent.

Au son de la musique, elle se remémore le Brixton de l'époque. Elle se souvient des anciens Routemasters rouges, ces bus à impériale dans lesquels on montait par l'arrière, rien à voir avec les pâles imitations que l'on voit dans les rues aujourd'hui. Elle se souvient de

Granville Arcade qui grouillait de saveurs et de couleurs : c'était là que George et elle avaient découvert la patate douce et le gombo. George n'y considérait pas les marchands, tel Ken, le père d'Ellis, comme des concurrents. Il discutait avec eux comme avec de vieux amis, des âmes sœurs qui aimaient la terre et sa générosité autant que lui. Il était aussi excité qu'un petit chiot quand il respirait le parfum des mangues et examinait la chair dure des citrouilles fripées. Pendant qu'il parlait légumes, elle se promenait parmi les étals et admirait les tissus indiens aux couleurs vives suspendus tels des soleils repliés. Le gros titre du journal la surprenait toujours à l'époque : elle se demandait si les journalistes qui avaient travaillé sur « Le problème indien » avaient déjà goûté à la patate douce.

Ce fut à peu près à cette époque que George commença à donner des cours de natation. Le dimanche matin, il se rendait à la piscine, une serviette sur les épaules et une ritournelle aux lèvres. Rosemary l'accompagnait et nageait dans le couloir libre puis s'installait sur les dalles et le regardait montrer aux enfants comment nager à la manière d'un chien ou leur apprendre le crawl ou à plonger, selon leur âge. Les plus jeunes le suppliaient de faire le saut de l'ange. Il se plantait au bord de la piscine et, tout à coup, il feignait de trébucher et plongeait avec grâce. Les enfants hurlaient de rire.

Molly, l'une des fillettes du cours de natation, avait une peur bleue de l'eau. Sa mère souhaitait qu'elle apprenne à nager, alors elle l'y envoyait avec son frère aîné tous les dimanches. Le frère sautait dans le bassin et se mettait aussitôt à exécuter un crawl qui éclaboussait tout autour, mais Molly restait près du bord, le front plissé, dans son maillot de bain à fleurs, agrippée à l'échelle.

Un jour pourtant, elle entra dans l'eau. George l'encouragea et la soutint, il l'aida à flotter. À la fin du cours, Rosemary lui demanda ce qui avait changé.

« J'ai toujours un peu peur, répondit la fillette. Mais ceux qui nagent ont l'air de tellement s'amuser. Je ne veux pas rester à l'écart. Alors j'ai dit à ma peur de s'en aller. »

Rosemary se demande si l'angoisse de Kate cessera un jour de la pourchasser, ou si elle apprendra à l'exhorter de la laisser tranquille. De quoi Rosemary a-t-elle peur ? Elle songe à la piscine et à George qui fendait de son corps la surface de l'eau en plongeant. Elle est terrifiée à l'idée de se réveiller un matin et d'être perdue : les lieux que George et elle aimaient tant disparus à jamais.

49

Voir son propre nom, « Kate Matthews », imprimé en haut de son article dans le *Guardian* lui paraît aussi irréel qu'excitant. Elle le fixe, encore et encore, relisant les mots qu'elle a choisis pour décrire la piscine, sa fermeture éventuelle, et l'histoire d'amour de George et Rosemary, la leur et celle qu'ils entretenaient avec la piscine. Son téléphone sonne deux fois, de très bonne heure. Sa mère et Erin sont sorties acheter des exemplaires dès l'ouverture des kiosques.

« Je suis encore en pyjama, raconte Erin. J'ai expliqué à la vendeuse que je voulais cinq exemplaires du même quotidien parce que ma très talentueuse sœur avait publié un article dedans ! Je lui ai même montré la page ! »

Ce matin, Rosemary accueille Kate à la piscine en agitant le journal. Elle a déjà demandé à Ahmed d'épingler la coupure de presse au tableau d'affichage et a elle-même accroché des exemplaires du *Guardian* aux miroirs des vestiaires. La fierté de Rosemary et les discussions enthousiastes du matin avec sa mère et sa sœur mettent du baume au cœur de Kate et lui font, l'espace d'un instant, oublier sa dispute avec Phil et la peur qui la tenaille quant à la fermeture de la piscine. Son sourire est indéfectible.

Au cours de la semaine, l'article de Kate ainsi qu'une vague de canicule attirent plus de visiteurs. Brixton étouffe de chaleur et les habitants prennent le chemin de la piscine pour se rafraîchir sous le ciel azur. Le samedi, plusieurs personnes avouent à Ahmed qu'elles ont lu l'article dans le journal et fait le déplacement exprès. Il tend des brochures à tous ceux qui franchissent la porte. Geoff est interviewé par la radio locale puis par Radio 5 Live. Bientôt, la page Facebook « Sauvons la piscine de Brockwell » affiche des centaines de *likes* et la pétition est signée par presque neuf mille personnes.

Une queue s'étire dans le parc.

« Ça fait des heures qu'on attend, râle une adolescente en raclant ses semelles sur les pavés, son sac de piscine serré contre elle.

— Quel intérêt si les gens ne font pas la queue ? réplique son père. Une longue file d'attente prouve que c'est bien. Tu dois juste être patiente. Courage ! »

Dire « courage » à une adolescente revient à demander à une plante de s'arroser toute seule. Elle le ferait si elle en était capable.

L'ado attend, mobilisant toute son énergie pour maudire son père. Plus tard, une fois la porte franchie, elle devra se forcer à ne pas s'amuser. De temps en temps, elle osera esquisser un sourire puis regardera d'un air coupable autour d'elle au cas où quelqu'un l'aurait vue.

Pour bon nombre d'enfants, la piscine est la seule plage qu'ils connaissent. Ils s'allongent sur des serviettes posées à même le ciment et s'imaginent somnoler sur le sable. Ils ignorent que l'eau de mer n'a pas le même goût que l'eau chlorée.

« Ne te fais pas attraper ! s'écrie un petit garçon. Ils vont te manger ! »

Les adultes sont des requins et les enfants des poissons. C'est d'une telle évidence que les petits se demandent pourquoi les grands paraissent si confus quand ils s'éclaboussent en hurlant pour leur échapper. Une petite fille pousse des cris aigus. Elle est plus petite que le garçon et il se rappelle soudain son rôle de grand frère.

« C'est bon, dit-il. Tu es un poisson et je suis un dauphin. Les requins n'embêtent pas les dauphins parce qu'ils n'ont pas bon goût et en plus le dauphin est aussi gros que le requin. Si tu nages sur mon dos, tu seras en sécurité. »

La petite sœur s'accroche de toutes ses forces au cou de son frère et devient la personne la mieux protégée du bassin.

Leur mère les observe et s'interroge sur le monde fragile dans lequel ses enfants vivent. De quoi a-t-il l'air à leurs yeux ? Elle tient un livre ouvert, mais ne se rappelle rien de l'intrigue. Elle est trop occupée à regarder par-dessus les pages ses enfants qui s'amusent dans l'eau. Garderont-ils le souvenir d'avoir joué ici quand ils seront grands ? Et sera-t-elle capable de leur offrir une enfance où ils se rappelleront le ciel bleu et ensoleillé ?

Un homme est allongé au bord, son bras pend dans l'eau. Derrière ses lunettes de soleil, il contemple le ciel en sépia. Il sort lentement son bras de l'eau, sent les cercles que ses doigts créent à la surface. Il rêve de la Jamaïque. Il n'y est jamais allé, mais il se souvient des histoires que son grand-père lui contait quand il était petit. Lorsque le ciel est d'un bleu azur à Brixton, il aime le contempler et imaginer qu'il regarde le même ciel qui surplombait son grand-père dans son enfance.

Rosemary paresse dans un fauteuil en plastique, le visage offert au soleil. Elle laisse échapper un soupir. Dans le ciel, deux oiseaux se pourchassent et un avion laisse derrière lui une traînée blanche comme une banderole. Elle se demande où il va. À son bord, il y a peut-être Frank et Jermaine, en route pour leur lune de miel. Ils ont laissé la librairie et Sprout à l'un de leurs employés, leur devanture remplie de romans d'amour, cette semaine.

Rosemary tente d'imaginer l'effet que ça lui ferait d'être dans un avion. Ses oreilles se boucheraient-elles au moment du décollage ? Serait-elle terrifiée de quitter la terre ferme ? À quoi ressemblerait sa maison vue d'en haut ? Pourrait-elle même repérer Brixton et le bleu de la piscine ? Elle s'agrippe aux accoudoirs du fauteuil et tapote le sol de son pied nu pour vérifier qu'il est bien là. Un bruit d'éclaboussures lui parvient lorsqu'une bande d'enfants sautent dans l'eau.

« Vous voulez bien me donner la crème solaire, s'il vous plaît ? » demande Rosemary en ouvrant les yeux. Elle se tourne vers Kate, assise sur la chaise voisine. Kate est en maillot de bain, une serviette autour de la taille et les jambes tendues, croisées aux chevilles. Un magazine est abandonné sur ses genoux. Son visage est l'image même de la béatitude.

Une fois n'est pas coutume, après avoir nagé, elles s'autorisent un instant de détente. La chaleur est étouffante ce dimanche, et apparemment tout Brixton s'est donné rendez-vous ici. C'est Kate qui a soufflé l'idée à Rosemary, que le souvenir de ces innombrables étés à la piscine au cours de sa vie a fait accepter. Passé son étonnement devant cette proposition inhabituelle de la part de Kate de se laisser aller à prendre du bon temps, elle s'est dit que ça lui serait bénéfique.

Rosemary prend la crème solaire des mains de Kate et s'enduit le visage et le dessus des épaules. Elle aime ce parfum. L'été, elle en étalait dans le dos de George, savourant le contact de son corps ferme sous ses paumes. Ensuite, elle l'embrassait sur l'omoplate, pour goûter sa peau, la lotion et la note de chlore.

« Donnez-m'en un », fait Rosemary, le doigt pointé sur la pile de magazines au pied de la chaise de Kate. Celle-ci regarde les revues, puis Rosemary.

« Vraiment ? Ce sont des bêtises, désolée, dit Kate.

— J'ai besoin de bêtises, rétorque Rosemary en attrapant le magazine que lui tend Kate. Il fait trop chaud pour lire Shakespeare. »

La revue en main, elle se renfonce dans son fauteuil et tourne la couverture de papier glacé. Les deux femmes gardent le silence un moment jusqu'à ce que Rosemary le rompe d'un grognement sonore. Kate la dévisage d'un air circonspect.

« Qu'y a-t-il ? demande-t-elle.

— Rien, rien. Pardon. »

Pourtant, quelques minutes plus tard, Rosemary grommelle de plus belle ; cette fois, son bougonnement se transforme en éclat de rire incontrôlable.

« Qu'y a-t-il de si drôle ? insiste Kate, en tapotant son magazine contre le bord de la chaise de Rosemary.

« C'est de ça que vous vous souciez, vous les jeunes ? » demande cette dernière en montrant la revue.

Elle la lève à hauteur d'yeux et se met à lire à voix haute :

« *Êtes-vous trop égocentrique ? La réponse en page trente-quatre ! Huit conseils pour un teint parfait que toutes les femmes* DOIVENT *connaître. Ces trois stars portaient la même robe à une soirée ! Ce que vous croyez qu'il désire sous la couette, mais ne veut pas vraiment. Le "superaliment" qui en réalité fait grossir ! La peur de passer à côté pourrait gâcher votre vie. Ce que votre profil sur les réseaux sociaux dit de votre vie sentimentale…* »

Le ton sérieux avec lequel Rosemary lit ces mots les rend grotesques.

« Arrêtez, arrêtez, s'esclaffe Kate. J'ai compris.

— En toute franchise, réplique Rosemary une fois que les rires de Kate se sont calmés, je donnerais n'importe quoi pour retrouver mes genoux en bon état, mais pour rien au monde je ne voudrais avoir à nouveau votre âge aujourd'hui.

— Je vais nager, annonce Kate en abandonnant magazine et serviette sur la chaise. Vous avez besoin de quelque chose ? »

Rosemary secoue la tête et chasse Kate d'un geste de la main. Elle repose le magazine par terre et observe la jeune femme qui se glisse dans l'eau, plonge et entame de lents mouvements de brasse.

Le regard posé sur elle, Rosemary s'interroge : qu'est-ce qui tient Kate éveillée le soir ? Et qu'est-ce qui l'inquiète au moment de s'endormir ? Rosemary cherche à se rappeler comment elle était à son âge. Elle était déjà mariée et vivait avec George dans l'appartement. Pourtant, elle se souvient du manque de confiance en soi qui l'étreignait. Les occasions de s'habiller avec élégance et de sortir étaient rares mais, quand il lui arrivait d'être invitée à une soirée ou au dîner de Noël de la bibliothèque, elle se plantait devant le miroir et demandait son avis à George : sa robe était-elle trop courte ? trop longue ? Comment était son maquillage ? Et ses cheveux ? Pas trop décoiffés ni trop plats ? Chaque fois, il lui assurait avec un sourire qu'elle était magnifique, mais elle ne le croyait pas. Elle le croirait aujourd'hui – elle était magnifique. Elle espère que Kate s'en rendra compte avant d'avoir quatre-vingt-sept ans.

Rosemary ferme les yeux, le soleil est rose derrière ses paupières closes. Elle tend l'oreille sur les bruits familiers d'éclaboussures et de voix, l'écho d'un train qui passe de l'autre côté du parc, jusqu'à ce que les sons n'en soient plus.

Quand elle se réveille, Kate est en train de sortir.

« Comment est-elle ? » demande Rosemary qui se dépêche de ramasser le magazine pour dissimuler son petit somme. Elle tient la revue à l'envers.

« Délicieuse, bien sûr », répond Kate avec un sourire.

Elles observent un moment la piscine en silence.

« Vous êtes toute rouge aux épaules, Rosemary. Laissez-moi faire. »

Avant que la vieille dame ne puisse protester, Kate vient se placer derrière elle, met de la crème solaire dans ses mains qu'elle pose ensuite sur les épaules de Rosemary en l'étalant avec douceur. La lotion est fraîche sur la peau nue entre les bretelles du maillot de bain, là où les doigts de Rosemary ne peuvent aller.

Les mains de Kate lui donnent des frissons ; ses poils se dressent sur ses bras. Elle sent la chaleur remonter sa nuque et descendre le long de son dos. Kate la masse avec délicatesse et Rosemary bat des paupières, la caresse sur sa peau nue lui coupant le souffle. Elle ferme les yeux. Des gouttelettes d'eau fraîche tombent des cheveux de Kate sur ses épaules et la font frémir. Une brise tiède lui chatouille les orteils et le soleil dépose ses baisers chauds sur son visage. Son corps tout entier semble sourire, chanter et pleurer en même temps.

« Je vais en mettre un peu plus, je ne veux pas que vous brûliez », dit la jeune femme avant de reprendre son doux massage.

Dans son fauteuil, Rosemary se détend. Elle peine à résister aux larmes que cette sensation d'une autre peau sur la sienne lui fait monter aux yeux.

« Et voilà, annonce Kate qui laisse un instant ses mains avec douceur sur les épaules de Rosemary.

— Merci, dit cette dernière en inspirant profondément.

— Je vais aller enfiler des vêtements secs. Je reviens dans une minute. »

Kate ramasse son sac et se dirige vers le vestiaire. Tandis qu'elle s'éloigne, Rosemary la suit du regard et remarque le coup de soleil entre ses omoplates.

50

Le soleil brille déjà haut dans le ciel lorsque Kate se réveille. Elle ouvre sa fenêtre pour faire entrer le matin le temps de se préparer. Deux enfants jouent dehors, dans le jardin voisin, avant d'aller à l'école. À leurs cris, elle les imagine en train de salir leur uniforme, ou peut-être sont-ils encore en pyjama ? Ils rient et hurlent comme de beaux diables jusqu'à ce que leur mère les appelle pour le petit déjeuner. Ces enfants lui font penser à Jay. Elle revoit son visage s'illuminer à l'évocation de ses neveux et nièces. Ils n'ont pas reparlé du baiser. À plusieurs reprises depuis, elle l'a surpris en train de la regarder d'une manière sans équivoque, dans le bon sens du terme. Plutôt comme s'il braquait une lumière brillante et chaude sur elle. Plusieurs fois, elle a cru qu'il allait lui dire quelque chose, mais non, alors elle s'est tue elle aussi. Elle a eu envie de téléphoner à Erin pour lui parler de lui, mais sa propre indécision l'en a empêchée. Elle doit d'abord réfléchir seule à la question.

Un moteur de voiture pétarade dans la rue, le couvercle d'une poubelle se referme un peu bruyamment et quelqu'un laisse échapper un juron.

Kate s'habille à la hâte, en commençant par enfiler son maillot de bain. C'est une routine désormais quotidienne et normale de revêtir ce tissu élastique à même la peau et de glisser ses sous-vêtements de rechange dans son sac.

Elle met une robe et un gilet noir puis change d'avis et le troque contre un jaune.

Dehors, elle est accueillie par un ciel bleu, promesse d'une belle journée. La porte de la maison voisine s'ouvre et deux enfants parés d'uniformes scolaires trop grands sortent en se dandinant comme des canetons, suivis de près par leur mère, deux sacs de sport à la main et une sacoche à l'épaule. Elle salue Kate d'un signe de tête. Celle-ci le lui retourne en souriant.

« C'est beau, le jaune », dit l'aîné le doigt pointé sur le gilet.

Elle se rend compte qu'en dehors de l'uniforme scolaire et du costume d'enterrement, les enfants sont rarement habillés en noir, et elle se demande pourquoi elle en porte. Les vêtements noirs n'attirent pas les compliments de la part des enfants. Elle repense à ses tenues quand sa mère lui a laissé choisir ses habits le matin : legging écossais et tee-shirt à fleurs, short rose vif et pull citron vert, sans oublier ses bottes en caoutchouc grenouille même en été. Il lui a fallu du temps pour comprendre que l'assortiment de ses vêtements ne suivait aucune logique, ou même qu'il était possible pour une tenue de tomber juste, tout comme une opération mathématique complexe.

À son entrée en fac, Erin n'a plus porté d'uniforme scolaire et sa routine matinale s'est tout à coup transformée en un exercice bien plus long et plus savant.

Kate percevait le stress qui filtrait sous la porte de sa sœur comme le rai de lumière qu'elle guettait quand elle allait se coucher le soir.

« Maman, où est mon chemisier ? criait-elle en haut de l'escalier, en jean et soutien-gorge, une serviette serrée contre sa poitrine.

— Il était par terre, alors je l'ai lavé. Il est en train de sécher.

— Mais je dois le mettre !

— Tu n'as qu'à en porter un autre.

— Non, sinon il faut que je change de jean et de chaussures. »

Certains matins, Kate la surprenait assise à son bureau à sécher un vêtement au sèche-cheveux.

« Pourquoi ton haut est mouillé, Erin ? demandait Kate à la table du petit déjeuner.

— Il n'est pas mouillé, il est presque sec. Et c'est la faute de maman.

— Tu ne peux pas en mettre un autre ?

— Oh, tais-toi ! »

Ce souvenir la fait sourire. Erin est toujours aussi soucieuse de sa tenue vestimentaire, mais elle s'est beaucoup détendue. Depuis qu'elles ont discuté près de la piscine, les deux sœurs échangent des messages presque tous les jours. Kate a appelé Erin la veille pour lui souhaiter bonne chance pour son rendez-vous à la clinique spécialisée et Erin l'a interrogée sur les progrès de leur action. Kate apprécie beaucoup ces discussions à cœur ouvert avec sa sœur – elle a l'impression d'avoir enfin trouvé l'amie qui était sous son nez depuis toujours, mais qu'elle n'avait jamais remarquée.

Kate verrouille sa porte d'entrée et se met en route pour la piscine. Un renard traverse la chaussée juste devant elle et lui lance un petit regard penaud sitôt de l'autre côté. On dirait un couche-tard rentrant chez lui après une nuit dehors et qui croise les lève-tôt sur le chemin du travail. Les poubelles n'ont pas été ramassées et une odeur de pourriture flotte dans l'air. Un arbre aux papillons en fleur d'un beau violet orne l'avant d'une maison de sa rue où il diffuse son parfum divin. Alors qu'elle passe devant, Kate se dit que c'est ça, sa ville : la puanteur aigre et le parfum sucré qui cohabitent.

À son arrivée à la piscine, elle ne voit personne se baigner. Le soleil matinal donne à la surface de l'eau l'apparence d'une feuille d'aluminium. Une polaire est drapée sur le dossier du siège vide du maître nageur.

Kate se dirige vers l'accueil en se demandant si Ahmed a réussi ses examens. Il n'aura pas les résultats avant plusieurs mois. Elle se souvient de cette attente douloureuse après avoir passé les siens en dernière année. L'été était chargé d'excitation et d'appréhension et ses amis s'étaient peu à peu perdus de vue, s'évitant pour ne pas se confronter au reflet de leurs propres inquiétudes. Août enfin arrivé, elle était trop nerveuse pour décacheter elle-même l'enveloppe kraft. Erin s'en était chargée, au bout du compte. Elle avait déchiré le haut de l'enveloppe comme une enfant arrache le papier d'un cadeau de Noël, puis elle avait livré à Kate ses résultats avec une étonnante délicatesse (inférieurs à ce qu'elle espérait mais bien suffisants pour entrer à l'université). Comment Ahmed va-t-il réagir face à cette enveloppe marron ? Osera-t-il l'ouvrir lui-même ? Le fera-t-il sans attendre ou la conservera-t-il précieusement quelques jours avant d'en soulever un coin tout doucement, à l'abri dans sa chambre, porte close, les membres de sa famille de l'autre côté s'efforçant d'étouffer le bruit de leur respiration ?

Elle veut lui dire qu'elle sait ce qu'il ressent, mais il n'est pas à l'accueil. Pas plus que ses collègues. Le bureau est désert en dehors d'un canard en plastique solitaire posé près de la caisse. C'est sa place depuis l'action de protestation, mais c'est la première fois que Kate le remarque. Sans personne autour, on dirait qu'il est le gardien des lieux. Kate a presque envie de lui demander où ils sont tous passés…

C'est alors qu'elle perçoit du mouvement dans le café et entend des voix à l'intérieur. Elle n'y est pas revenue depuis le mariage de Frank et Jermaine. Elle en pousse la porte en repensant aux fleurs en papier et au nœud autour du cou de Sprout.

Juste à ce moment-là, celui-ci traverse la salle à toute vitesse et arrache Kate à ses pensées. Il vient frotter sa fourrure crème contre ses jambes.

« Salut, mon mignon », dit Kate en caressant les oreilles soyeuses du chien. La queue de Sprout bat avec entrain contre les mollets de la jeune femme. Elle sent les regards se poser sur elle avant de les voir. Elle lève les yeux.

Ils sont tous regroupés autour des tables, certains assis, d'autres debout ou encore appuyés au comptoir. Frank et Jermaine (tout juste rentrés de leur lune de miel), Hope, Ellis, Jake, Ahmed, Geoff et le reste du personnel de la piscine et du café, ainsi que d'autres habitués. L'adolescent dans son gilet à la fermeture remontée jusque sous le menton, la jeune maman avec son bébé endormi, sa petite bouche entrouverte, calé contre le cœur près du rond de bave sur le chemisier de sa mère. Le nageur de dos crawlé et la prof de yoga, la femme qui, dans le vestiaire, porte sa nudité comme une robe de bal, les amies qui s'échangent gel douche et potins, l'homme en combinaison de plongée et tuba. Et, au milieu de tout ce monde, Rosemary.

« Je me demandais quand vous alliez arriver », dit-elle. Ses mains sont enroulées autour d'une tasse vide. Ellis s'appuie au dossier de sa chaise.

« Que se passe-t-il ? » s'inquiète Kate en se relevant. Les caresses terminées, Sprout repart et se faufile entre les jambes de Frank, puis se couche à ses pieds.

« C'est terminé, déclare Rosemary. Ils ont gagné.

— Que voulez-vous dire ? demande Kate.

— Nous avons quatre semaines, poursuit Rosemary d'une voix un peu trop forte, tremblante. Quatre semaines. » Elle hurle presque ces derniers mots et le bébé se met à pleurer. La jeune maman se lève, serre son enfant plus fort contre elle en le berçant un peu. Kate n'avait jamais entendu Rosemary crier : elle est sous le choc.

« Pardon », reprend-elle tout bas. D'un signe de tête, la maman la rassure et lui sourit avec chaleur. Elle marche et berce l'enfant, lui soufflant des mots doux pour le réconforter. Arrivée à l'autre bout du café, elle pousse la porte et sort : le soleil la baigne d'or tandis qu'elle déambule le long de la piscine. Un instant, Kate se dit que tout va bien. Le bassin est toujours là, aussi beau que d'habitude. C'est peut-être une erreur, il reste encore quelque chose à faire.

« Qui vous a dit ça ? » demande-t-elle à Rosemary en se tournant pour lui faire face. Elle croise son regard et peine à le reconnaître derrière la colère et la tristesse qui le voilent.

« J'ai reçu une lettre du conseil municipal, explique Rosemary. Ils en ont aussi envoyé une ici bien sûr, mais ils m'en ont adressé une copie. J'aurais préféré qu'ils s'abstiennent.

— Les salopards ! éructe Ellis en se détournant du groupe pour s'appuyer contre le comptoir.

— Qu'allons-nous faire ? demande Kate.

— Rien, répond Rosemary. C'est terminé.

— Ça ne peut pas être terminé ! » réplique Kate. Elle examine autour d'elle les visages empreints de déception. À leur vue, la Panique sort de sa boîte et s'insinue en elle.

« J'ai lu la lettre, intervient Jermaine. Et j'ai bien peur que cette fois, ce soit vraiment la fin. Le conseil a décidé d'accepter l'offre de Paradise Living. Ils prétendent avoir cherché d'autres solutions, en vain. La piscine fermera dans quatre semaines. Et ensuite, dès que la vente sera conclue, Paradise Living en sera le propriétaire officiel et légal. À partir de là, ils pourront faire ce qu'ils voudront de l'endroit. Ce qui, comme nous le savons tous, signifie la fermeture au public, la transformation en salle de sport privée pour leurs locataires. Ils cimentent le bassin et construisent un court de tennis. »

L'estomac de Kate se retourne. Le nuage qu'elle était parvenue à chasser pendant si longtemps revient planer au-dessus de sa tête, et l'engourdissement s'empare de son corps. Elle se déteste d'avoir promis d'aider, de s'être investie, d'avoir échoué.

Nul ne sait quoi dire, alors tout le monde se tait, chacun baisse les yeux ou les tourne vers la piscine. Kate contemple Rosemary au milieu d'eux tous, son teint pâle et son regard baissé sur la table. Au bout d'un moment, la vieille dame reprend la parole, la voix adoucie mais toujours tremblotante.

« Je voulais juste dire..., commence-t-elle, mais sa voix vacille et elle tousse un peu avant de reprendre : Je voulais juste vous dire merci. »

Elle plante son regard bleu et humide sur Kate que les larmes gagnent aussi ; elle porte la main à sa bouche. Rosemary pivote pour étudier les autres, ce petit groupe hétéroclite d'amis de fortune, rassemblés pour tenter de sauver leur piscine.

« Merci d'avoir essayé, poursuit Rosemary. Ça compte beaucoup pour moi que vous vous en souciez autant. Et ça aurait beaucoup touché George, aussi. »

Kate note l'émotion dans la voix de son amie à la mention de son époux, et ses yeux se noient à nouveau sous les larmes. Elle repense à la photo du couple le jour de leur mariage, qui trône dans l'appartement de Rosemary, et au cahier de recettes noir qui orne désormais fièrement son étagère. Elle se rappelle ce premier cliché de la piscine qu'elle a vu au dos de la brochure confectionnée par Rosemary : la photo d'un homme plongeant dans l'eau paisible.

Kate s'est intéressée à cette piscine dans un cadre professionnel, mais ce lieu est devenu bien plus qu'un simple travail pour elle. Elle s'est réconciliée avec la natation, mais, au-delà de ça, elle a réappris à vivre. Aider Rosemary Peterson à sauver la piscine de Brockwell était un moyen détourné de se prouver quelque chose à elle-même. Et voilà que tout est terminé. Elle a échoué.

« Nous avons fait notre possible, continue Rosemary. Et je vous en remercie. Seulement parfois, faire son possible ne suffit pas. »

À ces paroles, Kate sent quelque chose se briser en elle.

Autour d'elle, les autres s'efforcent au mieux de la réconforter. Hope approche sa chaise et pose la tête sur l'épaule de Rosemary, qui ne bouge pas. C'est comme si elle s'était pétrifiée sur son siège, le visage tourné vers le bleu de la piscine.

Finalement, le groupe se disperse à contrecœur : chacun doit se rendre au travail, à l'école ou chez soi. Ils quittent le café dans un silence de plomb. Frank prend congé avec tristesse puis, bras dessus bras dessous avec Jermaine, ils repartent, Sprout sur les talons. Ellis, Jake et Hope les imitent : ils offrent quelques paroles réconfortantes à Rosemary avant de s'éclipser discrètement. Rosemary les ignore tous, incapable de croiser leurs regards. Kate ne veut pas la laisser seule mais elle est en retard.

« S'il vous plaît, Rosemary, dit-elle en refoulant ses larmes. Laissez-moi au moins vous raccompagner chez vous. »

Rosemary secoue la tête.

« Je veux juste rester un peu seule. »

Alors, Kate sort dans le parc. La journée ne paraît plus aussi belle maintenant. Elle marche la tête baissée.

Une fois seule, Rosemary reste assise à la table et se perd dans la contemplation de la piscine. Elle observe la lumière qui miroite à la surface de l'eau, et l'horloge qui poursuit son tic-tac même lorsque le temps est écoulé. Le maître nageur regagne son poste et le bassin se remplit peu à peu de baigneurs. En fin de matinée, un groupe scolaire arrive, les enfants rangent leurs sacs d'école dans les casiers colorés en gloussant avant de se précipiter à l'eau. Quelques-uns empruntent l'échelle mais la plupart y sautent en éclaboussant autour d'eux, soulevant des jets comme ceux des fontaines. Sur un bord, leurs enseignants les surveillent, les bras chargés de serviettes et le bas de leur pantalon mouillé. Pour l'heure, la piscine est telle qu'elle a toujours été. Telle que Rosemary croyait qu'elle resterait à jamais.

Immobile, elle tente de rappeler tous ses souvenirs. Le jour de son ouverture, l'effet ressenti à y nager pendant la guerre, puis George, et tout ce qu'il s'est passé après leur rencontre autour d'un feu de joie dans le parc.

À l'heure du déjeuner, le café est bondé, rempli de landaus, de groupes de femmes qui s'informent sur le brunch végétarien, et de couples de personnes âgées qui lisent le journal. Pour autant, les serveurs ne demandent pas à Rosemary de partir ; au contraire, ils la laissent tranquille à sa table, devant sa tasse vide, et continuent leur service autour d'elle, installant des groupes et demandant à d'autres de patienter dehors. Rosemary remarque à peine l'agitation qui y règne ; elle est plongée dans le passé. Les yeux rivés sur la piscine, elle se rappelle avoir escaladé le mur de nuit avec George, elle se remémore sa demande en mariage en caleçon de bain, elle le revoit sauter dans l'eau quand il donnait des leçons de natation le dimanche matin, et elle qui le couvait d'un regard débordant de fierté depuis le bord.

Lorsque l'après-midi cède le pas à la soirée, le personnel du café balaie le sol et rentre les chaises qu'il empile à l'envers sur les tables. Le serveur démonte la machine à café et la nettoie, essuyant avec soin les pièces métalliques. Finalement, Rosemary se lève avec lenteur, elle étire son dos raide et grimace à cause de ses genoux, puis elle effectue le court trajet jusqu'à son appartement. C'est peut-être là qu'elle habite, songe-t-elle en marchant, mais son véritable foyer se trouve derrière ces murs de brique, dans ce rectangle parfait d'eau turquoise.

Tandis que Kate rentre du travail et s'allonge sur son lit, Rosemary arrive chez elle, tourne la clé dans la serrure et referme sans bruit derrière elle. Elle laisse tomber les clés sur la chaise à proximité et gagne sa chambre. Elle ôte ses chaussures et se met au lit. Chacune à une extrémité de Brixton, les deux femmes fixent le plafond en pleurant.

« Je suis désolée, George, dit Rosemary entre deux sanglots.

— Je suis désolée, Rosemary », dit Kate.

51

Le couperet tombé, Kate pensait que retourner à la piscine serait trop douloureux, mais sa baignade matinale est la seule chose qui la fait sortir du lit. Au journal, elle évite de croiser le regard de Phil, elle travaille en silence sur ses articles laissés en plan et se remet aussi aux faits divers, pour ne pas avoir à discuter avec lui. Elle se réinstalle dans la routine qu'elle connaît si bien, tape sur son clavier les yeux rivés à l'écran. De temps en temps, elle lève la tête et surprend Jay en train de la regarder ; alors, elle a le sentiment qu'il lit au plus profond de son âme et sait exactement ce qu'elle ressent. Elle devrait peut-être lui parler, mais imaginer qu'il lit la douleur sur son visage est insoutenable.

Elle s'accroche aux quatre dernières semaines de la piscine comme à une bouée de sauvetage. De toutes ses forces. Dans l'eau, elle fait comme si rien n'avait changé. Comment les choses pourraient aller aussi mal alors que l'eau est si bleue et le soleil à l'apogée de l'été ? Lorsqu'elle exécute ses mouvements asymétriques mais paisibles, c'est comme si elle était protégée, à l'abri de l'avenir. Elle sait que la piscine va fermer. Mais lorsqu'elle nage, rien d'autre ne compte plus que la sensation du soleil brûlant et de l'eau fraîche.

Kate n'est pas la seule à fréquenter la piscine pendant le mois de juillet – le dernier. Il semble que tout Brixton soit venu lui faire ses adieux.

Un matin, elle repère Frank, et le lendemain c'est Jermaine. Ils se saluent d'un signe de tête lorsqu'ils se croisent dans le bassin. Un autre jour, Kate tombe sur Hope, venue avec Aiesha, sa petite-fille. Hope, en tongs, bonnet de bain et maillot jaune pétant qui moule son corps dodu, tient la main de la fillette qui doit avoir sept ans.

« Fais attention sur le bord, ma puce, ça glisse, dit-elle. N'oublie pas de mettre tes lunettes. Je vais t'aider à descendre à l'échelle. Tiens-toi bien aux côtés, attention mon cœur. »

Kate observe la grand-mère et sa petite-fille entrer dans l'eau. Aiesha s'éloigne aussitôt à la nage et Hope reste toute seule, une expression d'amour incommensurable sur le visage. Lorsque Aiesha s'arrête et se met debout, Hope détache enfin son regard et aperçoit Kate. Elles se saluent d'un geste de la main.

Le dimanche, Ellis vient avec Jake. Kate remarque qu'il est bien meilleur nageur que son père, mais il ralentit la cadence pour ne pas le laisser à la traîne.

En plus des habitués, il y a aussi de nouveaux visiteurs. Kate écoute leurs conversations dans le vestiaire : beaucoup ne connaissaient même pas l'existence de cette piscine avant de lire dans le journal qu'elle allait fermer. À ces mots, son cœur se serre. Comme elle, ils ont découvert cette petite merveille trop tard.

Une seule personne manque. Kate nage sans son

amie pour la guider et corriger ses mouvements asymétriques.

Une fois séchée et rhabillée, elle traverse la rue pour rejoindre l'immeuble de Rosemary. Elle lève les yeux vers son balcon, le repérant grâce aux pots de lavande. Le fil à linge est aussi dénudé qu'un arbre en hiver.

À l'entrée, Kate appuie sur l'interphone et attend que la sonnette retentisse dans l'appartement. Pendant qu'elle patiente, elle se remémore le repas qu'elle a partagé ici avec elle, à l'époque où l'espoir était encore permis. Le soleil cogne sur ses épaules mais sa chevelure humide lui rafraîchit agréablement la nuque. Au bout d'un moment, la voix familière lui parvient.

« Oui ?

— Rosemary, c'est moi, Kate.

— Oh, bonjour. »

Un grésillement siffle dans leurs oreilles comme si l'interphone craignait le silence et bourdonnait pour remplir les blancs de la conversation.

« Puis-je monter ? » finit par demander Kate.

Le grésillement gagne en puissance.

« Pas aujourd'hui, désolée », répond Rosemary.

Kate reste interdite. Avant qu'elle ne puisse répondre, Rosemary poursuit :

« Désolée, je suis occupée. »

Kate veut lui demander ce qui l'occupe tant, mais la réticence dans le ton de son amie l'en empêche. À la place, elle lui annonce :

« Vous m'avez manqué aujourd'hui à la piscine. »

Kate repense à la première fois où elle a nagé avec elle : la vieille dame semblait retrouver sa jeunesse dans l'eau, et Kate avait l'impression d'être la moins assurée des deux. Elle avait alors eu le sentiment que la force de Rosemary se dissimulait sous ses vêtements : elle possédait un pouvoir secret qui se libérait lorsqu'elle revêtait non pas une cape, mais un maillot de bain bleu marine.

« Oui, eh bien… » La voix de Rosemary s'éteint. L'interphone pépie son petit bourdonnement.

« Vous y verrai-je demain ? demande Kate.

— Je ne pense pas, non. »

Même ici, Kate perçoit encore les rires qui s'élèvent derrière les murs de la piscine et la rumeur des conversations qui animent la file d'attente devant l'entrée.

Elle entend Rosemary soupirer.

« J'en suis incapable », lâche-t-elle.

Kate essaie de trouver les mots qui convaincront son amie de sortir de son appartement, mais rien ne lui vient.

« Très bien, dans ce cas, dit-elle au bout d'un moment. Mais j'espère que vous changerez d'avis. »

Après un dernier regard à l'appartement de Rosemary, Kate tourne les talons et rentre chez elle. Sur le trajet, tandis que ses cheveux s'égouttent sur ses épaules et sur le trottoir brûlant sous les fines semelles de ses tennis, elle se repasse en boucle les paroles de Rosemary : « J'en suis incapable. »

Elle comprend que ce soit difficile pour la vieille dame mais elle s'inquiète : ne finira-t-elle pas malgré tout par regretter de ne pas être venue à la piscine ces dernières semaines ? Et surtout, elle lui manque terriblement. Profiter de ces dernières semaines d'ouverture vaut mieux que ne pas se baigner du tout, mais se retrouver dans l'eau sans son amie l'a rendue très triste. La perspective de ne plus jamais nager avec elle dans ce bassin lui brise le cœur. Son estomac se noue à l'idée que la fin est proche, tapie au coin de la rue comme la Panique qui n'est jamais qu'à quelques mètres derrière elle. Kate allonge le pas tandis que l'obscurité l'envahit. Elle comprend qu'elle est seule à nouveau.

52

Le clapotis perce le calme de l'appartement de Rosemary. Elle ferme la porte-fenêtre et la piscine est réduite au silence. Le salon retrouve sa tranquillité.

Elle tire les rideaux et la pièce plonge dans une douce pénombre bleutée. Le désordre règne : des cartons sont éparpillés au sol, des livres empilés au pied de la bibliothèque et des sacs-poubelle noirs rebondis attendent dans un coin. Un désordre typique d'un grand nettoyage.

Elle a commencé par la bibliothèque : elle a sorti chaque ouvrage, l'a épousseté puis a nettoyé la tablette. Ça lui a pris tant de temps qu'elle a dû s'arrêter en cours de route. La moitié des titres sont posés par terre, en attente de retrouver leur place légitime sur l'étagère propre. Plus aucun meuble n'est au bon endroit. Elle a réussi à tirer le canapé pour passer l'aspirateur dessous, mais elle a été ensuite incapable de le remettre à sa place, si bien qu'il sort maintenant à moitié de la pièce.

Pendant qu'elle nettoie, elle écoute ses messages du jour sur le répondeur, les voix de ses amis remplissent tous les recoins de son appartement comme du parfum.

« J'ai emmené Aiesha à la piscine ce matin, dit Hope tandis que Rosemary va chercher le plumeau. Elle nage très bien maintenant. Elle n'a même plus besoin des brassards. J'aurais aimé que tu la voies. »

Hope s'éclaircit la gorge et Rosemary délaisse son époussetage de la table basse pour fixer l'appareil, attendant que son amie reprenne la parole.

« Je repasserai te voir demain. Je sais que tu as dit que tu ne pouvais pas, mais j'espère te convaincre de venir nager. C'est dur, je sais, mais il ne reste plus beaucoup de temps. Je n'aime pas l'idée que tu rates ça. Bref, je te dis au revoir et à demain. »

La machine émet un clic et la voix de Hope se transforme en une voix plus profonde, une voix d'homme. Qui toussote.

« Madame P. ? C'est Ellis. J'appelle juste pour avoir des nouvelles. Il y a un sac de tomates et des fraises pour vous quand vous serez prête à venir me voir. Bon, c'était tout. »

Il tousse à nouveau.

« Au revoir, alors. »

« Au revoir », murmure Rosemary en réponse. Ses amis gardent un œil sur elle, elle le sait. Ils lui téléphonent ou viennent lui rendre visite à tour de rôle. Chaque fois, ils tentent une nouvelle approche, essayant de lui faire quitter l'appartement pour la piscine. Mais aucun n'y parvient.

Elle repose son plumeau et examine la pièce autour d'elle. Avec tous ces cartons, ces sacs-poubelle et les meubles déplacés, on dirait qu'elle déménage ou part en vacances. Mais où irait-elle ? Elle s'assied par terre et s'adosse au canapé, revoyant Kate dans cette position en train de taper sur son ordinateur pendant qu'elle se remettait de la grippe. C'est plutôt confortable ici. Même si son appartement se situe au quatrième étage, être assise à même le sol lui donne l'impression d'être proche de la terre ferme, et cela atténue la sensation de vertige dans sa tête. Suivant son envie, elle s'allonge en se laissant glisser le long du canapé. Couchée par terre, les mains croisées sur le ventre, elle fixe le plafond.

Une petite fissure part du lustre au centre de la pièce et de la peinture s'écaille dans un angle. Elle se demande si elle pourrait repeindre, mais ne se souvient plus où sont rangés les pinceaux. Peut-être les a-t-elle jetés, en même temps que l'escabeau et la perceuse électrique.

Elle se sent épuisée tout à coup. La faute au ménage, sans doute. Elle en a trop fait, trop vite. Elle ferme les yeux. Même les paupières closes, elle peut voir la fissure et la peinture écaillée ; elle tente de se concentrer sur le ciel bleu à la place et les nuages moutonneux qui cherchent à envahir son esprit. Les voisins ont peut-être de la peinture. Elle ira le leur demander dans une minute.

Des coups frappés à la porte la réveillent en sursaut. Elle se redresse d'un bond, sa vision se brouille tandis que le sang lui monte à la tête. Elle essaie de reprendre ses esprits, appuyée au canapé, et se relève lentement. Elle gagne la porte d'un pas hésitant.

« J'arrive, j'arrive. »

Sur le seuil, elle découvre Jay avec surprise.

« Rosemary, dit-il.

— Jay », répond-elle.

Il remplit presque toute l'embrasure de la porte, ses cheveux en bataille luisent autour de son visage comme s'il se tenait devant un puissant faisceau lumineux. Le sourire amical qu'il affiche n'empêche pas Rosemary de froncer les sourcils.

« Comment êtes-vous entré ? demande-t-elle en jetant des coups d'œil derrière lui dans le couloir.

— Quelqu'un m'a ouvert en bas. Je peux entrer ?

— Maintenant que vous êtes là », dit-elle en reculant dans l'appartement. Il la suit, referme la porte derrière lui. Un instant, il balaie la pièce du regard, remarque le désordre, le mobilier déplacé et les sacs-poubelle dans le coin.

« Je fais le ménage, explique Rosemary en s'asseyant.

— Je vois ça. »

Depuis le canapé où elle se tient immobile, elle le dévisage sans un mot.

« Je nous prépare du thé ? propose Jay au bout d'un moment.

— Je viens d'en faire », dit-elle en prenant sa tasse pour boire une gorgée. Il est froid.

« J'ai dû m'assoupir plus longtemps que je ne croyais, reprend-elle en lui tendant le mug.

— Pardon, je vous ai réveillée ? »

Elle agite la main et secoue la tête. Elle regrette d'avoir dit ça ; elle est gênée de s'être endormie en pleine journée. Quelle heure est-il ? Elle consulte sa montre : 13 h 15. Jay va dans la cuisine et revient quelques minutes plus tard avec deux tasses fumantes. Il en tend une à Rosemary puis s'assied à côté d'elle. Ils sirotent leur boisson chaude.

« Comment va Kate ? demande Rosemary après quelques gorgées. Elle est venue ici. Et elle a téléphoné.

— Elle reste silencieuse, répond Jay. Elle fait profil bas au travail. J'ai essayé de lui remonter le moral, mais trouver les bons mots n'est pas facile. Elle n'a pas envie de discuter. Je crois qu'elle est juste terriblement déçue. Vous l'êtes toutes les deux, j'en suis sûr. »

Il se tourne un peu pour lui faire face. Avec ses doigts enroulés autour de la tasse, Rosemary trouve qu'il ressemble à un petit garçon inquiet. Cette pensée la rend triste. Malgré sa réticence à le recevoir, elle trouve agréable de l'avoir assis à côté d'elle. Sa compagnie lui donne l'impression d'être auprès de Kate et de lui tenir la main, sans pour autant avoir à lire la tristesse sur son visage ou à voir le reflet de son propre malheur dans ses yeux.

« Vous lui manquez beaucoup, Rosemary. Et je sais que ce n'est pas mon rôle de vous dire ça, mais je crois vraiment que vous devriez vous rendre à la piscine. Il ne reste plus que quelques jours : votre place est là-bas, pas cloîtrée ici. C'est dur, je sais, mais j'ai peur que vous ne le regrettiez si vous n'y allez pas. Il faut que vous fassiez vos adieux. »

Il pousse un lourd soupir comme s'il avait répété son petit discours dans sa tête en chemin (et c'est le cas).

« Vous êtes en pause déjeuner ? » demande Rosemary.

Il jette un coup d'œil à sa montre.

« Oui, mais j'ai encore un peu de temps.

— Merci d'être passé. C'est très gentil de profiter de votre pause pour me rendre visite. Mais comme vous le voyez, je suis très occupée. Je n'ai pas le temps d'aller nager. »

Elle se lève mais se rassied aussitôt comme si une main invisible l'avait repoussée. Elle soupire et se tourne vers lui : ses yeux verts sont rivés sur elle, dans l'attente de la vérité.

« Je suis incapable de faire mes adieux », finit-elle par avouer. Son regard quitte Jay pour venir se poser sur son alliance. Elle la perd désormais. Le reste de son corps s'est peut-être empâté, mais ses doigts se sont amincis. Elle la fait tourner autour de son annulaire.

À la mort de George, deux ans plus tôt, elle s'est rendue à la piscine après l'enterrement. La cérémonie avait lieu le matin. Ils étaient peu nombreux à y assister : les gens du quartier et quelques amis d'enfance toujours en vie, avec leurs familles.

« Merci d'être venus. Il aurait apprécié », ne cessait-elle de répéter. En son for intérieur, elle se demandait ce qu'elle était en train de raconter exactement. *Il aurait apprécié que vous soyez venu à son enterrement ? Comment pourrait-il apprécier s'il est mort ?* Mais elle avait continué à débiter sa phrase, parce qu'elle ne savait pas quoi dire d'autre.

Elle portait une jupe noire qu'elle avait empruntée à Hope. Elle était trop grande et le tissu était électrique. Elle se fichait qu'elle ne lui aille pas, de toute façon ; la seule personne pour qui elle voulait être jolie reposait dans un cercueil.

« Je vous en prie, prenez des sandwichs, ils vont être perdus sinon », répétait-elle à tous ceux qui quittaient la veillée. Elle les emballait avec les roulés à la saucisse dans des feuilles d'aluminium et les distribuait à tout le monde comme des sacs de remerciements à une fête. Des éclairs argentés scintillaient dans la rue tandis qu'ils regagnaient leur voiture, l'arrêt de bus ou rentraient à pied chez eux en tenant avec embarras le paquet brillant contre leur costume noir.

Une fois tout le monde parti, elle s'était assise et avait mangé un œuf plus très frais et des sandwichs au cresson, s'apercevant soudain qu'elle n'avait rien avalé de la journée. Puis elle s'était attaquée à la salade de poulet et aux roulés à la saucisse. Au moment de passer commande chez le traiteur, elle n'avait aucune idée de la quantité nécessaire. Elle imaginait difficilement les personnes venant présenter leurs hommages s'en mettre plein la panse à la veillée ; mais au final, ce n'était pas vrai que la mort coupait l'appétit. Ils avaient bu et mangé et elle se félicitait d'avoir décidé à la dernière minute de prévoir du vin en plus du thé et du café.

Rosemary avait terminé le buffet un peu défraîchi. L'un des serveurs du traiteur était arrivé dans la salle pour débarrasser les plateaux et l'avait surprise avec des miettes de gâteau sur les doigts et sur le col de la veste noire de Hope. Elle les avait époussetées, honteuse, et avait remis un pourboire généreux au serveur.

« Puis-je vous aider à nettoyer ? avait-elle proposé en ramassant les miettes sur la nappe pour les fourrer dans une serviette en papier qu'elle avait repliée avec soin.

— Non, nous nous chargeons de tout. Vous pouvez rentrer chez vous, madame Peterson. »

Elle avait balayé un peu encore, récupéré son sac à main et salué les employés, acceptant leurs condoléances avec un geste de la tête et un « merci ».

Cependant, elle n'était pas rentrée chez elle, en tout

cas pas longtemps. Juste assez pour prendre son sac de natation. Le temps qu'elle arrive à la piscine, l'après-midi touchait à sa fin et le ciel avait la couleur d'une pêche mâchée. Le bassin était rempli d'enfants et le maître nageur soufflait en continu dans son sifflet tandis qu'ils faisaient des bombes dans l'eau, éclaboussant tous ceux qui se trouvaient sur le côté. Ils se faisaient disputer et recommençaient comme si de rien n'était.

Dans le vestiaire, elle avait retiré ses vêtements, les laissant tomber et former une flaque noire à ses pieds. Elle avait trouvé dans son sac une pièce de cinquante pence au fond de la poche, à côté de la photo de George. Après avoir glissé son tailleur d'enterrement plié dans le casier, elle avait poussé la porte du vestiaire.

Le vacarme s'était abattu sur elle en premier, puis le froid. Le clapotis, les enfants, le sifflet du surveillant de baignade, le vent. Elle s'était dirigée d'un pas lent vers l'échelle.

Alors que l'eau l'accueillait dans ses bras, elle avait pris conscience de l'effort monumental et de la concentration extrême qu'elle avait dû fournir toute la journée pour seulement rester debout. Elle s'était mise sur le dos et s'était laissé porter. L'eau froide était pareille à des mains sur son corps et des doigts dans ses cheveux.

L'eau s'était infiltrée dans ses oreilles, avait ruisselé sur son visage et, pour la première fois de la journée, Rosemary s'était autorisée à pleurer. Flottant à la surface, elle avait regardé le ciel et un ballon que des enfants se lançaient au-dessus d'elle. Du coin de l'œil, elle avait aperçu la grosse horloge qui avait veillé sur elle presque toute sa vie.

Pivotant sur le ventre, elle s'était lancée dans une brasse lente et appliquée et avait pensé à George. George le jeune homme qui sautait du grand plongeoir, écartait les bras comme un oiseau déployant ses ailes ; Georges qui passait en nageant entre ses jambes sous l'eau ; George qui l'embrassait au bord de la piscine dans l'obscurité ; George allongé au soleil comme un lézard et elle qui le regardait et l'aimait. Elle ne pourrait jamais nager assez de longueurs pour se le rappeler entièrement, se remémorer toute leur vie ensemble.

Autour d'elle, les enfants continuaient de sauter sur des planches et sur les épaules des uns et des autres, sans se soucier de la vieille femme qui pleurait en nageant. Ils ne la voyaient même pas, elle était invisible. La seule personne au monde qui la voyait était enterrée dans la terre froide.

Elle était restée jusqu'à la fermeture. Le sol était passé à la serpillière autour d'elle pendant qu'elle se changeait. Lorsqu'elle avait traversé l'accueil pour partir, elle avait vu le maître nageur recouvrir la piscine. Elle avait le bout des doigts tout fripé et sa poitrine la brûlait d'être restée si longtemps dans l'eau froide. La meurtrissure du ciel s'était propagée et il faisait maintenant presque noir. Il n'y avait nulle part où aller sinon dans son appartement vide.

Arrivée chez elle, elle n'avait pas allumé. Elle avait mis son maillot de bain mouillé dans l'évier de la cuisine et était allée s'asseoir au salon dans le fauteuil de George. Une couverture était posée sur l'un des accoudoirs, elle l'avait étalée sur elle, la calant sous ses genoux et la remontant jusque sous son menton. Elle était restée assise là dans le noir toute la nuit, à fixer le vide. À l'aube, elle s'était endormie.

À présent, Rosemary regarde Jay, elle essaie de trouver la force de se lever, l'énergie pour s'extirper du canapé et des larmes qui forment une boule au fond de sa gorge. Elle imagine une ficelle qui tirerait sur ses épaules et elle se redresse, s'assied plus droite.

« J'ai déjà fait mes adieux une fois, je ne pourrai pas recommencer.

— D'accord », répond simplement Jay. Ils demeurent silencieux quelques instants encore. Avant de partir, il l'aide à ranger les livres sur les étagères et à remettre le canapé en place. Il ramasse les sacs-poubelle et les emporte en passant la porte.

« Dites-lui…, commence Rosemary avant de s'interrompre.

— Je lui dirai », répond Jay. Elle ferme la porte derrière lui, écoute le froissement des sacs-poubelle tandis qu'il longe le couloir vers l'ascenseur. Elle entend le tintement de la cabine avant qu'elle ne s'ouvre puis les portes qui se referment. Alors, elle se retrouve seule.

53

Aujourd'hui, c'est le dernier jour d'ouverture de la piscine. Ce soir, Geoff fermera les portes pour la toute dernière fois. Dans quelques jours, Paradise Living signera les contrats.

Le calme règne dans les locaux du *Brixton Chronicle*. Kate est la première sur place. Phil arrive peu après mais se rend directement à son bureau sans dire bonjour. Depuis leur dispute, il évite de parler à Kate ou de croiser son regard. Celle-ci a fini par garder ses écouteurs sur les oreilles toute la journée. Parfois, elle écoute de la musique, mais la plupart du temps il n'y a rien.

Phil lui a envoyé un mail avec une liste de tâches administratives à accomplir et elle s'y attelle en silence, essayant de ne pas trop cogiter. À l'arrivée de Jay, ils échangent un regard et un signe de tête, mais Kate n'est pas d'humeur à discuter. Leur baiser semble remonter à une éternité. Elle se concentre sur l'écran de son ordinateur.

Pendant qu'elle tape sur son clavier, elle se demande si Phil lui reconfiera un jour des sujets sérieux sur lesquels écrire. Elle devrait commencer à chercher du travail en free-lance à côté. Il lui faudra pour cela travailler tard le soir mais, puisqu'elle n'a plus à gérer la campagne de sauvegarde de la piscine et qu'elle va cesser la natation, elle aura du temps.

Et, sans prévenir, elle se met à pleurer. Au début, les larmes coulent sans bruit sur son visage et tombent sur son clavier, elle ne prend même pas la peine de les essuyer. Elle continue de fixer son écran mais tous les mots s'y mélangent et se brouillent. Elle ne peut plus se retenir et un sanglot monte de sa poitrine, lui échappe, et tout son corps se met à trembler.

Jay bondit de son fauteuil et accourt auprès d'elle, pose les mains sur ses épaules.

« Kate, Kate », répète-t-il d'une voix qui lui parvient étouffée sous ses écouteurs. Elle ne bouge pas, ne les retire pas, si bien qu'il s'en charge avant de faire pivoter son siège pour lui faire face.

Phil jette des coups d'œil curieux par-dessus son écran tandis que Jay s'accroupit et serre Kate dans ses bras avec vigueur. Elle n'offre aucune résistance et il renforce son étreinte. La tête contre son torse, elle écoute les battements effrénés de son cœur à travers le doux coton de son tee-shirt qui sent le café et l'encre d'imprimerie.

Elle veut parler, expliquer la douleur qui la ronge, mais en est incapable. Elle se sent épuisée, elle a l'impression que son corps a été tordu et malmené comme une serviette qu'on essore avant de l'étendre pour qu'elle sèche. Au bout d'un moment, ses sanglots se calment assez pour la laisser prendre la parole.

« J'ai le sentiment d'être une vraie ratée, dit-elle. Et je n'arrive pas à croire que je suis encore en train de pleurer ! Tu dois me prendre pour une folle. Je le suis peut-être bien… Mais je suis tellement fatiguée. Je voulais arranger les choses. Je ne peux pas croire que ça va réellement fermer. Et qu'aujourd'hui, c'est vraiment le dernier jour. »

Kate pense à Rosemary ; elle prend conscience pour la première fois que son amie la plus chère est une vieille dame de quatre-vingt-sept ans qu'elle a rencontrée grâce à un article qu'elle devait écrire sur une piscine menacée. Elle pense au maillot de bain et à sa manière de flotter sur le balcon telle une fière bannière.

« Ça va aller », affirme Jay, les bras toujours fermement serrés autour d'elle. Elle attend qu'il ajoute quelque chose, mais rien ne vient ; elle comprend alors qu'il ne sait sans doute pas quoi dire, tout comme elle ignore comment les rendre heureuses, elle et Rosemary, comment arranger les choses, quoi faire de sa vie. La vérité, c'est peut-être que personne n'en sait rien, tout le monde fait juste très bien semblant. La plupart du temps.

« Ça va aller », répète-t-il dans ses cheveux.

Phil s'est levé, il tourne autour du bureau de Kate. Elle le regarde par-dessus l'épaule de Jay et s'étonne de voir une expression inquiète tordre les traits de son visage. Il tend le bras et lui tapote l'épaule. Son geste est hésitant, maladroit. Elle frémit à son contact, tant sa surprise est grande.

Kate s'imagine en train de flotter au-dessus de cette scène en ce moment même, elle s'observe en train de pleurer dans les bras de son collègue au beau milieu du bureau, la main de son patron posée sur son épaule pour la réconforter. Ils sont seuls, entourés de piles branlantes de papiers et de dossiers. Il y a une photo de Rosemary près de la piscine punaisée au tableau derrière son ordinateur. Comment est-elle arrivée là ? Dehors, la ville tournoie autour d'eux. Des bibliothèques ferment et des cafés ouvrent, des pierres sont jetées dans les vitrines des agences immobilières, des passagers se lèvent pour céder leur place à des femmes enceintes dans le bus, un camion renverse un cycliste, les convives d'un mariage s'entassent à l'étage d'un bus à impériale vintage et des personnes se baignent pour la toute dernière fois dans une piscine en plein air.

Phil se racle la gorge comme pour prendre la parole. Rien ne sort. Il tousse et fait une nouvelle tentative.

« Ça va s'arranger, dit-il en faisant écho aux paroles de Jay.

— Mais si ça ne s'arrange pas ? » réplique Kate qui s'essuie les yeux et se redresse un peu. Elle les dévisage tous les deux tour à tour, puis balaie la salle du regard. Jay et Phil se taisent.

« Si ça ne s'arrangeait pas ? » répète-t-elle. Quelque chose en elle remue, comme une créature qui s'étire. « Ce n'est qu'une piscine, je le sais, mais c'est bien plus que ça pour Rosemary et Hope, pour Ellis, Ahmed, Geoff, Frank, Jermaine. Toutes ces personnes que je ne connaissais même pas il y a quelques mois. »

Elle fixe Phil droit dans les yeux maintenant, son mascara qui a coulé donne à son regard encore plus d'intensité.

« Il y a tant de choses qui paraissent sans importance. Nous vivons parmi elles et nous les côtoyons tous les jours en songeant *ça va aller* ou *ça n'a pas d'importance* ou *ce n'est que ça*. Les villes changent et des sociétés immobilières rachètent des biens publics pour construire encore plus d'appartements à un million de livres, et *ça n'a pas d'importance.* Mais un jour, on se réveille et on se rend compte que si, en fait. Ça compte. Il y a des tas de choses qui sont vraiment sans importance, comme de savoir si je vais manger des macaronis au fromage ou des spaghettis bolo au dîner, ou si j'ai l'air grosse dans ce maillot de bain ou si je suis bien coiffée aujourd'hui ou si mon ancien prof de fac pense que j'ai réussi dans la vie. En fait, c'était pour ça que je m'inquiétais avant, pas pour le reste. »

Sa voix tremble au début, mais s'affirme à mesure qu'elle parle. Jay l'a lâchée et, appuyé contre son bureau, il l'observe.

« La piscine n'est pas qu'un trou rempli d'eau dans le sol dans lequel des personnes vont se tremper de temps en temps. C'est bien plus que ça, tellement plus que, si on ne le voit pas, c'est qu'on ne regarde pas comme il faut. C'est faire la connaissance de Rosemary qui me l'a appris. Et quand ce n'est pas la piscine, c'est la bibliothèque, ou la maison des jeunes, ou l'immeuble dans lequel cet homme a vécu toute sa vie et qui va être démoli. Tout ça compte. Et ça ne va pas aller. Merde, ça ne va pas s'arranger. »

Elle se lève. Phil fait un petit bond en arrière, comme s'il craignait qu'elle ne le frappe. Elle attrape sa veste sur le dossier de son fauteuil et son sac à dos par terre.

« Excusez-moi, dit-elle, mais je dois y aller. » Sur ce, elle quitte le bureau et dévale les marches jusque dans la rue sans un regard en arrière. Le soleil l'accueille à bras ouverts.

54

En chemin, Kate téléphone à Geoff et lui expose son plan. Il l'écoute sans l'interrompre.

« D'accord », répond-il à la fin. Lorsqu'elle arrive à la piscine, il l'attend à l'accueil, les clés à la main. Ahmed ne travaille pas aujourd'hui. Le bassin derrière va être vidé ; il a reçu ses derniers visiteurs et va être nettoyé pour procéder au retrait de l'équipement.

« Je ne sais pas trop pourquoi je fais ça, dit-il en tendant le trousseau à Kate. Mais ça vaut le coup d'essayer.

— Merci », dit-elle en s'en emparant.

Elle le tient avec délicatesse comme s'il était d'une grande fragilité.

« Vous allez prévenir les autres ? reprend-elle.

— Je vais voir ce que je peux faire. »

Sur ce, il tourne les talons et franchit la porte d'entrée pour la dernière fois. Kate cherche la bonne clé. Elle entend des pas – quelqu'un s'approche d'elle à vive allure. C'est Jay, son appareil photo à l'épaule et un sac de marin sur l'autre.

« J'ai eu ton message », lance-t-il en s'arrêtant devant elle.

Il a les joues rouges d'avoir couru.

« Tu n'es pas obligé, dit-elle. C'est une idée complètement folle. On pourrait se faire virer. Ou arrêter. »

Il fait un pas en avant, pose le pied sur le seuil.

« Je veux le faire », assure-t-il. Il avance encore jusqu'à se retrouver à l'accueil. Elle le fixe comme si elle pesait le pour et le contre, puis se recule et le laisse entrer. Ensemble, ils ferment la porte que Kate verrouille. Elle a envie de lui dire qu'elle est désolée – de s'être montrée aussi distante et de lui avoir à peine adressé la parole depuis qu'ils se sont embrassés. Mais la piscine requiert toute son attention.

« Trouvons quelque chose pour bloquer l'entrée », dit-elle. Jay la suit dans le couloir désert. Ils vont chercher une table dans la salle du personnel et la portent jusqu'à l'accueil où ils l'appuient contre les portes vitrées. Puis ils fouillent les salles de gym, déplacent des meubles jusqu'à l'avant du bâtiment. Leur tâche achevée, une barricade de tables, de chaises et de vélos d'appartement bloque l'entrée.

« Ça devrait faire l'affaire », déclare Kate.

Ils procèdent de même avec le café : ils verrouillent la porte puis poussent tables et chaises devant. La pièce est déjà vide, les serveurs ont embarqué la machine à café et leurs tabliers sont posés au bout du comptoir. Kate les imagine en train de le passer par-dessus leur tête pour la toute dernière fois.

Il reste deux tables dans la salle et Kate s'assied à l'une d'elles, sort son ordinateur portable de son sac à dos et l'allume. Puis elle se met à taper.

Pendant qu'elle écrit, Jay explore la piscine déserte, en profitant pour la photographier. Le fond immobile et bleu, la chaise vide du maître nageur surveillant le bassin silencieux. Il immortalise l'horloge et la cabane à snack près de l'accueil. Avec son rideau baissé, elle ressemble à une cabine de plage en hiver. Il longe les couloirs, saisit de son objectif les grains de poussière qui scintillent dans les rais du soleil d'après-midi dans le studio de yoga.

Au moment où il sort du bâtiment pour retourner dans le café par l'extérieur, des voix lui parviennent de l'autre côté du mur.

« Ne videz pas notre piscine ! » scandent-elles.

Il se hâte de regagner le café, prend une photo de Kate devant son ordinateur, les traits tirés par la concentration. Le bruit de l'obturateur lui fait lever la tête. Il prend un autre cliché.

« Désolé, dit-il. Je n'ai pas pu résister. Ils sont là. »

Elle se lève, lance un regard interrogateur vers la porte. À mesure qu'ils approchent de l'accueil, la rumeur des voix se fait plus forte. Elle lui prend le bras.

« Ne videz pas notre piscine ! »

Kate et Jay regardent par la vitre de l'accueil. Une foule s'est rassemblée à l'extérieur. Ils brandissent des pancartes et une grande banderole, et se tiennent en une longue ligne devant les portes. Le vacarme est tel que Kate se demande s'il n'y a pas de manifestants sur les côtés aussi, formant un mur humain pour bloquer le passage. Elle repère Ellis – il se tourne et leur fait signe de la main. Jake est là, avec Hope, Jamila, Aiesha et Geoff. À côté se trouvent Frank et Jermaine. Sprout porte un drapeau attaché à son collier avec « Sauvons la piscine de Brockwell » écrit en majuscules. Kate aperçoit l'adolescent et la jeune maman, son bébé sur la hanche et son mari à ses côtés. La prof de yoga est aussi présente, ainsi que le maître nageur et les autres employés de la piscine et du café.

« Je n'arrive pas à croire qu'ils soient tous venus, dit-elle à Jay.

— Ils ne seraient pas là sans toi », répond-il en soutenant son regard.

Elle lui offre un sourire timide et dégage d'un geste nerveux ses cheveux de son visage.

Une silhouette ronde se tient en bout de ligne, mais Kate n'en distingue pas le visage. La personne se tourne et sourit. C'est Phil. Il lève une pancarte. Kate sent son cœur battre la chamade.

À travers la vitre, Phil la salue d'un signe de tête, elle lui répond de même.

« Et maintenant ? demande Jay.

— On attend. »

55

Les manifestants restent là tout l'après-midi. Ellis et Jake distribuent des bières, Frank offre des gâteaux. Les riverains passent devant cette foule rassemblée et prennent des photos ; certains les rejoignent et se voient confier des pancartes. Pendant ce temps, à l'ombre dans le café, Kate écrit. Elle envoie un nouvel article à plusieurs quotidiens nationaux ainsi qu'à des blogs locaux, et partage le lien de la pétition partout où elle le peut. Le nombre de signatures croît tout au long de la journée et chaque nom qui s'ajoute lui procure une bouffée de joie. En songeant aux membres de sa communauté qui se mobilisent pour maintenir la piscine ouverte, elle se sent un peu moins abattue. Leur lutte est peut-être vaine, mais au moins elle n'est pas seule à se battre. Elle regrette juste que Rosemary ne soit pas parmi eux.

« Tu ferais bien de venir voir ça », dit Jay en début de soirée. Le soleil couchant filtre par les vitres du café et illumine la chevelure de Kate. Elle lève les yeux de son ordinateur.

« C'est la police ?

— Pas encore. Je parie plutôt sur des représentants de Paradise Living. »

Ils se rendent à l'accueil pour observer par la vitre. Hope se tient à l'écart des manifestants et discute avec des hommes en costume. Kate reconnaît parmi eux le conseiller qui a présidé la réunion. En revanche, elle n'a jamais vu les autres. Hope agite avec fermeté sa pancarte. Ellis se détache de la foule et les rejoint pour participer à la conversation.

Un des hommes montre la piscine du doigt, un autre consulte sa montre. Avec l'image et sans le son, Kate ne peut que s'interroger : la police est-elle en route ? Et combien de temps leur barricade de fortune résistera-t-elle ? Jay se tient tout près d'elle et elle sent la chaleur irradier de son épaule contre la sienne. Au bout d'un moment, le groupe jette un dernier regard à la piscine puis s'éloigne d'un pas rapide. Hope et Ellis retournent vers les autres. La foule s'écarte afin de laisser Hope s'approcher de la vitre pour informer Kate.

« Qui sont-ils ? crie celle-ci à travers la vitre. Est-ce qu'ils vont envoyer la police ? »

Hope secoue la tête.

« Ils sont de Paradise Living. Je leur ai dit le fond de ma pensée ! répond-elle. Mais ils ne vont rien faire aujourd'hui. Je crois qu'ils ont envie de rentrer chez eux pour dîner. Ils ont prévenu que nous avions jusqu'à ce soir pour évacuer leur propriété, ensuite ils prendront les mesures qui s'imposent. Leur "propriété", non mais quel culot ! Ils se fichent de la piscine et les entendre l'appeler leur "propriété"... Bon, j'imagine que c'est le cas ou que ça le sera bientôt. »

Jay interroge Kate du regard. Tout le monde dehors est aussi tourné vers elle, l'air interrogateur. Elle s'imagine être évacuée par la police et devoir confier à contrecœur les clés aux patrons de Paradise Living. Cette pensée la rend malade. Son pouls s'accélère. Elle visualise sa Panique, qui s'approche en rampant et tente de la mettre à terre. Mais elle riposte.

« Que veux-tu faire ? » demande Jay. De l'autre côté de la vitre, Hope attend toujours la réponse de Kate. Un instant, elle regrette de ne pouvoir demander conseil à Rosemary ou à Erin. Puis elle sent le courage et la détermination lui revenir.

« Je ne partirai pas. Ils devront me sortir de là par la force ! » assure-t-elle.

Avec un immense sourire, Hope répète d'une voix puissante cette réponse aux autres. La foule s'enthousiasme et applaudit.

« Tu es sûre ? demande Jay.

— Oui, absolument. »

Soudain, elle n'a plus peur. Elle voit sa Panique aussi clairement qu'elle voit Jay en face d'elle, mais, cette fois, elle l'ignore avec superbe. Elle veut rester jusqu'au bout, agir, même si ça n'aboutit à rien. Essayer. La piscine fermera peut-être mais, au moins, elle aura fait le maximum.

« Je reste avec toi alors, annonce Jay.

— Tu n'es pas obligé.

— Je sais. »

Jay songe alors combien elle est différente aujourd'hui de la fille qu'il croisait dans l'escalier ou qui lui faisait signe de l'autre côté de la rue. Elle est toujours aussi charmante mais une lumière s'est comme allumée en elle. Elle rayonne et, auprès d'elle, il jouit de son éclat.

56

L'appartement de Rosemary est toujours en désordre. Plus elle nettoie, plus le bazar semble se propager. Plusieurs fois au cours de la journée, elle entend scander dans le parc « Ne videz pas notre piscine ! ». De temps à autre, elle regarde par la fenêtre du balcon les protestataires qui forment une chaîne humaine. Elle prend garde à se tenir un peu en retrait pour ne pas être repérée. Tout cela la fatigue, et elle pique plusieurs petits sommes, allongée sur le canapé, à essayer de ne pas rêver du bassin.

À son réveil après une longue sieste, le soir est là. La porte-fenêtre du balcon est toujours ouverte et les rideaux battent avec légèreté au vent tandis que la pièce s'enveloppe de crépuscule. Un frisson la parcourt, elle se lève et va dans sa chambre chercher un gilet. À l'instar du salon, le fouillis règne ici aussi, avec un bel étalage de cartons éparpillés par terre. Elle se fraie tant bien que mal un chemin au travers et ouvre sa penderie en quête d'un vêtement chaud. Tandis qu'elle tend le bras pour attraper un des pulls pliés avec soin sur l'étagère du haut, elle bouscule une boîte posée à côté. Celle-ci s'incline, perd son couvercle et des piles de rectangles de papier brillant noir et blanc se déversent. Des photos. Des dizaines et des dizaines de photos. Il pleut des sourires.

Rosemary contemple cette scène et attend la fin de l'averse. Elle se retrouve devant l'armoire, un pull dans les bras, au milieu d'une mer de clichés. George est partout, à lui sourire. Elle s'agenouille, les ramasse au hasard.

George sourit en haut du plongeoir, le visage tourné vers elle juste avant de sauter pour vérifier qu'elle le regarde bien. George est allongé au bord de la piscine, un livre ouvert posé sur la figure, sa tête reposant sur ses bras et les chevilles croisées. George apprend à des enfants à nager le crawl : au bord du bassin, il lève les bras pour simuler le mouvement et les enfants l'observent en riant.

Elle prend une autre photo : c'est elle dessus. Elle porte un maillot de bain à rayures et tient deux cornets de glace. Le maillot apparaît rayé noir et blanc mais elle se souvient de ses rayures blanches et rouges. La glace coule le long des cornets qu'elle tend vers l'objectif, la bouche grande ouverte. George les lui avait confiées le temps de photographier, mais elles avaient commencé à fondre et elle s'était retrouvée barbouillée jusqu'aux coudes. Il avait ri sans plus pouvoir s'arrêter.

Il y en a une où ils sont tous les deux : ils s'appuient au rebord de la piscine et battent des pieds derrière eux, faisant gicler l'eau en gouttelettes qui scintillent au soleil. C'est Hope qui l'a prise, juste avant qu'ils ne plongent et ne s'embrassent sous l'eau puis remontent reprendre leur souffle.

Voici la piscine drapée de neige et George en bonnet

de laine, écharpe et caleçon de bain, debout au bord, tout sourires. Ici, Rosemary et George plongent tous les deux en même temps. Ils sont comme le reflet ou l'ombre l'un de l'autre tant leur synchronisation est parfaite.

Sa vie tout entière s'étale autour d'elle, dans un joyeux désordre. Rosemary rassemble les clichés sur ses genoux, caresse le visage de George sur chacun d'eux. Certains sont ratés, avec l'ombre d'un doigt devant l'objectif, ou trop exposés, de sorte qu'on ne distingue pas les visages. Mais elle se rappelle parfaitement les traits. Et en fil conducteur, il y a la piscine, le lien qui les unit, l'endroit où ils reviennent chaque fois. Leur foyer. Elle doit faire quelque chose. Ça ne peut pas être la fin.

57

Les manifestants s'attardent jusqu'à la tombée de la nuit. Kate n'a de cesse d'essayer de repérer Rosemary parmi eux, en vain. Elle vérifie son téléphone portable au cas où elle aurait des messages, mais rien de la part de son amie. Kate téléphone chez elle mais tombe directement sur le répondeur. Elle ne laisse pas de message ; inutile, Rosemary n'a jamais répondu à ses précédents appels. Cependant, la savoir seule dans son appartement, incapable de venir faire ses adieux à la piscine, emplit Kate d'une profonde tristesse. Elle espère que la vieille dame ne le regrettera pas lorsque l'endroit sera fermé pour de bon. Dire au revoir ne sera alors plus possible.

À la place, elle envoie un texto à Erin, dans lequel elle lui explique son plan et la peine que lui cause l'absence de Rosemary. Sa sœur répond aussitôt.

Tu es géniale ! Je pense fort à toi. Et à ton amie. Elle va peut-être finir par venir. Ça doit être dur pour elle. L'espoir est parfois très douloureux.

À la lecture de ces mots, Kate comprend soudain pourquoi Rosemary est injoignable et refuse de les rejoindre. Pour se préserver, mieux vaut se couper du monde et ne laisser rien ni personne – ni la lumière qui se reflète sur l'eau ni les paroles réconfortantes d'une amie – nous donner de l'espoir.

La foule se disperse peu à peu. Frank et Jermaine font signe à Kate et s'éloignent main dans la main, leurs pancartes à l'épaule et Sprout sur leurs talons. Hope part avec Jamila et Aiesha ; Ellis, Jake et Geoff suivent peu après.

« Nous reviendrons demain matin, ma belle ! » lance Hope à travers la vitre avant de s'en aller. Au même moment, Kate remarque une silhouette qui s'avance vers l'entrée, et elle reconnaît Ahmed. Dans l'excitation de la journée, elle ne s'était pas rendu compte qu'il y avait un autre absent parmi les manifestants.

« Désolé, je suis en retard, dit-il en approchant son visage tout près de la vitre. Geoff m'a expliqué ton idée, mais j'avais mon dernier examen aujourd'hui. Je voulais venir tout de suite après, mais mon père a insisté pour m'emmener dîner au restaurant. »

Il rougit, et son embarras la fait sourire.

« Félicitations ! s'exclame-t-elle. Te voilà un homme libre ! »

Ahmed sourit et écarte les bras au maximum comme s'il était un aigle royal qui pouvait s'envoler ici et maintenant.

« Bien joué, mon pote ! » renchérit Jay en levant la main comme pour féliciter Ahmed d'une tape dans le dos avant de se rappeler la présence de la paroi en verre. Ahmed lève la main à son tour et ils s'échangent un semblant de salut avant d'éclater de rire.

« Je viens vous souhaiter bonne chance pour l'occupation et le blocage des locaux, reprend Ahmed. Mais je voulais aussi vous parler d'une idée. Un moyen de sauver la piscine. »

Kate hausse les sourcils, étonnée, et fixe Ahmed d'un regard intense tout en essayant de ralentir les battements effrénés de son cœur. L'espoir est douloureux.

« On t'écoute, dit-elle.

— Ça ne va peut-être pas marcher, commence Ahmed, soudain nerveux.

— Je t'en prie, insiste Kate. Tout est bon à prendre ! »

Ahmed leur expose donc son plan :

« Eh bien, après mon examen, je réfléchissais à la piscine. Je me sentais mal de ne pas être là le dernier jour, mais mon examen était important. Et tout à coup, je me suis rappelé une conversation avec ta sœur, Erin. Tu te souviens, le jour des canards en plastique ? »

Kate hoche la tête, elle revoit tout à fait Ahmed et sa sœur discuter avec animation. Ahmed avait été ravi d'apprendre qu'Erin avait fait des études de commerce.

« Elle m'a parlé d'un module qu'elle suivait sur l'émergence du placement de marques dans les lieux et sur des biens. Tu sais, comme les vélos de Londres, qui se sont appelés Barclays puis Santander, du nom des banques, l'Emirates Stadium… Et ça m'a frappé d'un coup : si ça fonctionne pour eux, ça pourrait fonctionner pour la piscine ! »

Tandis qu'il parle, la graine de l'espoir germe et déploie ses racines dans le cœur de Kate.

« Continue, dit-elle.

— Nous pourrions peut-être trouver une entreprise intéressée par de la publicité à la piscine. Avec tout ce battage médiatique qui, avec un peu de chance, va redoubler maintenant que vous vous êtes enfermés là-dedans… »

Il marque une pause et tous échangent un sourire complice.

« Un publicitaire pourrait y trouver son intérêt, reprend-il. J'ai fait des recherches sur quelques sociétés et j'ai dressé une liste. Si l'une d'entre elles répondait favorablement, on pourrait gagner le combat. »

Il se tait et fourre les mains dans ses poches, dans l'attente d'une réaction. Kate voudrait traverser la vitre et serrer ce merveilleux jeune homme fort contre son cœur.

« C'est une idée brillante, Ahmed ! s'exclame-t-elle. Absolument fantastique. En tout cas, ça vaut la peine d'essayer. »

À cet instant, le portable de Kate se met à sonner. Elle baisse les yeux et lit avec surprise le nom de Rosemary. Elle montre l'écran à Jay et Ahmed puis, après avoir inspiré un grand coup, répond.

« Rosemary, dit-elle.

— Kate, je suis navrée. J'ai commis une terrible erreur. »

Sa voix est toute chevrotante.

« Rosemary, est-ce que tout va bien ? »

Celle-ci renifle et son timbre s'éclaircit un peu.

« Oui, oui, ça va. Je vais très bien, en fait. Mais je me rends compte seulement maintenant quelle imbécile j'ai été. J'aurais dû me montrer plus courageuse – c'est la lâcheté qui m'a empêchée de venir à la piscine, de vous voir, de parler à mes amis.

— Ce n'est pas grave, assure Kate. Je comprends

à quel point ça a dû être difficile pour vous. Et ça doit l'être encore. Je suis tellement heureuse de vous entendre.

— Moi aussi, Kate. Écoutez, j'ai réfléchi... »

Elle parle plus vite et d'une voix plus assurée maintenant.

« Ce n'est pas fini, poursuit-elle. Il doit bien y avoir encore quelque chose à faire. »

Kate lui explique alors où elle se trouve et qu'elle occupe les locaux.

Rosemary s'esclaffe et son rire procure à Kate toute l'énergie dont elle a besoin.

« J'avoue que j'ai entendu les slogans tout à l'heure, mais je ne me doutais pas que vous vous étiez barricadée à l'intérieur ! Doux Jésus ! George aurait adoré : un blocage ! Kate Matthews, vous êtes bien plus courageuse que vous ne le pensez ! »

C'est au tour de Kate de rougir sous les yeux de Jay et Ahmed qui n'entendent que la moitié de la conversation. Elle les regarde et se rappelle alors la suggestion d'Ahmed.

« Rosemary, Ahmed a eu une idée fantastique pour sauver la piscine. Il aurait besoin d'aide pour la mettre en pratique mais puisque je suis coincée ici... »

Elle expose l'idée à son amie.

« Ahmed est avec vous ? demande celle-ci. Dites-lui de ma part qu'il est très malin. »

Kate transmet le message à Ahmed, qui s'empourpre à nouveau, puis elle reprend sa conversation téléphonique.

« Pensez-vous pouvoir aider Ahmed, Rosemary ? Vous pourriez aller rencontrer les entreprises ensemble et plaider notre cause comme vous l'avez fait à l'hôtel de ville.

— Oui, répond-elle. Je ferai ce qu'il faudra. »

Après avoir dit au revoir et raccroché, Kate se tourne vers Ahmed.

« Tu viens de te trouver une associée pour mettre ton plan à exécution. »

58

Finalement, Kate et Jay se retrouvent seuls. La piscine désertée est plongée dans le silence. Elle paraît plus grande maintenant, une coquille vide ou un château qu'ils gardent pour la nuit. Kate frissonne, elle craint d'avoir commis une erreur. Pourtant, elle veut rester là jusqu'à la fin. La piscine l'a accueillie, elle est devenue son nouveau foyer, et elle veut être à l'abri derrière ses murs jusqu'au tout dernier moment, jusqu'à être contrainte et forcée de partir. Entendre la voix de Rosemary, savoir qu'elle n'a pas totalement baissé les bras lui a redonné courage.

« Je meurs de faim, déclare-t-elle tout à coup en rompant le silence.

— Moi aussi, répond Jay. Voyons ce qu'on a… »

Ils retournent au café et déballent leurs affaires sur une table vide. Kate sort un paquet de biscuits et une quiche dans un moule en aluminium. Jay a des sandwichs, des Kit-Kat et deux canettes de gin tonic. Au fond de leurs sacs, il y a d'autres victuailles, assez pour tenir une semaine, juste au cas où.

« Un vrai festin ! s'exclame-t-elle.

— C'est toi qui l'as préparée ? » demande-t-il en

désignant la quiche. La croûte est inégale et un peu brûlée d'un côté, mais le tout reste appétissant. Jay se rend compte tout à coup qu'il est affamé.

Elle lui offre un grand sourire.

« Oui ! »

Elle semble très fière d'elle-même et cette image donne envie à Jay de s'approcher et de la prendre dans ses bras.

Soudain, il fait noir.

« Merde ! »

Un faible clair de lune brille au-dehors, mais la moitié de la salle est plongée dans l'obscurité. Jay tâtonne pour trouver les interrupteurs et les essaie tous.

« Ils ont dû couper l'électricité », dit-il.

Kate disparaît derrière le comptoir et s'agenouille.

« Je me demande si elles sont toujours là, dit-elle en fouillant dans les recoins. Ah, voilà ! s'écrie-t-elle en se relevant. Je me doutais qu'il en resterait du mariage de Frank et Jermaine. »

Elle revient à la table avec plusieurs lanternes et une boîte d'allumettes. Elle allume les bougies et la pièce s'illumine d'une douce lueur orangée. Les flammes et leurs visages se reflètent sur la vitre. Dehors, la piscine est noire et immobile.

« Parfait, dit Jay en tirant une chaise pour que Kate s'y installe avant de s'asseoir lui aussi.

— Merci. On mange ? »

Elle sort un couteau de la serviette dans laquelle elle l'avait enveloppé et leur coupe à tous les deux une part de quiche. Les canettes émettent un agréable chuintement lorsqu'ils les ouvrent.

« Santé !

— C'est délicieux, la félicite Jay en prenant une nouvelle bouchée.

— Merci. Je ne suis pas un cordon-bleu mais j'apprends. Grâce à George. »

Devant l'air perplexe de Jay, Kate explique qu'elle se sert du cahier de recettes noir.

Elle se tait brusquement.

« Je suis tellement contente que Rosemary ait accepté d'aider Ahmed. Mais tu penses qu'elle réagira bien si ce plan ne fonctionne pas ? Si c'est vraiment la fin ? Je ne sais pas comment elle pourra se remettre de la perte de la piscine. Toute sa vie tourne autour de cet endroit. »

Tous deux gardent le silence, leurs pensées s'envolent vers Rosemary et sa piscine.

Ils imaginent toutes les choses que Rosemary a vues ici et toutes les personnes qu'elle y a rencontrées. Combien de fois s'y est-elle baignée ? Trop pour en faire le compte. Ils terminent leur curieux repas en silence à la lueur des bougies. La nuit d'été s'impose de l'autre côté de la vitre, les étoiles brillent dans le ciel et se reflètent à la surface de l'eau.

« Que crois-tu qu'il va se passer demain ? » demande Kate au bout d'un moment. Elle prend une gorgée de gin tonic et sent la chaleur de la boisson alcoolisée lui monter aux joues.

« Je ne sais pas, répond-il. Nous allons sans doute nous faire déloger dans la matinée. Et nous faire arrêter pour violation de propriété peut-être. »

Kate pousse un soupir.

« Hum, oui. »

Elle contemple l'eau noire et repense à toutes ces

fois où elle a nagé ici ces derniers mois. Elle n'habite qu'à quinze minutes mais, avant de se voir confier ce sujet, elle n'y était jamais venue. Elle regrette de ne pas l'avoir connue plus tôt.

«Je devrais avoir peur, j'imagine, dit-elle. Mais en fait, non.»

Elle se voit dans la vitre et pour une fois elle ne se dérobe pas à son reflet. Elle maintient son regard avec fermeté. *C'est moi*, songe-t-elle. *Je suis là*.

Elle se tourne vers Jay.

Elle repense à tout ce temps passé à avoir peur. La Panique a été aux commandes de sa vie pendant si longtemps. Avant de découvrir ce lieu, elle avait le sentiment d'être en équilibre au bord d'un plongeoir, terrorisée par le vide. Mais elle n'est plus terrifiée. Elle est prête à sauter.

Alors elle se lève, se penche par-dessus la table, prend le visage de Jay entre ses mains et l'embrasse. La surprise lui fait cligner des yeux, mais il lui rend son baiser. Ils repoussent chacun sa chaise et se tiennent maladroitement, leurs bouches pressées l'une contre l'autre. Puis il l'attire à lui, leurs hanches se touchent et il lui enlace la taille. Ses lèvres sont chaudes, sa barbe rêche sous les doigts de Kate. Elle le serre contre elle jusqu'à ce que leurs corps n'en forment plus qu'un, leurs deux cœurs battant la chamade à l'unisson dans leurs poitrines comme des applaudissements. Ce baiser est différent du premier qu'ils ont échangé. Kate comprend que c'est parce que cette fois elle est prête. Elle est prête à être aimée.

Ils s'embrassent à la lueur des bougies, chacun partant à la découverte du visage de l'autre. Ils déposent des baisers légers sur les joues, les oreilles, le menton, le cou de l'autre. Il lui embrasse les paupières, elle lui embrasse les pommettes. Mais, très vite, leurs lèvres se retrouvent et se soudent.

Au bout d'un moment, elle s'écarte légèrement de son étreinte et le dévisage. Il lui rend son regard, caresse sa joue.

« Bon sang, j'avais envie de faire ça depuis très longtemps, dit-il.

— Moi aussi. »

C'est en prononçant ces mots qu'elle se rend compte de leur sincérité. Elle avait peut-être trop peur avant, mais c'est ce qu'elle veut. Il est ce qu'elle veut. Elle l'embrasse à nouveau puis se dégage, reprend son souffle.

« Si c'est la dernière nuit de la piscine, une petite baignade s'impose, dit-elle en retirant sa robe.

— Ce serait la moindre des choses », réplique-t-il en déboutonnant sa chemise. Ils sèment en chemin leurs vêtements comme de petits cailloux. Elle aura mis longtemps pour en arriver là, mais elle n'a enfin plus honte de sa nudité. Jay lâche un petit cri en pénétrant dans l'eau, ce qui la fait rire. La lune veille sur eux tandis qu'ils nagent dans l'eau froide.

« Je ne suis pas habitué ! » proteste-t-il. Elle s'esclaffe encore et plonge sous l'eau, ses cheveux s'étalent autour d'elle comme des algues. Elle tend les mains devant elle et ouvre les yeux, regarde sa peau pâle et la forme du corps de Jay plus loin. Elle ne sait plus si c'est l'eau froide ou lui qui fait battre son cœur si vite. Elle remonte à la surface pour prendre une goulée d'air et nage vers lui.

Au début, ils rient et s'éclaboussent comme des enfants. Puis ils cessent leurs jeux et se mettent à nager côte à côte sur toute une longueur. Il flotte sur le dos et elle l'imite. Elle tente de compter les étoiles mais elles sont trop nombreuses.

Ils nagent jusqu'à ce que leurs corps soient rompus de fatigue et frissonnants. Alors ils se hissent hors de l'eau, la peau froide et parcourue de picotements.

« Serviettes ? » demande Jay.

Ils s'emparent chacun d'une lanterne et de son tas de vêtements et Kate les guide dans le couloir jusqu'à l'accueil. Ils gouttent sur le sol tout le long du trajet. Elle fouille derrière le bureau de la réception et en sort un carton rempli de draps de bain blancs. Quelle chance que le personnel ait tout laissé en place après la fermeture. Chacun enroule l'autre dans une serviette, puis ils se serrent l'un contre l'autre pour se réchauffer avant de se séparer.

« Il doit être tard », dit-elle en prenant tout à coup la mesure du temps qui passe comme si elle refaisait surface après être restée terrée longtemps. La pendule de l'accueil indique minuit passé.

Kate s'aperçoit soudain de toute l'énergie que cette journée lui a demandée : écrire ses articles, faire circuler la pétition, s'impliquer autant. Elle est épuisée. Ses émotions ont été mises à rude épreuve, entre l'inquiétude constante et le soulagement d'entendre à nouveau la voix de Rosemary et de savoir que son amie était de retour parmi eux.

Le carton de serviettes et ses habits dans les bras, son grand sac sur le dos, elle conduit Jay dans le studio de yoga. À la lueur de la lanterne, elle examine la salle et repère dans un coin les tapis qu'elle tire alors au milieu de la pièce. Avec l'aide de Jay, elle les déroule et les positionne pour former un grand carré qu'ils recouvrent de serviettes comme s'il s'agissait de draps moelleux.

« Parfait ! » dit-il.

Kate sort ensuite un duvet de son sac à dos, elle l'ouvre et l'étale sur les tapis et les serviettes. Elle n'en a qu'un, mais ce n'est pas grave.

La salle luit sous la lueur des bougies. Kate et Jay se reflètent dans le miroir qui court sur tout un pan de mur. De l'autre côté, il y a une grande baie vitrée. Dehors, il fait nuit noire. Les cheveux de Kate s'égouttent sur ses épaules, elle resserre la serviette autour d'elle et frissonne.

« Viens là », dit-il en la prenant dans ses bras avec un baiser. Ils s'embrassent debout, puis ils s'agenouillent et enfin ils se couchent sur leur matelas improvisé. Elle s'étire et souffle les lanternes. Dans l'obscurité, il s'allonge derrière elle et l'attire à lui. Couchés l'un près l'autre, leurs deux corps soudés forment un S. Elle sent son cœur battre contre son dos.

« On pourrait se faire arrêter, dit-elle à voix basse en sombrant dans le sommeil. Mais je suis contente d'être là.

— Moi aussi. »

Ils s'endorment sous le pâle clair de lune.

59

Le lendemain, Rosemary retrouve Ahmed dans un café de Brixton Village. Elle est en avance, s'installe à une table dans un coin face au marché et observe les gens qui passent derrière la vitre ou s'arrêtent pour scruter l'intérieur. Elle trouve agréable de sortir de chez elle. Après une semaine d'inactivité, elle sent courir en elle une nouvelle énergie, qui attise sa nervosité et la détourne presque, mais pas tout à fait, de la douleur dans ses genoux. Elle tapote sa cuisse d'un geste nerveux en attendant Ahmed. Son cœur calque ses battements sur les mouvements de sa main tandis qu'elle pense à la piscine et à la force de son désir que le plan fonctionne. Lorsqu'elle repère Ahmed à l'entrée, un iPad calé sous le bras, elle lui fait signe. Après avoir demandé le code Wi-Fi au serveur, il se dirige vers la table.

« Tu as l'air d'un autre homme ! » dit-elle en le prenant dans ses bras. Au début, il est un peu gêné, mais il se laisse envelopper par l'étreinte puissante de la vieille dame.

« Il paraît que tu as passé tous tes examens ? » Elle

se recule, lui tient le bras, le considère avec un sourire. « Bien joué ! »

Elle se rappelle toutes les fois où elle l'a vu en train de réviser à l'accueil. Des Post-it étaient collés partout sur son bureau. L'image de la piscine et l'idée qu'elle ne sera bientôt plus qu'un souvenir envoient une décharge douloureuse dans sa poitrine, mais Rosemary tâche de faire bonne figure.

« Je ne sais pas encore si j'ai réussi, dit Ahmed d'une voix timide.

— Moi, je le sais ! Ne t'en fais pas. »

Ils s'asseyent et Ahmed expose à Rosemary les différentes entreprises qu'il souhaite contacter et ce qu'ils devront leur dire. Elle est impressionnée par le tableau Excel qu'il a créé sur sa tablette – il est clair et précis, ce qu'elle ne manque pas de lui faire remarquer. Il s'empourpre de plus belle.

Rosemary n'aurait jamais imaginé qu'elle prononcerait ces mots un jour : « Bonjour, je souhaiterais parler à votre responsable de la communication. » Mais au cours de la matinée, elle les répète presque une vingtaine de fois. Ils appellent chacun son tour avec le portable d'Ahmed pendant que l'autre note les informations sur son iPad.

Au bout de plusieurs heures, ils sont presque arrivés en bas de leur liste, mais sans obtenir aucun rendez-vous. Ahmed s'enfonce lourdement sur sa chaise, la déception étire ses traits. Rosemary a envie de pleurer – de fondre en larmes au milieu du café et de sangloter comme un bébé. Mais elle pense à Ahmed, et à George. Elle tente d'imaginer ce qu'il aurait fait. Il se serait montré bienveillant envers ce jeune homme.

« Je crois qu'il est temps pour une tasse de thé », déclare Rosemary en tapotant l'épaule d'Ahmed avec douceur avant de se lever et de se diriger d'un pas traînant vers le comptoir. Pendant ce temps, Ahmed reprend le téléphone et compose le numéro suivant.

Il y a un peu de monde au comptoir et, alors qu'elle attend, Rosemary repère une pile de *Brixton Chronicle* près de la caisse. Elle en prend un et reconnaît aussitôt le visage en une.

« Une journaliste locale organise un sit-in pour sauver la piscine de Brockwell ! » dit le gros titre. La photo qui accompagne l'article montre Kate assise dans le café désert, qui regarde par les portes ouvertes la piscine au-dehors. À côté d'elle, il y a son sac à dos duquel dépasse un peu son duvet. *C'est Jay qui a dû prendre la photo et l'envoyer au journal*, songe-t-elle. L'idée qu'ils soient tous les deux barricadés dans l'enceinte de la piscine derrière un amas de chaises et de matériel sportif fait sourire Rosemary et la rend fière.

Lorsque, quelques minutes plus tard et au prix d'un gros effort pour ne pas renverser le thé qu'elle porte sur un plateau, elle rejoint Ahmed, celui-ci est en grande conversation au téléphone. Il la regarde en levant le pouce en signe de victoire. Les mains de Rosemary tremblent pour de bon maintenant, et des gouttes de lait s'échappent du petit pot et éclaboussent le plateau. Un serveur se précipite pour lui venir en aide : il pose avec délicatesse le plateau sur la table et la gratifie d'un signe de tête. Elle le remercie sans un mot.

Le temps qu'elle s'asseye et qu'elle nettoie le lait

renversé, Ahmed a raccroché. Il sourit de toutes ses dents.

« Nous avons rendez-vous demain ! » s'écrie-t-il. Et cette fois, c'est lui qui prend Rosemary dans ses bras.

60

Au réveil, il faut un moment à Kate pour se rappeler où elle est. Elle contemple le plafond du studio de yoga et écoute la respiration lourde de Jay à côté d'elle. Elle n'a pas envie de bouger, alors elle reste aussi immobile que possible un instant, l'oreille tendue sur les bruits délicats de la piscine. La tuyauterie pousse des gémissements et les oiseaux gazouillent mais, en dehors de ça, le calme règne. Jay irradie de chaleur à côté d'elle et elle se rapproche un peu, goûtant la sensation du contact de son corps. Il est fort et doux et lui donne l'impression que, si elle tombait, elle s'en sortirait. Elle pose un bras autour de lui, son cœur s'accélère au contact de sa peau sur la sienne. Cela lui rappelle la première fois où elle s'est baignée ici : son cœur qui a bondi de sa poitrine au moment où elle est entrée dans l'eau froide et tout son corps qui s'éveillait à la vie.

Le regard fixé au plafond, elle se demande de combien de temps ils disposent avant l'arrivée de la police. Viendront-ils aujourd'hui ? Ou demain ? Peuvent-ils l'arrêter ? Et quel effet ça ferait ? Elle n'a jamais écopé que d'une simple contravention jusque-là. Et

Rosemary ? Et si le plan d'Ahmed ne fonctionnait pas ? Que fera-t-elle quand la piscine sera fermée pour de bon, transformée par Paradise Living en court de tennis pour riches ? La journée s'étire devant elle comme les profondeurs de la mer qui sombrent dans l'obscurité. Elle ne voit pas ce qu'il y a au fond. Elle n'a pas envie de regarder. À la place, elle se tourne et pose la tête sur le torse de Jay qui, endormi, la prend dans ses bras et la serre contre lui.

Quelques instants plus tard, il se réveille lui aussi et dépose un baiser sur son front.

« Alors, ce n'était pas un rêve ? dit-il d'une voix ensommeillée.

— Non, tu es coincé avec moi, j'en ai peur. »

Il bâille et l'attire à lui.

« On ferait mieux de se lever », finit-elle par dire. Après avoir vérifié qu'il n'y avait personne de l'autre côté de la vitre, ils s'étirent et quittent leur lit de fortune ; ils se passent leurs vêtements éparpillés autour d'eux et s'habillent à la hâte, sans aucune gêne.

Ils regagnent ensuite le café où ils ouvrent les portes donnant sur la piscine et s'asseyent devant un petit déjeuner improbable de restes de quiche et de Kit-Kat.

« C'est bizarre, ce calme, dit Kate quand ils ont terminé leur repas et qu'ils sont tous les deux confortablement installés sur leurs sièges à contempler l'eau. C'est comme si tout allait bien.

— Le calme avant la tempête. Des nouvelles de Rosemary ou d'Ahmed ? »

Kate consulte son téléphone et secoue la tête. Elle sait qu'ils doivent être bien occupés à exécuter leur plan mais, à cet instant, Kate a le sentiment que Jay et elle sont seuls au monde, piégés derrière les murs de la piscine.

L'eau scintille sous le soleil matinal, comme pour les inviter à venir la goûter. Bien sûr, Kate l'a déjà vue à de nombreuses reprises sous cette lumière, mais elle ne cesse de s'émerveiller de son bleu azur. C'est trop tentant, elle se dirige vers le bord. Cette fois, Jay ne la suit pas, il reste sur sa chaise et la regarde, un sourire aux lèvres.

« Je n'arrive pas à croire que j'ai oublié d'apporter un maillot de bain pour l'occupation d'une piscine, dit Kate en se déshabillant. C'est l'occasion de l'avoir pour moi toute seule. »

Nue au bord du bassin, elle sent le regard de Jay posé sur elle. Elle a conscience des courbes de son corps imparfait. Mais elle s'en fiche. Elle descend à l'échelle et glisse dans l'eau.

Elle plonge sous la surface et ouvre les yeux. Au début, l'eau est trouble, puis ses yeux s'acclimatent et elle voit le bassin s'étirer devant elle, complètement vide en dehors de quelques feuilles qui tournoient dans l'eau. L'endroit dégage une atmosphère étrange, comme une scène avant l'arrivée des acteurs. Elle remonte à la surface et se met à nager sa brasse asymétrique.

Quelle ironie, songe-t-elle seule dans l'eau froide, *de profiter d'un tel calme et d'une telle beauté quand les choses vont si mal*. Elle se rend compte que ce pourrait être son dernier bain ici, et cette pensée la déchire. Mais la sensation de l'eau, du soleil à la surface et la simple joie d'être ici la revigorent.

Quand elle est fatiguée, elle sort, se sèche et renfile ses vêtements.

« Tu es si belle », dit Jay lorsqu'elle revient vers lui et s'assied à la table. Et, pour une fois, elle a le sentiment de l'être.

Du bruit de l'autre côté de l'enceinte interrompt leur moment de tranquillité. Saisis par l'inquiétude, ils rentrent et gagnent l'entrée, où ils regardent par les vitres, derrière la barricade de tables et de chaises.

Les manifestants reviennent avec leurs pancartes, mais cette fois un groupe de policiers les accompagne et les suit sur la pelouse. Le cœur de Kate se serre, sa peau commence à la picoter. Ça y est ; ils vont se faire évacuer de force. Les clés seront remises à la police et, lorsque la vente sera conclue, à Paradise Living. Alors, ce sera terminé.

Kate prend la main de Jay et la presse avec force.

Elle aperçoit Hope en grande conversation avec l'un des policiers à qui elle essaie de donner une pancarte. Finalement, ils arrivent devant les portes.

L'un d'eux est un homme d'une cinquantaine d'années, avec des galons, à en croire son uniforme. Les trois autres sont beaucoup plus jeunes : deux femmes et un homme avec une barbe. Ils ont l'air de nouvelles recrues et paraissent un peu nerveux lorsque Hope cherche à leur mettre de force une pancarte dans les mains. Le plus âgé essaie de fendre la foule pour s'approcher, mais Hope, Frank, Jermaine, Geoff, Ellis et Jake forment une barrière infranchissable.

« Écartez-vous, s'il vous plaît. Nous ne voulons pas d'histoires.

— Nous non plus », répond Frank. Jermaine se tient tout près de lui, leurs bras sont soudés. Sprout aboie à leurs pieds.

« Je crois savoir que deux personnes se trouvent actuellement à l'intérieur. Nous aimerions leur parler. » Le policier s'exprime d'une voix forte à l'intention de Kate et Jay, collés à la vitre.

« Vous m'entendez ? » crie l'agent.

Kate et Jay hochent la tête par-dessus un vélo d'appartement qui tient la première ligne de leur barricade. Les doigts de Jay sont toujours entremêlés à ceux de Kate. Celle-ci a l'estomac qui se tord et le cœur qui bat à cent à l'heure. Les larmes lui piquent les yeux, mais elle fait tout son possible pour les refouler, pour ne pas montrer sa peine devant la défaite.

« Je vous suggère de quitter les lieux de votre plein gré, poursuit le policier. Sinon, des mesures seront prises pour vous faire sortir de force.

— J'espère que tu n'es pas sérieux, Billy Hooper ! » intervient une voix parmi les manifestants.

Policiers et protestataires se retournent comme un seul homme et laissent place à Rosemary qui s'avance vers l'entrée de la piscine, Ahmed à ses côtés. Elle salue Kate d'un signe de tête à travers la vitre, lui offre un sourire qui calme les battements de son cœur.

« Madame Peterson », dit simplement l'officier. Il baisse les yeux sur ses mains et, tout à coup, il ne ressemble plus à un représentant des forces de l'ordre d'une cinquantaine d'années, mais à un petit garçon en uniforme scolaire débraillé.

« Ce sont mes amis, à l'intérieur », explique Rosemary en fixant Hooper dans les yeux lorsqu'il daigne enfin relever la tête. Ils se dévisagent un moment, puis Rosemary reprend d'un ton enjoué : « Comment vont les enfants ? J'ai entendu dire que tu venais d'être grand-père. Félicitations ! »

Après un bref échange avec Rosemary, le sergent Hooper reporte son attention sur Kate et Jay ; les autres manifestants se massent autour.

« Écoutez, commence-t-il, je vais être honnête avec vous. Pour l'instant, vous n'enfreignez aucune loi en occupant ces lieux. Les propriétaires du bâtiment – à ce stade, il s'agit encore du conseil municipal – doivent obtenir une ordonnance du tribunal pour vous expulser. Après quoi, si vous refusez toujours de partir, on nous donnera l'ordre d'intervenir et d'user de la force. »

Jay et Kate échangent un regard interrogateur.

« Obtenir une ordonnance du tribunal prend plusieurs jours, ajoute le policier devant leurs mines inquiètes. Bien, poursuit-il en se tournant vers Rosemary. Nous vous laissons pour aujourd'hui, madame Peterson. Mais demain nous reviendrons vérifier que les lois et la bienséance sont respectées. S'il y a le moindre dégât, alors ces jeunes gens pourraient avoir de sérieux problèmes. »

Kate manque éclater de rire : pourquoi causeraient-ils des dégâts au site qu'ils cherchent à protéger ?

Alors qu'il s'apprête à partir, ses jeunes agents sur les talons, l'homme se retourne.

« Entre vous et moi, nous pensons tous que c'est une honte de voir cette piscine disparaître. Je venais me baigner ici enfant. Nous sommes tous venus. Mais la loi est la loi, j'en ai peur, et que ça nous plaise ou non, Paradise Living va mettre la main sur ce bâtiment. L'affaire est pliée. »

Il gratifie Rosemary d'un hochement de tête et se détourne. Ses collègues et lui traversent la pelouse et s'éloignent dans le parc. Kate les suit du regard, sa respiration retrouve enfin un rythme normal. Elle lâche la main de Jay.

« Qu'est-ce que c'était que ça ? demande-t-elle. On aurait dit qu'il avait peur de vous, Rosemary ! » Les autres manifestants se pressent autour d'elle pour entendre le pourquoi de cette intimidation.

Rosemary agite la main comme si ce n'était rien. « Il venait au magasin de George, petit. Son père était souvent sans emploi et Billy avait quatre frères et sœurs, alors George en ajoutait toujours un peu plus dans les sacs sans le faire payer. Il essayait d'être discret mais Billy était un enfant perspicace.

— C'était drôlement gentil de la part de George, commente Jermaine.

— C'était un homme très gentil », réplique-t-elle.

Les manifestants discutent quelques instants, se félicitent de leur petite victoire.

« Donc, maintenant, on n'a plus qu'à attendre l'ordonnance du tribunal ? demande Kate à Jay, qui acquiesce.

— Ça pourrait prendre plusieurs jours. Est-ce qu'on a assez de nourriture pour tenir ? demande-t-il.

— Je ne sais pas, répond-elle. Nous trouverons bien une solution. Je l'espère. »

Avec cette histoire d'ordonnance qui prend du temps, les protestataires estiment que Kate et Jay n'ont pas besoin de leur protection aujourd'hui puisqu'ils ne pourront pas être délogés dans l'immédiat.

« À demain ! » crient-ils à travers la vitre en agitant la main en guise d'au revoir.

Au final, ne restent plus que Rosemary et Ahmed, postés près de la vitre par laquelle Kate et Jay observent l'extérieur. Rosemary leur raconte qu'ils ont décroché un rendez-vous pour le lendemain matin.

« C'est Ahmed qui a tout fait », ajoute-t-elle. Kate remarque combien celui-ci paraît plus confiant, comme si ses examens et son idée de génie avaient transformé l'adolescent en jeune homme. Elle aimerait tant les accompagner à cette réunion.

« Mais qui garderait la piscine dans ce cas ? réplique Rosemary. Non, Jay et vous devez rester où vous êtes. Vous devez protéger notre piscine.

— Donc, demain, c'est le grand jour, déclare Kate en leur décochant à tous un regard inquiet.

— Le jour où tout se décide », assène Rosemary.

À ces mots, plus personne ne dit rien, chacun imaginant ce que demain leur réservera. Le soleil de fin de journée baigne la piscine et ses sauveurs de sa douce lumière, pourtant personne n'en profite en dehors du couple de colverts qui se laisse dériver à la surface de l'eau.

61

Ahmed retrouve Rosemary à l'arrêt de bus en face de chez elle. Il porte un costume trop grand pour lui et se déplace avec gêne dedans.

« Désolé, dit-il en montrant la veste trop large. C'est à mon père. Ma mère a dit qu'elle m'achèterait mon propre costume quand j'aurai mon diplôme. Si je l'ai.

— Je te trouve superbe, affirme Rosemary. Tu es très élégant. »

Elle porte un tailleur bleu pâle. Lorsqu'elle l'a enfilé ce matin, la couleur lui a rappelé la piscine et elle a trouvé qu'il était de circonstance. Ahmed lui sourit et lui propose son bras.

« Prête ? demande-t-il.

— Je crois.

— Je suis un peu nerveux.

— Moi aussi. »

Leur bus s'arrête et, se tenant par le bras, ils montent à bord et trouvent deux places près de l'avant. Tandis que le bus repart et descend la rue, Rosemary regarde son Brixton défiler par la vitre. Ils font le tour du parc et tournent à droite sur Brixton Hill, passent devant l'église où les sans-abri sont assis et boivent de la bière dissimulée dans des sacs en plastique, devant le cinéma et la rue qui mène à la librairie de Frank et Jermaine, et le long de la station de métro où la foule se déverse dans la rue. Elle regarde Electric Avenue, essaie de repérer Ellis, mais tout ce qu'elle peut distinguer, ce sont les clients qui se pressent entre les étals aux auvents en plastique rayé. Puis Brixton devient le reste de la ville et elle cesse d'en reconnaître les rues et les boutiques. Les cafés et les parcs deviennent le quartier de quelqu'un d'autre.

Ils traversent Kennington et longent le musée de la Guerre avec ses canons qui en gardent l'entrée. Ils passent devant Lambeth Palace, dont les tourelles sont parées d'or sous le soleil de la fin de l'été. En traversant Lambeth Bridge, Rosemary et Ahmed admirent le fleuve des deux côtés, le London Eye et le palais de Westminster sur une rive, les bâtiments en verre qui reflètent la lumière avec intensité sur l'autre. Le bus poursuit sa route devant l'abbaye de Westminster, Big Ben et Parliament Square, où des banderoles sont accrochées aux grilles et des manifestants brandissent des pancartes que Rosemary n'arrive pas à lire. Elle se demande depuis combien de temps ils sont là et pour quelle cause ils se battent. Elle espère qu'ils remporteront leur combat.

À Trafalgar Square, le bus ralentit dans la circulation, et Rosemary et Ahmed contemplent Nelson sur sa colonne et les lions en bronze avec leurs gueules entrouvertes comme s'ils allaient parler. Les touristes et les pigeons envahissent la place et les statues vivantes de Charlie Chaplin et du bûcheron de fer collectent des pièces dans des chapeaux posés par terre.

Finalement, le bus s'arrête sur Regent Street, son terminus.

« Merci, monsieur », lance Rosemary au chauffeur tandis qu'Ahmed l'aide à descendre.

Le bus repart et les laisse sur le trottoir. L'arrêt se trouve devant le magasin de jouets Hamley, et la rue est envahie d'enfants avec leurs parents qui entrent et sortent de la boutique. Des employés sont postés près de l'entrée, certains portent un uniforme rouge, d'autres sont déguisés en personnages de dessins animés. Un groupe d'étudiants chinois se fait prendre en photo à côté d'un ours géant.

« Excusez-moi, pardon », dit une mère en passant à côté d'eux, sa petite fille à la main, en direction du magasin. Un instant, Rosemary et Ahmed restent pétrifiés sur le trottoir, à regarder les gens se précipiter autour d'eux au son des bus et des taxis qui roulent derrière. Un cycliste crie après un chauffeur de bus et une voiture klaxonne les piétons qui traversent la chaussée. Au-dessus d'eux, le bâtiment à la façade claire s'élève dans le ciel bleu, orné de colonnes uniformes et de garde-corps en fer forgé noir à chacune de ses hautes fenêtres.

« Allons-y », finit par dire Ahmed.

Rosemary s'accroche avec force à son bras tandis qu'il les fait naviguer le long de la rue. Les passants les doublent, les cognent avec leurs sacs ou manquent les percuter car ils ont le nez collé à leur téléphone portable. Ils tournent sur Beak Street ; c'est beaucoup plus calme ici, si bien qu'Ahmed s'arrête et sort son smartphone pour vérifier qu'ils se dirigent bien dans la bonne direction. Rosemary patiente le temps qu'il consulte son écran et étudie les rues autour de lui.

« Euh, commence-t-il. Il y a un problème. Le GPS me dit qu'on y est, mais ce n'est pas la bonne rue. Alors je ne sais pas trop où il faut aller. »

Il regarde le point bleu sur son écran puis autour de lui d'un air perplexe.

« Je suis désolé. Je ne voudrais pas qu'on soit en retard. »

Rosemary plonge la main dans son sac et en sort un A-Z de Londres tout abîmé.

« Besoin d'aide ? »

Ahmed lâche un rire et s'empare du plan de la ville. Penchés tous les deux sur les cartes, ils finissent par repérer la rue où ils se trouvent et celle où ils doivent se rendre.

« OK, c'est parti, dit Ahmed.

— Parfois, les vieilles méthodes ont du bon », réplique Rosemary en rangeant le livre dans son sac.

Ils arrivent devant l'immeuble quelques minutes en avance. La devanture est en verre et ils peuvent voir à l'intérieur le bureau d'accueil où une femme avec du rouge à lèvres rouge vif est assise et parle au téléphone. Elle a des cheveux gris mais paraît très jeune. *Peut-être hydrate-t-elle beaucoup sa peau*, songe Rosemary en l'observant.

Des ampoules pendent au bout de fils rouges et derrière le bureau se trouve un mur en aggloméré brut. Le plafond semble fait de caisses d'emballage en bois. Ces locaux sont peut-être récents et la société vient juste d'y emménager ? La décoration est pour le moins minimaliste. À côté du bureau d'accueil, il y a une table en verre entourée d'un assortiment de chaises de différentes hauteurs : un fauteuil poire, un tabouret haut, une chaise de salle à manger et un siège en cuir. Quelqu'un est assis avec embarras dans le fauteuil poire, le regard collé à sa montre.

Un jeune homme avec une queue-de-cheval passe devant eux et gravit les marches. La réceptionniste l'accueille d'un geste de la main comme il passe sa carte dans la porte sur la gauche et monte quelques marches supplémentaires.

Rosemary et Ahmed se tournent l'un vers l'autre.

« Prête ? demande Ahmed.

— Prête », acquiesce Rosemary.

Ensemble, ils montent l'escalier et ouvrent la porte.

« Bonjour ! pépie la réceptionniste. En quoi puis-je vous aider ?

— Nous avons rendez-vous, annonce Ahmed en cherchant dans sa poche le bout de papier sur lequel il a noté les informations. Avec Tory Miller, à 10 heures. Rosemary Peterson et Ahmed Jones. »

La jeune femme vérifie sur son ordinateur et hoche la tête.

« En effet. Je vais prévenir de votre arrivée.

— Qu'est-ce que c'est ? » demande Rosemary, l'index pointé sur une grande machine en verre et en métal posée à un bout du bureau.

La jeune femme esquisse un sourire et se lève. Son haut s'arrête juste au-dessus de son nombril, comme s'il avait été coupé au ciseau.

« C'est un appareil à smoothie, explique-t-elle d'un ton enjoué. En désirez-vous un ? Ou un café ? Je peux demander à notre barista de vous en préparer un si vous voulez ?

— Oh, non, merci », répond Rosemary en secouant la tête. Elle n'aurait pas refusé une tasse de thé mais elle n'est pas certaine d'aimer le café et surtout elle s'y perd dans tous les noms. Cappuccino, macchiato, noisette… Ces termes n'ont aucun sens pour elle.

« Dans ce cas, asseyez-vous, je vous en prie, dit la réceptionniste. Je vous y accompagnerai lorsqu'ils seront prêts à vous recevoir. »

Ils se dirigent vers le coin salle d'attente et Ahmed se perche comme il peut sur la chaise de table à manger. Rosemary choisit le fauteuil en cuir et le regrette aussitôt quand elle s'enfonce dans les coussins moelleux. Elle a l'impression que le siège cherche à l'avaler. Pendant qu'ils attendent, Rosemary ne cesse de croiser et décroiser les mains sur ses genoux. Elle lisse sa jupe et regarde sa montre. Elle prend de profondes inspirations, s'efforce de rester calme et de ne pas penser à l'importance de cette réunion. Mais elle n'arrive pas à s'en empêcher. Des images du bassin lui viennent à l'esprit. Dans un beau désordre cependant : un instant, elle se revoit quelques mois auparavant en train d'y nager pour la première fois avec Kate et, celui d'après, elle est adolescente pendant la guerre. Puis elle pense à George, qui se baigne avec elle après les émeutes lorsque tous deux ont besoin de calme. Il lui sourit et saute dans l'eau. Puis elle imagine la piscine fermée et transformée en salle de sport privée, le bassin rempli de ciment et la chaise du maître nageur disparue.

« Ils sont prêts à vous recevoir », annonce la

réceptionniste. Rosemary ouvre les yeux et revient dans l'instant présent. Ahmed l'encourage d'un petit signe de tête. Il l'aide à s'extirper de son fauteuil. Ensemble, ils suivent la jeune femme, franchissent les portes de sécurité et empruntent un long couloir. Au début, la réceptionniste marche d'un pas vif mais, lorsqu'elle s'aperçoit qu'Ahmed et Rosemary ne tiennent pas le rythme, elle ralentit et reste juste devant eux. Au bout d'un moment, ils arrivent devant une porte close tout au fond du couloir.

« Voilà, nous y sommes ! » s'exclame la femme en ouvrant la porte sur une vaste salle de réunion. Une dizaine de personnes sont installées autour de la table. Rosemary a les mains qui tremblent, alors elle les serre devant elle.

« Vos visiteurs sont là. »

Le groupe autour de la table hoche la tête et la réceptionniste referme la porte. Ahmed et Rosemary restent debout, silencieux.

« Bonjour, je m'appelle Ahmed Jones, finit-il par dire après avoir inspiré un grand coup. Nous nous sommes parlé au téléphone. »

Puis il se rappelle le conseil de son père et s'avance pour saluer chacun autour de la table. Il essaie de garder une poignée de main ferme et puissante. On le salue en retour d'un signe de la tête.

« Ravi de vous rencontrer.

— Et voici Rosemary Peterson », annonce Ahmed.

Rosemary est toujours plantée à l'entrée de la salle, incapable de bouger. Ahmed revient se poster à côté d'elle.

« Nous avons entendu parler de vous dans le

journal, déclare l'un des hommes autour de la table. C'était un article formidable.

— C'est Kate, répond Rosemary. C'est mon amie Kate qui a rédigé l'article. »

Hochements de tête approbateurs dans la salle.

« Et si nous nous présentions ? » lance une jeune femme au milieu. C'est Tory, et elle leur apprend qu'elle est directrice de la publicité. Les autres se présentent à tour de rôle en déclinant leur nom et leur intitulé de poste. Rosemary s'efforce de tout retenir, mais noms et fonctions se mélangent dans sa tête. Au final, elle est persuadée que l'un d'entre eux est « responsable-directeur-de-la-publicité-de-la-marque-en-chef ».

Une fois le tour de table terminé, Ahmed adresse un sourire à Rosemary puis au reste de la salle.

« Comme vous le savez, nous sommes venus vous soumettre l'idée d'apposer votre marque sur la piscine de Brockwell, dit-il. En été, elle accueille des centaines de visiteurs par jour. Cette publicité pourrait être bénéfique à tous : nous pourrions maintenir la piscine ouverte et vous disposeriez d'une visibilité sans égale. Le fond de la piscine, par exemple, serait un emplacement de choix pour un affichage publicitaire. Ces dernières années, des dizaines de photos de la piscine vue du ciel ont été publiées dans les journaux et les magazines de tout le pays. Mais pour vous expliquer plus en profondeur l'importance de cette démarche, mon amie Rosemary aimerait dire quelques mots. »

Il recule d'un pas et encourage Rosemary d'un hochement de tête. Le groupe reporte son attention sur elle, dans l'expectative.

« C'est une présentation PowerPoint ? demande un homme.

— Une quoi ? s'étonne Rosemary.

— Avez-vous besoin d'un ordinateur ?

— Oh, non.

— Très bien. »

Le silence se fait et Rosemary se sent tout à coup très mal à l'aise dans sa jupe de tailleur, parmi tous ces gens beaucoup plus jeunes qu'elle. À la piscine, ça n'a aucune espèce d'importance : ils sont tous égaux une fois débarrassés de leurs vêtements de ville. Mais ici, ces jeunes fringants à la même coupe de cheveux et au style vestimentaire identique l'impressionnent.

« Parlez-nous donc de cette piscine », l'invite Tory. Elle se penche vers elle, les bras sur la table. L'homme à côté d'elle se rencogne dans son fauteuil, un stylo à la main. Les autres font pivoter leurs chaises pour lui faire face. Ahmed se tourne vers elle et l'encourage d'un sourire. Tous les regards sont sur elle. Ils attendent.

La peur de laisser filer leur dernier brin d'espoir, de commettre la moindre erreur, la paralyse. C'est sa toute dernière chance, et elle le sait. Elle tremble comme une feuille morte. Pour se calmer, elle ferme les paupières et visualise une grande étendue d'eau paisible. La surface est rayée par des cordes qui séparent les couloirs de nage. À une extrémité, une horloge émet son tic-tac, veillant sur les baigneurs dans l'eau fraîche. Elle rouvre les yeux.

« À Brixton, nous avons une piscine, commence-t-elle. Et je m'y baigne depuis quatre-vingts ans. Cette piscine est mon foyer. Mais je ne suis pas la seule. Elle représente énormément pour toute la communauté. »

Au début, sa voix est hésitante, mais elle se fait plus ferme à mesure qu'elle raconte son histoire. Le groupe l'observe et Ahmed, à côté d'elle, la soutient.

« J'en ai eu plus que jamais la preuve ces derniers mois. C'est drôle qu'il faille brandir une menace de fermeture pour que les gens prennent conscience que ce lieu est vraiment spécial. Il n'existe pas d'autre endroit comme celui-ci, d'après moi. Les choses peuvent être stressantes et compliquées à l'extérieur mais, une fois dans la piscine, tout va bien. Ceux qui y viennent pour la première fois sont étonnés du calme et de la tranquillité qui y règnent comparés au reste de Brixton. Voilà pourquoi c'est aussi spécial : c'est un lieu pour s'échapper sans avoir à quitter son quartier. Certaines personnes l'appellent la plage de Brixton, c'est la seule que beaucoup d'enfants connaissent. En été, elle grouille de monde. Les parents s'allongent sur leur serviette ou vont se baigner avec leurs petits. Toutes les générations se mélangent – des adolescents qui cherchent à s'impressionner les uns les autres en sautant dans l'eau, de plus jeunes qui apprennent à nager, des hommes d'affaires qui viennent noyer leurs soucis. Et moi. »

Elle imagine la piscine telle qu'elle serait en ce moment au summum de l'été : les rires des enfants, le clapotis de l'eau, le soleil chaud sur son visage.

« Et vous, alors ? demande quelqu'un autour de la table. Que représente cette piscine pour vous ? Il y a d'autres bassins dans Londres. Pourquoi se battre pour celui-ci en particulier ? »

Rosemary ferme les yeux. Elle visualise l'eau bleue.

« C'est vrai qu'il y a des choses bien plus importantes pour lesquelles se battre et qu'il se passe des choses plus graves dans le monde, dit-elle en rouvrant les yeux. Je n'arrête pas de me le dire. Rosemary, ça n'est pas important. »

La veille, assise au bord de son lit, elle s'est répété ces mots encore et encore, essayant de se convaincre que ça ne portait pas à conséquence afin de ne pas avoir à se rendre à cette réunion, ne pas avoir à se tenir devant ces inconnus et risquer de faire capoter leur dernière chance. D'échouer, de décevoir, elle-même, la piscine, George.

« Mais ça compte. Ça compte. Tout comme ça comptait quand la bibliothèque a fermé. »

Sa voix se fait plus forte, et Rosemary se met à trembler. Elle pose une main sur la table pour rester d'aplomb.

« La bibliothèque était bondée en hiver. C'était un lieu où les gens venaient s'abriter du froid. Quand elle a fermé, où sont passés ces gens sans nulle part où aller quand il pleuvait ? Je ne l'ai jamais su et j'avais l'impression que c'était ma faute, parce que je ne m'étais pas assez battue. Lorsque George, mon mari, est décédé, j'avais le sentiment qu'il pleuvait tous les jours et que je n'avais nulle part où m'abriter. Il était mon refuge quand le reste du monde était horrible. Il avait quatre-vingt-cinq ans. Il avait bien vécu. Je ne devrais pas en faire toute une histoire et ma situation n'a rien d'inhabituel. Nous avons eu une très belle vie. »

Une vie ponctuée par ses sourires lorsqu'il émergeait

à la surface de l'eau. Le ronronnement rassurant des ronflements de George la tenait éveillée la nuit et parfois, ça la mettait en colère. Elle regrette de ne plus pouvoir être en colère à cause d'eux.

« Mais voyez-vous, la vérité, c'est qu'il me manque. »

Elle prend une brève inspiration et s'occupe les doigts en tripotant les boutons de sa veste, les glissant dans la boutonnière et les en retirant ensuite. L'un de ses boutons se détache. Il pend à un fil comme une fleur cassée sur sa tige. Elle lisse sa jupe, se passe les mains sur le visage et relève les yeux.

« Il y a peut-être d'autres piscines mais ce ne sera pas pareil. Mon George n'est pas dans ces autres piscines. Il est dans la nôtre. »

Tous la dévisagent, mais elle les remarque à peine, désormais.

« À sa mort, je me suis assise dans son fauteuil et j'ai essayé de ressentir sa présence autour de moi. Ça paraît idiot, je sais, mais je n'en ai pas honte. Seulement, il n'était plus là. Mais lorsque je suis à la piscine, je le sens. Je le retrouve partout. »

George est dans la brume qui flotte sur l'eau le matin, sur les dalles qui bordent le bassin et près des casiers aux couleurs vives ; il est dans la brève inspiration qu'elle prend au moment d'entrer dans l'eau. Il lui rappelle qu'elle est toujours en vie. Il lui rappelle de rester en vie.

« C'est peut-être vrai que la piscine ne rapporte pas beaucoup d'argent. Je ne suis peut-être qu'une vieille femme ridicule. Mais je ne peux pas faire une croix sur la piscine. Je ne peux pas faire une croix sur mon George. »

Ahmed lui passe le bras autour des épaules et la serre contre lui. Elle laisse échapper un gros soupir, éreintée par la puissance de ses sentiments. Le silence retombe dans la salle quelques instants puis un des hommes se lève.

« Nous allons étudier la possibilité d'acheter un espace publicitaire à la piscine. Mais nous devons nous concerter d'abord. Nous vous recontacterons plus tard dans la journée. »

Les autres se lèvent aussi.

« Merci d'être venue, Rosemary. Et merci à vous aussi, Ahmed. »

Pour la première fois depuis qu'elle a pris la parole, Rosemary étudie avec plus d'attention le groupe en face d'elle. Tory a le teint rougi. Les autres clignent des yeux avec ardeur, comme s'ils étaient gênés par une poussière.

Ahmed serre les mains de tout le monde une nouvelle fois et lance un dernier au revoir. La réceptionniste attend de l'autre côté de la porte et les raccompagne à la sortie.

« Et si nous prenions un taxi ? propose Ahmed. Je crois que vous le méritez. »

Elle acquiesce, trop fatiguée pour parler, et il hèle une voiture. Une fois chez elle, elle ira se coucher directement, songe-t-elle. Elle devrait aller à la piscine pour mettre Kate au courant, elle le sait, mais pour l'instant elle a besoin de rentrer et de se retrouver seule. Elle est éreintée et n'a qu'une envie : s'allonger sur son lit, du côté qu'elle occupait quand George était encore en vie. À l'arrière du taxi, Ahmed regarde Londres défiler par la vitre tandis que Rosemary pose la tête sur son épaule et ferme les yeux. Alors qu'elle sombre dans le sommeil, elle songe qu'ils ont fait le maximum. Il n'y a plus rien à faire.

62

Le troisième jour du sit-in, Kate et Jay appréhendent toujours la remise de l'ordonnance du tribunal. Ils font les cent pas entre le café, le bord de la piscine et l'accueil, où ils jettent des regards inquiets à travers la barricade. Chaque fois que Kate perçoit une nouvelle voix à l'extérieur, son cœur s'arrête, de crainte que le moment fatidique ne soit arrivé. De temps à autre, elle consulte l'horloge qui surplombe le bassin et s'afflige de ces aiguilles qui semblent bouger plus lentement que jamais.

Les manifestants sont moins nombreux aujourd'hui : Frank est venu sans Jermaine, qui tient la librairie ; Ellis sans Jake, qui gère le stand à la place de son père. Ils se sont platement excusés : ils veulent participer jusqu'au bout mais la vie continue. Hope est sans doute celle qui donne le plus de la voix, elle crie « Ne videz pas notre piscine ! » chaque fois que quelqu'un passe à proximité dans le parc. Aux alentours de midi, une petite foule se rassemble : les riverains en pause déjeuner viennent voir de près cette manifestation dont on parle dans le journal. L'addition de ces nouveaux arrivants dans le groupe fait enfler le brouhaha extérieur un instant. Hope distribue les pancartes et Ellis prend des photos avec son téléphone. Plus tard, lorsque les militants du déjeuner regagnent leurs bureaux, Ellis publie les photos sur la page Facebook.

La journée s'étire sans que la police, le conseil municipal ni Paradise Living se manifestent. Kate arpente le bâtiment avec agitation. Elle voudrait retourner nager, mais l'idée qu'ils surgissent au moment où elle est nue dans l'eau l'en empêche. Elle prend une douche dans le vestiaire désert puis travaille sur son ordinateur, vérifie l'avancée de la pétition. Le nombre de signatures a encore augmenté pendant la nuit et continue de grimper tout au long de la journée. Elle va aussi sur Twitter où le *#sauvonsnotrepiscine* est employé par les riverains et les amoureux de la nage. Pendant ce temps, Jay l'observe en silence ou discute à travers la vitre à l'accueil avec Hope et les autres protestataires. Dans l'après-midi, à la demande de Jake qui a dû crier par-dessus le mur d'enceinte pour se faire entendre, Jay va chercher Kate et tous deux sortent sur les dalles bordant la piscine, où ils lèvent les yeux sur le haut mur de brique qui l'entoure. Au bout d'un moment, un objet non identifié vole dans les airs et franchit l'enceinte. Jay l'attrape : c'est un petit sac isotherme en plastique souple.

« J'espère qu'il a survécu au voyage ! » entendent-ils Hope crier de l'autre côté du mur. Jay tend la glacière à Kate, qui l'ouvre. À l'intérieur se trouve un petit paquet de papier d'alu qu'elle déplie : c'est une part un peu écrasée de pain d'épices.

« J'ai pensé que vous auriez faim ! ajoute Hope. C'est moi qui l'ai fait ! »

Face à ce gâteau aplati, confectionné spécialement pour elle et Jay, Kate sent les larmes lui monter aux yeux. Elle les refoule et lance un « merci » par-dessus le mur. Kate repense à son arrivée à Londres et au fait que, quelques mois plus tôt, elle ne connaissait encore personne à Brixton, encore moins quelqu'un qui lui aurait préparé un gâteau ou se serait soucié qu'elle ait faim. Cette attention délicate la touche au plus profond de son cœur et elle partage avec Jay la part généreuse. C'est la chose la plus délicieuse qu'elle ait jamais goûtée.

« Je me demande comment Rosemary et Ahmed s'en sortent, dit-elle pendant qu'ils mangent. Leur rendez-vous doit être terminé maintenant. »

Cette pensée les plonge à nouveau dans le silence. Le bonheur procuré par la dégustation du gâteau maison s'estompe à mesure que ressurgit la crainte d'être bientôt mis à la porte. Que se passera-t-il ensuite ? Elle rentrera chez elle, retrouvera ses colocataires qui ignorent tout de cette campagne de sauvegarde ; qui n'ont sans doute même pas remarqué sa disparition depuis trois jours.

Comme s'il devinait ses pensées, Jay passe un bras réconfortant autour de ses épaules et l'attire à lui, la serrant contre son cœur. Soudain, le téléphone de Kate vibre dans sa poche ; elle se dégage de l'étreinte de Jay pour lire le message.

Du neuf ? Bisous, E.

Pas encore, répond Kate au SMS d'Erin. *L'ordonnance du tribunal peut arriver d'une minute à l'autre. Pas de nouvelles de Rosemary et Ahmed non plus. Je crois que la fin est proche. Bisous, K.*

Tiens bon, écrit sa sœur. *Je suis fière de ce que tu fais. Bisous, E.*

Ces mots redonnent un peu courage à Kate, mais la fatigue la rattrape et elle retombe dans les bras de Jay et se laisse aller contre lui.

« Ça va aller », assure-t-il d'une voix douce, même s'ils savent tous les deux que ça n'ira peut-être pas.

Quelques instants plus tard, ils retournent à l'accueil voir ce qui se passe au-dehors. Justement, au milieu des manifestants, Kate repère Ahmed dans son costume mal ajusté qui avance vers eux. Elle cherche Rosemary à côté de lui, mais le jeune homme est seul.

De part et d'autre de la vitre, ils se saluent d'un sourire.

« Comment ça s'est passé ? Et où est Rosemary ?

— Je crois que ça s'est bien passé, répond-il. Mme Peterson est rentrée chez elle pour attendre leur appel ; ils ont dit qu'ils nous feraient part de leur décision avant la fin de la journée. Je crois que toute cette affaire l'a épuisée. Elle a dormi tout le trajet de retour. »

Kate essaie d'imaginer Rosemary dans un bureau chic quelque part, face à une bande de publicitaires, mais elle peine à la visualiser si loin de sa piscine. Kate vérifie son portable à plusieurs reprises dans l'heure qui suit, mais, en dehors de quelques messages d'Erin, elle n'a rien. Ahmed, resté avec les autres à l'extérieur, ne reçoit rien non plus. À un moment, son téléphone sonne et il manque le faire tomber d'excitation. Mais ce n'est que sa mère qui veut savoir s'il sera rentré pour le dîner.

Au bout d'un moment, n'y tenant plus, Kate téléphone à Rosemary pour savoir.

« Rien, répond cette dernière. Je suis assise à côté du téléphone depuis que je suis rentrée. J'ai même trop peur d'aller aux toilettes et de rater leur appel.

— Je crois que vous pouvez vous permettre d'aller aux toilettes si vous en avez besoin, Rosemary, réplique Kate.

— Enfin, on ne sait jamais… Je ne veux pas les rater…

— Appelez-moi dès que vous avez du nouveau, d'accord ?

— D'accord. »

Plus tard, à la place de la police, des membres du conseil municipal ou des représentants de Paradise Living que Kate s'attend encore à voir venir, ce sont des rires sonores et des bribes de conversation qui lui parviennent. Elle quitte son poste dans le café pour suivre ce bruit jusqu'à l'avant de la piscine. Deux par deux et main dans la main, de petites filles vêtues d'uniforme marron et jaune traversent le parc. Deux femmes conduisent la procession. À côté d'elles, Phil. Comme elles approchent, Kate remarque que les enfants tiennent des morceaux de papier qui battent légèrement au vent.

« Nous appartenons à la branche locale des Brownies ! annonce l'une des femmes quand elles rejoignent les manifestants. Nous sommes venues apporter notre soutien pour la sauvegarde de la piscine. »

Ellis et Hope les accueillent avec plaisir dans leur troupe. Phil affiche un air un peu penaud, mais Ellis lui offre une poignée de main.

« La plupart de nos filles sont scolarisées dans le quartier et suivent des cours de natation ici. Elles ont été très affectées d'apprendre la fermeture. Alors nous voilà ! explique l'autre cheftaine.

— Et j'ai pensé que ça ferait un bon article pour le journal », ajoute Phil en jetant un coup d'œil nerveux à Kate à travers la vitre. Ils se dévisagent un moment puis Phil se détourne, ses joues déjà rouges virant à l'écarlate.

« J'ai des informations, poursuit-il en évitant son regard. J'ai entendu dire que l'ordonnance du tribunal prend plus longtemps qu'ils n'espéraient. Mais elle devrait tomber bientôt. Vous disposez encore de un ou deux jours au mieux. »

Kate remercie Phil d'un hochement de tête pour sa remarque et se demande d'où il tient cette information. L'appréhension des prochains jours s'abat sur elle, mais elle s'efforce de focaliser son attention sur les fillettes ; celles-ci, toujours main dans la main, bavardent gaiement entre elles.

« Les filles ont fabriqué leurs propres pancartes », déclare l'une des cheftaines. Les enfants se lâchent la main et se mettent en ligne, tournées vers Kate. Elles montrent leurs dessins de la piscine. Chaque œuvre est unique mais toutes ont en commun le bleu azur et les visages souriants des personnages un peu démesurés qui sautent dans l'eau ou sont allongés sur le bord. Devant ces illustrations aux formes colorées et irrégulières, Kate sent de nouveau l'émotion la gagner.

Les filles montrent ensuite leurs dessins au reste des manifestants.

Jay en profite pour prendre une photo à travers la

vitre et, à l'extérieur, Ellis fait de même avec son téléphone.

« Sauvons notre piscine ! » se met à scander l'une des cheftaines, bientôt rejointe par les enfants qui répètent le slogan de plus en plus vite et en chœur, jusqu'à ce que les mots se carambolent. La rengaine se termine en gloussements et les bavardages reprennent.

Les petites scouts s'attardent un moment et leurs voix enjouées rappellent à Kate les jours d'été lorsqu'une foule de baigneurs s'arrosent et s'amusent. Réentendra-t-elle ces cris de joie ? Peu à peu, les fillettes repartent avec leurs parents venus les chercher. Ensemble, ils s'éloignent, par petits groupes à travers le parc, dessins à la main. À la fin, il ne reste plus qu'un ou deux papiers oubliés sur le trottoir.

À 18 heures, la piscine a retrouvé son calme : Kate essaie une nouvelle fois de joindre Rosemary.

« Ils devaient nous contacter avant la fin de la journée, répond cette dernière quand elle décroche. Pourquoi n'ont-ils pas encore téléphoné ? La réponse est négative, c'est ça ? Ils auraient déjà appelé si c'était oui.

— Je suis sûre que ça ne veut rien dire », tente de la rassurer Kate. Pourtant, son cœur se serre à l'idée que, bien au contraire, cela signifie sans doute beaucoup.

« J'aimerais être là-bas avec vous, se lamente Rosemary.

— Moi aussi », répond Kate, même si, tout à coup, elle souhaiterait être ailleurs. Pas chez elle, mais dans un lit douillet, pelotonnée dans le calme et un sommeil sans rêves. Elle est épuisée par l'inquiétude, la tension et cette attente interminable.

Sa nuit est agitée. Elle rejette le sac de couchage qui l'étouffe et se recroqueville sur les serviettes dans le studio de yoga. Chaque fois qu'elle se tourne, elle donne des coups de pied et réveille Jay qui l'embrasse alors sur le front pour la calmer en lui murmurant que tout ira bien. Il dit ça pour la rassurer, mais aussi un peu pour lui, tandis que le clair de lune brille dans le studio et sur la surface de la piscine endormie.

63

Le soleil se lève dans un ciel bleu clair. Les oiseaux s'entassent dans les arbres, ils rivalisent de vocalises pour accueillir le jour à l'instar de vendeurs de marché qui haranguent les passants dans une belle cacophonie. Les abeilles butinent les fleurs sauvages qui ont envahi les abords de la piscine. Un homme promène son chien dans le parc et jette un coup d'œil curieux par la baie vitrée du studio de yoga ; à l'intérieur, il repère deux corps endormis pelotonnés sous des serviettes de toilette. Il approche son visage de la vitre, laisse échapper un rire discret puis reprend sa promenade avec son chien qui sautille devant lui. L'animal galope jusqu'au banc perché en haut de la colline où une vieille dame admire la vue.

« Bonjour, toi », dit Rosemary. Elle se penche et caresse les oreilles du chien, qui pose les pattes avant sur ses genoux en remuant la queue avec frénésie.

« Stella, descends ! » crie son propriétaire. L'animal repart et s'en va renifler un tronc d'arbre noueux en bordure de chemin.

« Désolé », s'excuse le propriétaire. Rosemary le

rassure d'un sourire. L'homme et le chien redescendent la colline et Rosemary se retrouve seule à nouveau.

Elle a passé toute la matinée ici. À son arrivée, une brume épaisse s'accrochait encore au parc. Elle a quitté l'allée tracée pour fouler la pelouse et gagner le sommet de la colline d'un pas lent. Une fois à destination, elle s'est laissée tomber lourdement sur le banc.

À présent, le soleil domine haut dans le ciel et brille sur la piscine en contrebas. Rosemary contemple le bâtiment de brique qui se teinte d'ocre doré sous la lumière, et se souvient. Si elle ferme les yeux, elle peut encore voir l'eau bleue imperturbable derrière les murs. Elle imagine qu'elle franchit les portes et retrouve George debout près du bassin. Le regard soudé au sien, il attend qu'elle le rejoigne pour qu'ils puissent sauter ensemble main dans la main.

Elle rouvre les yeux. Le vieil arbre est toujours là, à l'angle, avec sa branche en moins ; elle n'a jamais repoussé depuis. Elle se rappelle le craquement du bois et l'averse de feuilles. Comme ils avaient ri ! Le souvenir du rire de George fait vibrer son cœur.

De son poste d'observation, Rosemary voit toute sa vie s'étaler devant elle. Ici, l'allée qu'elle a empruntée avec ses camarades d'école d'un pas lourd sous la pluie avant de sauter dans l'eau avec leurs imperméables. De l'autre côté du parc, un feu de joie brûlait le jour de la Libération et, pendant que des adolescents recouvraient leur liberté, elle découvrait son avenir dans les traits d'un garçon débraillé aux joues rouges et au nez droit. Non loin de l'endroit où elle est assise, il y a l'arbre où George et elle s'entraînaient à tenir en équilibre sur les mains avec l'impression d'être les premières personnes sur terre à voir le monde sous cet angle et à ressentir l'excitation renversante de tomber amoureux. C'est sous ce même arbre qu'ils se sont tenus le jour de leur mariage, les bras de George passés fermement autour de sa taille, le visage de Rosemary tourné vers lui et le soleil éclatant au-dessus d'eux.

Un autre promeneur passe à proximité et la salue d'un signe de tête. Elle le remarque à peine, son regard est rivé sur le bas de la colline. Elle pense à l'eau fraîche de la piscine et au couple de colverts qui dessine des ronds à la surface. Elle voit l'horloge et le cabanon de la buvette où George lui a offert un thé lors de leur premier rendez-vous. Elle visualise le vieux plongeoir, depuis longtemps disparu, et George qui saute et s'envole comme un oiseau. Il perturbe à peine la surface en sombrant dans les profondeurs. Lorsqu'il émerge à nouveau, il lui offre ce sourire qu'il ne destine qu'à elle.

« Rosy, dit-il. Ma Rosy. »

Derrière la piscine pointent les toits de Brixton et elle se voit marcher dans les rues familières de son quartier. D'abord, elle passe devant son appartement, lève la tête sur la façade imposante et repère les pots de lavande à son balcon. Elle continue sa route et fait un arrêt au marché puis devant l'ancien magasin de George ; elle se souvient quand il était rempli de cageots de légumes, et du son de sa voix.

Elle s'aventure un peu plus loin et alors la ville s'étire hors de sa portée. L'horizon se découpe en bâtiments et en immeubles de verre qui réfléchissent la lumière. Ils semblent à des milliers de kilomètres car tout ce qui compte est juste ici. Cette vue sur la piscine depuis le banc au sommet de la colline.

« C'est terminé », dit-elle à voix haute.

Un joggeur se retourne et la dévisage sans comprendre. Rosemary a l'air de pleurer, mais peut-être est-ce seulement l'éclat du soleil qui lui pique les yeux. Le joggeur inspire un grand coup et continue son ascension avant de redescendre par l'autre flanc, laissant derrière lui Rosemary, seule avec son panorama.

64

À son réveil le quatrième jour, Kate s'assied, attrape ses vêtements posés près des tapis de yoga et s'habille sans un bruit. La piscine est paisible et la lumière du soleil filtre par la baie vitrée. Kate contemple au-dehors les fleurs sauvages, les têtes rouges des coquelicots qui dodelinent au-dessus des bleuets et des herbes hautes. Elle porte le regard plus haut dans le parc et aperçoit Rosemary au sommet de la colline.

« Jay », appelle-t-elle en le secouant avec douceur. Il s'étire et s'assied, se frotte le visage puis l'embrasse sur la joue.

« C'est la police ? Ils apportent l'ordonnance du tribunal ? » demande-t-il en jetant des coups d'œil autour de lui. Mais tout est calme et tranquille.

« Non, regarde. » Kate pointe l'index vers la fenêtre, vers la colline. Il voit Rosemary assise sur un banc.

« Que crois-tu qu'elle fabrique, là-bas ? demande-t-il.

— Aucune idée, mais ça ne présage rien de bon. J'ai peur que ce soit terminé. »

Prononcer ces mots à voix haute lui envoie une décharge de douleur dans la poitrine. Kate a envie de pleurer : elle savait que la fin se profilait, mais elle ne pensait pas que ça ferait aussi mal.

« Le moment est peut-être venu de partir, dit Jay tout bas. Va la voir, non ? »

Elle secoue la tête.

« Pas tout de suite. Je ne peux pas partir tout de suite.

— D'accord. Tu veux que j'y aille, moi ? »

Après une seconde de réflexion, Kate accepte. Jay s'habille puis ils vont ensemble retirer et écarter tables et chaises afin de libérer le passage devant les portes d'entrée. Kate prend la clé et les déverrouille.

« Je n'en ai pas pour longtemps, promet-il en l'embrassant.

— D'accord. »

Lorsque Kate ouvre la porte, le soleil entre à flots. Jay se faufile entre les meubles et sort dans le parc. Elle le suit un instant du regard puis referme et donne un tour de clé, repousse les tables. Revenue dans le studio, elle s'installe devant la baie et l'observe gravir la colline. Une fois près de Rosemary, il s'assied à côté d'elle sur le banc.

Ils sont trop loin pour que Kate puisse distinguer l'expression de leurs visages, mais ils restent assis côte à côte un long moment, à discuter et à contempler le parc. Kate sent la Panique monter en elle mais elle s'efforce de la refouler. Elle inspire profondément et, assise par terre, elle prend ses genoux entre ses bras. Pour se calmer, elle s'imagine en train de nager.

Le parc est désert en dehors de Jay et Rosemary, et d'un joggeur qui fait une boucle de l'autre côté et redescend vers Herne Hill. Finalement, Kate aperçoit

Jay se lever et prendre la main de la vieille dame. Il l'aide à se mettre debout et ensemble ils redescendent vers la piscine.

Kate se relève d'un bond et les regarde approcher. Rosemary la repère aussi et avance d'un pas lent vers elle. Enfin, elle se retrouve juste de l'autre côté de la baie vitrée. Jay s'attarde un peu plus loin.

Rosemary pose les mains sur la vitre et Kate l'imite, pressant ses paumes contre celles de son amie.

« C'est bon ! crie Rosemary. C'est terminé. »

Elle se met à pleurer et Kate aussi. Parce qu'elle comprend à sa voix que ce « c'est terminé » signifie que ça ne l'est pas.

Rosemary tient un exemplaire de l'*Evening Standard* à la main. Elle le déplie et le plaque contre la baie vitrée. Kate y voit sa photo et le titre « Une journaliste londonienne organise un *sit-in* pour sauver la piscine de Brockwell ».

« Vous pouvez sortir ! s'écrie Rosemary.

— La police n'est pas là ? »

Elle secoue la tête.

« Il n'y a que moi ! »

Kate traverse le couloir en courant jusqu'à l'accueil, repousse quelques tables. La voie libre, elle déverrouille la porte et sort sous le soleil matinal.

Dehors, Jay l'attend. Il la gratifie d'un geste de la tête lorsqu'elle passe devant lui sans un mot pour se précipiter vers la vieille dame devenue son amie.

« C'est terminé, répète Rosemary lorsque Kate l'a rejointe. Nous avons gagné. »

Alors, les deux femmes se tombent dans les bras en pleurant.

Entre deux sanglots, Kate se rend compte qu'elle a réussi ce qu'elle ne pensait pas être capable d'accomplir la première fois qu'elle a rencontré Rosemary : elle a aidé. Et, derrière ses larmes, Rosemary pense à George et à tous ses souvenirs qui la comblent comme l'eau remplit le bassin. Tant qu'elle aura sa piscine, il sera toujours auprès d'elle.

« Racontez-moi », finit par demander Kate en s'essuyant les yeux après s'être détachée de l'étreinte de Rosemary. Celle-ci lui explique alors qu'elle a reçu un message téléphonique de Tory Miller ce matin. Ils souhaitent apposer le nom de leur marque au fond de la piscine et la somme qu'ils proposent suffit à maintenir la piscine ouverte. La société s'est déjà entretenue avec le conseil municipal, qui a accepté son offre.

Après cette nouvelle, Rosemary a aussitôt appelé Ahmed, qui se trouve maintenant au téléphone avec Tory à peaufiner les détails. Rosemary fait ensuite écouter le message de Tory à Kate.

« Cela nous paraît une excellente opportunité. Avec toute la couverture médiatique qu'a reçue la piscine ces derniers temps, cela nous fournirait une très bonne visibilité. C'est une belle opportunité pour nous. Mais surtout, c'est une bonne action. Vous nous avez beaucoup touchés, Rosemary. Merci d'avoir partagé votre histoire avec nous. »

« Vous avez réussi, dit Kate en fixant Rosemary avec fierté, les yeux brillants.

— Je n'étais pas toute seule. Ahmed a été formidable hier. Et lorsqu'ils ont appelé ce matin, ils ont dit qu'ils avaient lu l'article sur vous dans l'*Evening Standard* hier soir et que cela avait fini de les convaincre. Ils veulent "capitaliser sur une bonne action", je crois que c'étaient leurs mots.

— Mais pour Paradise Living ? » demande Kate, les sourcils froncés en repensant à la faille dans le plan d'Ahmed : les investisseurs qui avaient déjà fait une offre de rachat.

Rosemary secoue la tête.

« Ils devaient signer les contrats aujourd'hui, mais, lorsque le conseil a eu vent de l'offre publicitaire, ils ont changé d'avis. Apparemment, ils ont d'autres problèmes : de l'amiante aurait été détectée dans l'un des nouveaux immeubles de Paradise Living. Vous n'avez pas lu l'article dans le *Brixton Chronicle* de ce matin ? »

Kate secoue la tête et demande : « Qui l'a écrit ? »

Rosemary sort un exemplaire du journal de son sac pour le montrer à Kate. L'article est signé « Phil Harris ».

« On a réussi, alors ? interroge Kate en plongeant son regard dans les yeux bleus emplis d'espoir de la vieille dame.

— Nous avons réussi », répond celle-ci. Et elle prend à nouveau Kate dans ses bras.

« Merci », dit-elle en la serrant contre elle. Kate lui retourne son étreinte avec force. Sous le soleil qui commence à chauffer, elles s'enlacent comme après une longue absence. Au bout de quelques instants, Jay rompt le silence qui les enveloppe.

« Regardez qui va là ! » dit-il en les rejoignant.

Frank et Jermaine, bras dessus bras dessous, arrivent en riant. Sprout court devant eux et saute sur Kate et Rosemary, agitant sa queue avec frénésie. Hope leur fait signe et Ellis et Jake, tout sourires, font de même.

Ahmed s'approche d'une démarche confiante, l'air plus sûr de lui. Pour une fois, il ne pense pas à ses examens. Le groupe l'entoure, dans le bonheur et la joie. Ahmed et Rosemary s'étreignent et Frank et Jermaine enlacent Kate. Sprout sautille et jappe autour d'eux. Kate, qui repère Geoff, lui tend le trousseau de clés qu'elle a attrapé dans sa poche.

« Je crois que ce sont les vôtres, dit-elle.

— Merci, répond-il en prenant le trousseau. Je suis bien content de les récupérer. Merci. Je veux dire, merci infiniment.

— Eh bien, il ne reste plus qu'une chose à faire », déclare Rosemary une fois les esprits calmés.

Tous les regards se tournent vers elle.

« Se baigner !

— Excellente idée ! » répond Hope en brandissant son sac de natation.

Tous ensemble, ils entrent d'un pas décidé dans la piscine, passent devant la barricade démontée et longent le couloir. Au passage, Kate jette un coup d'œil dans le studio de yoga, les tapis et les serviettes y sont toujours, preuves de ces nuits où elle était pelotonnée contre Jay. Elle lui prend la main et tous deux gagnent le bord de la piscine.

65

Les mois s'enchaînent et la piscine ne désemplit pas, une file d'attente s'étire dans le parc presque tous les week-ends. À l'intérieur, le bassin accueille toutes sortes de nageurs. Il y a celui qui vient pour s'entraîner : il dépose sa montre et sa bouteille d'eau sur le bord et s'applique à effectuer des longueurs chronométrées. Il y a celle qui ne nage que sur le dos, elle sait exactement combien de mouvements elle doit faire avant d'atteindre le bord de la piscine sans se cogner la tête. Il y a celui qui avance en éclaboussant autour de lui et occupe un couloir à lui seul (ceci explique sûrement cela !). Il y a celle qui nage sous l'eau, qu'on voit rarement parce qu'elle parcourt presque toute la longueur du bassin à quelques centimètres du fond. Un autre pratique le yoga aquatique : il se tient sur une jambe, les bras en l'air au-dessus de sa tête comme s'il priait, puis il les tend devant lui, plie les genoux et se glisse dans l'eau. Enfin il y a Kate, celle qui nage de travers.

Kate et Rosemary se baignent jusqu'à la fin de l'été et tout au long de l'automne. Elles fendent de leurs bras la surface où les feuilles flottent comme autant de bateaux. Chaque jour, elles nagent dans l'eau fraîche et chaque jour elles s'asseyent un moment sur le banc devant la piscine pour discuter le temps que leurs cheveux sèchent.

« Même heure demain matin ? dit Kate en se levant pour partir.

— Même heure demain matin », répond Rosemary.

66

Le renard se promène dans Brixton, la queue frétillante tout en galopant. Même en plein jour, il n'a pas peur : il est chez lui ici et il sait qu'il peut aller et venir comme bon lui semble. Il trottine le long de l'école ; la cour de récréation grouille d'enfants qui donnent des coups de pied dans les feuilles d'automne ou les ramassent pour se les lancer comme des confettis. Dans l'après-midi, il retourne dans la cour désertée pour récupérer les miettes de sandwich et les moitiés de biscuit. Son repas achevé, il suit les enfants qui se dispersent à travers tout Brixton et dans le parc, profitant des dernières chaleurs de la saison. Certains se dirigent droit sur l'aire de jeux, d'autres courent vers la piscine, sac de natation à l'épaule.

Dans la soirée, il passe devant les pubs, la musique s'en échappe par bouffées quand les clients entrent et sortent pour fumer. Alors qu'ils se pressent sous les chauffages extérieurs, le renard en profite pour piller les poubelles à l'arrière jusqu'à ce que le chef cuisinier arrive avec un tas d'ordures fraîches et le chasse.

Au marché, les vendeurs se blottissent dans leurs manteaux, les matins frisquets, et étendent des bâches sur leurs produits la journée pour les protéger de la pluie. La nuit, le renard détale dans les allées vides, renifle les têtes de poissons et les fruits jetés. À l'angle de Station Road, les rideaux des boutiques de l'arcade sont baissés – certains fermés pour la nuit, d'autres pour de bon.

Au petit matin, il court dans la brume qui enveloppe le parc, croise quelques joggeurs qui commencent à s'emmitoufler dans plusieurs couches de vêtements, d'abord la veste, puis l'écharpe et les gants.

Tandis que l'animal effectue sa ronde quotidienne autour du parc de Brockwell, les arbres se parent d'orange, de rouge puis de bronze. Les feuilles tombent et s'amassent en flaques marron autour des troncs, laissant les branches nues.

À la piscine, les nageurs enfilent leur combinaison de plongée pour se protéger du froid. Les plus courageux restent en maillot, inspirent un grand coup et sautent.

67

Puis l'hiver vient. Les restaurants de Brixton Village prêtent des couvertures à leurs clients en blouson qui se réchauffent avec des cocktails et du vin. Plus haut sur la rue devant le cinéma, un kiosque collecte manteaux et nourriture pour ceux qui n'ont nulle part où aller pour échapper au froid.

Les promeneurs de chiens dans le parc avancent d'un pas plus rapide qu'en été. Les courts de tennis sont désertés et le jardin partagé sommeille en attendant le retour du printemps.

Une foule est rassemblée à la piscine, dispersée entre le café et l'extérieur.

« Il paraît que tu as un nouveau travail ? dit Hope à Kate.

— Oui ! répond cette dernière avec un sourire. Je commence la semaine prochaine.

— Et à l'*Independent*, en plus !

— Ce n'est qu'un poste de pigiste », temporise Kate en rougissant.

Mais elle est fière et ravie.

« C'est fantastique, intervient Frank qui s'est approché avec Jermaine.

— Félicitations, Kate, lance ce dernier. Si tu as besoin de livres pour des recherches, tu sais où aller.

— Évidemment ! C'est ma librairie préférée. »

Hope leur demande des nouvelles de la librairie. Ils lui expliquent leur projet de proposer à la vente des ouvrages d'auteurs locaux et d'organiser des rencontres littéraires. Kate profite de la discussion pour observer l'autre bout de la salle. Erin et Mark sont là, ainsi que ses parents, et Jay se trouve avec eux. Le ventre d'Erin commence à se dessiner sous sa robe noire. Elle a annoncé la nouvelle à Kate la semaine dernière et les deux sœurs ont pleuré ensemble au téléphone. Kate a hâte de devenir tata.

Son cœur se réchauffe à la vue de Jay qui discute avec sa famille. *Ça va aller*, songe-t-elle. *Il va s'en sortir*. Il la sent qui l'observe et pivote pour lui sourire. Ils échangent un long regard puis il retourne à sa conversation. Elle s'imagine rentrer à la maison avec lui cet après-midi – rentrer dans son appartement à lui où ses vêtements à elle sont à présent accrochés à côté des siens dans sa penderie. C'est un peu rapide, elle le sait, mais lorsque Nick, le colocataire de Jay, a annoncé qu'il déménageait, la décision coulait de source. Refermer la porte de la vieille maison où elle habitait en lançant un dernier au revoir sans écho dans le couloir lui a procuré un sentiment merveilleux. En glissant les clés dans la boîte aux lettres pour le prochain locataire après avoir verrouillé la porte, elle a eu l'impression d'enfermer sa Panique à l'intérieur. Elle s'est éloignée sans un regard en arrière.

Ellis, Jake, Ahmed et Geoff discutent près du comptoir. Ahmed a entamé son premier semestre à l'université. Il porte un nouveau costume qui lui sied à merveille.

Elle n'entend pas les paroles de Hope la première fois, elle est perdue dans sa contemplation des personnes rassemblées autour d'elle.

«Je pense que le moment est venu de sortir, dit Hope en posant la main avec douceur sur l'épaule de Kate.

— Oui, bien sûr.» Kate observe la salle. Frank et Jermaine se dirigent vers l'extérieur, bras dessus bras dessous. Ils la voient et lui adressent un signe de tête. Elle leur répond de la même manière.

Hope prend Kate par l'épaule et la guide à l'extérieur dans l'air frais. Jay et sa famille l'y attendent et Hope s'éclipse, laissant Kate les rejoindre. Jay l'embrasse sur la joue. Erin lui tend la main, Kate la prend et la serre, se rappelant la fois où elles s'étaient tenu la main au bord de la piscine.

La foule se rassemble en face du bassin. Il n'y a personne dans l'eau imperturbable, le ciel au-dessus est gris et parsemé de nuages. L'adolescent se tient dos à la piscine. La chemise qu'il porte est trop grande pour lui, les plis d'origine encore visibles sur le torse et le ventre. Sa cravate noire aussi est neuve.

Il tient une feuille de papier. Il baisse les yeux dessus puis les relève sur le groupe. Ses parents sont sur le côté, et l'observent. Sa mère lui sourit; elle voudrait s'avancer et le prendre dans ses bras. Une fois tout le monde installé en demi-cercle autour de lui, face à la piscine, il prend la parole.

«J'ai rencontré Mme Peterson, Rosemary Peterson, la première fois que je suis venu à la piscine. Cela remonte à quelques années maintenant. Elle m'a dit que je nageais bien, que j'étais puissant. »

Sa voix vient de muer et il n'est pas encore habitué à son nouveau timbre. Debout et seul avec la piscine qui s'étire derrière lui, il paraît tout petit, mais sa voix porte haut et fort.

« Je ne l'ai pas crue au début, mais elle me le répétait chaque fois que je la voyais. « Tu es puissant », disait-elle. Je ne l'étais peut-être pas au début, mais j'ai continué à venir et à m'entraîner et elle a continué à me le dire, alors, au bout d'un moment, j'ai compris qu'elle avait raison. J'étais devenu puissant. »

Il lève les yeux de son texte pour la première fois. Les silhouettes vêtues de noir lui renvoient son regard.

« Voilà ce qu'elle a fait pour moi : elle m'a montré comment être fort. Et je sais qu'elle a fait la même chose avec plusieurs d'entre vous. C'est pour cela que nous sommes ici. »

Le garçon replie son papier et le range dans sa poche. Il rejoint ses parents et sa mère s'avance pour le serrer contre elle. Il se laisse engloutir par l'étreinte, la tête posée sur son épaule. Après quelques secondes, le père s'approche aussi et les prend tous les deux dans ses bras.

Hope prononce quelques mots, faisant rire l'assemblée en relatant comment Rosemary a sauté dans la piscine en manteau avec ses camarades d'école. Elle raconte que Rosemary l'a prise sous son aile à son arrivée à Brixton et à ses débuts à la bibliothèque avec elle. Elle parle de sa gentillesse avec les enfants qui venaient choisir des livres pour les vacances et du respect qu'elle avait toujours pour les choix de lecture de chacun ;

elle ne cillait jamais devant un roman à l'eau de rose ou un guide pratique.

Tous sourient en acquiesçant de la tête. Même s'ils ne l'ont connue qu'une infime partie de leur vie, ils pensent qu'il s'agit bien là de leur Rosemary. Entendre qui elle était à un autre moment de sa vie ne fait que confirmer leurs souvenirs. Ils ont le sentiment de l'avoir connue à cette époque aussi. À la fin, Hope a la voix qui tremble, elle se rappelle sa plus vieille amie et elle voudrait qu'elle soit encore là. Avec qui va-t-elle partager une part de gâteau et discuter chaque semaine maintenant ? À cette pensée, elle a envie de se fourrer au lit et de ne plus jamais en sortir. À la place, elle prend une profonde inspiration et rejoint le groupe où Jamila ouvre grand les bras pour enlacer sa mère.

Lorsque vient le tour de Kate, elle consulte Erin puis Jay du regard. Tous deux l'encouragent d'un hochement de tête qui lui procure la force nécessaire. Elle s'avance seule au bord de la piscine, lui tournant le dos, face à l'assemblée. Elle contemple chacun des visages qui lui font face. Sa famille, aux côtés de Jay, lui sourit et la soutient.

Elle regarde les autres. Frank et Jermaine sont dans les bras l'un de l'autre, ils s'essuient les yeux avec un mouchoir. Ahmed se tient à côté d'Ellis, Jake et Geoff. Et tout autour il y a les autres habitants de Brixton qui sont venus dire au revoir. La jeune maman porte son bébé et se rappelle avoir nagé enceinte jusqu'au cou et avoir croisé Rosemary, qui avait toujours un mot gentil pour elle. L'adolescent est avec ses parents près des employées de la boutique solidaire et du propriétaire du café préféré de Rosemary et Hope. Il y a plusieurs personnes que Kate ne reconnaît pas. Elle les dévisage tous – les amis de Rosemary, sa communauté, son foyer – et elle sent une immense vague de gratitude déferler en elle. Un an auparavant, sa vie était étriquée. Aujourd'hui, elle est bien plus riche.

Un oiseau vole au-dessus d'eux dans le ciel gris, il vient se percher dans les arbres à grand bruit. Kate aperçoit un éclat vert et jaune entre les branches sombres. C'est une perruche. Elle l'observe un instant puis reporte son attention sur les personnes rassemblées sous les parasols du café. Alors, elle prend la parole.

« Lorsque j'ai rencontré Rosemary, je me sentais seule dans un monde trop vaste pour moi. J'avais peur tout le temps, j'étais terrorisée. Je comprends aujourd'hui que j'étais coincée. J'avais besoin que quelqu'un m'aide. »

Elle inspire un grand coup, se revoit en train de pleurer dans son lit avec le sentiment que l'obscurité allait l'engloutir et l'entraîner dans un abîme dont elle ne pourrait plus se sortir.

« J'ai fait la connaissance de Rosemary pour un article, mais apprendre à la connaître ne m'a jamais paru laborieux. J'étais ici pour écrire son histoire et c'est elle qui m'a demandé la mienne. Elle m'a aidée à trouver mon chemin. Sans Rosemary, je n'aurais sans doute pas découvert cette piscine. Sans Rosemary, je n'aurais peut-être rencontré aucun d'entre vous et grâce à elle j'ai trouvé ma place dans cette ville. Sans elle, je serais encore perdue. »

Elle prononce ces mots à voix haute pour la première fois et cela lui donne une impression de lâcher-prise ultime.

« Rosemary m'a sauvée. Je sais qu'on se souviendra d'elle pour son combat acharné et sa victoire à garder cette piscine ouverte. Mais moi aussi elle m'a sauvée. Elle m'a soulagée de ma solitude. Elle était mon amie. Et elle me manque. »

Un souffle d'air soulève son écharpe noire et la fait danser un instant. Kate sent le vent sur son visage. Tout le monde est silencieux.

« Elle nous manquera à tous, reprend-elle au bout d'un moment. Voilà pourquoi j'aimerais que vous vous joigniez à moi pour lui rendre un hommage particulier. »

Sur ces paroles, elle pivote et longe la piscine. Les autres la suivent, viennent se placer près d'elle ou en face, autour du bassin. Jay se place à l'opposé de Kate et tous deux se regardent par-dessus l'eau. Il lui sourit. Erin, Mark et les parents de Kate sont avec lui. Brian, son beau-père, ôte ses lunettes, il les plie et les dépose par terre. Mark tient la main d'Erin. Ahmed est avec Geoff qui a le bras sur son épaule. Kate regarde ceux qui se tiennent près d'elle : Hope et Jamila avec Ellis et Jake d'un côté, Frank et Jermaine de l'autre. L'adolescent se trouve plus loin avec ses parents, tous trois se tiennent la main. Tout le monde est présent, autour de la piscine, les pieds sur le rebord.

Kate déboutonne son manteau et le pose par terre à côté d'elle. Elle soulève sa robe noire et la tire au-dessus de sa tête. Elle se retrouve en maillot de bain.

Tous se mettent à ôter leurs vêtements sombres d'enterrement, dévoilant les couleurs vives des maillots et caleçons de bain. Lorsqu'ils ont reçu sa requête inhabituelle avec l'invitation, ils ont souri, sachant que c'était exactement ce qu'il fallait faire. En attendant que tous se déshabillent et éparpillent leurs habits de cérémonie, ils discutent et rient, sautillent sur place pour se réchauffer. Kate se rappelle soudain l'histoire de Rosemary – celle que Hope vient juste de raconter – et elle ramasse son manteau par terre. Elle l'enfile, le boutonne par-dessus son maillot. Les autres la voient et s'esclaffent, puis l'imitent.

À la fin, tout le monde est planté au bord du bassin, en maillot de bain et manteau.

68

Au printemps, les fleurs sauvages reviennent égayer le parc de Brockwell. Pendant un moment, on peut croire qu'elles ne réapparaîtront jamais ; la terre est gelée et craquelée, et l'herbe crisse sous les pieds. Mais elles reviennent toujours. Lorsque la pelouse est givrée et les arbres nus, il est facile d'oublier qu'elles ont poussé là un jour. Mais, à mesure que la nouvelle saison s'éveille à la vie, les petites pousses vertes commencent à percer le sol. Des bourgeons fermes viennent s'épanouir comme des poings qu'on ouvre. Et, tout à coup, les fleurs sont là. Des soucis jaunes, des boutons-d'or rampants et des jonquilles parent les talus. Au-delà du parc, il y a Brixton et la rumeur de la ville, mais ici le calme et la verdure règnent en maîtres.

Le parc s'anime peu à peu, s'emplit de familles venues profiter des premiers rayons du soleil. Des couples s'endorment sur la pelouse, la tête de l'un posée sur le torse de l'autre. Les joggeurs gravissent lentement la colline. Un homme qui la descend en marchant s'arrête pour encourager d'un « Vous allez y arriver ! » une femme qui la monte en courant.

Au sommet, il y a un banc. Il surplombe le parc,

veille sur ceux qui profitent de ce nouveau soleil. En contrebas, des gens arpentent l'allée menant à la piscine, sac de natation et serviette à l'épaule. Ils sont prêts à s'allonger et à occuper leur petit coin de cette plage en ville.

Dans le bois tendre du banc, un message est gravé : *À George, qui aimait cette vue. Et à Rosemary, qui l'a sauvée.*

NOTE DE L'AUTRICE

Ce livre est une œuvre de fiction, inspirée en partie par mon expérience de vie à Brixton quand j'étais étudiante. J'ai été frappée par le sens de la communauté qui habite ce quartier, mais j'ai aussi noté les nombreux changements qui y avaient cours – des changements qui se reflètent dans beaucoup d'autres secteurs de Londres et d'autres villes.

Si cette histoire est une invention, la piscine de Brockwell en revanche existe bel et bien. La piscine en plein air du sud de Londres a ouvert ses portes en 1937. La véritable piscine a connu une histoire longue et complexe, et a réellement fermé un temps dans les années 1990. C'est en partie la campagne menée par les nageurs locaux qui a permis sa réouverture. Pour mon histoire, cependant, j'ai choisi la fiction : imaginer ce qu'il se passerait si la piscine était menacée de fermeture aujourd'hui.

J'ai aussi modelé un peu la réalité en évoquant d'autres lieux de Brixton ; l'inspiration est venue d'endroits réels, mais mon imagination les a enjolivés pour le bien de l'intrigue.

En tant que Londonienne, j'ai la grande chance d'avoir à disposition plusieurs piscines en plein air magnifiques dans ma ville : Tooting Bec, Parliament Hill, London Fields et Serpentine comptent parmi mes préférées. Mais les piscines d'extérieur existent dans tout le Royaume-Uni et à l'étranger. Beaucoup ont fermé ces dernières années, mais certaines ont aussi rouvert – souvent grâce à l'action de riverains déterminés. Si vous n'avez jamais nagé dans une piscine en plein air publique, je vous invite ardemment à en trouver une et à y plonger. Vous verrez alors peut-être une Kate ou une Rosemary dans l'eau avec vous. J'y serai peut-être moi aussi. Bonne baignade.

REMERCIEMENTS

Mon nom a beau être sur la couverture de ce livre, nombreux sont ceux qui m'ont aidée à donner vie à celui-ci; j'aimerais les remercier du fond du cœur.

Tout d'abord, ma famille: merci de votre soutien et de vos encouragements de toute une vie pour mes aspirations d'autrice. De m'avoir emmenée à des ateliers d'écriture et des festivals littéraires, d'avoir lu tout ce que je vous présentais. En particulier ma sœur, Alex, première lectrice du premier jet de ce roman, qui m'a également appris à nager. Ta patience et ton inspiration ont changé ma vie. Je remercie Bruno pour le vin, le thé, les dîners et, d'une façon plus générale, de m'aimer comme tu m'aimes. Merci à mes chers amis (trop nombreux pour les citer un par un) qui sont toujours de mon côté; j'ai tellement de chance de pouvoir compter sur vous. Une mention particulière à Hannah Friend, une ancienne collègue qui m'a encouragée dans l'eau, partenaire de baignade quand il m'en fallait une. Un petit chapitre de nos vies, mais avec des conséquences durables sur la mienne.

Un grand merci à mon merveilleux agent Robert Caskie, d'avoir cru en moi et en ce livre, et de m'avoir guidée dans ce processus complexe avec autant de bienveillance. Je n'imagine personne d'autre à mes côtés. Merci aussi à Nathalie

Hallam, pour ton aide à faire voyager *La Piscine de Rosemary* dans le monde entier !

À ma brillante éditrice Clare Hey chez Orion : j'ai tant appris grâce à toi, et ton enthousiasme pour cette histoire depuis le premier jour est incroyable. Merci à tout le monde chez Orion, en particulier Sarah Benton, Rebecca Gray, Cait Davies, Jo Carpenter, Hannah Methuen, Andrew Taylor, Paul Stark, Rabab Adams, Rachael Hum, Sally Partington et Katie Espiner.

Enfin, j'aimerais remercier les nageurs passés et présents qui ont inspiré ce roman. Au fil de ces dernières années, j'ai observé et rencontré des amoureux de la nage de tous horizons qui chérissent leurs piscines, leurs lacs, leurs rivières et leurs océans. Leurs points communs, c'est leur joie de vivre et une grande capacité à la gaieté. Ce livre vous est aussi dédié à tous ; vous avez toute mon admiration.

PAPIER CERTIFIÉ

Le Livre de Poche s'engage pour l'environnement en réduisant l'empreinte carbone de ses livres. Celle de cet exemplaire est de :
500 g éq. CO_2
Rendez-vous sur www.livredepoche-durable.fr

Composition réalisée par Soft Office

Achevé d'imprimer en octobre 2023 en Espagne par
Liberdúplex - 08791 Sant Llorenç d'Hortons
Dépôt légal 1re publication : octobre 2023
LIBRAIRIE GÉNÉRALE FRANÇAISE
21, rue du Montparnasse – 75298 Paris Cedex 06

68/0615/4